OS JOGOS DA FOME
LIVRO II

EM CHAMAS

SUZANNE COLLINS

OS JOGOS DA FOME
LIVRO II

EM CHAMAS

Tradução
de Jaime Araújo

Editorial PRESENÇA

FICHA TÉCNICA

Título original: *Catching Fire – The Hunger Games*
Autora: *Suzanne Collins*
Copyright © 2009 by Suzanne Collins
Tradução © Editorial Presença, Lisboa, 2010
Tradução: *Jaime Araújo*
Ilustração da capa © 2009 by Tim O Brien
Capa: *Arranjo gráfico de Elizabeth B. Parisi*
Composição, impressão e acabamento: *Multitipo — Artes Gráficas, Lda.*
1.ª edição, Lisboa, Outubro, 2010
2.ª edição, Lisboa, Outubro, 2011
3.ª edição, Lisboa, Março, 2012
4.ª edição, Lisboa, Abril, 2012
5.ª edição, Lisboa, Abril, 2012
Depósito legal n.º 316 536/10

Reservados todos os direitos
para Portugal à
EDITORIAL PRESENÇA
Estrada das Palmeiras, 59
Queluz de Baixo
2730-132 BARCARENA
E-mail: info@presenca.pt
Internet: http://www.presenca.pt

Para os meus pais,
Jane e Michael Collins,

e para os meus sogros,
Dixie e Charles Pryor

ÍNDICE

PARTE UM — «A Faísca» 11

PARTE DOIS — «O Quarteirão» 101

PARTE TRÊS — «O Inimigo» 183

PARTE UM

A FAÍSCA

1

    Seguro o cantil entre as mãos apesar de o calor do chá há muito se ter dissipado no ar gélido. Tenho os músculos retesados contra o frio. Se aparecesse uma matilha de cães selvagens neste momento, as probabilidades de conseguir escalar a uma árvore antes de eles atacarem não seriam muito grandes. Devia levantar-me, dar uma volta e soltar a rigidez dos membros. Em vez disso, fico sentada, tão imóvel como a rocha por baixo de mim, enquanto a alvorada começa a iluminar o bosque. Não posso lutar contra o sol. Impotente, vejo-o a arrastar-me para um dia que ando a temer há meses.
    Ao meio-dia estarão todos na minha nova casa na Aldeia dos Vencedores. Os jornalistas, as equipas de filmagem, até a Effie Trinket, a minha velha acompanhante, já terão chegado ao Distrito 12, vindos do Capitólio. Só queria saber se a Effie ainda terá aquela ridícula peruca cor-de-rosa, ou se ostentará outra cor antinatural especialmente para o Passeio da Vitória. Haverá também outras pessoas à espera. Empregados para atender a todas as minhas necessidades durante a longa viagem de comboio. Uma equipa de preparação para me embelezar para as apresentações públicas. O meu estilista e amigo, o Cinna, que desenhou o fato deslumbrante que levou o público a reparar em mim pela primeira vez nos Jogos da Fome.
    Se dependesse de mim, tentaria esquecer por completo os Jogos da Fome. Nunca falaria deles. Fingiria que eram apenas um pesadelo. No entanto, o Passeio da Vitória torna isso impossível. Realizado estrategicamente quase a meio dos Jogos anuais, é a forma de o Capitólio manter vivo e imediato o horror. Nos distritos somos não só obrigados a recordar todos os anos o domínio de ferro do Capitólio mas também a celebrá-lo. E este ano eu sou uma das estrelas do espectáculo. Terei de viajar de

distrito em distrito, de me apresentar diante de multidões que aplaudem mas secretamente me abominam, de olhar para os rostos das famílias cujos filhos matei...

O Sol teima em erguer-se, por isso obrigo-me a levantar-me. Todas as minhas articulações se queixam. A perna esquerda esteve dormente durante tanto tempo que preciso de vários minutos de marcha para voltar a senti-la. Estou no bosque há três horas, mas como não fiz qualquer tentativa a sério de caçar, não tenho nada para mostrar. Isso já não importa, para a minha mãe e para a minha irmãzinha, a Prim. Elas podem comprar carne no talho da cidade, se bem que nenhuma de nós a prefira à carne de caça fresca. No entanto, o meu melhor amigo, o Gale Hawthorne, e a família dele, estarão a contar com a caça de hoje e não posso desiludi-los. Inicio a árdua jornada de hora e meia que me levará a percorrer a nossa linha de armadilhas. Quando andávamos na escola, tínhamos tempo à tarde para inspeccionar a linha, para caçar e colher ervas e ainda voltar a tempo para trocar tudo na cidade. Mas agora que o Gale foi trabalhar para as minas de carvão — e eu não tenho nada para fazer o dia inteiro — assumi sozinha essa tarefa.

Por esta altura o Gale já terá entrado nas minas, feito a descida arrepiante de elevador para as profundezas da terra e começado a escavar um jazigo carbonífero. Sei como é lá em baixo. Todos os anos na escola, como parte da nossa formação, a minha turma tinha de visitar as minas. Nos primeiros anos, a visita era simplesmente desagradável. Os túneis claustrofóbicos, o ar viciado, a escuridão sufocante de todos os lados. Depois de o meu pai e vários outros mineiros terem morrido numa explosão, porém, eu mal conseguia entrar no elevador. A visita anual tornou-se uma enorme fonte de ansiedade. Por duas vezes fiquei tão doente na véspera que a minha mãe me reteve em casa porque julgava que eu tinha apanhado uma gripe.

Penso no Gale, que só se sente verdadeiramente vivo no bosque, com o ar fresco, a luz do sol e a água limpa a correr. Não sei como ele aguenta. Bem... sei, sim. Ele aguenta porque é a única maneira de sustentar a mãe e os dois irmãos mais novos e a irmã. E aqui estou eu com rios de dinheiro, muito mais do que o suficiente para alimentar as nossas duas famílias, e ele recusa-se a aceitar uma única moeda. Até lhe custa deixar-me levar-lhes a carne de caça, embora eu saiba que ele certamente manteria a minha mãe e a Prim bem abastecidas se eu tivesse morrido nos Jogos. Digo-lhe que me está a fazer um favor, que enlouqueço se tiver de estar o dia inteiro sem fazer nada. Mesmo assim, nunca vou entregar a caça quando ele está em casa. O que não é difícil, visto que trabalha doze horas por dia.

A única altura em que realmente consigo estar com o Gale agora é ao domingo, quando nos encontramos no bosque para caçar. Continua a ser o melhor dia da semana, mas já não é como dantes, quando podíamos contar tudo um ao outro. Até isso os Jogos conseguiram estragar. Ainda tenho esperanças de que com o passar do tempo recuperaremos o à-vontade que existia entre nós, mas parte de mim sabe que isso é impossível. Não podemos voltar atrás.

Consigo uma boa captura das armadilhas — oito coelhos, dois esquilos e um castor que nadou para dentro de uma engenhoca de arame inventada pelo próprio Gale. Ele é um perito em armadilhas, ligando-as a arbustos torcidos que puxam a presa para fora do alcance dos predadores, equilibrando toros sobre delicados gatilhos de ramos secos, tecendo cestos estanques para apanhar peixe. Enquanto recolho a caça, voltando a montar com cuidado cada armadilha, reconheço que nunca terei a percepção de equilíbrio do Gale, nem a sua capacidade de adivinhar o caminho que a presa irá tomar. É mais do que experiência. É um dom natural. Como a minha capacidade de acertar num animal com uma flecha na escuridão quase absoluta.

Quando volto para a vedação que rodeia o Distrito 12, o Sol já vai bem alto. Como sempre, fico um momento à escuta, mas não oiço o zumbido denunciador de corrente eléctrica que atravessa o arame. Quase nunca o oiço, embora a vedação devesse estar electrificada a tempo inteiro. Enfio-me pela abertura na base da vedação e saio no Prado, a uma pequena distância da minha casa. Da minha velha casa. Continuamos a mantê-la, uma vez que é a residência oficial da minha mãe e da minha irmã. Se eu morresse neste instante, elas teriam de voltar para lá. Actualmente, porém, estão ambas felizmente instaladas na nova casa na Aldeia dos Vencedores, e eu sou a única a frequentar a casinha baixa onde fui criada. Para mim, é a minha verdadeira casa.

Vou para lá agora para trocar de roupa. Trocar o velho casaco de pele do meu pai por um fino casaco de lã que me parece sempre apertado nos ombros. Trocar as botas de caça macias e gastas por um par de sapatos caros feitos à máquina que a minha mãe considera mais apropriados para alguém da minha categoria. O meu arco e as flechas ficaram escondidos num tronco oco no bosque. Embora já se faça tarde, reservo alguns minutos para me sentar na cozinha. Tem um ar abandonado, sem fogo na lareira, sem toalha na mesa. Sinto falta da minha velha vida neste lugar. Mal conseguíamos sobreviver, mas sabia onde me encaixava, sabia qual era o meu lugar no contexto bem definido que era a nossa vida. Gostava de poder voltar para ela porque, retrospectivamente, parece tão segura comparada à minha vida actual, em que sou tão rica e famosa e odiada pelas autoridades no Capitólio.

Um gemido junto à porta das traseiras chama-me a atenção. Abro-a e encontro o *Ranúnculo*, o velho gato rafeiro da Prim. Ele detesta a nova casa quase tanto como eu e sai sempre quando a minha irmã está na escola. Nunca gostámos muito um do outro, mas agora temos esta nova ligação. Deixo-o entrar, dou-lhe um bocado de banha de castor e até lhe faço umas festas entre as orelhas. — Tu és horrível, sabes isso, não sabes? — pergunto-lhe. O *Ranúnculo* encosta-se à minha mão, pedindo mais festas, mas temos de ir. — Anda — Pego-o com uma mão, agarro o saco de caça com a outra e levo os dois para a rua. O gato solta-se e desaparece debaixo de um arbusto.

Ao caminhar pela rua cinzenta, sinto os sapatos trilhar-me os dedos dos pés. Corto caminho através de becos e quintais das traseiras e em cinco minutos estou em casa do Gale. A mãe dele, a Hazelle, inclinada sobre o lava-loiça, vê-me através da janela. Ela seca as mãos no avental e desaparece para me receber à porta.

Gosto da Hazelle. Respeito-a. A explosão que matou o meu pai levou-lhe também o marido, deixando-a com três rapazes e um bebé prestes a nascer. Menos de uma semana após dar à luz, estava na rua à procura de trabalho. Com um bebé para cuidar, trabalhar nas minas estava fora de questão, mas ela conseguiu arranjar roupa para lavar de alguns comerciantes na cidade. Aos catorze anos, o Gale, o mais velho dos filhos, tornou-se o principal sustento da família. Ele já estava inscrito para receber as tésseras, que lhes davam direito a uma escassa provisão de cereais e óleo à custa de um maior número de registos do seu nome no sorteio para tributo. Além disso, já nessa altura, ele era um caçador habilidoso. Contudo, isso não bastava para manter uma família de cinco. A Hazelle tinha de esfolar os dedos naquela tábua de lavar roupa. No Inverno, ficava com as mãos tão vermelhas e gretadas que sangravam à mais pequena irritação. E continuariam em ferida se não fosse a pomada que a minha mãe lhe arranjou. Mas eles estão decididos, a Hazelle e o Gale, a que os outros rapazes, o Rory, de doze anos, e o Vick, de dez anos, e a bebé de quatro anos, a Posy, nunca tenham de se inscrever para as tésseras.

A Hazelle sorri quando vê a caça. Pega no castor pela cauda, avaliando-lhe o peso. — Vai dar um belo guisado. — Ao contrário do Gale, ela não vê qualquer problema com o nosso acordo de caça.

— A pele também é boa — comento. É reconfortante estar com a Hazelle. Avaliando os méritos da caça, como sempre fazemos. Ela serve-me uma caneca de chá de ervas, que seguro com gratidão entre os dedos gelados. — Sabe, estive a pensar, quando voltar do Passeio, podia levar o Rory comigo para o bosque. De vez em quando, depois da escola. Para ensiná-lo a caçar.

A Hazelle acena que sim. — Isso seria bom. O Gale queria fazê-lo, mas só tem o domingo, e eu acho que ele gosta de guardar esse dia para ti.

Não consigo impedir o rubor que me invade as bochechas. É uma estupidez, claro. Quase ninguém me conhece tão bem como a Hazelle. Conhece a ligação que tenho com o Gale. Estou certa de que muitas pessoas achavam que nos acabaríamos por casar, apesar de eu nunca ter pensado muito no assunto. Mas isso foi antes dos Jogos. Antes de o meu colega tributo, o Peeta Mellark, ter anunciado que estava loucamente apaixonado por mim. O nosso romance tornou-se uma estratégia fundamental para a nossa sobrevivência na arena. Só que para o Peeta não era apenas uma estratégia. Não sei bem o que foi para mim, mas hoje sei que foi muito difícil para o Gale. Sinto um aperto no peito ao pensar que, durante o Passeio da Vitória, eu e o Peeta teremos novamente de nos apresentar como amantes.

Bebo rapidamente o chá, apesar de estar demasiado quente, e levanto-me da mesa. — É melhor ir andando. Tenho de me pôr apresentável para as câmaras.

A Hazelle abraça-me. — Aproveita bem a comida.

— Certamente — respondo.

A minha paragem seguinte é no Forno, onde costumo fazer a maior parte das minhas trocas. Antigamente era um armazém para guardar carvão mas, quando caiu em desuso, tornou-se um local de encontro para comerciantes ilegais e depois um mercado negro a tempo inteiro. Se atrai alguns elementos criminosos, então suponho que eu seja um deles. Caçar no bosque que rodeia o Distrito 12 infringe pelo menos uma dúzia de leis e é punível com a morte.

Sinto-me em dívida em relação às pessoas que frequentam o Forno, embora elas nunca falem disso. O Gale contou-me que a Greasy Sae, a velhota que vende sopa, organizou um peditório para me patrocinar e ao Peeta durante os Jogos. Era para ser apenas uma coisa do Forno, mas outras pessoas souberam disso e quiseram contribuir. Não sei exactamente quanto recolheram, mas o preço de qualquer oferta na arena era exorbitante. Tanto quanto sei, poderá ter feito a diferença entre a minha vida e a morte.

Continua a ser estranho abrir aquela porta da frente com um saco de caça vazio, sem nada para trocar, e sentir em vez disso o peso das moedas no bolso contra a coxa. Tento passar pelo maior número de bancas, distribuindo as minhas aquisições de café, pães-de-leite, ovos, fio de algodão e óleo. Depois de alguma reflexão, compro três garrafas de aguardente a uma mulher maneta chamada Ripper, vítima de um acidente na mina, que teve a espertez suficiente para arranjar uma maneira de sobreviver.

O álcool não é para a minha família. É para o Haymitch, que foi meu mentor e do Peeta nos Jogos. Ele é intratável, violento e está quase sempre bêbedo. No entanto, cumpriu a sua missão — mais do que isso até, porque pela primeira vez na história, dois tributos puderam vencer os Jogos. Por isso, seja ele o que for, também lhe estou a dever. E para sempre. Compro a aguardente porque há umas semanas ele ficou sem reserva e não havia mais à venda e por causa da abstinência começou a tremer e a gritar contra coisas terríveis que só ele conseguia ver. Pregou um susto de morte à Prim e, para ser sincera, também não foi muito divertido para mim vê-lo assim. Desde então tenho estado a armazenar bebida no caso de haver outra crise.

O Cray, o nosso Comandante dos Soldados da Paz, franze o sobrolho quando me vê com as garrafas. É um homem mais velho com alguns fios de cabelo grisalho penteados de lado sobre o rosto vermelho vivo. — Isso é muito forte para ti, miúda. — Ele devia saber. Depois do Haymitch, não conheço ninguém que beba mais.

— Ah, a minha mãe usa-a para os remédios — explico num tom descontraído.

— Bem, é capaz de matar quase tudo — afirma o Cray, batendo com uma moeda no balcão para comprar uma garrafa.

Quando chego à tenda da Greasy Sae, sento-me em cima do balcão e peço uma tigela de sopa, que parece uma mistela de abóbora e feijão. Enquanto estou a comer, chega um Soldado da Paz chamado Darius para comprar uma tigela. No que toca a agentes de segurança, ele é um dos meus preferidos. Nunca abusa da sua autoridade e está sempre pronto para o gracejo. Deve ter vinte e poucos anos, mas não parece muito mais velho do que eu. Qualquer coisa no seu sorriso, no cabelo ruivo espetado, dá-lhe um ar de rapaz.

— Não devias estar num comboio? — pergunta-me.

— Vêm buscar-me ao meio-dia — respondo.

— E não devias estar mais apresentável? — acrescenta ele, num sussurro alto. Não posso deixar de sorrir à provocação, apesar do meu estado de espírito. — Talvez uma fita no cabelo ou coisa parecida? — Ele abana-me a trança e eu afasto-lhe a mão.

— Não te preocupes. Quando acabarem de me arranjar, estarei irreconhecível.

— Óptimo — declara o Darius. — Vamos lá mostrar algum orgulho pelo distrito, para variar, Senhorita Everdeen. Hem? — Ele abana a cabeça para a Greasy Sae, fingindo-se indignado, e afasta-se para se juntar aos amigos.

— Quero essa tigela de volta — berra-lhe a Greasy Sae, mas como se está a rir, não parece muito severa. — O Gale vai despedir-se de ti? — pergunta-me.

— Não. Não estava na lista — respondo. — Mas estive com ele no domingo.

— Era de supor que estivesse na lista. Afinal é teu primo — insiste ela com ironia.

É apenas mais uma mentira que o Capitólio inventou. Quando eu e o Peeta nos encontrámos entre os últimos oito tributos nos Jogos, eles enviaram jornalistas ao Distrito 12 para fazerem reportagens sobre as nossas vidas. Quando quiseram saber dos meus amigos, toda a gente indicou o Gale. No entanto, com o romance que se desenrolava na arena, não ficava bem que o meu melhor amigo fosse o Gale. Ele era demasiado bonito, demasiado masculino, e incapaz de sorrir e ser agradável para as câmaras. Mas somos de facto bastante parecidos. Temos aquela aparência do Jazigo. Cabelo escuro liso, tez morena, olhos cinzentos. Então um génio qualquer transformou-o no meu primo. Só soube disso ao voltar, no cais da estação de comboios, quando a minha mãe disse: «Os teus primos estão ansiosos por te ver!» Depois voltei-me e vi o Gale, a Hazelle e os miúdos todos à minha espera. Que podia fazer senão entrar no jogo?

A Greasy Sae sabe que não somos primos, mas parece que mesmo algumas pessoas que nos conhecem há anos já se esqueceram.

— Mal posso esperar que tudo isto acabe — sussurro.

— Eu sei — diz a Greasy Sae. — Mas tens de aguentar, para chegares ao fim. É melhor não te atrasares.

Começa a cair uma neve fina quando me dirijo para a Aldeia dos Vencedores. Fica a cerca de um quilómetro da praça do centro da cidade, mas parece um outro mundo. É um complexo separado construído em volta de um belo relvado salpicado de arbustos em flor. São doze casas, cada uma dez vezes maior do que aquela em que fui criada. Nove estão vazias, como sempre estiveram. As outras três pertencem ao Haymitch, ao Peeta e a mim.

As casas habitadas pela minha família e pelo Peeta irradiam um brilho de vida e calor. Janelas iluminadas, fumo a sair das chaminés, ramos de trigo pintados de cores vivas e afixados às portas da frente anunciando o próximo Festival das Colheitas. A casa do Haymitch, porém, apesar dos cuidados do guarda da aldeia, exsuda um ar de abandono e desleixo. Encho-me de coragem à entrada, sabendo que a visita será desagradável, empurro a porta e entro.

Imediatamente torço o nariz, repugnada. O Haymitch não deixa ninguém entrar para lhe limpar a casa e ele próprio fá-lo muito mal. Ao longo dos anos, os cheiros a álcool e vómito, couve cozida e carne queimada, roupa suja e excrementos de rato misturaram-se num cheiro pestilento que me traz lágrimas aos olhos. Abro caminho por entre restos de embalagens vazias, vidros partidos e ossos para onde sei que encontrarei o Haymitch. Está sentado à mesa da cozinha, com os braços estendidos sobre a madeira e a cara num charco de álcool, ressonando estrondosamente.

Abano-lhe o ombro. — Acorda! — grito, porque já aprendi que não há maneira subtil de o acordar. Ele pára de ressonar por um momento, inquisitivo, e depois recomeça. Empurro-o com mais força. — Acorda, Haymitch. É o dia do Passeio! — Abro a janela, inalando golfadas de ar limpo do exterior. Os meus pés vasculham o lixo no chão, descubro uma cafeteira de estanho e encho-a de água no lava-loiça. O fogão não está completamente apagado e consigo atiçar algumas brasas. Deito um pouco de café moído na cafeteira, o suficiente para garantir que o resultado será bom e forte, e coloco-a no fogão para ferver.

O Haymitch continua morto para o mundo. Como mais nada resultou, encho uma bacia com água gelada, despejo-a na cabeça dele e afasto-me rapidamente. Um ruído gutural e animalesco sai-lhe da garganta. Ele dá um salto, lançando a cadeira para trás e empunhando uma faca. Esqueci-me de que ele dorme sempre com a faca na mão. Devia tê-la arrancado dos dedos, mas tenho tido muito em que pensar ultimamente. Cuspindo blasfémias, ele desfere vários golpes no ar durante uns momentos antes de cair em si. Limpa a cara à manga da camisa e volta-se para o peitoril da janela onde estou empoleirada, no caso de precisar de sair à pressa.

— Que estás a fazer? — resmunga o Haymitch.

— Pediste-me para te acordar uma hora antes de as câmaras chegarem — respondo.

— O quê? — pergunta ele.

— A ideia foi tua — insisto.

Ele parece lembrar-se. — Porque estou todo molhado?

— Não conseguia acordar-te — explico. — Olha, se querias ser aparicado, devias ter pedido ao Peeta.

— Pedido o quê? — Apenas o ruído da sua voz torce-me o estômago num nó de emoções desagradáveis como culpa, tristeza e medo. E saudade. Tenho de admitir que também há um pouco disso. Só que tem demasiada concorrência para poder sobressair.

Observo o Peeta a aproximar-se da mesa, com a luz do sol que entra pela janela reflectindo-se na neve fresca sobre o seu cabelo louro. Ele parece forte e saudável, tão diferente do rapaz doente e faminto que conheci na arena, e agora mal se repara no seu coxear. Ele coloca um pão fresco em cima da mesa e estende a mão ao Haymitch.

— Pedido para me acordar sem me causares uma pneumonia — responde o Haymitch, entregando a faca. Depois tira a camisa suja, revelando uma camisa interior igualmente sebosa, e esfrega-se com a parte seca.

O Peeta sorri e molha a faca do Haymitch com um pouco de aguardente de uma garrafa no chão. Limpa a lâmina na fralda da camisa e corta o pão em fatias. O Peeta abastece-nos a todos de pão e bolos frescos cozidos no forno. Eu caço. Ele coze. O Haymitch bebe. Temos os nossos próprios meios de nos mantermos ocupados, de afastar as recordações do nosso tempo como concorrentes nos Jogos da Fome. Só depois de dar ao Haymitch o canto é que ele olha para mim pela primeira vez. — Queres um bocado?

— Não, já comi no Forno. Mas obrigada — respondo com uma voz que não parece a minha. É demasiado formal, como tem sido sempre que tenho falado com o Peeta desde que as câmaras acabaram de filmar o nosso feliz regresso a casa e retomámos as nossas vidas reais.

— De nada — responde ele, friamente.

O Haymitch atira a camisa para o meio da confusão. — Brr. Vocês os dois têm muito que ensaiar antes do espectáculo.

Ele tem razão, claro. O público estará à espera do par de namorados que ganhou os Jogos da Fome. Não de duas pessoas que mal conseguem olhar-se nos olhos. No entanto, só consigo dizer: — Vai tomar banho, Haymitch. — Depois volto-me na janela, salto para fora e atravesso o relvado para a minha casa.

A neve já começou a assentar e deixo um rasto de pegadas atrás de mim. Quando chego à porta da frente, paro para sacudir os sapatos antes de entrar. A minha mãe tem trabalhado dia e noite para deixar tudo perfeito para as câmaras. Não posso agora deixar-lhe pegadas no chão polido. Mal acabo de entrar quando a vejo, segurando-me o braço como se quisesse deter-me.

— Não se preocupe, vou tirá-los aqui — asseguro, deixando os sapatos no tapete.

A minha mãe solta um riso estranho e aspirado e tira-me o saco de caça carregado do ombro. — É apenas neve. Fizeste uma boa caminhada?

— Caminhada? — Ela sabe que eu estive no bosque metade da noite. Então reparo no homem atrás dela à entrada da cozinha. Basta olhar para o fato feito por medida e feições cirurgicamente aperfeiçoadas para perceber que é do Capitólio. Há qualquer coisa que não está bem. — Foi mais patinagem. Está a ficar mesmo escorregadio lá fora.

— Está cá uma pessoa para falar contigo — informa a minha mãe. Tem o rosto demasiado pálido e consigo ouvir a ansiedade que ela tenta esconder.

— Pensei que só chegassem ao meio-dia. — Finjo não reparar no estado dela. — O Cinna veio mais cedo para me ajudar a arranjar?

— Não, Katniss, é... — começa a minha mãe.

— Por aqui, faz favor, Senhorita Everdeen — diz o homem, apontando para o fundo do corredor. É estranho ser recebida assim na minha própria casa, mas sei que não devo fazer comentários.

21

Ao obedecer, lanço um sorriso tranquilizador à minha mãe por cima do ombro. — Provavelmente mais instruções para o Passeio. — Eles têm enviado toda a espécie de informações sobre o meu itinerário e o protocolo a seguir em cada distrito. Contudo, ao dirigir-me para a porta do escritório, que nunca sequer vi aberta até este momento, sinto o cérebro a acelerar. *Quem está aqui? O que é que eles querem? Porque é que a minha mãe está tão pálida?*

— Pode entrar — diz o homem do Capitólio, que me seguiu pelo corredor.

Rodo a maçaneta de latão polido e entro. O meu nariz detecta os aromas contrastantes de rosas e sangue. Um homem baixo de cabelo grisalho, que me parece vagamente familiar, está a ler um livro. Levanta um dedo, como se quisesse dizer, «Dê-me um momento», e depois volta-se. O meu coração pára.

Estou a encarar os olhos de serpente do presidente Snow.

2

Na minha mente, o presidente Snow devia ser visto diante de colunas de mármore drapejadas de bandeiras gigantes. É desconcertante vê-lo rodeado dos objectos vulgares na sala. Como se ao levantar a tampa de uma panela, encontrássemos uma víbora em vez de um guisado.

Que estará ele a fazer aqui? Tento recordar os primeiros dias de outros Passeios da Vitória. Lembro-me de ver os tributos vencedores com os seus mentores e estilistas. Às vezes aparecem alguns altos funcionários do Governo, mas nunca o presidente Snow. Ele assiste às celebrações no Capitólio. Ponto final.

Se fez a viagem até aqui, desde a sua cidade, isso só pode significar uma coisa. Estou metida num grande sarilho. E se estiver, a minha família também está. Sinto um arrepio ao pensar na proximidade da minha mãe e da minha irmã a este homem que me despreza. Que sempre me desprezará. Porque levei a melhor sobre os seus sádicos Jogos da Fome, meti o Capitólio a ridículo e, consequentemente, enfraqueci o seu poder.

Tudo o que fiz foi tentar salvar a vida do Peeta e a minha própria vida. Qualquer acto de rebelião foi puramente acidental. No entanto, quando o Capitólio decide que apenas um tributo pode viver e alguém tem a audácia de o contestar, calculo que isso seja em si uma rebelião. A minha única defesa foi fingir que enlouqueci por amor ao Peeta. Assim pudemos ambos viver. Ser coroados vencedores. Voltar para casa, festejar, dizer adeus às câmaras e viver em paz. Até agora.

Talvez seja a novidade da casa ou o choque de o ver ou a consciência mútua de que ele podia mandar matar-me a qualquer instante que me faz sentir uma intrusa. Como se a casa fosse dele e eu a pessoa não convidada. Por isso, não lhe dou as boas-vindas nem lhe ofereço uma cadeira.

Não digo nada. Na verdade, trato-o como se ele fosse uma verdadeira serpente, das venenosas. Permaneço imóvel, com os olhos fixos nele, pensando em planos de retirada.

— Julgo que podemos tornar esta situação muito mais simples se concordarmos em não mentir um ao outro — começa o presidente. — Que acha?

Acho que a minha língua congelou e que a fala será impossível. Surpreendo-me portanto quando respondo com uma voz firme: — Sim, acho que isso pouparia tempo.

O presidente Snow sorri e reparo nos lábios dele pela primeira vez. Esperava lábios de serpente, o que seria o mesmo que dizer lábios nenhuns. Mas os dele são demasiado cheios, com a pele demasiado esticada. Pergunto a mim mesma se a boca não terá sido alterada para o tornar mais atraente. Nesse caso, foi uma perda de tempo e dinheiro, porque ele não é nada atraente. — Os meus conselheiros temiam que você fosse difícil, mas não está a planear ser difícil, pois não? — pergunta.

— Não — respondo.

— Foi o que lhes disse. Disse-lhes que qualquer rapariga que se esforça tanto para preservar a vida não estará interessada em perdê-la de mão beijada. E depois terá de pensar na família. Na mãe, na irmã, em todos aqueles... primos. — Pela maneira como se demora na palavra «primos», percebo que sabe que eu e o Gale não partilhamos a mesma árvore genealógica.

Bem, pelo menos agora está tudo em cima da mesa. Talvez assim seja melhor. Não me dou bem com ameaças ambíguas. Prefiro saber logo o que está em jogo.

— Vamos sentar-nos. — O presidente Snow senta-se à grande secretária de madeira polida onde a Prim faz os trabalhos de casa e a minha mãe elabora os seus orçamentos. Como a casa, este escritório é um lugar que ele não tem qualquer direito mas, em última análise, todo o direito, de ocupar. Sento-me diante da secretária numa das cadeiras esculpidas de costas direitas. Foram feitas para alguém mais alto do que eu, por isso apenas os meus dedos dos pés tocam no chão.

— Tenho um problema, Senhorita Everdeen — declara o presidente Snow. — Um problema que começou no momento em que você sacou aquelas bagas venenosas na arena.

Foi nesse momento que calculei que, se os Produtores dos Jogos tivessem de escolher entre assistir ao nosso suicídio, meu e do Peeta — o que significaria não haver vencedor —, e deixar-nos ambos viver, eles escolheriam a segunda hipótese.

— Se o Chefe dos Produtores dos Jogos, o Seneca Crane, tivesse tido algum juízo, ter-vos-ia eliminado naquele instante. Mas o homem tinha um infeliz temperamento sentimental. Assim, aqui estamos. É capaz de adivinhar onde ele se encontra agora? — pergunta o presidente Snow.

Aceno que sim com a cabeça, porque, pela maneira como ele o diz, é evidente que o Seneca Crane foi executado. O cheiro a rosas e sangue tornou-se mais intenso agora que apenas uma secretária nos separa. Há uma rosa na lapela do presidente Snow, o que pelo menos indicia uma fonte do perfume da flor, mas deve ser geneticamente manipulado, porque nenhuma rosa verdadeira tresanda daquela maneira. Quanto ao sangue... não sei.

— Depois disso — continua o presidente —, já não podíamos fazer nada senão deixá-la representar o pequeno drama até ao fim. E fê-lo muito bem, com o artifício da rapariguinha perdida de amores. As pessoas no Capitólio ficaram bastante convencidas. Infelizmente, nem toda a gente nos distritos acreditou na história.

O meu rosto deve revelar pelo menos um indício de perplexidade, porque ele o percebe.

— Isso, claro, você não sabe. Não tem qualquer acesso a informações sobre a situação nos outros distritos. Em vários deles, porém, as pessoas encararam o seu pequeno truque das bagas como um acto de desafio, não um acto de amor. E se uma rapariga do Distrito 12, ainda por cima, pode desafiar o Capitólio e sair incólume, o que lhes impedirá de fazer o mesmo? — pergunta o presidente. — O que impedirá, por exemplo, um motim?

Esta última frase leva algum tempo a penetrar-me no espírito. Depois percebo o seu pleno significado. — Houve motins? — pergunto, ao mesmo tempo arrepiada e algo entusiasmada com a possibilidade.

— Ainda não. Mas haverá, se o rumo dos acontecimentos não mudar. E sabemos que os motins podem conduzir a revoluções. — O presidente Snow esfrega um ponto por cima da sobrancelha esquerda, precisamente o mesmo onde eu costumo sentir dores de cabeça. — Faz alguma ideia do que significaria isso? De quantas pessoas morreriam? Das condições que os sobreviventes teriam de enfrentar? Sejam quais forem os problemas que alguém possa ter com o Capitólio, acredite quando lhe digo que se diminuíssemos o domínio sobre os distritos, ainda que por um curto período de tempo, todo o sistema se desmoronaria.

Fico surpreendida com a franqueza e até com a sinceridade do seu discurso. Como se a sua principal preocupação fosse o bem-estar dos cidadãos de Panem, quando nada podia estar mais longe da verdade. Não sei como ouso proferir as palavras seguintes, mas profiro-as: — Deve ser muito frágil, se um punhado de bagas pode fazê-lo desmoronar.

Segue-se uma longa pausa, enquanto ele me examina. Depois diz apenas: — É frágil, mas não da maneira que imagina.

Alguém bate à porta. O homem do Capitólio espreita para dentro.
— A mãe dela deseja saber se o senhor queria chá.
— Queria. Gostaria de um chá — responde o presidente. A porta abre-se mais um pouco e aparece a minha mãe, segurando um tabuleiro com um serviço de chá de porcelana que ela levou para o Jazigo quando se casou. — Coloque-o aqui, por favor. — Ele afasta o seu livro para o canto da secretária e bate levemente no centro.

A minha mãe pousa o tabuleiro na secretária. Traz um bule e chávenas de porcelana, leite e açúcar, e um prato de biscoitos cobertos de lindas flores de açúcar cristalizado tingido de cores suaves. A cobertura de açúcar só pode ter sido feita pelo Peeta.

— Que visão agradável. Sabe, é engraçado como geralmente as pessoas se esquecem de que os presidentes também precisam de comer — comenta o presidente Snow, num tom encantador. Bem, pelo menos isso parece descontrair um pouco a minha mãe.

— Quer que lhe traga mais alguma coisa? Posso preparar algo mais substancial se estiver com fome — sugere ela.

— Não, obrigado. Isto não podia ser mais perfeito — responde ele, claramente a dispensá-la. A minha mãe acena com a cabeça, lança-me um olhar e sai. O presidente Snow serve o chá para dois e deita leite e açúcar no seu. Depois está muito tempo a mexer. Percebo que ele já disse o que tinha a dizer e está à espera que eu responda.

— Não foi minha intenção provocar qualquer motim — asseguro-lhe.

— Acredito que não. Mas isso não importa. O seu estilista revelou-se profético na escolha do guarda-roupa. Katniss Everdeen, a rapariga em chamas, lançou uma faísca que, se não for contida, poderá tornar-se um inferno que destruirá Panem.

— Porque não me mata agora, simplesmente? — pergunto abruptamente.

— Em público? Isso só atiçaria as chamas.

— Arranje um acidente, então — sugiro.

— Quem acreditaria nisso? Não você, se estivesse a assistir.

— Então diga-me apenas o que quer que eu faça. Eu fá-lo-ei — assegurou-lhe.

— Se fosse assim tão simples... — Ele pega num dos biscoitos floridos e examina-o. — Lindos. Foi a sua mãe que os fez?

— Foi o Peeta. — E pela primeira vez, percebo que não consigo continuar a olhar para ele. Estendo a mão para pegar na minha chávena mas volto a pousá-la quando a oiço tremer no pires. Para disfarçar tiro rapidamente um biscoito.

— O Peeta. Como está o amor da sua vida? — pergunta o presidente Snow.

— Bem — respondo.

— Em que momento é que ele percebeu a medida exacta da sua indiferença? — pergunta ele, mergulhando o biscoito no chá.

— Não sou indiferente — retruco.

— Mas talvez não esteja tão apaixonada pelo rapaz como quis fazer crer a todo o país.

— Quem diz que não estou?

— Digo eu — responde o presidente. — E não estaria aqui se fosse a única pessoa com dúvidas. Como está o seu bonito primo?

— Não sei... eu não... — A aversão a esta conversa, a falar dos meus sentimentos por duas das pessoas que mais amo com o presidente Snow, deixa-me engasgada.

— Continue, Senhorita Everdeen. É que poderei facilmente eliminar esse rapaz se não chegarmos a um entendimento. E não lhe está a fazer qualquer favor desaparecendo com ele no bosque todos os domingos.

Se ele sabe isso, que mais poderá saber? E como é que sabe? Muitas pessoas podiam contar-lhe que eu e o Gale passamos os nossos domingos a caçar. Não aparecemos sempre no final de cada domingo carregados de animais caçados? Não o fazemos há anos? A verdadeira questão é saber o que ele julga que se passa no bosque além do Distrito 12. Com certeza não andaram a seguir-nos. Ou andaram? Poderíamos ter sido vigiados? Isso parece impossível. Pelo menos por uma pessoa. Câmaras? Tal nunca me passou pela cabeça até agora. O bosque sempre foi o nosso porto seguro, fora do alcance do Capitólio, onde podíamos dizer o que sentíamos, ser nós mesmos. Pelo menos antes dos Jogos. Se andámos a ser vigiados desde então, que viram eles? Duas pessoas a caçar, proferindo impropérios contra o Capitólio, certamente. Mas não duas pessoas apaixonadas, o que parece ser a insinuação do presidente Snow. Quanto a isso, estamos safos. A não ser que... a não ser que...

Só aconteceu uma vez. Foi rápido e inesperado, mas aconteceu, de facto.

Depois de eu e o Peeta regressarmos dos Jogos, tive de esperar várias semanas até poder estar com o Gale a sós. Primeiro houve as celebrações obrigatórias. Um banquete para os vencedores para o qual apenas as pessoas mais importantes foram convidadas. Um feriado para o distrito inteiro com comida de graça e artistas vindos do Capitólio. O Dia da Encomenda, o primeiro de doze, em que embalagens de comida são entregues a todas as pessoas no distrito. Foi a minha ocasião preferida. Ver todos aqueles miúdos esfomeados do Jazigo a correr pelas ruas, agitando as suas latas de carne e de maçã cozida, e até de bombons. Nas suas casas estariam os sacos de cereais, latas de óleo, grandes de mais para levar para a rua. Saber que uma vez por mês, durante um ano, eles receberiam todos outra encomenda. Foi uma das poucas vezes em que efectivamente me senti contente por ter ganho os Jogos.

Assim, durante as cerimónias e os eventos, com os jornalistas registando todos os meus passos enquanto me exibia e agradecia e beijava o Peeta para o público, não tive privacidade nenhuma. Depois de algumas semanas, as coisas finalmente acalmaram. As equipas de filmagem e os jornalistas fizeram as malas e foram para casa. Eu e o Peeta adoptámos a relação fria que mantemos desde então. A minha família instalou-se na nova casa da Aldeia dos Vencedores. A vida quotidiana do Distrito 12 — os trabalhadores para as minas, os miúdos para a escola — retomou o seu ritmo normal. Esperei até achar que não havia qualquer perigo, e então um domingo, sem dizer a ninguém, levantei-me horas antes do amanhecer e dirigi-me para o bosque.

O tempo ainda estava suficientemente quente e não precisava de um casaco. Enchi um saco de comidas especiais, frango frio e queijo, pão de padaria e laranjas. Na minha velha casa, calcei as botas de caça. Como de costume, a vedação não estava electrificada e foi fácil entrar no bosque e recolher o meu arco e flechas. Fui para o nosso lugar, meu e do Gale, onde tínhamos partilhado o pequeno-almoço na manhã da ceifa que me enviou para os Jogos.

Esperei pelo menos duas horas. Comecei a pensar que ele já desistira de me ver nas semanas que se haviam passado. Ou que já não gostava de mim. Que me odiava até. E a ideia de o perder para sempre, o meu melhor amigo, a única pessoa a quem alguma vez confiara os meus segredos, era tão dolorosa que achei que não conseguiria suportá-la. Não depois de tudo o que já tinha acontecido. Senti os olhos a encher-se de lágrimas e a garganta começar a fechar-se, como sempre acontece quando fico enervada.

Depois ergui os olhos e lá estava ele, a três metros de distância, a observar-me. Sem pensar sequer, levantei-me de um salto e lancei-me ao pescoço dele, fazendo um ruído esquisito que parecia combinar riso, soluços e choro. Ele abraçou-me com tanta força que eu não lhe conseguia ver o rosto, mas só depois de muito tempo é que me largou, e porque não tinha outra opção. Apanhei um ataque tão ruidoso de soluços que tinha mesmo de beber alguma coisa.

Depois fizemos o que sempre fazíamos. Tomámos o pequeno-almoço. Caçámos, pescámos e colhemos ervas. Falámos das pessoas na cidade mas não de nós. Nem da sua nova vida nas minas, nem do meu tempo na arena. Só de outras coisas. Quando regressámos ao buraco na vedação que fica mais próximo do Forno, penso que já acreditava mesmo que as coisas poderiam voltar a ser iguais. Que poderíamos continuar como sempre. Tinha entregue todos os animais caçados ao Gale para ele trocar, porque eu já tinha comida a mais em casa. Disse-lhe que não iria ao Forno, apesar de estar ansiosa por lá ir, porque a minha mãe e a Prim nem sequer sabiam que eu tinha ido caçar e deviam querer saber onde eu estava. Então, de repente, enquanto lhe propunha que fosse eu a inspeccionar diariamente as armadilhas, ele tomou-me o rosto nas mãos e beijou-me.

Apanhou-me completamente desprevenida. Era de supor que após tantas horas passadas na companhia do Gale — a vê-lo falar, rir-se e franzir o sobrolho — eu soubesse tudo o que havia a saber sobre os lábios dele. Mas nunca imaginei que pudessem ser tão quentes quando tocassem nos meus. Nem que aquelas mãos, que conseguiam fazer as armadilhas mais intricadas, fossem capazes de me prender com a mesma facilidade. Acho que fiz um ruído qualquer no fundo da garganta, e lembro-me vagamente de ter os dedos, muito cerrados, apoiados no peito dele. Depois o Gale soltou-me e disse: — Tinha de fazer isto. Pelo menos uma vez. — E foi-se embora.

Apesar de o Sol se estar a pôr e de a minha família poder estar preocupada, sentei-me junto a uma árvore ao lado da vedação. Tentei decidir o que sentia em relação ao beijo, se tinha gostado ou não, mas só consegui lembrar-me da pressão dos lábios dele e do perfume das laranjas ainda colado à sua pele. Não fazia sentido compará-lo aos muitos beijos que troquei com o Peeta. Ainda não decidira se esses tinham contado. Por fim, dirigi-me para casa.

Nessa semana tratei das armadilhas e fui entregar a caça à Hazelle. Só voltei a ver o Gale no domingo. Tinha todo um discurso preparado, sobre como não queria um namorado e não tencionava casar-me, mas acabei por não o fazer. O Gale comportou-se como se o beijo nunca tivesse acontecido. Talvez esperasse que eu dissesse alguma coisa. Ou que o beijasse em resposta. Em vez disso, fingi também que o beijo nunca tinha acontecido. Mas aconteceu. O Gale quebrara uma barreira invisível entre nós e, com isso, qualquer esperança que eu tinha de retomar a nossa velha e descomplexada amizade. Por mais que fingisse, nunca poderia voltar a olhar para os lábios dele da mesma maneira.

Tudo isto atravessa-me a cabeça num instante enquanto o presidente Snow me penetra com os olhos no seguimento da sua ameaça de matar o Gale. Como fui estúpida ao pensar que eles simplesmente me ignorariam depois de eu regressar a casa! Eu talvez não soubesse dos possíveis motins, mas sabia que o Capitólio estava furioso comigo. Em vez de agir com toda a cautela que a situação exigia, que fiz eu? Do ponto de vista do presidente, ignorei o Peeta e mostrei a minha preferência pela companhia do Gale ao distrito inteiro. E ao fazê-lo tornei claro que estava, na verdade, a fazer pouco do Capitólio. Com a minha falta de cuidado, acabei por colocar o Gale, a família dele e a minha família em perigo, e o Peeta também.

— Por favor não faça mal ao Gale — sussurro. — Ele é apenas meu amigo. É meu amigo há anos. É só isso que existe entre nós. Além de que agora toda a gente pensa que somos primos.

— Só estou interessado em saber como isso afectará a sua relação com o Peeta, e consequentemente o ambiente nos distritos — esclarece o presidente.

— Continuará a ser a mesma no Passeio. Estarei apaixonada por ele exactamente como estava — asseguro.

— Exactamente como está — corrige o presidente Snow.

— Como estou — confirmo.

— Só que terá de fazer ainda melhor do que isso para evitar os motins — acrescenta ele. — Este Passeio será a sua única e última oportunidade para dar a volta às coisas.

— Eu sei. E vou conseguir. Vou convencer toda a gente nos distritos que não estava a desafiar o Capitólio, que estava loucamente apaixonada — prometo.

O presidente Snow levanta-se e limpa os lábios carnudos ao guardanapo. — Procure ir mais longe, no caso de isso não ser suficiente.

— Que quer dizer? Como posso ir mais longe? — pergunto.

— Convença-me, *a mim* — responde ele. Deixa cair o guardanapo e pega no seu livro. Não o vejo a dirigir-se para a porta, por isso estremeço quando me sussurra ao ouvido. — A propósito, eu sei do beijo. — Depois oiço a porta fechar-se com um estalido.

3

O cheiro a sangue... estava no seu hálito.
Que faz ele?, pergunto-me. *Bebe-o?* Imagino-o a bebericá-lo de uma chávena de chá. Mergulhando um biscoito no líquido e retirando-o a pingar de vermelho.

Lá fora, do outro lado da janela, surge o ruído de um automóvel, suave e baixo como o ronronar de um gato. Depois afasta-se, perdendo-se ao longe. Vai-se como chegou, despercebido.

O escritório parece estar a girar em círculos lentos e enviesados, e pergunto-me se poderei desmaiar. Inclino-me para a frente e agarro-me à secretária com uma mão. A outra continua a segurar o bonito biscoito do Peeta. Acho que tinha um desenho de um lírio tigrino, mas agora está reduzido a migalhas. Nem sequer me apercebi de que estava a esmagá-lo, mas presumo que tinha de me agarrar a qualquer coisa quando senti o meu mundo descarrilar.

Uma visita do presidente Snow. Os distritos à beira da revolta. Uma ameaça de morte directa ao Gale, com outros na mira. Toda a gente que eu amo condenada. E quem sabe quem mais pagará pelos meus actos? A não ser que eu dê a volta à situação neste Passeio. Que acalme o descontentamento e tranquilize o presidente. E como? Demonstrando ao país, sem qualquer possibilidade de dúvida, que amo o Peeta Mellark.

Não sou capaz, penso. *Não sou assim tão boa.* O Peeta é que é o bom, o encantador. Ele consegue levar as pessoas a acreditar em qualquer coisa. Eu sou aquela que se cala e se esconde e deixa-o falar, o mais possível. Mas não é o Peeta que tem de provar a sua dedicação. Sou eu.

Oiço os passos leves e rápidos da minha mãe no corredor. *Ela não pode saber*, penso. *Não pode saber nada disto.* Estendo as mãos sobre o tabuleiro e sacudo rapidamente as migalhas dos dedos e da palma da mão. Bebo um gole de chá, tremendo.

— Está tudo bem, Katniss? — pergunta ela.

— Está tudo óptimo. Nunca vemos isso na televisão, mas o presidente faz sempre uma visita aos vencedores antes do Passeio para lhes desejar boa sorte — respondo com um ar animado.

O rosto da minha mãe transborda de alívio. — Ah. Julguei que houvesse algum problema.

— Não, de modo nenhum — asseguro. — Os problemas vão começar quando a minha equipa de preparação vir que deixei crescer as sobrancelhas. — A minha mãe ri-se, e eu recordo de como foi definitiva a minha decisão de tomar conta da família, quando tinha onze anos. Não há como voltar atrás, terei sempre de a proteger.

— Vou preparar o teu banho — oferece-se ela.

— Óptimo — respondo, e percebo que ela fica contente.

Desde que regressei a casa tenho-me esforçado bastante para melhorar a relação com a minha mãe. Pedindo-lhe para me fazer as coisas em vez de recusar sempre qualquer oferta de ajuda, como fiz durante anos por despeito. Deixando-a tratar de todo o dinheiro que ganhei. Devolvendo-lhe os abraços em vez de os tolerar. A minha passagem pela arena fez-me perceber que tinha de deixar de a castigar por algo que ela não podia evitar: a depressão esmagadora em que caiu depois da morte do meu pai. Porque às vezes acontecem coisas às pessoas e elas não estão preparadas para as enfrentar.

Como eu, por exemplo. Neste preciso momento.

Além disso, ela fez uma coisa maravilhosa quando eu e o Peeta regressámos ao distrito. Depois de as nossas famílias e amigos nos terem recebido na estação de comboios, os jornalistas foram autorizados a fazer algumas perguntas. Alguém perguntou à minha mãe o que ela achava do meu novo namorado. Ela respondeu que, embora o Peeta fosse um exemplo perfeito do que todo o jovem devia ser, eu não tinha idade para ter um namorado. Acompanhou este comentário com um olhar severo ao Peeta. Seguiram-se muitos risos e comentários da imprensa do tipo «Alguém está metido em sarilhos», e o Peeta largou-me a mão e deu um passo para o lado, afastando-se de mim. Isso não durou muito tempo — havia demasiada pressão para que nos comportássemos de modo contrário — mas deu-nos um pretexto para sermos um pouco mais reservados do que tínhamos sido no Capitólio. E talvez isso possa ajudar a explicar porque fui vista tão poucas vezes na companhia do Peeta desde que as câmaras se foram embora.

Subo para a casa de banho no andar de cima, onde me espera um banho fumegante. A minha mãe acrescentou-lhe um pequeno saco de flores secas que perfuma o ar. Não estávamos habituadas ao luxo de abrir uma torneira e ter um abastecimento ilimitado e imediato de água quente. Tínhamos apenas água fria na nossa casa do Jazigo, e um banho implicava ferver mais água no fogão. Dispo-me e mergulho na água sedosa — a minha mãe deitou também um óleo qualquer — e tento organizar as minhas ideias.

A primeira questão é saber a quem devo contar, se é que vou contar. Não à minha mãe nem à Prim, obviamente; só ficariam doentes de preocupação. Não ao Gale, mesmo que conseguisse falar com ele. E que faria ele com a informação? Se estivesse sozinho, podia tentar convencê-lo a fugir, pois certamente seria capaz de sobreviver no bosque. Contudo, não está sozinho, e nunca abandonaria a família. Nem a mim. Quando voltarmos para casa terei de lhe dizer por que razão os nossos domingos são uma coisa do passado, mas não consigo pensar nisso agora. Só no meu próximo passo. Além disso, o Gale já está tão zangado e frustrado com o Capitólio que às vezes penso que vai organizar o seu próprio motim. A última coisa de que precisa é um incentivo. Não, não posso contar a ninguém que deixarei para trás no Distrito 12.

Há ainda três pessoas em que poderei confiar, a começar pelo Cinna, o meu estilista. Todavia, desconfio que o Cinna já possa estar em perigo, e não quero causar-lhe mais problemas associando-o ainda mais a mim. Depois há o Peeta, que será o meu parceiro nesta ficção, mas nem sei como começar a conversa? *Ei, Peeta, lembras-te quando te disse que estava mais ou menos a fingir estar apaixonada por ti? Bem, agora preciso que te esqueças disso e que te comportes como se estivesses ainda mais apaixonado por mim, senão o presidente pode matar o Gale.* Não posso fazer isso. Além de que o Peeta se comportará sempre bem quer saiba o que está em jogo quer não. Resta o Haymitch. Bêbado, rabugento e conflituoso, sobre quem acabei de despejar uma bacia de água gelada. Como meu mentor nos Jogos o seu dever era manter-me viva. Só espero que ainda esteja à altura da missão.

Deixo-me escorregar para dentro da água, abafando os ruídos à minha volta. Gostaria que a banheira se expandisse para poder ir nadar, como costumava fazer com o meu pai no bosque nos domingos quentes de Verão. Esses dias eram um regalo especial. Saíamos de casa de manhã cedo e penetrávamos mais no bosque que o costume para um pequeno lago que ele tinha descoberto durante uma caçada. Era tão nova quando o meu pai me ensinou a nadar que nem sequer me recordo. Só me lembro de mergulhar, de dar cambalhotas no ar e de brincar na água. Do fundo lodoso do lago debaixo dos pés. Do cheiro a flores e verdura. De flutuar de costas, como faço agora, olhando para o céu azul enquanto o burburinho do bosque era abafado pela água. Ele apanhava as aves aquáticas que nidificavam nas margens, eu roubava os ovos entre os juncos, e depois íamos os dois para os baixios arrancar raízes de sagitária*, a planta que me deu o nome. À noite, quando chegávamos a casa, a minha mãe fingia não me reconhecer porque eu estava tão limpa. Depois preparava um jantar fantástico de pato assado e tubérculos de sagitária cozidos com molho.

Nunca levei o Gale ao lago. Podia tê-lo feito. Demora-se muito tempo a lá chegar, mas as aves aquáticas são tão fáceis de apanhar que compensam o tempo perdido para a caça. Na verdade, porém, é um lugar que nunca quis partilhar com ninguém, que pertencia apenas a mim e ao meu pai. Desde que regressei dos Jogos, com tão pouco para me ocupar os dias, tenho lá ido algumas vezes. Continua a ser agradável nadar, mas de uma maneira geral as visitas deprimem-me. Enquanto nos últimos cinco anos o lago tem permanecido admiravelmente inalterado, eu estou quase irreconhecível.

Mesmo debaixo de água consigo ouvir os ruídos da agitação lá em baixo. Buzinas de automóveis, cumprimentos gritados, portas a bater. Isso só pode quer dizer que a minha comitiva acabou de chegar. Tenho apenas tempo para me secar e vestir um robe quando a minha equipa de preparação entra de rompante na casa de banho. Não se põe qualquer questão de privacidade. Com respeito ao meu corpo, não temos segredos, estas três pessoas e eu.

— Katniss, as tuas sobrancelhas! — grita logo a Venia. Mesmo com a nuvem negra pairando sobre mim, tenho de abafar um riso. Ela tem um novo penteado. O cabelo azulado foi transformado em pontas aguçadas distribuídas por toda a cabeça. As tatuagens douradas que exibia apenas em torno das sobrancelhas prolongam-se agora para debaixo dos olhos, contribuindo para a impressão de que a choquei literalmente.

A Octavia aproxima-se e consola a Venia com umas palmadinhas nas costas. O seu corpo cheio de curvas, mais roliço que o costume, contrasta com o corpo magro e anguloso da Venia. — Pronto, pronto. Podes tratar disso num instante. Mas o que é que eu faço com estas unhas? — Ela agarra-me na mão e prende-a espalmada entre as suas, tingidas de verde--ervilha. Não, a cor da pele já não é propriamente verde-ervilha. Agora é mais verde-claro. A mudança de tom é sem dúvida uma tentativa de acompanhar as caprichosas tendências da moda do Capitólio. — Francamente, Katniss, podias ter-me deixado alguma coisa com que trabalhar! — lamenta-se.

É verdade. Tenho roído bastante as unhas nos últimos dois meses. Pensei em tentar quebrar o hábito, mas não conseguia evocar uma boa razão

---

* *Katniss*, em inglês. (NT)

para o fazer. — Desculpa — murmuro. Na verdade, não perdi muito tempo a preocupar-me com o efeito que isso poderia ter sobre a minha equipa de preparação.

O Flavius levanta alguns fios do meu cabelo molhado e emaranhado. Abana a cabeça com um ar reprovador, fazendo ressaltar os seus caracóis cor-de-laranja. — Alguém tocou nisto desde a última vez que nos vimos? — pergunta, severamente. — Lembras-te? Pedimos-te explicitamente para não tocares no cabelo.

— Sim! — respondo, grata por lhes poder mostrar que não os ignorei completamente. — Quero dizer, não, ninguém o cortou. Lembrei-me disso. — Não, não me lembrei. A verdade é que a questão nunca se pôs. Desde que regressei a casa, usei-o sempre preso pelas costas na minha velha trança.

Isso parece apaziguá-los. Dão-me todos um beijo, instalam-me numa cadeira no meu quarto e, como de costume, começam a falar ininterruptamente sem quererem saber se estou a ouvir. Enquanto a Venia me reinventa as sobrancelhas e a Octavia me coloca unhas postiças e o Flavius me esfrega uma substância pegajosa no cabelo, eu oiço tudo acerca do Capitólio. Como os Jogos foram um sucesso, como tem sido tão aborrecido desde então, como estão todos ansiosos por eu e o Peeta voltarmos a visitá-los no fim do Passeio da Vitória. Depois disso, não terão de esperar muito tempo até o Capitólio começar a preparar o Quarteirão.

— Não é emocionante?

— Não te sentes tão sortuda?

— Logo no primeiro ano como vencedora, vais ser mentora num Quarteirão.

As suas palavras sobrepõem-se num burburinho de emoção.

— Ah, pois — respondo, duma maneira neutra. É o melhor que posso fazer. Num ano normal, ser mentora dos tributos é já um pesadelo. Hoje em dia não consigo passar pela escola sem tentar adivinhar qual dos miúdos terei de aconselhar. No entanto, para piorar ainda mais as coisas, este é o ano dos Septuagésimos Quintos Jogos da Fome, e isso significa que é também um Quarteirão. Este ocorre todos os vinte e cinco anos, assinalando o aniversário da derrota dos distritos com celebrações extraordinárias e, para ajudar à festa, uma variante infeliz com relação aos tributos. Nunca assisti a um, claro, mas na escola lembro-me de ouvir que para o segundo Quarteirão o Capitólio exigiu a presença do dobro dos tributos na arena. Os professores não entraram em muitos mais pormenores, o que é surpreendente, pois foi nesse ano que o nosso Haymitch Abernathy conquistou a coroa.

— O Haymitch é melhor preparar-se, vai ser o centro das atenções! — exclama a Octavia com uma voz estridente.

O Haymitch nunca me falou da sua experiência na arena. E eu nunca perguntaria. Se alguma vez vi uma reposição dos Jogos dele na televisão, devia ter sido demasiado jovem para me recordar. Este ano, porém, o Capitólio não deixará que ele se esqueça. De certo modo, calha bem eu e o Peeta estarmos ambos disponíveis como mentores para o Quarteirão, porque o mais provável é que o Haymitch esteja sempre bêbado.

Depois de esgotar o tema do Quarteirão, a minha equipa de preparação lança-se numa algaraviada sobre as suas vidas incompreensivelmente fúteis. Quem disse o quê sobre alguém de que eu nunca ouvi falar e que tipo de sapatos acabaram de comprar e uma longa história da parte da Octavia sobre o erro que foi obrigar toda a gente a usar plumas na sua festa de aniversário.

Pouco depois tenho as sobrancelhas a arder, o cabelo liso e sedoso e as unhas prontas para serem pintadas. Aparentemente a equipa recebeu instruções para me preparar apenas as mãos e o rosto, talvez porque com o tempo frio tudo o resto estará coberto. O Flavius gostava muito de usar o seu distintivo batom roxo, mas resigna-se a aplicar-me o cor-de--rosa quando me começam a colorir o rosto e as unhas. Percebo pela paleta de cores que o Cinna decidiu dar-me um ar ameninado, não sensual. Ainda bem. Nunca conseguirei convencer ninguém se tentar ser provocante. O Haymitch deixou isso bastante claro quando estava a preparar-me para a minha entrevista nos Jogos.

A minha mãe entra no quarto, um pouco timidamente, e diz que o Cinna lhe pediu para mostrar à equipa como ela me arranjou o cabelo no dia da ceifa. Eles reagem com entusiasmo e depois ficam a vê-la, completamente absortos, a executar por partes o elaborado penteado entrançado. No espelho, consigo ver os seus rostos sérios a seguir-lhe cada gesto, mostrando-se ansiosos pela sua vez de experimentar. Realmente, os três são tão prontamente atenciosos e simpáticos para a minha mãe que me sinto culpada de por vezes me achar tão superior a eles. Quem sabe o que eu seria ou do que falaria se tivesse sido criada no Capitólio? Talvez a minha maior infelicidade fosse também ter fatos com plumas na minha festa de aniversário.

Depois de me arranjarem o cabelo, desço ao rés-do-chão e encontro o Cinna na sala de estar. A simples visão dele dá-me alguma esperança. Está com o mesmo aspecto de sempre, roupas simples, cabelo castanho curto, apenas um toque de *eyeliner* dourado. Abraçamo-nos e a minha vontade é logo contar-lhe todo o episódio com o presidente Snow. Mas não, já decidi contar primeiro ao Haymitch. Ele saberá melhor com quem deveremos partilhar o fardo. No entanto, é tão fácil falar com o Cinna. Ultimamente temos conversado muito, pelo telefone, que veio com a casa. Isso é a ponto de piada, porque quase mais ninguém que conhecemos tem telefone. Há o Peeta mas, obviamente, não lhe ligo. O Haymitch arrancou o seu da parede há anos. A minha amiga Madge, filha do governador, tem telefone em casa mas, quando queremos conversar, fazemo-lo em pessoa. A princípio, o aparelho mal era usado. Depois o Cinna começou a ligar para falarmos do meu «talento».

Todos os vencedores devem ter um. O nosso talento é a actividade a que nos dedicamos uma vez que não temos de trabalhar nem na escola nem na indústria do nosso distrito. Na verdade, pode ser qualquer coisa sobre a qual nos possam entrevistar. O Peeta, veio a saber-se, tem mesmo um talento, que é a pintura. Esteve anos a decorar aqueles bolos e biscoitos na padaria da família mas agora que é rico, já pode dar-se ao luxo de espalhar tinta verdadeira em telas. Eu não tenho um talento, a não ser que contasse caçar ilegalmente, mas não conta. Ou talvez cantar, o que eu não faria para o Capitólio nem morta. A minha mãe tentou interessar-me por várias alternativas apropriadas a partir de uma lista que a Effie Trinket lhe enviou. Culinária, arranjos florais, flauta. Nenhuma pegou, embora a Prim mostrasse aptidão para as três. Finalmente o Cinna interveio e ofereceu-se para me ajudar a desenvolver a minha paixão por desenhar roupas, que de facto precisava de desenvolvimento porque simplesmente não existia. No entanto, aceitei porque isso me dava a possibilidade de falar com o Cinna, e ele prometeu que faria o trabalho todo.

Agora está a dispor as coisas pela minha sala de estar: roupas, tecidos e cadernos com desenhos feitos por ele. Pego num dos cadernos e examino um vestido supostamente criado por mim. — Sabes, acho que mostro muita promessa — comento.

— Veste-te, sua inútil — retruca o Cinna, atirando-me um molho de roupa.

Posso não me interessar por desenhar roupas, mas adoro as que o Cinna faz para mim. Como estas. Umas calças pretas soltas feitas de um tecido quente e grosso. Uma camisa branca confortável. Uma camisola de lã macia tecida de fios verdes, azuis e cinzentos. Botas de pele com atacadores que não me apertam os dedos dos pés.

— Fui eu que desenhei a minha roupa? — pergunto.

— Não, tu aspiras a desenhar a tua roupa e a ser como eu, o teu herói da moda — responde o Cinna. Ele entrega-me um pequeno maço de cartões. — Vais ler destas fichas em voz *off* enquanto eles estiverem a filmar as roupas. E tenta pelo menos fingir que estás interessada.

Nesse preciso instante, a Effie Trinket, de peruca cor-de-laranja, entra na sala e lembra a toda a gente de que temos um horário para cumprir. Dá-me dois beijos na face enquanto faz sinal para a equipa de filmagens entrar. Depois manda colocar-me na posição devida. A Effie é a única razão por que nunca nos atrasámos para os eventos no Capitólio, por isso tento fazer-lhe todas as vontades. Começo a saltitar de um lado para o outro como uma marioneta, exibindo as roupas e dizendo coisas sem sentido como «Não é o máximo?». A equipa de som grava-me a ler a partir das fichas numa voz animada para poderem inseri-la mais tarde. Depois sou expulsa da sala para filmarem as «minhas» roupas em paz.

A Prim saiu mais cedo da escola para assistir ao acontecimento. Agora está na cozinha, sendo entrevistada por outra equipa. Está linda: com um vestido azul-claro que lhe realça os olhos e o cabelo louro preso atrás numa fita da mesma cor. Inclina-se um pouco para a frente sobre as biqueiras das suas botas brancas brilhantes como se estivesse prestes a levantar voo, como...

Bum! É como se alguém de facto me batesse no peito. Ninguém bateu, claro, mas a dor é tão real que dou um passo para trás. Cerro os olhos e não vejo a Prim — vejo a Rue, a rapariga de doze anos do Distrito 11 que foi minha aliada na arena. Ela era capaz de voar, como um pássaro, de árvore em árvore, agarrando-se aos ramos mais delgados. A Rue, que não salvei. Que deixei morrer. Vejo-a deitada no chão com a lança ainda espetada no estômago...

Quem mais não conseguirei salvar da vingança do Capitólio? Quem mais morrerá se eu não convencer o presidente Snow?

Percebo que o Cinna está a tentar vestir-me um casaco, por isso levanto os braços. Sinto a pele, por dentro e por fora, a envolver-me. É de um animal que nunca vi. — Arminho — diz-me ele, enquanto passo a mão sobre a manga branca. Luvas de pele. Um cachecol vermelho vivo. Algo peludo a tapar-me as orelhas. — Vais lançar de novo a moda dos protectores para os ouvidos.

Detesto protectores para os ouvidos, penso. Tornam difícil a audição, e desde que fiquei surda num ouvido na arena, detesto-os ainda mais. Depois da minha vitória, o Capitólio curou-me o ouvido, mas ainda dou por mim a testá-lo.

A minha mãe corre para mim com algo na mão. — Para te dar sorte — diz.

É o alfinete que a Madge me deu antes de eu partir para os Jogos. Um mimo-gaio voando num círculo de ouro. Tentei dá-lo à Rue mas ela não aceitou. Disse que o alfinete era a razão por que decidira confiar em mim. O Cinna prende-o ao nó do meu cachecol.

A Effie Trinket está por perto, a bater palmas. — Atenção, toda a gente! Vamos filmar a primeira cena no exterior em que os vencedores se cumprimentam no início da sua viagem maravilhosa. Muito bem, Katniss, um grande sorriso, estás muito animada, não é? — Não exagero quando digo que ela me empurra pela porta lá para fora.

Por um momento não consigo ver muito bem por causa da neve, que agora está a cair a sério. Depois distingo o Peeta a sair da sua porta da frente. Na minha cabeça, oiço a directiva do presidente Snow, «*Convence--me, a* mim». E percebo que tenho de o fazer.

O meu rosto abre-se num sorriso enorme e começo a andar na direcção do Peeta. Depois, como se não aguentasse mais um segundo, começo a correr. Ele apanha-me, dá-me uma volta no ar e depois escorrega — ainda não domina completamente a perna artificial — e caímos na neve, eu em cima dele, e é então que damos o nosso primeiro beijo em meses. É cheio de pêlo, flocos de neve e batom, mas por baixo de tudo isso, sinto a firmeza que o Peeta imprime em tudo. E sei que não estou sozinha. Por mais que o tenha magoado, ele não me expõe diante das câmaras. Não me condena com um beijo hesitante. Continua a tomar conta de mim. Tal como fazia na arena. A ideia, por alguma razão, dá-me vontade de chorar. Em vez disso, ajudo-o a levantar-se, dou-lhe o braço e conduzo--o alegremente pelo caminho.

O resto do dia é uma névoa, de chegar à estação, despedir-me de toda a gente, o comboio a partir, a velha equipa — eu e o Peeta, a Effie e o Haymitch, o Cinna e a Portia, a estilista do Peeta — comendo um jantar indescritivelmente delicioso de que não me lembro. E depois estou envolta num pijama e num volumoso roupão, sentada no meu luxuoso compartimento, esperando que os outros adormeçam. Sei que o Haymitch ficará acordado durante horas. Ele não gosta de dormir quando está escuro lá fora.

Quando o comboio parece sossegado, calço as minhas pantufas e dirijo-me em silêncio para a porta dele. Tenho de bater várias vezes antes de o Haymitch responder, carrancudo, como se estivesse certo de que lhe trago más notícias.

— Que queres? — indaga, quase me entontecendo com uma nuvem de vapores de vinho.

— Tenho de falar contigo — sussurro.

— Agora? — pergunta ele. Faço que sim com a cabeça. — Espero que seja importante. — Ele fica à espera, mas tenho a sensação de que cada palavra que proferimos naquele comboio do Capitólio está a ser gravada. — Então? — resmunga o Haymitch.

O comboio começa a travar e por um segundo imagino que o presidente Snow me está a observar e que não aprova que eu conte o nosso segredo ao Haymitch e decidiu então matar-me naquele momento. Mas é apenas uma paragem para reabastecimento de combustível.

— O comboio está tão abafado — comento.

É uma frase inocente, mas o Haymitch semicerra os olhos, dando sinal de que percebeu. — Já sei do que precisas. — Passa bruscamente por mim e segue aos tombos pelo corredor até encontrar uma porta. Ao abri-la, com dificuldade, deixa entrar uma rajada de neve. Depois tropeça lá para fora e cai no chão.

Um assistente do Capitólio apressa-se para vir ajudar mas o Haymitch dispensa-o delicadamente e continua a cambalear. — Quero só apanhar um pouco de ar fresco. Não demoro um minuto.

— Desculpe. Está bêbado — digo, desculpando-o. — Eu vou buscá-lo. — Salto lá para fora e sigo pela linha atrás dele, encharcando as pantufas de neve. Ele conduz-me para além do comboio, para que ninguém nos oiça. Depois volta-se para mim.

— Que foi?

Conto-lhe tudo. Da visita do presidente, do Gale, da possibilidade de sermos todos eliminados se eu fracassar.

O rosto dele torna-se sóbrio, envelhece ao brilho dos faróis vermelhos da retaguarda do comboio. — Então não podes fracassar.

— Se me puderes ajudar nesta viagem... — começo.

— Não, Katniss, não é só esta viagem.

— Que queres dizer? — pergunto.

— Mesmo que consigas, eles estarão de volta daqui a uns meses para nos levar aos Jogos. Tu e o Peeta serão mentores, todos os anos a partir de agora. E todos os anos insistirão no vosso romance e transmitirão os pormenores da vossa vida privada, e tu nunca, nunca poderás fazer nada senão viver feliz para sempre com aquele rapaz.

De repente, sinto o pleno impacto do que ele me está a dizer. Nunca terei uma vida com o Gale, mesmo que queira. Nunca me deixarão viver sozinha. Terei de estar eternamente apaixonada pelo Peeta. O Capitólio insistirá nisso. Terei alguns anos, talvez, porque ainda só tenho dezasseis, para viver com a minha mãe e a Prim. E depois... e depois...

— Compreendes o que quero dizer? — insiste o Haymitch.

Aceno que sim com a cabeça. Ele quer dizer que existe apenas um futuro, se quiser salvar a vida dos que amo e a minha própria vida. Terei de casar com o Peeta.

4

Voltamos para o comboio em silêncio. No corredor junto à minha porta, o Haymitch dá-me uma palmadinha no ombro e diz: — Podias ter arranjado muito pior, sabes? — Depois volta para o seu compartimento, levando o cheiro a vinho consigo.

No meu quarto, tiro as pantufas encharcadas, o pijama e o roupão, também molhados. Não há outros nas gavetas, por isso meto-me entre as cobertas de roupa interior. Fico a olhar para a escuridão, pensando na minha conversa com o Haymitch. Tudo o que ele disse é verdade, sobre as expectativas do Capitólio, o meu futuro com o Peeta, e até mesmo o seu último comentário. Claro, podia ter arranjado muito pior do que o Peeta. Mas não é isso que está em causa, pois não? Uma das poucas liberdades que temos no Distrito 12 é o direito de casar com quem queremos ou nem sequer casar. E agora até isso me foi tirado. Será que o presidente Snow insistirá para que tenhamos filhos? Se os tivermos, terão de enfrentar a ceifa todos os anos. E não seria formidável ver o filho de, não um, mas dois vencedores, escolhido para a arena? Já houve filhos de vencedores na arena. Isso causa sempre muita agitação e muita conversa acerca de as probabilidades serem contra a família. No entanto, acontece com demasiada frequência para se tratar apenas de probabilidades. O Gale está convencido de que o Capitólio faz de propósito, manipula os sorteios para gerar mais comoção. Tendo em conta todos os problemas que causei, provavelmente já garanti a qualquer filho meu um lugar nos Jogos.

Penso no Haymitch, solteiro, sem família, isolando-se do mundo com a bebida. Ele podia ter escolhido qualquer mulher no distrito. E escolheu a solidão. Não a solidão — isso parece demasiado pacífico. Será mais uma prisão celular. Fez essa escolha porque, tendo estado na arena, sabia que era melhor do que arriscar a alternativa? Eu própria tive um vislumbre dessa alternativa quando chamaram o nome da Prim no dia da ceifa e a vi dirigir-se para o palco a caminho da morte. Mas como irmã dela podia substituí-la, opção interdita à nossa mãe.

A minha mente procura freneticamente uma saída. Não posso permitir que o presidente Snow me condene a essa vida. Mesmo que isso implique suicidar-me. Antes disso, porém, tentaria fugir. Que fariam eles se eu desaparecesse simplesmente? Desaparecesse no bosque e nunca mais voltasse? Seria capaz de levar toda a gente que amo comigo, começar uma vida nova no meio do bosque? Muito pouco provável, mas não impossível.

Abano a cabeça para desanuviá-la. Não é o momento para estar a fazer planos de fuga precipitados. Tenho de me concentrar no Passeio da Vitória. Os destinos de muita gente dependem de eu conseguir dar um bom espectáculo.

O amanhecer chega antes do sono, e lá está a Effie a bater à porta. Visto as roupas que encontro no topo da gaveta e arrasto-me para a carruagem-restaurante. Não percebo que importância tem a roupa que visto quando me levanto, uma vez que estamos em viagem, mas depois venho a saber que os arranjos de ontem eram apenas para o meu trajecto até à estação de comboios. Hoje a minha equipa de preparação vai dar-me o tratamento completo.

— Para quê? Não se vê nada, está demasiado frio — resmungo.

— Não no Distrito 11 — corrige a Effie.

O Distrito 11. A nossa primeira paragem. Preferia começar noutro distrito, já que esta era a terra da Rue. Mas não é assim que o Passeio da Vitória funciona. Normalmente começa no 12 e depois segue em ordem decrescente de distrito até ao 1 e ao Capitólio. O distrito do vencedor fica para o fim. Como o 12 costuma apresentar as celebrações menos fabulosas — normalmente apenas um jantar para os tributos e um comício triunfal na praça, em que ninguém parece divertir-se — talvez seja melhor despachar-nos logo no início. Este ano, pela primeira vez desde a vitória do Haymitch, a última paragem do Passeio será o Distrito 12, e o Capitólio vai organizar as festividades.

Tento aproveitar bem a comida, como sugeriu a Hazelle. É evidente que o pessoal da cozinha me deseja agradar. Fizeram o meu prato preferido, guisado de borrego com ameixas secas, entre outras iguarias. No meu lugar à mesa aguardam-me o sumo de laranja e um bule fumegante de chocolate quente. De maneira que como muito, e a refeição é impecável, mas não posso dizer que esteja a saboreá-la. Também me sinto aborrecida por estarmos apenas eu e a Effie.

— Onde estão os outros? — pergunto.

— Ah, quem sabe onde estará o Haymitch — responde a Effie. Na verdade não estava à espera do Haymitch, porque provavelmente ele acabou de se deitar. — O Cinna esteve acordado até tarde a organizar a carruagem das tuas roupas. Ele deve ter mais de cem fatos para ti. Os teus vestidos de noite são um requinte. E a equipa do Peeta provavelmente ainda está a dormir.

— Ele não precisa de se preparar? — pergunto.

— Não como tu — responde a Effie.

Que significa isso? Que eu tenho de passar as manhãs a ser depilada enquanto o Peeta fica a dormir? Não tinha pensado muito nisso, mas na arena pelo menos alguns rapazes puderam exibir os pêlos do corpo, ao contrário das raparigas. Lembro-me dos pêlos do Peeta, quando lhe estava a dar banho na margem do ribeiro. Muito louros à luz do sol, depois de eu lhes retirar a lama e o sangue. Apenas o rosto dele continuava completamente liso. Nenhum dos rapazes deixou crescer a barba, e muitos já tinham idade para isso. Interrogo-me o que lhes terão feito.

Se eu me sinto arrasada, a minha equipa de preparação parece estar em pior estado, bebendo grandes doses de café e partilhando pequenos comprimidos de cores vivas. Tanto quanto consigo perceber, eles nunca se levantam antes do meio-dia a não ser que haja alguma emergência nacional, como os pêlos das minhas pernas. Fiquei tão feliz quando também voltaram a crescer. Como se fosse um sinal de que as coisas pudessem estar a regressar ao normal. Passo os dedos pelos pêlos macios e encaracolados nas minhas pernas antes de me entregar à equipa. Como ninguém parece disposto à tagarelice habitual, consigo ouvir cada pêlo ser arrancado do seu folículo. Tenho de ficar de molho numa banheira cheia de uma solução espessa e malcheirosa, enquanto me cobrem o rosto e o cabelo de cremes. Seguem-se mais dois banhos noutras misturas menos repugnantes. Sou depilada, esfregada, massajada e untada até ficar quase em carne viva.

O Flavius levanta-me o queixo e suspira. — É uma pena o Cinna ter dito para não te fazerem alterações.

— Pois é, contigo poderíamos fazer algo mesmo especial — acrescenta a Octavia.

— Quando ela for mais velha — assegura a Venia num tom quase ameaçador. — Então terá de nos deixar fazer qualquer coisa.

Fazer o quê? Inchar-me os lábios como os do presidente Snow? Tatuar-me os seios? Pintar-me a pele de magenta e implantar-me pedras preciosas? Gravar-me desenhos no rosto? Aplicar-me garras curvas? Ou bigodes de gato? Vi todas essas coisas, e mais, nas pessoas do Capitólio. Será que não fazem mesmo ideia de como nos parecem bizarros?

A ideia de ser deixada aos caprichos da moda da minha equipa de preparação vem juntar-se às tristezas que competem pela minha atenção — o meu corpo maltratado, a falta de sono, o casamento obrigatório, o pavor de não conseguir satisfazer as exigências do presidente Snow. Quando chego à carruagem-restaurante, onde a Effie, o Cinna, a Portia, o Haymitch e o Peeta já começaram a almoçar sem mim, sinto-me demasiado abatida para falar. Eles fazem comentários animados sobre a comida e dizem que dormem muito bem no comboio. Toda a gente parece muito entusiasmada com o Passeio. Bem, toda a gente excepto o Haymitch, que está a curar uma ressaca e a debicar um queque. Na verdade, também não estou com muita fome, talvez porque me tenha enchido de demasiadas coisas pesadas de manhã ou talvez porque me sinta tão infeliz. Fico a brincar com uma tigela de caldo de carne, comendo apenas uma colher ou duas. Nem sequer consigo olhar para o Peeta — o meu futuro marido designado — apesar de saber que nada disto é culpa dele.

As pessoas reparam, tentam incluir-me na conversa, mas eu ignoro-as. A dada altura, o comboio pára. O nosso empregado informa de que não será apenas uma paragem para reabastecimento — uma peça qualquer avariou-se e terá de ser substituída. Demorará pelo menos uma hora. Isso deixa a Effie numa grande agitação. Ela saca da sua agenda e começa a tentar perceber de que forma o atraso afectará todos os eventos para o resto das nossas vidas. Por fim, já não consigo ouvi-la.

— Ninguém quer saber, Effie! — exclamo bruscamente. Todos à mesa ficam a olhar para mim, até o Haymitch, que julgava estar do meu lado nesta questão, visto que a Effie costuma irritá-lo. Coloco-me imediatamente na defensiva. — Bem, é verdade! — insisto. Levanto-me e saio da carruagem-restaurante.

De repente o comboio parece-me abafado e começo a sentir-me maldisposta. Descubro a porta de saída, abro-a — fazendo disparar um alarme qualquer, que ignoro — e salto lá para fora, esperando cair na neve. Em vez disso, sinto o ar quente e húmido na pele. As árvores ainda exibem folhas verdes. Que distância percorremos num dia, em direcção ao Sul? Caminho ao longo da linha, semicerrando os olhos para os proteger da luz forte do Sol, começando já a arrepender-me das palavras que lancei à Effie. Dificilmente a poderia culpar pela minha situação actual. Devia voltar e pedir desculpa. O meu comentário intempestivo roçou o cúmulo da má educação, e a educação é muito importante para ela. Os meus pés, porém, continuam a seguir a linha, para lá do comboio, deixando-o para trás. Um atraso de uma hora. Posso caminhar pelo menos durante vinte minutos numa direcção e voltar ainda a tempo. No entanto, depois de uns duzentos metros, deixo-me cair no chão e fico ali sentada, olhando para o longe. Se tivesse um arco e flechas, continuaria a andar?

Passado um bocado oiço passos atrás de mim. Será o Haymitch, que veio repreender-me? Não é que não o mereça, mas não o quero ouvir.

— Não estou com disposição para sermões — aviso, olhando para as ervas daninhas aos meus pés.

— Tentarei ser breve. — O Peeta senta-se ao meu lado.
— Pensei que fosse o Haymitch — explico.
— Não, ele ainda está a tentar comer aquele queque. — Observo-o a arranjar posição para a sua perna artificial. — É um daqueles dias maus, hem?
— Não é nada — respondo.
Ele respira fundo. — Ouve, Katniss, tenho querido falar contigo sobre a maneira como me comportei no comboio. No último comboio, quero dizer. O que nos levou para casa. Eu sabia que tinhas qualquer coisa com o Gale. Já tinha ciúmes dele antes mesmo de te conhecer oficialmente. E não era justo cobrar-te pelo que aconteceu nos Jogos. Peço desculpa.
O pedido de desculpa apanha-me de surpresa. É verdade que o Peeta começou a tratar-me com frieza depois de eu confessar que o meu amor por ele durante os Jogos foi algo fingido. No entanto, não o condeno por isso. Na arena, entreguei-me seriamente ao jogo do romance. Houve momentos em que sinceramente não sabia o que sentia por ele. Ainda não sei, para dizer a verdade.
— Também peço desculpa — respondo. Não sei exactamente porquê. Talvez porque exista mesmo a possibilidade de que esteja prestes a destruí-lo.
— Não tens de te desculpar de nada. Estavas só a tentar salvar-nos. Mas não quero que continuemos assim, ignorando-nos um ao outro na vida real e caindo na neve sempre que há uma câmara por perto. Então pensei que se deixasse de me sentir tão... magoado, talvez pudéssemos tentar ser apenas amigos.
Todos os meus amigos acabarão provavelmente por morrer, mas rejeitar o Peeta não o salvaria. — Está bem — respondo. A proposta dele não me faz sentir melhor. Talvez menos falsa, de certo modo. Teria sido bom se ele me tivesse procurado mais cedo, antes de eu saber que o presidente Snow tinha outros planos e que ser apenas amigo do Peeta já não era sequer uma opção. De qualquer maneira, sinto-me contente por voltarmos a falar.
— Então, que se passa? — pergunta ele.
Não posso contar-lhe. Ponho-me a brincar com as ervas daninhas.
— Vamos começar com uma coisa mais básica — tenta ele de novo. — Não é estranho que eu saiba que tu arriscarias a vida para me salvar... mas não sei qual é a tua cor preferida?
Um sorriso aflora-me aos lábios. — Verde. Qual é a tua?
— Cor-de-laranja.
— Cor-de-laranja? Como o cabelo da Effie? — pergunto.
— Um pouco menos berrante — explica ele. — Mais como... o pôr-do-sol.

O pôr-do-sol. Vejo-o imediatamente, a orla do Sol a descer, o céu raiado de tons suaves de cor-de-laranja. Lindo. Lembro-me do biscoito do lírio tigrino e, agora que o Peeta está de novo a falar comigo, sinto uma grande vontade de lhe contar toda a história do presidente Snow. Mas sei que o Haymitch não aprovaria. É melhor ficar-me por temas mais banais.

— Sabes, toda a gente anda encantada com as tuas pinturas. Sinto-me culpada por não as ter visto — digo-lhe.

— Bem, tenho uma carruagem inteira cheia de pinturas. — Ele levanta-se e estende-me a mão. — Anda.

É bom voltar a sentir os dedos dele entrelaçados nos meus, não pela aparência mas num gesto de verdadeiro afecto. Voltamos para o comboio de mãos dadas. À porta, noto. — Primeiro tenho de pedir desculpas à Effie.

— Não tenhas medo de exagerar — sugere o Peeta.

Assim, quando regressamos à carruagem-restaurante, onde os outros estão ainda a almoçar, faço um pedido de desculpas à Effie que eu acho um exagero mas que na opinião dela provavelmente mal compensa a minha violação das regras de etiqueta. A Effie, honra lhe seja feita, aceita o pedido com graciosidade. Diz que é evidente que me encontro sob muita pressão. E os seus comentários sobre a necessidade de *alguém* tratar da agenda duram apenas cinco minutos. Na verdade, safei-me com facilidade.

Depois de a Effie terminar, o Peeta conduz-me através de algumas carruagens para eu ver os seus quadros. Não sei o que esperava. Versões maiores dos biscoitos com flores, talvez. O que me aguarda, porém, é algo completamente diferente. O Peeta decidiu pintar os Jogos.

Para quem não tenha estado com ele na arena, alguns dos quadros não são imediatamente compreensíveis. A água a gotejar pelas fendas da nossa gruta. O leito seco da lagoa. Um par de mãos, as dele, desenterrando raízes. Outros, qualquer pessoa reconheceria. A Cornucópia dourada. A Clove guardando as facas no casaco. Um dos mutes, louro e de olhos verdes, que devia ser a Glimmer, mostrando os dentes e avançando para nós. E eu. Estou em toda a parte. No cimo de uma árvore. Batendo uma camisa contra as pedras na margem do ribeiro. Deitada inconsciente num charco de sangue. E um que não consigo situar — talvez fosse assim que ele me visse quando estava com febre alta — surgindo de uma névoa cinzenta e prateada que condiz exactamente com os meus olhos.

— Que achas? — pergunta o Peeta.

— Detesto-os — respondo. Sou quase capaz de cheirar o sangue, a imundície, o hálito antinatural do mute. — Passo a vida a tentar esquecer-me da arena e tu voltaste a dar-lhe vida. Como é que te lembras tão bem destas coisas?

— Vejo-as todas as noites — responde o Peeta.

Percebo o que ele quer dizer. Os pesadelos — que eu já conhecia antes dos Jogos — agora atormentam-me sempre que adormeço. No entanto, o sonho antigo, em que o meu pai morre numa explosão na mina, é raro. Em vez disso, sonho com versões do que aconteceu na arena. A minha tentativa vã de salvar a Rue. O Peeta esvaindo-se em sangue. O corpo inchado da Glimmer desintegrando-se nas minhas mãos. O fim horrível do Cato com os mutantes. Estas são as mais frequentes. — Eu também. Ajuda? Pintá-las?

— Não sei. Talvez tenha um pouco menos de medo de dormir à noite. Pelo menos é o que digo a mim mesmo — responde ele. — Mas não desapareceram.

— Talvez nunca desapareçam. Os do Haymitch não desapareceram. — O Haymitch não o diz, mas tenho a certeza de que é por isso que ele não gosta de dormir no escuro.

— Não. Mas para mim, é melhor acordar com um pincel na mão do que com uma faca — afirma o Peeta. — Então, detesta-los mesmo?

— Sim. Mas são extraordinários. A sério — respondo. E são. Só que não quero olhar mais para eles. — Queres ir ver o meu talento? O Cinna fez um excelente trabalho.

O Peeta ri-se. — Mais tarde. — O comboio arranca com um solavanco. Pela janela vejo a terra passando por nós. — Anda, estamos quase a chegar ao Distrito 11. Vamos vê-lo de perto.

Dirigimo-nos para a última carruagem do comboio. Há cadeiras e sofás para nos sentarmos, mas o extraordinário é que as janelas recolhem-se no tecto e assim podemos viajar ao ar livre, enxergando uma grande extensão de paisagem. Há vastos campos abertos, com manadas de vacas leiteiras a pastar. Tão diferente do nosso distrito intensamente arborizado. Abrandamos ligeiramente e julgo que poderemos estar a fazer outra paragem quando vimos uma vedação erguer-se à nossa frente. Com uma altura de pelo menos dez metros e encimada de terríveis espirais de arame farpado, faz parecer a vedação do Distrito 12 uma coisa de crianças. Os meus olhos inspeccionam rapidamente a base, coberta de enormes placas de metal. Seria impossível passar por baixo para ir caçar. Depois vejo as torres de vigia, equidistantes umas das outras, com guardas armados, tão deslocadas entre os campos de flores silvestres em redor.

— Ora aqui está algo de diferente! — comenta o Peeta.

A Rue deu-me de facto a impressão de que as leis no Distrito 11 eram aplicadas com maior rigor, mas nunca imaginei uma coisa assim.

Depois começam os campos de cereais, que se estendem até onde a vista alcança. Homens, mulheres e crianças, de chapéu de palha para se protegerem do sol, endireitam-se, voltam-se para nós, aproveitam o momento para endireitar as costas enquanto vêem passar o nosso comboio. Consigo ver pomares ao longe, e pergunto-me se era ali que a Rue teria trabalhado, colhendo a fruta dos ramos mais esguios no topo das árvores. Pequenas comunidades de cabanas — em comparação as casas no Jazigo são de luxo — surgem aqui e ali, mas estão todas desertas. Devem precisar de toda a gente para fazer a colheita.

Os campos parecem não ter fim. É difícil acreditar no tamanho do Distrito 11. — Quantas pessoas achas que vivem aqui? — pergunta o Peeta. Eu abano a cabeça. Na escola dizem-nos apenas que é um distrito grande. Não nos dão os números exactos da população. No entanto, aqueles miúdos que vemos na televisão à espera da ceifa todos os anos não podem ser senão uma amostra dos que de facto vivem aqui. O que é que eles fazem? Têm sorteios prévios? Escolhem os vencedores antecipadamente e certificam-se de que estes estejam na multidão? Como é que a Rue foi parar àquele palco sem nada senão o vento oferecendo-se para tomar o seu lugar?

Começo a cansar-me da vastidão, da infinidade do lugar. Quando a Effie vem dizer-nos para nos irmos vestir, não protesto. Vou para o meu compartimento e deixo a equipa de preparação arranjar-me o cabelo e fazer-me a maquilhagem. O Cinna aparece depois com um lindo vestido cor-de-laranja decorado com folhas de Outono. Imagino que o Peeta irá gostar muito da cor.

A Effie reúne-nos, a mim e ao Peeta, para nos explicar o programa do dia pela última vez. Nalguns distritos os vencedores atravessam a cidade de carro enquanto os habitantes aplaudem. No 11, porém — talvez porque não exista uma cidade propriamente dita, estando as casas tão espalhadas, ou talvez porque não queiram dispensar tantas pessoas enquanto decorrem as colheitas — a nossa apresentação pública circunscreve-se à praça. Tem lugar diante da Casa da Justiça, uma enorme estrutura de mármore. Outrora, deve ter sido um belo edifício, mas o tempo deixou as suas marcas. Até na televisão podemos ver a hera dominando a fachada deteriorada e o telhado abatido. A praça em si está rodeada de fachadas de lojas degradadas, a maioria abandonada. Se existem pessoas ricas no Distrito 11, não é ali que moram.

Toda a nossa actuação pública terá lugar no exterior, no que a Effie chama varanda, uma extensão revestida de ladrilhos entre as portas principais e as escadas e protegida por um telhado apoiado em colunas. Eu e o Peeta seremos apresentados, o governador do Distrito 11 lerá um discurso em nossa honra, e nós responderemos com um agradecimento escrito pelo Capitólio. Se o vencedor tinha aliados especiais entre os tributos mortos, é considerado de bom-tom acrescentar também alguns comentários pessoais. Eu devia dizer qualquer coisa sobre a Rue e sobre o Thresh também, na verdade, mas sempre que tentava escrever o discurso em casa, acabava com uma folha em branco. É difícil falar deles sem me emocionar. Felizmente, o Peeta compôs qualquer coisa e, com pequenas alterações, poderá servir para ambos. No final da cerimónia, seremos presenteados com uma espécie de placa. Depois poderemos retirar-nos para a Casa da Justiça, onde será servido um jantar especial.

Quando o comboio entra na estação do Distrito 11, o Cinna dá-me os últimos retoques, trocando a minha bandolete cor-de-laranja por uma de ouro metalizado e prendendo o alfinete do mimo-gaio que usei na arena ao meu vestido. Não há comissão de boas-vindas no cais, apenas um pelotão de oito Soldados da Paz que nos conduz para as traseiras de uma carrinha blindada. A Effie torce o nariz quando a porta se fecha atrás de nós. — Francamente, até parece que somos todos criminosos — comenta.

Não todos, Effie. Só eu, penso.

A carrinha deixa-nos sair nas traseiras da Casa da Justiça. Fazem-nos entrar à pressa. Consigo cheirar os preparativos para uma excelente refeição, mas não abafam os odores a bolor e caruncho. Também não nos dão tempo para olhar em volta. Seguimos directamente para a porta principal e oiço o hino começar a tocar lá fora na praça. Alguém fixa-me um microfone ao fato. O Peeta pega-me na mão esquerda. O governador está a apresentar-nos quando as portas enormes se abrem com um rangido.

— Sorriso largos! — lembra a Effie, e dá-nos um pequeno toque com o cotovelo. Os nossos pés começam a avançar.

É agora. É aqui que tenho de convencer toda a gente que estou apaixonada pelo Peeta, penso. A cerimónia solene está planeada com tanto rigor que não sei bem como fazê-lo. Não é um momento para beijos, mas talvez consiga qualquer coisa.

Aguarda-nos um forte aplauso, mas nenhuma das outras reacções que tivemos no Capitólio: vivas, gritos, assobios. Atravessamos a varanda até à frente descoberta e paramos ao cimo de um grande lanço de escadas de mármore sob o sol abrasador. À medida que os meus olhos se adaptam, vejo que os edifícios na praça foram engalanados com bandeiras que ajudam a disfarçar o seu estado de abandono. A praça está apinhada de pessoas mas, mais uma vez, são apenas uma fracção das que aqui vivem.

Como habitualmente, foi construída uma tribuna especial na base do palco para as famílias dos tributos mortos. Do lado do Thresh, há apenas uma velhota de costas arqueadas e uma rapariga alta e forte que imagino ser a irmã dele. Do lado da Rue... Não estou preparada para a família da Rue. Os pais dela, com os rostos ainda frescos de dor. Os cinco irmãos mais novos, tão parecidos com ela. Os corpos frágeis, os olhos castanhos brilhantes. Parecem um bando de pequenos pássaros escuros.

Os aplausos esmorecem e o governador faz o discurso em nossa honra. Surgem duas rapariguinhas com enormes ramos de flores. O Peeta inicia a sua parte da resposta ditada pelo Capitólio e depois dou por mim a concluí-la. Felizmente a minha mãe e a Prim obrigaram-me a ensaiar de tal forma que conseguiria fazê-lo a dormir.

O Peeta tem os seus comentários pessoais escritos numa ficha, mas não a tira para fora. Discursa no seu estilo simples e cativante sobre o Thresh e a Rue terem chegado aos últimos oito, sobre como os dois me salvaram a vida — salvando assim também a vida dele — e sobre como isso é uma dívida que nunca poderemos pagar. E depois hesita antes de acrescentar algo que não escreveu na ficha. Talvez porque achasse que a Effie pudesse obrigá-lo a retirá-lo. — Isto não pode de maneira nenhuma compensar as vossas perdas, mas como sinal do nosso agradecimento gostaríamos que cada uma das famílias dos tributos do Distrito 11 recebesse todos os anos um mês dos nossos vencimentos durante o resto das nossas vidas.

A multidão não pode deixar de reagir com murmúrios e exclamações de espanto. Não existem precedentes para o que o Peeta acabou de fazer. Nem sequer sei se é legal. Ele provavelmente também não sabe, e por isso não perguntou, no caso de não ser. Quanto às famílias, olham para nós em estado de choque. As suas vidas mudaram para sempre quando perderam o Thresh e a Rue, mas esta oferta voltará a mudá-las. Um mês do vencimento dos tributos pode facilmente sustentar uma família durante um ano. Enquanto formos vivos, eles não passarão fome.

Olho para o Peeta e ele lança-me um sorriso triste. Oiço a voz do Haymitch. «*Podias ter arranjado muito pior.*» Neste momento, é impossível imaginar como poderia ter arranjado melhor. A oferta... é perfeita. Assim, quando me ponto em bicos de pés para o beijar, o gesto não parece nada forçado.

O governador avança e entrega a cada um uma placa tão grande que tenho de pousar o ramo de flores no chão para a segurar. A cerimónia está prestes a terminar quando vejo uma das irmãs da Rue a olhar para mim. Deve ter uns nove anos e é quase uma cópia fiel da Rue, até na maneira como traz os braços ligeiramente estendidos. Apesar das boas notícias sobre os vencimentos, ela não parece satisfeita. Na verdade, o seu olhar é reprovador. É pelo motivo de não ter salvado a Rue?

Não. É porque ainda não lhe agradeci, penso.

De repente, sou assaltada por uma vaga de vergonha. A rapariga tem razão. Como posso ficar ali, passiva e muda, deixando ao Peeta todas as palavras? Se tivesse ganho, a Rue nunca teria deixado de honrar a minha morte. Lembro-me de como tive o cuidado na arena de a cobrir com flores, para assegurar que o seu desaparecimento não passasse despercebido. Contudo, o gesto não terá qualquer significado se não o sustentar agora.

— Esperem! — Precipito-me para a frente, segurando a placa contra o peito. O tempo que me atribuíram para falar já se esgotou, mas tenho de dizer qualquer coisa. Devo-lhes demasiado. E mesmo que tivesse oferecido todos os meus vencimentos às famílias, isso não desculparia o meu silêncio neste momento. — Esperem, por favor. — Não sei como começar, mas quando o faço, as palavras jorram-me dos lábios como se há muito se houvessem formado na minha cabeça.

— Quero agradecer aos tributos do Distrito 11 — começo. Olho para as duas mulheres do lado do Thresh. — Só estive com o Thresh uma vez. Apenas o tempo suficiente para ele me poupar a vida. Não o conhecia, mas sempre o respeitei. Pela sua força. Pela sua decisão de participar nos Jogos apenas segundo as suas próprias regras. Os Profissionais queriam-no como aliado desde o início, mas ele recusou. Respeitei-o por isso.

Pela primeira vez, a velhota corcovada — será a avó do Thresh? — levanta a cabeça e o vislumbre de um sorriso aflora-lhe aos lábios.

A multidão agora está silenciosa, tão silenciosa que me pergunto como conseguem. Devem estar todos a suster a respiração.

Volto-me para a família da Rue. — Mas sinto que conhecia bem a Rue e ela estará sempre comigo. Recordo-a em todas as coisas belas. Vejo-a nas flores amarelas que crescem no Prado junto à minha casa. Vejo-a nos mimos-gaios que cantam nas árvores. Mas sobretudo, vejo-a na minha irmã, a Prim. — A minha voz começa a tremer, mas estou quase a terminar. — Obrigada pelos vossos filhos. — Levanto o queixo para me dirigir à multidão. — E obrigada a todos pelo pão.

Fico ali, sentindo-me pequena e abatida, com milhares de olhos a fitar-me. Segue-se uma longa pausa. Depois, algures na multidão, alguém assobia a melodia de quatro notas da Rue. O canto do mimo-gaio que assinalava o fim de um dia de trabalho nos pomares. O que significava segurança na arena. Antes de a melodia terminar, já descobri a pessoa que a assobia: um velhote mirrado de camisa vermelha desbotada e fato-macaco. Olhamo-nos nos olhos.

O que acontece a seguir não é um acidente. É demasiado bem executado para ser espontâneo, porque acontece em uníssono. Todas as pessoas na multidão levam os três dedos do meio da mão esquerda aos lábios e estendem-nos na minha direcção. É o nosso sinal, o do Distrito 12, com o qual me despedi da Rue na arena.

Se não tivesse falado com o presidente Snow, aquele gesto poderia ter-me levado às lágrimas. Mas com as suas ordens recentes para acalmar os distritos ainda a zumbir-me nos ouvidos, encho-me de pavor. Que pensará ele desta saudação pública à rapariga que desafiou o Capitólio?

Depois percebo a plena repercussão do que acabei de fazer. Não foi intencional — queria apenas expressar a minha gratidão — mas suscitei algo de perigoso. Um acto de dissidência por parte do povo do Distrito 11. Precisamente o tipo de coisa que devia evitar!

Tento pensar rapidamente nalguma coisa para inverter o que acabou de acontecer, para anulá-lo, mas oiço o pequeno ruído que indica que o meu microfone foi desligado. O governador volta a assumir o comando. Eu e o Peeta agradecemos uma última série de aplausos. Ele conduz-me de volta para as portas, sem se aperceber de que há qualquer coisa que não está bem.

Sinto-me esquisita e tenho de parar por um momento. Vejo pequenos pontos de luz a piscar diante dos olhos. — Estás bem? — pergunta o Peeta.

— Só um pouco tonta. O sol estava muito forte — respondo. Vejo o ramo dele. — Esqueci-me das minhas flores — murmuro.

— Vou buscá-las — diz ele.

— Eu vou — respondo.

Estaríamos seguros no interior da Casa da Justiça neste momento, se eu não tivesse parado, se não me tivesse esquecido das minhas flores. Em vez disso, da sombra retirada da varanda, assistimos à cena toda.

Um par de Soldados da Paz arrastando o velhote que assobiou para o cimo das escadas. Obrigando-o a ajoelhar-se diante da multidão. Enfiando-lhe uma bala na cabeça.

5

O homem mal acabou de cair no chão quando um muro de uniformes brancos de Soldados da Paz nos bloqueia a visão. Alguns dos Soldados apontam as armas automáticas na nossa direcção e obrigam-nos a recuar para as portas.

— Já vamos! — exclama o Peeta, empurrando o Soldado que avança sobre mim. — Já percebemos, está bem? Anda, Katniss. — Ele abraça-me e conduz-me para a Casa da Justiça. Os Soldados da Paz seguem-nos a um passo ou dois de distância. Assim que nos encontramos lá dentro, as portas fecham-se com força e ouvimos as botas dos Soldados a voltar para a multidão.

O Haymitch, a Effie, a Portia e o Cinna aguardam-nos de rostos ansiosos por baixo de um ecrã cheio de estática montado na parede.

— Que aconteceu? — A Effie apressa-se para se juntar a nós. — Perdemos a emissão logo depois do belo discurso da Katniss e depois o Haymitch disse que julgou ter ouvido um tiro e eu disse que isso era ridículo, mas quem sabe? Há malucos por todo o lado!

— Não aconteceu nada, Effie. Foi só o escape de uma camioneta velha — assegura o Peeta.

Mais dois tiros. A porta não amortece o ruído. Quem será? A avó do Thresh? Uma das irmãzinhas da Rue?

— Vocês os dois. Venham comigo — ordena o Haymitch. Eu e o Peeta seguimo-lo, deixando ficar os outros. Os Soldados da Paz espalhados pela Casa da Justiça mostram-se pouco interessados nos nossos movimentos agora que já estamos cá dentro. Subimos uma magnífica escadaria curva de mármore. No andar de cima, seguimos por um corredor comprido com alcatifa gasta. Entramos na primeira sala que encontramos por umas portas duplas abertas. O tecto deve ter uns seis metros de altura. Há desenhos de frutas e flores esculpidos nas cornijas e crianças gorduchas com asas fitam-nos de todos os lados. Os vasos de flores libertam um perfume enjoativo que me provoca comichão nos olhos. Vejo os nossos trajes de cerimónia, para esta noite, pendurados em cabides encostados às paredes. A sala foi preparada para nosso uso, mas mal temos tempo para largar os presentes. O Haymitch arranca-nos os microfones do peito, enfia-os debaixo da almofada de um sofá e faz-nos sinal para o seguirmos.

Tanto quanto sei, o Haymitch só esteve aqui uma vez, no seu Passeio da Vitória há várias décadas. Contudo, deve ter uma memória extraordinária ou bons instintos, porque nos conduz sem hesitações por um labirinto de escadas em espiral e corredores cada vez mais estreitos. Às vezes tem de parar e forçar uma porta. Pela chiadeira das dobradiças, percebe-se que não são usadas há muito tempo. Por fim, subimos uma escada para um alçapão. O Haymitch empurra-o para o lado e damos por nós na cúpula da Casa da Justiça. É um lugar enorme cheio de móveis partidos, pilhas de livros, livros-mestres e armas enferrujadas. Está tudo coberto por uma camada de pó, tão espessa que é evidente que não é perturbada há anos. A luz esforça-se por entrar através de quatro sombrias janelas quadradas encaixadas nos lados da cúpula. O Haymitch fecha o alçapão com o pé e volta-se para nós.

— Que aconteceu? — pergunta.

O Peeta relata tudo o que ocorreu na praça. O assobio, a saudação, a nossa hesitação na varanda, o assassínio do velhote. — O que é que se está a passar, Haymitch?

— Será melhor vindo de ti — diz-me o Haymitch.

Não concordo. Penso que será cem vezes pior vindo de mim. No entanto, conto tudo ao Peeta, o mais calmamente possível. Falo-lhe do presidente Snow, da agitação nos distritos. Nem sequer omito o beijo do Gale. Explico que nos encontramos todos em perigo, que o país inteiro se encontra em perigo por causa do meu artifício com as bagas. — Devia emendar as coisas neste Passeio. Levar toda a gente que tinha dúvidas a acreditar que agi por amor. Acalmar as coisas. Mas, obviamente, hoje piorei tudo, provocando a morte de três pessoas, e agora toda a gente na praça será castigada. — Sinto-me tão maldisposta que tenho de me sentar num sofá, apesar do estofo e das molas salientes.

— Então eu também piorei as coisas. Ao dar-lhes o dinheiro — conclui o Peeta. De repente, bate com a mão num candeeiro que se encontra periclitante sobre um caixote de madeira e atira-o para o outro lado da sala. O candeeiro estilhaça-se no chão. — Isso tem de acabar. Imediatamente. Esse... esse jogo entre vocês os dois, em que contam segredos um ao outro mas escondem-nos de mim como se eu fosse demasiado fútil ou estúpido ou fraco para poder lidar com eles.

— Não é isso, Peeta... — começo.

— É precisamente isso! — grita-me ele. — Eu também tenho pessoas que amo, Katniss! Família e amigos no Distrito 12 que poderão morrer, tal como os teus, se não conseguirmos fazer isto. Depois de tudo o que passámos na arena, não mereço sequer a verdade?

— Tu fazes sempre tudo tão bem, Peeta — intervém o Haymitch. — Sabes sempre como te apresentar diante das câmaras. Não queria estragar isso.

— Pois então sobrestimaste-me. Porque hoje fiz asneira. O que achas que vai acontecer às famílias da Rue e do Thresh? Achas que vão receber a sua parte dos nossos vencimentos? Achas que lhes dei um futuro brilhante? Pois eu acho que terão muita sorte se sobreviverem a este dia! — O Peeta derruba outra coisa, uma estátua. Nunca o vi assim.

— Ele tem razão, Haymitch — afirmo. — Fizemos mal em não lhe contar. Mesmo no Capitólio.

— Até na arena vocês tinham um esquema qualquer montado, não tinham? — pergunta o Peeta. A voz dele está mais calma agora. — Qualquer coisa de que eu não fazia parte.

— Não. Oficialmente, não. Mas conseguia perceber o que o Haymitch queria que eu fizesse pelo que ele enviava, ou não enviava — explico.

— Bem, eu nunca tive essa oportunidade. Porque ele nunca me enviou nada até tu apareceres — acusa o Peeta.

Nunca pensei muito nisso. No que lhe deve ter parecido quando na arena eu recebi remédio para as queimaduras e pão enquanto ele, que estava às portas da morte, nada recebera. Como se o Haymitch estivesse a proteger a minha vida à custa da dele.

— Ouve, Peeta... — começa o Haymitch.

— Não te incomodes, Haymitch. Sei que tinhas de escolher um de nós. E eu também teria querido que fosse a Katniss. Mas isto é diferente. Morreram pessoas lá fora. Poderão morrer mais se não fizermos isto bem. Todos sabemos que sou melhor que a Katniss diante das câmaras. Ninguém precisa de me aconselhar sobre o que devo dizer. Mas tenho de saber onde estou metido — insiste o Peeta.

— A partir de agora, serás informado de tudo — promete o Haymitch.

— Espero bem que sim — remata o Peeta. Depois deixa-nos. Nem sequer se dá ao trabalho de olhar para mim.

O pó que ele perturbou ergue-se em vagas e procura novos sítios para pousar. O meu cabelo, os meus olhos, o meu brilhante alfinete de ouro.

— Escolheste proteger-me, Haymitch? — pergunto.

— Sim — responde ele.

— Porquê? Gostas mais dele.

— É verdade. Mas lembra-te de que até eles mudarem as regras só podia esperar tirar um de vocês da arena com vida — explica. — Pensei que uma vez que ele estava decidido a proteger-te, bem, entre os três, poderíamos conseguir levar-te para casa.

— Ah. — Não consigo dizer mais nada.

— Vais ver, as escolhas que terás de fazer. Se sobrevivermos a isto — acrescenta o Haymitch. — Vais aprender.

Bem, aprendi uma coisa hoje. Este lugar não é uma versão maior do Distrito 12. A nossa vedação não tem guardas e raramente se encontra electrificada. Os nossos Soldados da Paz são importunos mas menos violentos. As nossas dificuldades evocam mais a fadiga do que a raiva. Aqui no 11, as pessoas sofrem mais e sentem-se mais desesperadas. O presidente Snow tem razão. Uma faísca poderia bastar para incendiá-los.

Está tudo a acontecer demasiado depressa para que consiga dar-lhe um sentido. A advertência do presidente, os tiros, a consciência de que talvez tenha desencadeado algo muito importante. É tudo tão improvável. E seria diferente se eu tivesse planeado agitar as coisas, mas dadas as circunstâncias... como é que consegui causar tantos problemas?

— Anda. Temos de ir jantar — lembra o Haymitch.

Fico debaixo do chuveiro muito tempo antes de ser obrigada a sair para me arranjar. A equipa de preparação parece ignorar os acontecimentos do dia. Estão todos entusiasmados com o jantar. Nos distritos eles são suficientemente importantes para estarem presentes, ao passo que no Capitólio raramente conseguem convites para festas de prestígio. Enquanto eles tentam adivinhar quais os pratos que serão servidos, eu não consigo esquecer-me do velhote que levou um tiro na cabeça. Nem sequer presto atenção ao que me estão a fazer até estar pronta para sair e me ver ao espelho. Um vestido rosa-pálido sem alças roça-me os sapatos. Afastaram-me o cabelo da cara, prendendo-o atrás e deixando-o cair pelas costas numa cascata de caracóis.

O Cinna surge por trás de mim e coloca-me um brilhante xaile prateado nos ombros. Fixa-me os olhos no espelho. — Gostas?

— É lindo. Como sempre — respondo.

— Vamos ver como fica com um sorriso — insiste ele delicadamente. É a sua maneira de me lembrar que num minuto estarei de novo diante das câmaras. Esforço-me por levantar os cantos dos lábios. — Isso mesmo.

Quando nos juntamos todos para descer para o jantar, percebo que a Effie não está bem. Tenho a certeza de que o Haymitch não lhe contou o que aconteceu na praça. Não ficaria surpreendida se o Cinna e a Portia soubessem, mas parece haver um acordo implícito para deixar a Effie fora da espiral das más notícias. No entanto, não esperámos muito para ficar a saber do problema.

A Effie lê rapidamente o programa da noite e atira-o para o lado.
— E depois, graças a Deus, podemos todos meter-nos naquele comboio e sair daqui — conclui.
— Passa-se alguma coisa, Effie? — pergunta o Cinna.
— Não gosto da maneira como fomos tratados. Metidos em carrinhas e excluídos do palco. E depois, há cerca de uma hora, decidi dar uma vista de olhos pela Casa da Justiça. Eu tenho alguns conhecimentos de arquitectura, sabiam?
— Ah, sim, já ouvi dizer — responde a Portia, antes de a pausa se tornar demasiado longa.
— Então, estava só a dar uma vista de olhos, porque as ruínas nos distritos vão estar na moda este ano, quando apareceram duas Soldados da Paz e mandaram-me regressar aos nossos aposentos. Uma delas até me empurrou com a arma! — exclama a Effie.

Não posso deixar de pensar que isso talvez se deva a eu, o Haymitch e o Peeta termos desaparecido mais cedo. Tranquiliza-me um pouco, na verdade, pensar que o Haymitch talvez tivesse razão. Que ninguém estaria a vigiar a cúpula cheia de pó onde estivemos a conversar. Se bem que aposto que agora já o estão a fazer.

A Effie parece tão perturbada que lhe dou um abraço espontâneo.
— Isso é horrível, Effie. Não devíamos descer para o jantar. Pelo menos não antes de eles pedirem desculpa. — Sei que ela nunca concordará com isso, mas fica bastante mais animada com a sugestão, com a validação da sua queixa.
— Não, eu consigo. Faz parte do meu trabalho lidar com altos e baixos. E não podemos deixar que vocês os dois percam o vosso jantar — responde. — Mas obrigada pela sugestão, Katniss.

A Effie coloca-nos em posição para a nossa entrada. Primeiro as equipas de preparação, depois ela, os estilistas, o Haymitch. Eu e o Peeta, claro, fechamos a cauda.

Algures lá em baixo, os músicos começam a tocar. Quando a primeira vaga da nossa pequena procissão começa a descer as escadas, eu e o Peeta damos as mãos.
— O Haymitch disse que fiz mal em gritar contigo. Que estavas só a seguir as instruções dele — revela o Peeta. — De qualquer maneira, também já te ocultei coisas no passado.

Lembro-me do choque de ouvir o Peeta confessar o seu amor por mim diante do país inteiro. O Haymitch soubera disso e não me contara.
— Acho que também parti umas coisas depois daquela entrevista.
— Só uma urna — lembra-me ele.
— E as tuas mãos. Mas isso já não faz sentido, pois não? Não contar a verdade um ao outro? — acrescento.

57

— Não — concorda o Peeta. Paramos ao cimo das escadas, dando ao Haymitch um avanço de quinze passos como mandou a Effie. — Aquela foi mesmo a única vez em que beijaste o Gale?

Fico tão surpreendida que respondo. — Foi. — Depois de tudo o que aconteceu hoje, foi mesmo esta pergunta que o deixou mais preocupado?

— Quinze passos. Já podemos ir — avisa o Peeta.

Uma luz incide sobre nós e eu ponho o sorriso mais deslumbrante que consigo.

Descemos os degraus e mergulhamos no que vem a ser uma série indistinguível de jantares, cerimónias e viagens de comboio. Todos os dias são iguais. Levantamo-nos. Vestimo-nos. Desfilamos entre os vivas e aplausos das multidões. Escutamos um discurso em nossa honra. Respondemos com um discurso de agradecimento, mas apenas o que o Capitólio nos forneceu, nunca com aditamentos pessoais agora. Às vezes fazemos um curto passeio: um vislumbre do mar num distrito, florestas gigantes noutro, fábricas feiíssimas, campos de trigo, refinarias fedorentas. Vestimos trajes de gala. Jantamos. Apanhamos o comboio.

Durante as cerimónias, comportamo-nos de forma solene e respeitosa mas andamos sempre juntos, de mãos ou de braços dados. Nos jantares, somos quase delirantes no nosso amor um pelo outro. Beijamo-nos, dançamos, somos apanhados a tentar fugir para estarmos sozinhos. No comboio, sentimo-nos um pouco ansiosos, tentando avaliar a impressão que poderemos estar a causar.

Mesmo sem os nossos discursos pessoais para incitar à dissidência — escusado será dizer que os que fizemos no Distrito 11 foram censurados antes de o evento ser transmitido — sente-se qualquer coisa no ar, a ebulição de uma panela prestes a transbordar. Não em todo o lado. Algumas multidões dão aquela impressão de «gado cansado» que eu sei que o Distrito 12 normalmente transmite nas cerimónias dos vencedores. Noutros distritos, porém — sobretudo nos 8, 4 e 3 — há verdadeira euforia nos rostos das pessoas quando nos vêem, e por baixo dessa euforia, raiva. Quando entoam o meu nome, fazem-no mais por vingança do que por aclamação. Quando os Soldados da Paz são enviados para acalmar uma multidão agitada, esta avança em vez de recuar. E percebo que não há nada que eu possa fazer para mudar isso. Nenhuma demonstração de afecto, por mais credível que seja, poderá inverter essa maré. Se o meu episódio com as bagas foi um acto de loucura temporária, então estas pessoas também estão dispostas a entregar-se à loucura.

O Cinna começa a apertar-me as roupas em torno da cintura. A equipa de preparação aflige-se com as minhas olheiras. A Effie começa a dar-me comprimidos para dormir, que não resultam. Não como deviam. Adormeço e logo depois sou acordada por pesadelos que aumentam em número e intensidade. Um dia, o Peeta, que passa grande parte da noite a vaguear pelo comboio, ouve-me a gritar. Estou a tentar libertar-me da prisão de comprimidos que apenas prolongam os sonhos terríveis. Ele consegue acordar-me e acalmar-me. Mete-se na cama para me abraçar até eu voltar a adormecer. Depois disso, recuso os comprimidos. Recebo-o todas as noites na minha cama. Enfrentamos a escuridão como fazíamos na arena, enrolados nos braços um do outro, precavendo-nos contra perigos que podem atacar a qualquer momento. Não acontece mais nada, mas o nosso arranjo torna-se rapidamente tema de mexericos no comboio.

Quando a Effie vem falar-me do assunto, eu penso: *Óptimo. Talvez o presidente Snow venha a saber.* Digo-lhe que faremos um esforço para sermos mais discretos, mas não o fazemos.

As apresentações nos Distritos 2 e 1 têm os seus próprios incómodos. O Cato e a Clove, os tributos do Distrito 2, poderiam ambos ter regressado a casa se eu e o Peeta não tivéssemos vencido. Fui eu que matei a rapariga, a Glimmer, e o rapaz do Distrito 1. Enquanto tento evitar olhar para a família dele, fico a saber que o seu nome era Marvel. Como é que nunca soube isso? Imagino que antes dos Jogos não tenha prestado atenção, e depois não quis saber.

Quando chegamos ao Capitólio, já nos sentimos desesperados. Fazemos apresentações intermináveis para multidões que nos parecem adorar. Não há qualquer perigo de um motim aqui entre os privilegiados, entre aqueles cujos nomes nunca são colocados nas bolas da ceifa, cujos filhos nunca morrem pelos supostos crimes cometidos há várias gerações. Não precisamos de convencer ninguém no Capitólio do nosso amor, mas temos ainda a leve esperança de chegar a alguns dos que não conseguimos convencer nos distritos. O que quer que façamos, parece-nos sempre pouco e tardio.

De regresso aos nossos velhos aposentos no Centro de Treino, sou eu que sugiro a proposta de casamento em público. O Peeta aceita fazê-la, mas depois retira-se para o seu quarto durante muito tempo. O Haymitch diz-me para o deixar em paz.

— Pensava que era o que ele queria — comento.

— Não desta maneira — responde o Haymitch. — Ele queria que fosse a sério.

Volto para o meu quarto e deito-me debaixo das cobertas, tentando não pensar no Gale, e não pensando em mais nada.

À noite, no palco diante do Centro de Treino, temos de responder a uma série de perguntas. O Caesar Flickerman, com cabelo, pálpebras e lábios ainda pintados de azul de esmalte, envergando o seu fato azul-escuro cintilante, conduz-nos sem falhas através da entrevista. Quando nos pergunta sobre o futuro, o Peeta ajoelha-se, abre o seu coração e pede-me para casar com ele. Eu aceito, claro. O Caesar fica fora de si, o público do Capitólio entra em histeria, imagens de multidões por todo Panem mostram um país enlevado de felicidade.

O próprio presidente Snow aparece de surpresa para nos dar os parabéns. Aperta a mão do Peeta e dá-lhe uma palmada aprovadora no ombro. Abraça-me, envolve-me naquele cheiro a sangue e rosas, e pespega-me um beijo inchado na bochecha. Quando se afasta, com os dedos firmados nos meus braços e o rosto sorrindo para o meu, atrevo-me a erguer as sobrancelhas. Estas perguntam o que os meus lábios não podem. *Consegui? Bastou? Foi suficiente ceder-lhe tudo, fazer o seu jogo, prometer casar com o Peeta?*

Em resposta, de forma quase imperceptível, ele abana a cabeça.

6

Nesse pequeno gesto, vejo o fim da esperança, o início da destruição de tudo o que mais amo no mundo. Não consigo imaginar que forma tomará o meu castigo, que tamanho terá a rede lançada, mas quando tudo chegar ao fim, provavelmente não restará nada. Assim, era de supor que neste momento me sentisse completamente desesperada. Eis o que é estranho. A sensação maior é de alívio. De poder desistir deste jogo. A questão de saber se teria êxito nesta empresa já tem resposta, mesmo que seja um retumbante não. Se grandes males exigem grandes remédios, então agora posso recorrer aos maiores.

Só que não aqui, não imediatamente. É fundamental regressar ao Distrito 12, porque a parte principal de qualquer plano incluirá a minha mãe e a minha irmã, o Gale e a família dele. E o Peeta, se conseguir convencê-lo a vir connosco. Acrescento o Haymitch à lista. Estas são as pessoas que tenho de levar comigo quando fugir para o bosque. Como irei convencê-las, para onde iremos em pleno Inverno, que teremos de fazer para evitar a captura, são perguntas sem resposta. Mas pelo menos agora sei o que tenho de fazer.

Assim, em vez de me arrastar pelo chão e chorar, dou por mim a andar mais direita e a sentir-me mais confiante, como não me sentia há semanas. O meu sorriso, embora um pouco demente, não é forçado. E quando o presidente Snow silencia o público e pergunta: «Que acham de fazermos o casamento aqui mesmo no Capitólio?», eu visto o papel da «rapariga quase catatónica de alegria» sem qualquer dificuldade.

O Caesar Flickerman pergunta se o presidente já tem alguma data em mente.

— Ah, antes de marcarmos uma data, é melhor pedirmos autorização à mãe da Katniss — responde o presidente. O público solta uma grande gargalhada e o presidente volta a abraçar-me. — Se o país inteiro se empenhar nisso, talvez possamos casar-te antes de fazeres trinta anos.

— Ou talvez tenha de aprovar uma nova lei — sugiro, com uma risadinha.

— Se for preciso — anui o presidente, com um sorriso cúmplice. Ah, como nos divertimos juntos!

A festa, realizada na sala de banquetes da mansão do presidente Snow, é inigualável. O tecto de doze metros de altura foi transformado no céu da noite, e as estrelas são exactamente iguais às do céu do meu distrito. Devem ser iguais vistas do Capitólio, mas quem sabe? Há sempre tanta luz na cidade que não conseguimos ver as estrelas. A meia altura entre o chão e o tecto, um grupo de músicos parece flutuar sobre fofas nuvens brancas, mas não consigo ver o que as sustém. As mesas de jantar tradicionais foram substituídas por inúmeros sofás e cadeirões almofadados, alguns em torno de lareiras, outros junto a perfumados jardins de flores ou pequenos tanques cheios de peixes exóticos, para que as pessoas possam comer e beber e fazer o que lhes apetecer no maior dos confortos. Há uma grande zona ladrilhada no centro da sala que serve para tudo, de pista de dança e palco para artistas que se sucedem uns aos outros, a mais um lugar para nos misturarmos com convidados vestidos de forma extravagante.

No entanto, a verdadeira estrela da noite é a comida. Ao longo das paredes, há mesas cheias de iguarias. Temos à nossa espera tudo o que podemos imaginar, coisas com que nunca sonhámos. Vitelas, leitões e borregos inteiros rodando ainda nos espetos. Travessas enormes de aves recheadas de frutos secos e ervas aromáticas. Criaturas do mar regadas com molhos ou implorando para serem mergulhadas em misturas picantes. Inúmeros queijos, pães, legumes, doces, cascatas de vinho e regatos de bebidas alcoólicas tremeluzindo com chamas.

O meu apetite regressou com o meu desejo de ripostar. Após semanas sentindo-me demasiado preocupada para comer, estou esfomeada.

— Quero provar tudo na sala — anuncio ao Peeta.

Vejo que ele está a tentar decifrar a minha expressão, a perceber a minha transformação. Como não sabe que o presidente Snow acha que eu falhei, só pode presumir que eu acho que fui bem sucedida. Talvez até que me sinta genuinamente feliz com o nosso noivado. Os seus olhos reflectem a sua perplexidade, mas apenas por uns instantes, porque estamos a ser filmados. — Então é melhor medires bem o que comes — adverte.

— Está bem, não mais do que um bocado de cada prato — decido. A minha determinação é quase imediatamente abalada na primeira mesa quando vejo um creme de abóbora polvilhado com lascas de frutos secos e minúsculas sementes pretas no meio de vinte outras sopas. — Era capaz de comer só isto a noite inteira! — exclamo. Mas não o faço. Volto a fraquejar perante um caldo verde que só posso descrever como sabendo a Primavera, e de novo quando provo uma espumosa sopa cor-de-rosa salpicada de framboesas.

Surgem várias caras, trocam-se nomes, tiram-se fotografias, distribuem-se beijos. Parece que o meu alfinete do mimo-gaio deu origem a uma nova moda, porque várias pessoas me procuram para mostrar os seus acessórios. O meu pássaro encontra-se reproduzido em fivelas de cintos, bordado em lapelas de seda e até mesmo tatuado em lugares íntimos. Toda a gente quer usar o emblema da vencedora. Só posso imaginar a irritação do presidente Snow. Mas que pode ele fazer? Os Jogos foram um enorme êxito no Capitólio, onde as bagas representaram apenas o desespero de uma rapariga a tentar salvar o namorado.

Eu e o Peeta não fazemos qualquer esforço para arranjar companhia, mas somos constantemente assediados. Afinal, somos a atracção da festa, o que ninguém quer perder. Eu finjo-me encantada, embora não tenha qualquer interesse por estas pessoas do Capitólio. Só servem para me distrair da comida.

Cada mesa apresenta novas tentações, e mesmo no meu severo regime de uma prova por prato, depressa começo a ficar cheia. Pego numa pequena ave assada, dou-lhe uma dentada e a minha língua mergulha em sumo de laranja. Delicioso. Mas obrigo o Peeta a comer o resto porque quero continuar a provar outras coisas, e a ideia de deitar comida fora, como vejo tantas pessoas a fazer de forma tão despreocupada, ainda é para mim algo aberrante. Depois de umas dez mesas estou empanturrada, e só provámos uma pequena parte dos pratos disponíveis.

Precisamente então cai sobre nós a minha equipa de preparação. Já não se percebe muito bem o que dizem, por causa do álcool que consumiram e do êxtase de estarem presentes num evento tão grandioso.

— Porque não estás a comer? — pergunta a Octavia.

— Já estou muito cheia — respondo. Eles riem-se todos como se isso fosse a coisa mais tola que alguma vez ouviram.

— Ninguém deixa de comer por causa disso! — exclama o Flavius. Conduzem-nos a uma mesa com pequenos copos com pé cheios de um líquido transparente. — Bebam isto!

O Peeta pega num copo para beber um gole e eles entram em histeria.

— Aqui não! — grita a Octavia.

— Têm de beber ali — adverte a Venia, apontando para as portas que conduzem às casas de banho. — Senão sujam o chão todo!

O Peeta olha novamente para o copo e então percebe. — Quer dizer que isto me faz vomitar?

A minha equipa de preparação ri-se histericamente. — Claro, para poderes continuar a comer — explica a Octavia. — Eu já lá fui duas vezes. Toda a gente faz isso. Senão como podias divertir-te na festa?

Fico atónita, olhando para os pequenos e lindos copos e o que eles significam. O Peeta volta a pôr o seu na mesa com tanta precisão que, dir-se-ia, podia explodir. — Anda, Katniss, vamos dançar.

A música parece descer das nuvens quando ele me conduz para a pista de dança, para longe da mesa e da minha equipa. No nosso distrito conhecemos apenas algumas danças, normalmente acompanhadas de música de violino e flauta e exigindo muito espaço. Mas a Effie ensinou-nos algumas que são muito populares no Capitólio. A música é lenta e etérea. O Peeta pega-me nos braços e deslocamo-nos num círculo quase sem passos. Podíamos fazer esta dança a dormir. Ficamos calados durante algum tempo. Depois o Peeta fala com uma voz tensa.

— Deixamo-nos ir, achando que conseguimos lidar com tudo, achando que talvez eles não sejam tão maus, e depois... — Ele interrompe-se.

Só consigo pensar nos corpos escanzelados das crianças na nossa mesa da cozinha enquanto a minha mãe lhes prescreve o que os pais não lhes podem dar. Mais comida. Agora que somos ricos, ela oferece-lhes alguma para levarem para casa. Nos velhos tempos, porém, muitas vezes não havia nada para dar, e de qualquer maneira a criança já não podia ser salva. E aqui no Capitólio vomitam pelo prazer de encher continuamente a barriga. Não por causa de alguma doença do corpo ou da mente, não por causa de comida estragada. É o que toda a gente faz numa festa. É o esperado. Faz parte da diversão.

Um dia quando passei pela casa da Hazelle para lhe entregar a caça, o Vick estava doente com uma tosse muito feia. Como pertence à família do Gale, o miúdo come melhor do que noventa por cento das pessoas do Distrito 12. No entanto, esteve uns quinze minutos a contar-me que tinham aberto uma lata de xarope de milho do Dia da Encomenda e que cada um tirara uma colher para pôr no pão e que talvez pudessem ter mais no final da semana. Que a Hazelle tinha dito que ele podia ter um bocado numa chávena de chá para aliviar a tosse mas que ele não se sentiria bem se os outros também não tivessem. Se é assim na casa do Gale, como será nas outras?

— Peeta, eles trazem-nos para aqui para lutarmos até à morte, para se divertirem! — lembro-lhe. — No fundo, isto não é nada, em comparação.

— Eu sei. Eu sei isso. Só que às vezes já não aguento mais. Ao ponto de... não sei o que serei capaz de fazer. — Ele faz uma pausa, depois murmura. — Talvez nos tenhamos enganado, Katniss.

— Acerca do quê? — pergunto.
— Acerca de tentar acalmar as coisas nos distritos — responde ele.
Volto rapidamente a cabeça de um lado para o outro, mas ninguém parece ter ouvido. A equipa de filmagem perdeu-se na mesa dos mariscos e os casais a dançar à nossa volta estão demasiado bêbados ou envolvidos para reparar.
— Desculpa — diz o Peeta. E bem pode arrepender-se. Não estamos propriamente no sítio indicado para exprimir esse tipo de opiniões.
— Falamos em casa — aconselho.
Nesse preciso instante aparece a Portia com um homem corpulento que me parece vagamente familiar. Ela apresenta-o como Plutarch Heavensbee, o novo Chefe dos Produtores dos Jogos. Ele pergunta ao Peeta se pode roubar-me para uma dança. O Peeta recupera a cara que exibe para as câmaras e entrega-me amavelmente, advertindo-o para que não se afeiçoe muito a mim.
Não quero dançar com o Plutarch Heavensbee. Não quero sentir-lhe as mãos, uma segurando a minha, outra a minha cintura. Não estou habituada a ser tocada, excepto pelo Peeta ou pela minha família. Além disso, na escala das criaturas que desejo em contacto com a minha pele, os Produtores dos Jogos situam-se abaixo das larvas. No entanto, ele parece perceber isso, e segura-me quase à distância dos braços enquanto damos a volta à pista.
Conversamos sobre a festa, sobre os espectáculos, sobre a comida. Depois, em tom de gracejo, diz-me que tem evitado o ponche desde os treinos. Não percebo logo, mas depois lembro-me de que ele é o homem que tropeçou e caiu na poncheira quando atirei uma flecha aos Produtores dos Jogos durante a sessão de treinos. Bem, não exactamente aos Produtores. Fiz pontaria para a maçã na boca do leitão assado. De qualquer maneira, preguei-lhes um susto.
— Ah, o senhor é o que... — Ri-me, recordando-me dele a cair na poncheira.
— Sim. E certamente gostará de saber que nunca recuperei desse episódio — comenta o Plutarch.
Quero frisar que os vinte e dois tributos mortos na arena também nunca recuperarão dos Jogos que ele ajudou a produzir. Mas digo apenas:
— Óptimo. Então é Chefe dos Produtores dos Jogos este ano? Isso deve ser uma grande honra.
— Cá entre nós, não houve muitos candidatos ao cargo — confidencia-me. — A responsabilidade pelos bons resultados dos Jogos é enorme.
Pois, o último responsável já está morto, penso. Ele deve saber acerca do Seneca Crane, mas não parece nada preocupado. — Já estão a planear os Jogos do Quarteirão? — pergunto.

— Ah, sim. Bem, há anos que estão a ser preparados, claro. As arenas não se constroem num dia. Mas o... teor, digamos, dos Jogos está a ser decidido agora. Acredite ou não, tenho uma reunião de estratégia esta noite.

O Plutarch dá um passo atrás e tira um relógio de ouro do bolso do colete. Abre a tampa, vê as horas e franze o sobrolho. — Terei de sair em breve. — Volta o relógio para eu poder ver o mostrador. — Começa à meia-noite.

— Isso parece-me tarde para... — começo, mas depois algo me distrai. O Plutarch passa o polegar pelo mostrador de cristal do relógio e durante apenas um instante aparece uma imagem, brilhando como se estivéssemos à luz de uma vela. É outro mimo-gaio. Exactamente como o do alfinete no meu vestido. Só que este desaparece. Ele fecha bruscamente o relógio.

— É muito bonito — comento.

— Oh, é mais que bonito. É exclusivo — afirma ele. — Se alguém perguntar por mim, diga que fui para casa dormir. As reuniões deviam ser secretas, mas achei que podia contar-lhe.

— Claro. O seu segredo ficará bem guardado — asseguro.

Quando apertamos as mãos, ele faz uma pequena vénia, gesto comum aqui no Capitólio. — Bem, voltamos a ver-nos no Verão, nos Jogos, Katniss. Felicidades para o vosso noivado, e boa sorte com a sua mãe.

— Vou precisar — respondo.

O Plutarch desaparece e eu vagueio por entre a multidão, à procura do Peeta. Pessoas estranhas vêm dar-me os parabéns. Pelo meu noivado, pela minha vitória nos Jogos, pela minha escolha de batom. Agradeço-lhes, mas na realidade estou a pensar no Plutarch, no seu bonito e exclusivo relógio. Houve algo de estranho na maneira como o mostrou. Num gesto quase clandestino. Mas porquê? Talvez achasse que outra pessoa pudesse roubar-lhe a ideia e colocar um mimo-gaio no mostrador de um relógio. Sim, provavelmente pagou uma fortuna por aquilo e agora não pode mostrá-lo a ninguém porque teme que alguém fará uma cópia barata. Só mesmo no Capitólio.

Encontro o Peeta a admirar uma mesa de bolos com decorações elaboradas. Os cozinheiros vieram da cozinha especialmente para falar com ele sobre coberturas de açúcar para bolos e agora atropelam-se para responder às suas perguntas. A pedido do Peeta, reúnem um sortido de pequenos bolos para ele levar para o Distrito 12 onde poderá examinar o trabalho deles com mais calma.

— A Effie disse que temos de estar no comboio à uma. Que horas serão? — pergunta o Peeta, olhando em volta.

— Quase meia-noite — respondo. Tiro uma flor de chocolate de um bolo com os dedos e mordisco-a, esquecendo-me dos bons modos.

— Está na hora de dizer obrigado e adeus! — grita a Effie ao meu lado. É um daqueles momentos em que me sinto grata pela sua pontualidade compulsiva. Vamos buscar o Cinna e a Portia e despedimo-nos das pessoas importantes, sempre na companhia da Effie. Depois ela conduz-nos à porta.

— Não devíamos agradecer ao presidente Snow? — pergunta o Peeta. — É a sua casa.

— Ah, ele não gosta muito de festas. Está demasiado ocupado — responde a Effie. — Já tratei dos bilhetes e dos presentes da praxe que lhe serão enviados amanhã. Ah, lá está ele! — A Effie acena a dois assistentes do Capitólio que transportam um Haymitch embriagado pelos ombros.

Atravessamos as ruas do Capitólio num carro com vidros esfumados. Atrás de nós, outro carro traz as equipas de preparação. As aglomerações de pessoas a festejar na rua são tão compactas que avançamos devagar. Mas a Effie tem tudo bem estudado, como uma ciência, e à uma hora em ponto estamos de volta ao comboio e a sair da estação.

Largamos o Haymitch no seu quarto. O Cinna manda vir chá e sentamo-nos todos à mesa enquanto a Effie folheia a sua agenda e lembra-nos de que o Passeio ainda não terminou. — Ainda temos o Festival das Colheitas no Distrito Doze. Portanto, sugiro que bebamos o nosso chá e vamos direitos para a 12. — Ninguém protesta.

Quando abro os olhos já é de tarde. Tenho a cabeça deitada no braço do Peeta. Não me lembro de ele ter entrado ontem à noite. Volto-me, com cuidado para não o incomodar mas já está acordado.

— Nenhum pesadelo — declara o Peeta.

— O quê? — pergunto.

— Não tiveste pesadelos ontem à noite.

Ele tem razão. Pela primeira vez há séculos dormi durante uma noite inteira. — Mas tive um sonho — digo, recordando-me. — Estava a seguir um mimo-gaio pelo bosque. Durante muito tempo. Era a Rue, na verdade. Quero dizer, quando cantava, tinha a voz dela.

— Para onde te levou? — pergunta ele, afastando-me o cabelo da testa.

— Não sei. Nunca chegámos — respondo. — Mas sentia-me feliz.

— Bem, dormiste como uma pessoa feliz.

— Peeta, porque é que eu nunca sei quando estás a ter um pesadelo? — pergunto.

— Não sei. Acho que não grito nem me agito muito. Acordo simplesmente, paralisado de terror — responde ele.

— Devias acordar-me — sugiro, recordando-me de como posso interromper-lhe o sono duas ou três vezes numa noite má. Do tempo que ele leva para me acalmar.

— Não é preciso. Os meus pesadelos normalmente são sobre perder-te — revela o Peeta. — Fico bem quando percebo que estás aqui.

Oh, não! Ele faz comentários destes de uma maneira tão espontânea que é como levar um murro na barriga. Só está a responder à minha pergunta de forma sincera. Não está a obrigar-me a responder da mesma maneira, a fazer uma declaração de amor. Mas mesmo assim sinto-me péssima, como se estivesse a usá-lo de algum modo terrível. Estarei? Não sei. Só sei que pela primeira vez tenho a sensação de estar a fazer algo imoral na cama com ele. O que é irónico, visto que agora estamos oficialmente noivos.

— Será pior quando estivermos em casa e eu voltar a dormir sozinho — conclui ele.

É verdade, estamos quase em casa.

O programa para o Distrito 12 inclui um jantar em casa do governador Undersee hoje à noite e um comício triunfal na praça durante o Festival das Colheitas amanhã. Celebramos sempre o Festival das Colheitas no último dia do Passeio da Vitória, mas normalmente isso significa uma refeição em casa ou com alguns amigos, se houver dinheiro para tanto. Este ano será um acontecimento público, pago pelo Capitólio, portanto toda a gente no distrito terá a barriga cheia.

A maior parte dos preparativos terá lugar na casa do governador, já que terão de voltar a cobrir-nos de peles para as cerimónias no exterior. Não nos demoramos muito na estação de comboios, apenas o tempo suficiente para sorrir e acenar antes de sermos amontoados no nosso carro. Nem sequer poderemos ver as nossas famílias antes do jantar desta noite.

Fico contente por ser na casa do governador e não na Casa da Justiça, onde foi realizada a cerimónia para o meu pai e para onde me levaram depois da ceifa para aquelas despedidas desoladoras à minha família. A Casa da Justiça está carregada de tristeza.

Mas gosto da casa do governador Undersee, sobretudo agora que a Madge, a filha dele, e eu, somos amigas. Sempre fomos, de certo modo. Tornou-se oficial quando ela veio despedir-se de mim antes de eu partir para os Jogos. Quando me deu o alfinete do mimo-gaio, para dar sorte. Depois de eu voltar para casa, começámos a passar mais tempo juntas. Vim a saber que a Madge também tem muitas horas vagas para preencher. A princípio era um pouco constrangedor, porque não sabíamos o que fazer. As outras raparigas da nossa idade — já as ouvi falar de rapazes, ou de outras raparigas, ou de roupas. Eu e a Madge não gostamos de mexericos e as roupas aborrecem-me terrivelmente. No entanto, após algumas falsas partidas, percebi que ela estava ansiosa por conhecer o bosque, por isso levei-a comigo algumas vezes e ensinei-lhe tiro com arco. Ela está a tentar ensinar-me a tocar piano, mas eu gosto sobretudo é de a ver tocar. Às vezes comemos em casa uma da outra. A Madge gosta mais da minha. Os pais dela parecem simpáticos mas não devem passar muito tempo com a filha. O pai tem o Distrito 12 para governar e a mãe sofre de dores de cabeça terríveis que a obrigam a ficar na cama dias seguidos.

— Talvez devessem levá-la ao Capitólio — sugeri durante uma das crises. Nesse dia não estávamos a tocar piano porque mesmo a dois andares de distância o barulho era insuportável para a mãe dela. — Aposto que eles conseguem curá-la.

— Sim, mas ninguém vai ao Capitólio a não ser que seja convidado — explica a Madge, desolada. Até mesmo os privilégios do governador têm limites.

Quando chegamos à casa do governador, só tenho tempo de dar um abraço rápido à Madge antes de a Effie me despachar para o terceiro andar para ir preparar-me. Depois de arranjada e metida num vestido comprido prateado, fico ainda com uma hora até ao jantar. Aproveito para ir procurar a Madge.

O quarto dela fica no segundo andar, juntamente com vários quartos de hóspedes e o escritório do pai. Espreito para dentro do escritório para cumprimentar o governador mas não vejo lá ninguém. A televisão está ligada. Detenho-me para ver imagens de mim e do Peeta na festa do Capitólio ontem à noite. Dançando, comendo, beijando. Isto está a ser transmitido para todas as casas de Panem neste preciso momento. O público deve estar farto dos amantes condenados do Distrito 12. Eu sei que estou.

Vou a sair da sala quando um ruído, uma espécie de *bip*, me chama a atenção. Volto-me e vejo o ecrã da televisão a escurecer. Depois as palavras «ACTUALIZAÇÃO SOBRE O DISTRITO 8» começam a piscar. Instintivamente, percebo que aquilo não se destina aos meus olhos mas apenas aos do governador. Devia ir-me embora. Rapidamente. Em vez disso, dou por mim a aproximar-me da televisão.

Uma apresentadora que nunca vi aparece no ecrã. Tem o cabelo grisalho e uma voz rouca e autoritária. Avisa que a situação está a piorar e que foi emitido um alerta de Nível 3. Estão a ser enviadas forças adicionais para o Distrito 8 e toda a produção de têxteis foi interrompida.

Depois passam da mulher para a praça principal no Distrito 8. Reconheço-a porque estive lá há apenas uma semana. As bandeiras com o meu rosto continuam penduradas nos telhados. Por baixo, há uma enorme multidão. A praça está apinhada de pessoas a gritar, com os rostos tapados com panos e máscaras caseiras, arremessando tijolos. Há edifícios a arder. Soldados da Paz abrem fogo sobre a multidão, matando indiscriminadamente.

Nunca vi nada parecido, mas só posso estar a testemunhar uma coisa. É o que o presidente Snow chama um motim.

7

Um saco de pele cheio de comida e um cantil de chá quente. Um par de luvas forradas a pele que o Cinna deixou ficar. Três galhos arrancados das árvores sem folhas sobre a neve, apontando na direcção que seguirei. É o que deixo para o Gale no nosso ponto de encontro habitual, no primeiro domingo após o Festival das Colheitas.

Continuo pelo bosque frio e brumoso, abrindo um caminho que será desconhecido para o Gale mas que é simples para os meus pés. Conduz ao lago. Já não acredito que o nosso local de encontro ofereça privacidade, e necessitarei disso e de muito mais para me abrir com o Gale hoje. Mas será que ele virá? Se não vier, não terei alternativa senão arriscar ir à casa dele a meio da noite. Há coisas que ele tem de saber... que preciso que ele me ajude a resolver...

Assim que percebi o significado do que estava a ver na televisão do governador Undersee, voltei imediatamente para o corredor. E mesmo a tempo, porque o governador subia as escadas momentos depois. Acenei-lhe com a mão.

— À procura da Madge? — indagou ele num tom amável.

— Sim. Quero mostrar-lhe o meu vestido — respondi.

— Bem, já sabes onde encontrá-la. — Nesse mesmo instante, ouvi outra série de *bips* vinda do escritório. Ele pôs um ar sério. — Com licença — disse. — Entrou no escritório e fechou a porta.

Esperei no corredor até me recompor. Lembrei a mim mesma que tinha de me comportar com naturalidade. Depois encontrei a Madge no seu quarto, sentada à mesinha do toucador e escovando o cabelo louro e ondulado diante do espelho. Trazia o mesmo lindo vestido branco que usara no dia da ceifa. Viu o meu reflexo atrás de si e sorriu. — Olha para ti. Parece que saíste directamente das ruas do Capitólio.

Aproximei-me. Os meus dedos tocaram no mimo-gaio. — Até o meu alfinete agora. Os mimos-gaios estão na moda no Capitólio, graças a ti. Tens a certeza de que não o queres de volta? — perguntei.

— Não sejas tonta, foi um presente — respondeu a Madge, prendendo o cabelo atrás com uma festiva fita dourada.

— Afinal onde é que o arranjaste? — inquiri.

— Era da minha tia — revelou-me. — Mas acho que já estava na família há muito tempo.

— É uma escolha engraçada, um mimo-gaio — continuei. — Quero dizer, por causa do que aconteceu na rebelião. Com o artifício dos palragaios a virar-se contra o Capitólio e tudo o resto.

Os palragaios eram mutantes criados pelo Capitólio como armas para espiar os rebeldes nos distritos. Eram capazes de recordar e repetir longos trechos de conversa humana, por isso foram enviados para as zonas dos rebeldes para captar as nossas palavras e transmiti-las ao Capitólio. Os rebeldes perceberam e voltaram os pássaros contra o Capitólio, enviando-os para casa carregados de mentiras. Quando isso foi descoberto, os palragaios foram abandonados. Passados alguns anos, extinguiram-se no seu estado selvagem, mas não antes de terem acasalado com fêmeas de mimos, criando uma espécie totalmente nova.

— Mas os mimos-gaios nunca foram uma arma — lembrou a Madge. — São apenas aves canoras. Certo?

— Pois, acho que sim — respondi. Mas não é verdade. O mimo é apenas uma ave canora. O mimo-gaio é uma criatura que o Capitólio nunca quis que existisse. Nunca imaginaram que o palragaio, que eles tão bem controlavam, tivesse capacidade para se adaptar à vida selvagem, para transmitir o seu código genético, para se desenvolver numa nova forma. Não tinham previsto a sua grande vontade de viver.

Agora, arrastando-me pela neve, vejo os mimos-gaios saltitando de ramo em ramo e captando as melodias de outros pássaros, repetindo-as e depois transformando-as em algo novo. Como sempre, fazem lembrar-me a Rue. Penso no sono que tive na última noite no comboio. Ela era um mimo-gaio e eu seguia-a pelo bosque. Gostaria de ter ficado a dormir um pouco mais e descoberto para onde ela estava a tentar levar-me.

É um longo trajecto a pé até ao lago, sem dúvida. Se decidir mesmo vir atrás de mim, o Gale não vai ficar nada contente com este uso excessivo de energia que poderia empregar de preferência a caçar. Ele fez questão de não comparecer no jantar na casa do governador, apesar de o resto da família ter ido. A Hazelle disse que ele estava em casa doente. Uma mentira evidente. Também não consegui encontrá-lo no Festival das Colheitas. O Vick disse-me que ele tinha saído para caçar. Isso talvez fosse verdade.

Duas horas depois, chego a uma casa velha à beira do lago. Talvez «casa» seja uma palavra demasiado grande. É apenas uma divisão, com cerca de quatro metros quadrados. O meu pai acreditava que no passado tinham existido muitos edifícios — ainda podemos ver alguns dos alicerces — e que as pessoas vinham divertir-se e pescar no lago. Esta casa durou mais que as outras porque é feita de betão. Chão, telhado, tecto. Apenas uma das quatro vidraças da janela sobreviveu, empenada e amarelecida pelo tempo. Não há canalização nem electricidade, mas a lareira ainda funciona e há uma pilha de lenha ao canto que eu e o meu pai juntámos há anos. Acendo uma pequena fogueira, contando com o nevoeiro para ocultar o fumo denunciador. Enquanto espero que o fogo pegue, varro a neve que se acumulou por baixo da janela com uma vassoura de galhos que o meu pai fez para mim quando eu tinha uns oito anos e gostava de brincar às casinhas aqui. Depois sento-me na pequena lareira de betão, aquecendo-me junto ao fogo e esperando pelo Gale.

Ele aparece pouco tempo depois. Com o arco a tiracolo e um peru selvagem, que deve ter abatido no caminho, preso ao cinto. Detém-se à entrada como se estivesse a pensar se devia ou não entrar. Traz o saco de comida, ainda fechado, o cantil e as luvas do Cinna. Ofertas que não aceitará por causa do ressentimento que tem por mim. Sei exactamente o que está a sentir. Eu não fazia a mesma coisa à minha mãe?

Olho-o nos olhos. O seu semblante carregado não consegue disfarçar totalmente a dor, a sensação de ter sido traído pelo anúncio do meu noivado com o Peeta. Esta será a minha última oportunidade, este encontro hoje, de não perder o Gale para sempre. Poderia levar horas a tentar explicar, e mesmo então ele seria capaz de recusar. Assim vou directamente ao cerne da minha defesa.

— O presidente Snow ameaçou pessoalmente mandar matar-te — revelo.

O Gale ergue ligeiramente as sobrancelhas, mas não revela qualquer indício de medo ou espanto. — Mais alguém?

— Bem, não me deu propriamente uma cópia da lista. Mas deve incluir as nossas famílias — respondo.

É o suficiente para trazê-lo até à lareira. Ele agacha-se diante do fogo e aquece-se. — A não ser que faças o quê?

— Nada, por enquanto — respondo. É óbvio que isto exige uma explicação, mas não sei por onde começar. Por isso fico apenas a olhar para o fogo, com um ar desolado.

Passado um minuto, o Gale quebra o silêncio. — Bem, obrigado pelo aviso.

Volto-me para ele, pronta para barafustar, mas reparo no brilho dos olhos dele. Odeio-me por sorrir. Este não é um momento cómico, mas imagino que seja muita coisa para contar de repente a alguém. Vamos todos ser eliminados, aconteça o que acontecer. — Eu tenho um plano, sabes?

— Sim, aposto que é fantástico — comenta ele, atirando-me as luvas para o colo. — Toma. Não quero as luvas velhas do teu noivo.

— Ele não é meu noivo. Isso é só a fingir. E não são as luvas dele. Eram do Cinna — explico.

— Dá cá, então — diz ele. Calça as luvas, dobra os dedos e acena, aprovadoramente. — Pelo menos morrerei confortável.

— Que visão optimista. Mas claro, não sabes o que aconteceu — provoco-o.

— Conta lá, então — insta o Gale.

Decido começar pela noite em que eu e o Peeta fomos coroados vencedores dos Jogos da Fome e o Haymitch me advertiu da fúria do Capitólio. Falo-lhe da inquietação que senti mesmo depois de ter voltado para casa, da visita do presidente Snow, das mortes no Distrito 11, da tensão nas multidões, do recurso desesperado ao noivado, da indicação do presidente de que isso não tinha sido suficiente, da minha certeza de que terei de pagar.

O Gale nunca interrompe. Enquanto falo, ele mete as luvas no bolso e ocupa-se a transformar a comida no saco de pele numa refeição para ambos. Torrando o pão e o queijo, limpando as maçãs, pondo as castanhas no fogo para assar. Observo as mãos dele, os seus dedos bonitos e ágeis. Cheias de cicatrizes, como as minhas antes de o Capitólio apagar todas as marcas da pele, mas fortes e hábeis. Mãos com força para minar carvão e precisão para montar uma armadilha delicada. Mãos em que confio.

Faço uma pausa para beber um gole de chá do cantil antes de lhe contar do meu regresso a casa.

— Bem, meteste-te mesmo numa grande embrulhada — comenta o Gale.

— E nem sequer acabei — respondo.

— Já ouvi o suficiente, por agora. Passemos adiante a esse teu plano — sugere.

Respiro fundo. — Fugimos.

— O quê? — pergunta ele. Isso apanha-o mesmo desprevenido.

— Metemo-nos no bosque e fugimos — explico. É impossível ler--lhe o rosto. Irá rir-se de mim, achar que é um disparate? Levanto-me, agitada e preparada para uma discussão. — Tu próprio disseste que achavas que conseguíamos! Naquela manhã da ceifa. Disseste...

Ele aproxima-se e levanta-me do chão. A casa começa a girar e tenho de prender os braços ao pescoço do Gale para não cair. Ele está a rir-se, contente.

74

— Ei! — protesto, mas também estou a rir-me.

O Gale põe-me no chão mas não me larga. — Está bem, vamos fugir — anui.

— A sério? Não achas que sou louca? Vais comigo? — Com parte do fardo pesado a transferir-se para os ombros do Gale, começo a sentir algum alívio.

— Claro que és louca, mas mesmo assim vou contigo — responde ele. Está a falar a sério. Não só está a falar a sério, mas também gosta da ideia. — Os dois conseguimos. Eu sei que sim. Vamos sair daqui e nunca mais voltar!

— Tens a certeza? — pergunto. — Porque vai ser difícil, com os miúdos e tudo. Não quero andar cinco quilómetros e depois tu...

— Tenho a certeza. A certeza absoluta. — Ele inclina a testa para encostá-la à minha e puxa-me para si. A pele dele, todo o seu ser, irradia calor, por estar tão perto do fogo, e eu fecho os olhos, absorvendo esse calor. Inalo o cheiro a couro húmido, fumo e maçãs, o cheiro de todos aqueles dias de Inverno que passámos juntos antes dos Jogos. Não tento afastar-me. Porque haveria de me afastar? Ele baixa a voz para um murmúrio. — Amo-te.

Por causa disso.

Nunca prevejo estas coisas. Acontecem tão depressa. Num momento estamos a propor um plano de fuga e no seguinte... temos de lidar com uma coisa destas. Saio-me com o que deve ser a pior das respostas. — Eu sei.

Parece horrível. Como se presumisse que ele não pode deixar de me amar mas que eu não sinto nada em troca. O Gale começa a afastar-se, mas eu agarro-o com firmeza. — Eu sei! E tu... tu sabes o que significas para mim. — Não chega. Ele desprende-se. — Gale, não consigo pensar em ninguém dessa forma neste momento. A única coisa em que consigo pensar, todos os dias, todos os minutos desde que anunciaram o nome da Prim na ceifa, é que tenho medo. E parece não haver espaço para mais nada. Se conseguíssemos chegar a um lugar seguro, talvez eu pudesse ser diferente. Não sei.

Vejo-o a engolir a sua decepção. — Está bem, vamos embora. Depois veremos. — Ele volta-se para o fogo, onde as castanhas começam a ficar queimadas. Tira-as para o canto da lareira. — Vai ser difícil convencer a minha mãe.

Deduzo que ele ainda esteja disposto a fugir. Contudo, a alegria desapareceu, deixando uma tensão demasiado familiar no seu lugar. — A minha também. Terei de lhe explicar a razão. Levá-la para um longo passeio. Fazer com que perceba que não sobreviveremos à alternativa.

— Ela vai perceber. Assisti a grande parte dos Jogos com ela e a Prim. Não se vai opor — assegura o Gale.

— Espero que não. — A temperatura na casa parece ter baixado vinte graus numa questão de segundos. — O Haymitch é que será o verdadeiro desafio.

— O Haymitch? — O Gale abandona as castanhas. — Não lhe vais dizer para vir connosco, pois não?

— Tenho de dizer, Gale. Não posso deixar o Haymitch e o Peeta porque... — O seu olhar amuado interrompe-me. — O quê?

— Desculpa. Não sabia que íamos ter tanta companhia — responde ele bruscamente.

— Eles podem torturá-los até à morte, para saber do meu paradeiro! — explico.

— E a família do Peeta? Nunca aceitarão vir. Provavelmente corriam a denunciar-nos. Ele é suficientemente esperto para saber isso. E se ele decidir ficar? — pergunta o Gale.

Tento parecer indiferente, mas sinto um tremor na voz. — Então fica.

— Deixavas ficar o Peeta? — pergunta o Gale.

— Para salvar a Prim e a minha mãe, sim — respondo. — Quero dizer, não! Eu convenço-o a vir.

— E eu, deixavas-me ficar? — Ele fita-me com uma expressão severa agora. — Se, por exemplo, não conseguir convencer a minha mãe a arrastar três miúdos pequenos para o bosque a meio do Inverno?

— A Hazelle não vai recusar. Ela perceberá — respondo.

— E se não perceber, Katniss? Que fazemos então? — insiste ele.

— Então terás de obrigá-la, Gale. Achas que estou a inventar tudo isto? — Também levanto a voz, irritada.

— Não. Não sei. Talvez o presidente esteja apenas a manipular-te. Afinal vai organizar o teu casamento. Viste como a multidão do Capitólio reagiu. Não acredito que ele possa matar-te agora. Nem ao Peeta. Como é que ele justificaria isso? — questiona o Gale.

— Bem, com um motim no Distrito 8, duvido que tenha muito tempo para andar a escolher o meu bolo de casamento! — grito.

Assim que as palavras me saem da boca desejo suprimi-las. O efeito sobre o Gale é imediato: o rubor na face, o brilho nos olhos cinzentos.

— Há um motim no Distrito 8? — pergunta ele, baixinho.

Tento voltar atrás. Acalmá-lo, como tentei acalmar os distritos. — Não sei se é mesmo um motim. Há tumultos. Pessoas nas ruas...

O Gale agarra-me os ombros. — O que é que viste?

— Nada! Pessoalmente. Só ouvi dizer. — Como de costume, é pouco e tarde demais. Desisto e conto-lhe tudo. — Vi uma coisa na televisão do governador. Não devia ter visto. Havia uma multidão, incêndios, e os Soldados da Paz estavam a disparar sobre as pessoas, mas elas estavam a reagir... — Mordo o lábio. Tento continuar a descrever a cena mas, em vez disso, digo em voz alta as palavras que me têm corroído por dentro. — E a culpa é minha, Gale. Por causa do que fiz na arena. Se tivesse comido aquelas bagas, nada disto teria acontecido. O Peeta poderia ter voltado para casa, e vivido, e toda a gente estaria fora de perigo.

— Para fazer o quê? — pergunta ele num tom mais brando. — Morrer à fome? Trabalhar como escravos? Enviar os filhos para a ceifa? Não fizeste mal nenhum às pessoas... deste-lhes uma oportunidade. Elas agora só têm de ter coragem suficiente para a aproveitar. Já se falou sobre isso nas minas. Há pessoas que querem lutar. Não percebes? Está a acontecer! Finalmente está a acontecer! Se há um motim no Distrito 8, porque não aqui? Porque não em toda a parte? Pode ser agora, aquilo que todos...

— Pára! Não sabes o que estás a dizer. Os Soldados da Paz nos outros distritos não são como o Darius, nem mesmo como o Cray! As vidas das pessoas nos distritos... não significam nada para eles! — explico.

— É por isso que temos de nos juntar à luta! — responde ele bruscamente.

— Não! Temos de sair daqui antes que nos matem, e que matem muitas outras pessoas também! — Estou a gritar de novo, mas não consigo perceber porque é que ele está a agir assim. Porque não percebe o que é tão evidente?

O Gale afasta-me bruscamente. — Vai tu, então. Nunca iria agora.

— Ainda há momentos parecias ansioso por ir. Não vejo como um motim no Distrito Oito muda alguma coisa. Só torna mais urgente a nossa fuga. Se estás furioso por causa do... — Não, não posso atirar-lhe o Peeta à cara. — E a tua família?

— E as outras famílias, Katniss? As que não podem fugir? Não percebes? Já não podemos pensar só em salvar as *nossas* famílias. Não se a revolta já começou! — O Gale abana a cabeça, sem esconder o seu desprezo por mim. — Tu podias fazer tanta coisa. — Depois atira-me as luvas do Cinna aos pés. — Mudei de opinião. Não quero nada fabricado no Capitólio. — E vai-se embora.

Fico a olhar para as luvas. Nada fabricado no Capitólio? Será que se referia também a mim? Será que acha que agora sou apenas mais um produto do Capitólio e por isso algo intocável? A injustiça de tudo aquilo enche-me de raiva. Mas misturada com o medo da loucura que ele poderá fazer a seguir.

Deixo-me cair junto ao fogo, ansiosa por consolo, por decidir o meu próximo passo. Acalmo-me dizendo a mim mesma que as revoltas não se fazem num dia. O Gale só poderá falar com os mineiros amanhã. Se eu conseguir chegar à Hazelle antes disso, ela poderá pô-lo na ordem.

Mas não posso ir agora. Se ele lá estiver, não me vai deixar entrar. Talvez à noite, quando toda a gente estiver a dormir... A Hazelle trabalha quase sempre até tarde para acabar de lavar a roupa. Podia passar por lá então, bater à janela, informá-la da situação para que ela impedisse o Gale de fazer algum disparate.

A conversa com o presidente Snow no escritório volta-me à mente:
«*Os meus conselheiros temiam que você fosse difícil, mas não está a planear ser difícil, pois não?*»
«*Não.*»
«*Foi o que lhes disse. Disse-lhes que qualquer rapariga que se esforça tanto para preservar a vida não estará interessada em perdê-la de mão beijada.*»

Penso em como a Hazelle tem trabalhado tanto para sustentar aquela família. Ficará com certeza do meu lado nesta questão. Ou não?

Deve ser quase meio-dia agora e os dias são tão curtos. Não convém ficar no bosque depois do escurecer se não for necessário. Apago com os pés o que resta da minha pequena fogueira, guardo os bocados de comida e enfio as luvas do Cinna no cinto. Acho que vou ficar com elas durante mais algum tempo. No caso de o Gale mudar de opinião. Penso na expressão dele quando as atirou ao chão. Na aversão que mostrou por elas, por mim...

Atravesso lentamente o bosque e chego à minha velha casa ainda antes de começar a escurecer. A minha conversa com o Gale foi um revés evidente, mas continuo decidida a prosseguir com o meu plano de fugir do Distrito 12. Decido procurar o Peeta a seguir. Estranhamente, como ele viu algumas das coisas que eu vi no Passeio, talvez seja mais fácil convencê-lo do que ao Gale. Encontro-o por acaso à saída da Aldeia dos Vencedores.

— Estiveste a caçar? — pergunta ele. Vê-se pela sua expressão que não acha que seja boa ideia.

— Não, propriamente. Vais à cidade? — sondo.

— Vou. Tenho de ir jantar com a minha família — responde o Peeta.

— Bem, posso pelo menos acompanhar-te. — A estrada da Aldeia dos Vencedores até à praça é pouco usada. É um lugar seguro para se conversar. No entanto, parece que não consigo colocar as palavras para fora. Falar com o Gale foi um desastre tão grande... Mordo os lábios gretados. A praça aproxima-se a cada passo. Poderei não ter outra oportunidade tão cedo. Respiro fundo e deixo sair as palavras. — Peeta, se te pedisse para fugires do distrito comigo, fugias?

O Peeta pega-me no braço, fazendo-me parar. Não precisa de olhar para mim para perceber que estou a falar a sério. — Depende da razão por que me estás a pedir.

— O presidente Snow não ficou convencido com a minha actuação. Há uma revolta no Distrito 8. Temos de fugir daqui — explico.

— Quando dizes «temos», referes-te apenas a nós dois? Não. Quem mais iria? — questiona ele.

— A minha família. A tua, se quiser vir. O Haymitch, talvez — respondo.

— E o Gale?

— Não sei. Ele talvez tenha outros planos.

O Peeta abana a cabeça e lança-me um sorriso triste. — Aposto que sim. Claro, Katniss, eu vou contigo.

Sinto um pequeno raio de esperança. — Vais?

— Vou. Mas não acredito nem por um minuto que tu vás — responde o Peeta.

Afasto bruscamente o braço. — Então não me conheces. Prepara-te. Pode ser a qualquer momento. — Continuo a andar e ele segue-me um ou dois passos atrás.

— Katniss — chama o Peeta. Não abrando o passo. Se ele acha que é má ideia, não quero saber, porque é a única que tenho. — Katniss, espera. — Dou um pontapé num pedaço de neve congelada e suja e deixo o Peeta aproximar-se. O pó de carvão torna tudo extremamente feio. — Eu vou, se queres mesmo que eu vá. Só acho que seria melhor falar primeiro com o Haymitch. Para termos a certeza de que não iremos piorar as coisas para toda a gente. — De repente, ele levanta a cabeça. — O que foi isso?

Levanto o queixo. Estava tão absorta com as minhas preocupações que não reparei no estranho barulho vindo da praça. Um ruído sibilante, depois algo a bater, o rumor de uma multidão.

— Anda — urge o Peeta, de rosto subitamente grave. Não sei porquê. Não consigo reconhecer o ruído nem sequer imaginar a situação, mas para ele parece significar algo de mau.

Quando chegamos à praça, percebemos que se está a passar alguma coisa, mas a multidão é demasiado compacta para conseguirmos ver. O Peeta sobe a um caixote encostado à parede da loja de doces e estende-me uma mão enquanto perscruta a praça. Estou quase no topo quando ele de repente me impede de subir. — Desce. Sai daqui! — Está a sussurrar, mas a voz é severa e insistente.

— O quê? — pergunto, tentando subir à força.

— Vai para casa, Katniss! Já lá vou ter, prometo! — insiste ele.

Seja o que for, deve ser terrível. Desprendo-me bruscamente da mão dele e começo a abrir caminho aos empurrões entre a multidão. As pessoas vêem-me, reconhecem a minha cara e depois parecem assustadas. Há mãos que me empurram para trás. Vozes aflitas que me sussurram.

— Sai daqui, miúda.

— Só vais piorar as coisas.

— Que queres fazer? Queres que ele morra?

Neste momento, porém, sinto o coração a bater tão depressa e com tanta força que mal as oiço. Só sei que o que está a acontecer no meio da praça me diz respeito. Quando finalmente chego ao espaço aberto no centro, vejo que tenho razão. E que o Peeta tinha razão. E que aquelas vozes também tinham razão.

O Gale tem os pulsos atados a um poste de madeira. O peru selvagem que ele apanhou naquela manhã está pendurado por cima dele, pregado pelo pescoço. Tiraram-lhe o casaco e rasgaram-lhe a camisa, atirando-os para o chão. Ele parece inconsciente, dobrado sobre os joelhos e suspenso apenas pelas cordas nos punhos. O que costumava ser as costas dele é um bocado de carne crua e ensanguentada.

Atrás dele está um homem que nunca vi, mas reconheço o uniforme. É o traje oficial do nosso Comandante dos Soldados da Paz. Só que este não é o velho Cray. É um homem alto e musculado com as calças bem vincadas.

As peças do quadro só começam a fazer sentido quando vejo o braço dele erguer o chicote.

8

— Não! — grito, e salto para a frente. É tarde demais para impedir o braço de descer, e percebo instintivamente que não terei força para o imobilizar. Assim, lanço-me directamente entre o chicote e o Gale. Como abri os braços para proteger o mais possível o corpo dele, não há nada para desviar a chicotada. Recebo-a em cheio no lado esquerdo do rosto.

A dor é ofuscante e instantânea. Uma série de raios de luz atravessa-me a vista e caio de joelhos. Uma mão cobre-me a face enquanto a outra me impede de virar para o lado. Já consigo sentir o vergão a abrir-se, o inchaço a fechar-me o olho. As pedras por baixo dos meus pés estão molhadas com o sangue do Gale, o ar carregado com o seu odor. — Pare! Vai matá-lo! — grito.

Vislumbro o rosto do meu agressor. Duro, com rugas profundas, uma boca cruel. Cabelo grisalho quase todo rapado, olhos tão pretos que parecem apenas pupilas, um nariz comprido e direito enrubescido pelo ar gélido. O braço possante volta a erguer-se, apontando para mim. Levo rapidamente a mão ao ombro, procurando uma flecha mas, claro, as minhas armas estão escondidas no bosque. Cerro os dentes e espero pela chicotada seguinte.

— Alto! — berra uma voz. O Haymitch aparece e tropeça num Soldado da Paz deitado no chão. É o Darius. Uma protuberância roxa e enorme sobressai-lhe entre o cabelo ruivo na testa. Está inconsciente mas ainda respira. Que aconteceu? Será que tentou ajudar o Gale antes de eu chegar?

O Haymitch ignora-o e põe-me de pé, bruscamente. — Ah, excelente! — A mão dele prende-me o queixo, levantando-o. — Ela tem uma sessão fotográfica para a semana. Para posar em vestidos de noiva. Que vou dizer ao estilista dela?

Percebo um indício de reconhecimento nos olhos do homem com o chicote. Como estou agasalhada contra o frio, sem maquilhagem, com a trança metida descuidadamente por baixo do casaco, não deve ser fácil reconhecer-me como a vencedora dos últimos Jogos da Fome. Sobretudo com metade da minha cara a inchar. O Haymitch, porém, já aparece na televisão há anos, e seria difícil esquecê-lo.

O homem apoia o chicote na anca. — Ela interrompeu o castigo de um criminoso confesso.

Tudo neste homem, a sua voz autoritária, o seu estranho sotaque, denota uma ameaça desconhecida e perigosa. De onde veio? Do Distrito 11? Do 3? Do próprio Capitólio?

— Não quero saber se ela fez explodir a maldita Casa da Justiça! Olha para esta cara! Achas que estará pronta para as câmaras numa semana? — rosna o Haymitch.

A voz do homem continua fria, mas consigo detectar uma ligeira ponta de dúvida. — Isso não é problema meu.

— Não? Então está prestes a sê-lo, meu amigo. O primeiro telefonema que farei quando chegar a casa será para o Capitólio — ameaça o Haymitch. — Para saber quem te autorizou a dar cabo da carinha linda da minha vencedora!

— Ele esteve a caçar ilegalmente. Que tem ela a ver com isso? — pergunta o homem.

— Ele é primo dela. — O Peeta pegou-me no outro braço, mas com cuidado. — E ela é minha noiva. Por isso, se quiser bater-lhe, terá de passar por cima de nós.

Nós os três. Somos talvez as únicas pessoas no distrito com poder para tomar uma atitude destas. Se bem que isso seja temporário, com toda a certeza. Haverá repercussões. Contudo, neste momento, a única coisa que me preocupa é salvar o Gale. O novo Comandante dos Soldados da Paz lança um olhar ao seu pelotão de apoio. Com alívio, vejo que são rostos conhecidos, velhos amigos do Forno. Percebe-se pelas suas expressões que não estão a gostar do espectáculo.

Uma mulher chamada Purnia, que costuma frequentar a banca da Greasy Sae, aproxima-se com passo rígido do comandante. — Creio que para um primeiro delito já foi desferido o número estipulado de açoites, senhor comandante. A não ser que tenha decidido condená-lo à morte. Nesse caso teria de chamar um pelotão de fuzilamento.

— É esse o procedimento normal aqui? — pergunta o Comandante.

— É sim, senhor comandante — responde a Purnia, e vários outros acenam com a cabeça em sinal de concordância. Duvido que algum deles saiba, porque no Forno o procedimento normal quando alguém aparece com um peru selvagem é tentar conseguir o melhor naco de carne.

— Muito bem. Leve o seu primo daqui então, moça. E se ele recuperar, lembre-lhe de que da próxima vez que for apanhado a caçar em terras do Capitólio, reunirei esse pelotão de fuzilamento pessoalmente.
— O Comandante dos Soldados da Paz passa a mão pelo chicote, salpicando-nos de sangue. Depois enrola-o rapidamente em perfeitos círculos concêntricos e vai-se embora.

A maioria dos outros Soldados da Paz enfileira-se desajeitadamente atrás dele. Um pequeno grupo deixa-se ficar e levanta o corpo do Darius pelos braços e pelas pernas. Lanço um olhar à Purnia e murmuro a palavra «Obrigada» antes de eles partirem. Ela não responde, mas tenho a certeza de que percebeu.

— Gale. — Volto-me para ele e tento desfazer os nós que lhe prendem os pulsos. Alguém entrega uma faca ao Peeta e ele corta as cordas. O Gale cai no chão.

— É melhor levá-lo para a tua mãe — sugere o Haymitch.

Não temos uma maca, mas a velhota da barraca das roupas vende-nos a tábua que lhe serve de balcão. — Só não digam onde a arranjaram — implora, guardando rapidamente o resto das suas mercadorias. A maioria das pessoas que estavam na praça já desapareceu. O medo levou a melhor sobre a compaixão. Mas depois do que acabou de acontecer, não posso culpar ninguém.

Quando deitamos o Gale de barriga para baixo na tábua, já restam poucas pessoas para o transportar. O Haymitch, o Peeta e dois mineiros que trabalham na equipa do Gale levantam a tábua.

A Leevy, uma miúda que mora perto da minha casa no Jazigo, toca-me no braço. A minha mãe curou o irmãozinho dela no ano passado quando ele teve sarampo. — Precisam de ajuda? — Os seus olhos cinzentos parecem assustados mas determinados.

— Não, mas podes ir chamar a Hazelle? Dizer-lhe para vir? — pergunto.

— Claro — responde a Leevy, dando meia volta.

— Leevy! — chamo. — Não a deixes trazer os miúdos.

— Não. Eu fico com eles.

— Obrigada. — Pego no casaco do Gale e corro atrás dos outros.

— Põe um bocado de neve nisso — ordena o Haymitch por cima do ombro. Apanho uma mão-cheia de neve e aplico-a à cara, amortecendo um pouco a dor. O meu olho esquerdo começou a lacrimejar profusamente e à luz do crepúsculo só consigo avançar seguindo as botas à minha frente.

Pelo caminho, oiço o Bristel e o Thom, os colegas do Gale, a narrar o que aconteceu. O Gale deve ter ido à casa do Cray, como já fez uma centena de vezes, sabendo que este pagava sempre bem por um peru selvagem. Em vez do Cray encontrou o novo Comandante dos Soldados da Paz, a quem eles ouviram alguém chamar Romulus Thread. Ninguém sabe o que aconteceu ao Cray. Esteve no Forno a comprar aguardente naquele manhã, aparentemente ainda no comando do distrito, mas agora ninguém sabe onde ele está. O Thread deteve imediatamente o Gale e, claro, como trazia na mão o peru morto, o Gale pouco podia dizer em sua defesa. A notícia espalhou-se depressa. Ele foi levado para a praça, obrigado a confessar o seu crime e condenado à pena do chicote, a ser cumprida de imediato. Quando lá cheguei ele já tinha levado pelo menos quarenta açoites. Por volta do trigésimo tinha perdido os sentidos.

— Ainda bem que só tinha o peru com ele — comenta o Bristel. — Se trouxesse a caça do costume, teria sido muito pior.

— Ele disse ao Thread que o encontrou a passear pelo Jazigo. Disse que o peru tinha saltado a vedação e que ele o espetou com um pau. Continuava a ser um crime, mas se soubessem que ele tinha estado no bosque com armas, tê-lo-iam condenado à morte, de certeza — conclui o Thom.

— E o Darius? — pergunta o Peeta.

— Depois de umas vinte chicotadas, ele interveio, dizendo que aquilo já bastava. Só que não o fez de forma inteligente e oficial, como a Purnia. Agarrou no braço do Thread e este atingiu-o na cabeça com o cabo do chicote. Não lhe deve esperar coisa boa — conta o Bristel.

— Não me parece que qualquer um de nós possa esperar coisa boa — replica o Haymitch.

Começa a cair uma neve pesada e molhada, piorando ainda mais a visibilidade. Subo o caminho para a minha casa atrás dos outros, usando os ouvidos mais do que os olhos para me orientar. Uma luz dourada ilumina a neve quando a porta se abre. A minha mãe, que por causa da minha ausência inexplicada deve ter ficado todo o dia à minha espera, examina-nos.

— Novo comandante — informa-lhe o Haymitch. Ela acena levemente com a cabeça como se não precisasse de mais explicações.

Encho-me de espanto e respeito, como sempre, ao vê-la transformar-se na mulher temerária da mãe que costuma chamar-me para matar uma aranha. Quando lhe trazem alguém doente ou moribundo... é a única altura em que acho que a minha mãe sabe quem é. Em segundos, ela limpa a comprida mesa da cozinha e estende um pano branco esterilizado sobre a mesma, para onde manda deitar o Gale. Depois deita água de uma chaleira para uma bacia enquanto pede à Prim para tirar uma série dos seus remédios do armário. Ervas secas, tinturas e frascos comprados na loja. Observo as mãos dela, os dedos compridos e finos esmagando isto, acrescentando gotas daquilo, na bacia. Embebendo um pano no líquido quente enquanto dá à Prim instruções para preparar outra mistura.

A minha mãe lança o olhar na minha direcção. — Atingiu-te o olho?

— Não, é só o inchaço — respondo.

— Põe-lhe mais um pouco de neve — ordena. Mas é óbvio que eu não sou uma prioridade.

— Consegue salvá-lo? — pergunto-lhe. Ela não responde. Espreme o pano e segura-o no ar para o arrefecer um pouco.

— Não te preocupes — tranquiliza-me o Haymitch. — A pena do chicote era muito comum antes do Cray. Era à tua mãe que trazíamos as vítimas.

Não consigo lembrar-me de uma época antes do Cray, em que havia um Comandante dos Soldados da Paz que usava livremente o chicote. A minha mãe teria então mais ou menos a minha idade, trabalhando ainda na botica com os pais. Já nessa altura devia ter mãos de fada.

Com muito cuidado, começa a limpar a carne mutilada nas costas do Gale. Sinto-me maldisposta, inútil, deixando a neve pingar das luvas para uma poça no chão. O Peeta senta-me numa cadeira e aplica-me um pano cheio de neve fresca na cara.

O Haymitch diz ao Bristel e ao Thom para irem para casa e vejo-o a forçar-lhes umas moedas nas mãos antes de eles partirem. — Não sei o que poderá acontecer à vossa equipa — explica-se. Eles acenam com a cabeça e aceitam o dinheiro.

Depois aparece a Hazelle, esbaforida e corada, com flocos de neve no cabelo. Sem uma palavra, senta-se num banco ao lado da mesa, pega na mão do Gale e leva-a aos lábios. A minha mãe nem parece dar-se conta da presença dela. Entrou naquela zona especial que inclui apenas ela e o paciente e de vez em quando a Prim. O resto pode esperar.

Mesmo com as suas mãos habilidosas, leva muito tempo a limpar as feridas, a arranjar a pele rasgada que ainda pode ser salva, a aplicar uma pomada e uma ligadura leve. À medida que o sangue desaparece, começo a perceber o lugar de cada chicotada e sinto-a ressoar no único golpe que recebi na cara. Multiplico a minha própria dor uma vez, duas vezes, quarenta vezes e só posso esperar que o Gale permaneça inconsciente. Claro, isso seria pedir demais. Quando lhe são colocadas as últimas ligaduras, um gemido escapa-lhe dos lábios. A Hazelle afaga-lhe o cabelo e sussurra qualquer coisa enquanto a minha mãe e a Prim examinam a sua pequena reserva de analgésicos, normalmente acessíveis apenas aos médicos. São difíceis de arranjar, caros e muito procurados. A minha mãe tem de guardar os mais fortes para as dores piores, mas qual é a pior dor? Para mim, é sempre a dor actual. Se fosse eu a mandar, aqueles analgésicos desapareceriam num dia, porque tenho muito pouca capacidade de assistir ao sofrimento. A minha mãe procura reservá-los para os que estão efectivamente a morrer, para lhes facilitar a saída deste mundo.

Como o Gale está a recuperar os sentidos, elas optam por uma mistura de ervas que ele pode ingerir oralmente. — Isso não chega — protesto. Elas olham para mim. — Não vai ser suficiente. Eu sei o que ele está a sentir. Isso mal dá para uma dor de cabeça.

— Vamos combiná-la com xarope para o sono, Katniss. Ele aguenta. As ervas são mais para a inflamação... — começa a minha mãe, calmamente.

— Dê-lhe a porcaria do remédio! — grito-lhe. — Dê-lhe isso! Quem julga que é para decidir a dor que ele pode suportar!

O Gale começa a agitar-se ao som da minha voz, procurando tocar-me. O gesto provoca o aparecimento de novas nódoas de sangue nas ligaduras e um gemido de dor.

— Tirem-na daqui — ordena a minha mãe. O Haymitch e o Peeta transportam-me literalmente para fora da cozinha enquanto lhe grito obscenidades. Prendem-me a uma cama num dos quartos até que eu pare de lutar.

Enquanto estou ali deitada, soluçando, com as lágrimas procurando sair da ranhura do meu olho, oiço o Peeta sussurrar com o Haymitch sobre o presidente Snow, sobre o motim no Distrito 8. — Ela quer que fujamos todos — diz ele, mas se o Haymitch tem uma opinião sobre o assunto, não a revela.

Passado algum tempo, aparece a minha mãe para me tratar da cara. Depois segura-me a mão, acariciando-me o braço, enquanto o Haymitch lhe conta o que aconteceu com o Gale.

— Então vai começar tudo de novo — comenta ela. — Como antes?

— Parece que sim — responde o Haymitch. — Quem diria que lamentaríamos ver o velho Cray partir?

O Cray teria sido odiado, de qualquer maneira, por causa do uniforme que usava, mas foi o seu hábito de levar raparigas esfomeadas para a cama em troca de dinheiro que o haviam tornado objecto de desprezo no distrito. Em tempos mesmo difíceis, as mais esfomeadas juntavam-se à porta dele ao cair da noite, competindo por uma oportunidade de vender o corpo e ganhar algumas moedas para alimentar a família. Se tivesse sido mais velha quando o meu pai morreu, podia ter sido uma delas. Em vez disso, aprendi a caçar.

Não sei bem o que a minha mãe quer dizer por começar tudo de novo, mas sinto-me demasiado zangada e magoada para perguntar. Ficou registada, porém, a ideia de que piores tempos estão para vir porque, quando oiço a campainha da porta, salto da cama. Quem poderia ser a estas horas da noite? Só há uma resposta. Soldados da Paz.

— Não o podem levar — afirmo.
— Talvez estejam atrás de ti — lembra-me o Haymitch.
— Ou de ti — retruco.
— Não é a minha casa — salienta o Haymitch. — Mas vou eu abrir.
— Não; eu vou — afirma a minha mãe, calmamente.

Mas vamos todos, seguindo-a pelo corredor ao som insistente da campainha. Quando abre a porta, vemos não um pelotão de Soldados da Paz mas uma única figura, coberta de neve. A Madge. Ela estende-me uma pequena caixa de cartão, pequena e húmida.

— São para o teu amigo — informa. Abro a tampa da caixa, revelando meia dúzia de pequenos frascos de um líquido transparente. — São da minha mãe. Ela disse que podia trazê-los. Usem-nos, por favor.
— Ela volta-se e corre para a tempestade antes de a conseguirmos impedir.

— Que miúda doida! — resmunga o Haymitch, enquanto seguimos a minha mãe para a cozinha.

Eu tinha razão. O que a minha mãe deu ao Gale não é suficiente. Ele tem os dentes cerrados e o corpo a brilhar de transpiração. A minha mãe enche uma seringa com o líquido transparente de um dos frascos e injecta-o no braço do Gale. Quase imediatamente, o rosto dele começa a descontrair-se.

— O que é isso? — pergunta o Peeta.
— É do Capitólio. Chama-se morfelina — responde a minha mãe.
— Nem sequer sabia que a Madge conhecia o Gale — comenta o Peeta.
— Costumávamos vender-lhe morangos — respondo, quase irritada. Mas porque estou irritada? Não certamente por ela ter trazido o medicamento.
— Deve gostar muito de morangos — continua o Haymitch.

É isso que me irrita. A insinuação de que há alguma coisa entre o Gale e a Madge. E não gosto.

— Ela é minha amiga — afirmo simplesmente.

Agora que o Gale adormeceu sob o efeito do analgésico, o ambiente parece mais desanuviado. A Prim obriga-nos a comer um pouco de guisado e pão. Oferecemos um quarto à Hazelle, mas ela tem de voltar para casa por causa dos outros filhos. O Haymitch e o Peeta estão ambos dispostos a ficar, mas a minha mãe manda-os também para casa para irem dormir. Ela sabe que não adianta tentar fazer o mesmo comigo, por isso deixa-me a tomar conta do Gale enquanto ela e a Prim descansam.

Sozinha na cozinha com o Gale, sento-me no banco da Hazelle, segurando-lhe a mão. Depois de algum tempo, os meus dedos encontram-lhe o rosto. Toco em partes dele que nunca tive motivo para tocar antes. As

87

sobrancelhas espessas e escuras, a curva da maçã do rosto, a linha do nariz, a cova na base do pescoço. Sigo a linha de pêlos no queixo e chego por fim aos lábios. Macios e cheios, ligeiramente gretados. O hálito dele aquece-me a pele gelada.

Será que toda a gente parece mais nova quando está a dormir? Porque neste preciso momento ele podia ser o rapaz que encontrei no bosque há anos, o que me acusou de roubar as presas das suas armadilhas. Formávamos um belo par — órfãos de pai, assustados, mas também fortemente empenhados em sustentar as nossas famílias. Desesperados, mas já não sozinhos depois daquele dia, porque nos tínhamos encontrado um ao outro. Lembro-me de centenas de momentos no bosque, de tardes ociosas a pescar, do dia em que o ensinei a nadar, daquela vez em que magoei o joelho e ele me levou para casa ao colo. Contando um com o outro, vigiando-nos mutuamente, obrigando o outro a ser corajoso.

Pela primeira vez, inverto as nossas posições na minha cabeça. Imagino ver o Gale a oferecer-se como voluntário para salvar o Rory na ceifa, a desaparecer da minha vida, tornando-se amante de uma rapariga desconhecida para poder sobreviver e depois voltando para casa com ela. Morando ao lado dela. Prometendo casar com ela.

O ódio que sinto por ele, pela rapariga fantasma, por tudo, é tão real e imediato que quase me sufoca. O Gale é meu. Eu sou dele. Tudo o resto é impensável. Porque foi necessário ele ser chicoteado quase até à morte para eu perceber isso?

Porque sou egoísta. Sou cobarde. Sou o tipo de rapariga que, quando realmente poderia ser útil, fugiria para se salvar e abandonaria os que não pudessem segui-la ao sofrimento e à morte. É essa a rapariga que o Gale encontrou hoje no bosque.

Não admira que tenha vencido os Jogos. Nenhuma pessoa decente consegue vencê-los.

Salvaste o Peeta, penso, hesitante.

Agora até isso ponho em dúvida. Eu sabia muito bem que a minha vida no Distrito 12 seria insuportável se deixasse morrer aquele rapaz.

Encosto a cabeça à borda da mesa, cheia de aversão por mim mesma. Desejando que tivesse morrido na arena. Que o Seneca Crane me tivesse eliminado, como sugeriu o presidente Snow, quando eu exibi as bagas.

As bagas. Percebo então que a resposta para a questão de saber quem eu sou reside naquele punhado de frutos venenosos. Se os exibi para salvar o Peeta porque sabia que seria rejeitada se voltasse sem ele, então sou desprezível. Se os exibi porque o amava, continuo a ser egoísta, embora isso seja perdoável. Mas se as exibi para desafiar o Capitólio, sou alguém de valor. O problema é que não sei exactamente o que estava a sentir naquele momento.

Será que as pessoas nos distritos têm razão? Que foi um acto de rebeldia, mesmo que inconsciente? Porque, lá bem no fundo, devo saber que fugir não basta para me salvar, para salvar a minha família e os meus amigos. Mesmo que fosse bem sucedida não resolveria nada. Não impediria as pessoas de sofrer como o Gale sofreu hoje.

A vida no Distrito 12 não é assim tão diferente da vida na arena. Mais cedo ou mais tarde temos de parar de fugir, voltar-nos e encarar quem nos quer matar. O mais difícil é arranjar coragem para o fazer. Bem, não é difícil para o Gale. Ele nasceu rebelde. Sou eu que estou a pensar num plano de fuga.

— Desculpa — sussurro. Inclino-me para a frente e dou-lhe um beijo.

Ele pestaneja e olha para mim através de uma névoa de narcóticos.

— Olá, Catnip.

— Olá, Gale — respondo.

— Pensei que já tivesses ido embora.

As minhas opções são simples. Posso morrer como uma presa no bosque ou posso morrer aqui ao lado do Gale. — Não vou a lado nenhum. Vou ficar aqui mesmo e causar toda a espécie de problemas.

— Eu também — promete o Gale, conseguindo ainda mostrar um sorriso antes de sucumbir novamente aos medicamentos.

9

Alguém me sacode o ombro e eu acordo. Adormeci com a cabeça em cima da mesa. O pano branco deixou-me vincos na bochecha sã. A outra, a que recebeu a chicotada do Thread, lateja dolorosamente. O Gale continua adormecido, mas tem os dedos entrelaçados nos meus. Cheiro pão fresco, volto o pescoço hirto e descubro o Peeta a olhar para mim com uma expressão triste. Fico com a sensação de que já estava a observar-nos há algum tempo.

— Vai deitar-te, Katniss. Eu tomo conta dele agora — oferece-se.
— Peeta. Sobre o que disse ontem, sobre fugir... — começo.
— Eu sei — assegura-me ele. — Não há nada para explicar.

Vejo os pães em cima da bancada à luz pálida e nevoenta da manhã. As sombras azuis por baixo dos olhos dele. Interrogo-me se dormiu sequer. Não pode ter dormido muito. Vem-me à ideia de ele a concordar fugir comigo ontem, de ter avançado a meu lado para proteger o Gale, da sua prontidão para me apoiar sem condições quando lhe dou tão pouco em troca. Faça o que fizer, acabo sempre por magoar alguém. — Peeta...

— Vai para a cama, está bem? — insiste ele.

Subo as escadas, tacteando o caminho, meto-me debaixo das cobertas e adormeço imediatamente. A determinada altura, a Clove, a rapariga do Distrito 2, entra nos meus sonhos. Persegue-me, atira-me ao chão e saca de uma faca para me cortar o rosto. Sinto a lâmina perfurar-me a face, abrindo um golpe fundo. Depois a Clove começa a transformar-se. O rosto alonga-se para dar lugar a um focinho, surgem pêlos escuros na pele, as unhas crescem até se tornarem garras compridas, mas os olhos permanecem inalterados. Ela torna-se a forma mutante de si mesma, a criação lupina do Capitólio que nos aterrorizou na última noite na arena. Atirando a cabeça para trás, solta um uivo longo e arrepiante que é captado por outros mutes próximos. A Clove começa a lamber o sangue que escorre da minha ferida, cada lambedela provocando-me uma nova vaga de dor no rosto. Solto um grito estrangulado e acordo sobressaltada, transpirando e tremendo ao mesmo tempo. Com a mão colada à bochecha ferida, recordo que não foi a Clove mas o Thread que me desferiu o golpe. Queria que o Peeta estivesse aqui para me abraçar, até me lembrar que já não devo desejar isso. Escolhi o Gale e a rebelião, e um futuro com o Peeta é o desígnio do Capitólio, não o meu.

O inchaço parece ter acalmado e já consigo abrir um pouco o olho. Corro as cortinas e vejo que a tempestade de neve piorou. Está tudo branco e o uivo do vento assemelha-se bastante aos dos mutantes.

Recebo com prazer a tempestade, com os seus ventos ferozes e a neve pesada e alta. Talvez seja o suficiente para afastar os verdadeiros lobos, também conhecidos por Soldados da Paz, da minha porta. Alguns dias para pensar. Para traçar um plano. Com o Gale e o Peeta e o Haymitch por perto. Esta tempestade é uma dádiva.

Antes de descer para enfrentar a nova vida, porém, detenho-me por uns momentos a pensar no que ela significará. Há menos de um dia estava pronta para me meter no bosque com as pessoas que mais amo em pleno Inverno, com a real possibilidade de o Capitólio nos perseguir para matar. Uma aventura arriscada, no mínimo. E no entanto, agora estou a meter-me em algo ainda mais arriscado. Enfrentar o Capitólio é assegurar a sua pronta retaliação. Tenho de aceitar que a qualquer momento posso ser presa. Ouvirei pancadas na porta, como ontem à noite, e serei levada à força por um bando de Soldados da Paz. Poderá haver tortura. Mutilação. Uma bala na cabeça na praça da cidade, se tiver a sorte de uma morte rápida. Não faltam ao Capitólio formas criativas de matar pessoas. Imagino estas coisas e sinto-me aterrada, mas na verdade já há muito tempo que elas existem latentes na minha cabeça. Já fui tributo nos Jogos. Ameaçada pelo presidente. Chicoteada na cara. Agora sou um alvo a abater.

Agora vem a parte mais difícil. Tenho de encarar o facto de a minha família e os meus amigos poderem vir a ter a mesma sorte. A Prim. Basta pensar na Prim e toda a minha determinação se desintegra. É meu dever protegê-la. Tapo a cabeça com o cobertor e respiro tão depressa que esgoto todo o oxigénio e começo a sufocar. Não posso deixar o Capitólio magoar a Prim.

E depois percebo. Eles já a magoaram. Mataram o pai dela naquelas minas malditas. Ignoraram-na quando quase morria de fome. Escolheram-na para tributo, depois obrigaram-na a ver a irmã em combates mortíferos nos Jogos. Ela já sofreu muito mais do que eu aos doze anos. E até isso parece pouco comparado com a vida da Rue.

Afasto bruscamente o cobertor e inspiro o ar frio que se infiltra pelas vidraças das janelas.

A Prim... a Rue... não são elas a razão por que tenho de tentar lutar? Porque o que lhes fizeram está tão errado, é tão injustificável, tão perverso que não me resta outra alternativa? Porque ninguém tem o direito de as tratar como elas foram tratadas?

Sim. É nisso que tenho de pensar quando o medo ameaçar dominar-me. O que estou prestes a fazer, o que formos obrigados a suportar, será por elas. É tarde demais para ajudar a Rue, mas talvez não para aqueles cinco pequenos rostos que olhavam para mim na praça do Distrito 11. Não para o Rory, o Vick e a Posy. Não é tarde demais para a Prim.

O Gale tem razão. Se as pessoas tiverem coragem, esta poderá ser a nossa oportunidade. Também tem razão quando diz que eu podia fazer muita coisa, porque fui eu que desencadeei tudo isto. Embora não saiba exactamente o que fazer. Mas decidir não fugir é um importante primeiro passo.

Tomo um duche, e esta manhã o meu cérebro não está a fazer listas de abastecimentos para a fuga, mas a tentar perceber como é que eles organizaram aquele motim no Distrito 8. Tanta gente, claramente a desafiar o Capitólio. Terá sido sequer planeado, ou algo que simplesmente explodiu após anos de ódio e ressentimento? Como poderíamos fazer isso aqui? As pessoas do Distrito 12 iriam aderir ou trancariam as suas portas? Ontem a praça esvaziou-se tão depressa depois do castigo do Gale. Mas não será porque nos sentimos todos tão impotentes e não sabemos o que fazer? Precisamos de alguém para nos orientar e nos assegurar que isso é possível. E não acho que seja eu essa pessoa. Posso ter sido a incentivadora da rebelião, mas um líder devia ser alguém com convicção, e eu só agora acabei de me converter. Alguém com uma coragem inabalável, e eu ainda estou a tentar reunir a minha. Alguém com palavras claras e convincentes, e eu tenho tanta dificuldade em me exprimir.

Palavras. Penso em palavras e penso no Peeta. Na maneira como as pessoas aceitam tudo o que ele diz. Aposto que ele seria capaz de incitar uma multidão à luta, se quisesse. Encontraria as palavras certas. No entanto, tenho a certeza de que a ideia nunca lhe passou pela cabeça.

No andar de baixo, encontro a minha mãe e a Prim a tratar de um Gale submisso. O remédio deve estar a perder o efeito, pela expressão no rosto dele. Preparo-me para outra discussão mas tento manter a voz calma. — Não pode dar-lhe outra injecção?

— Darei, se for necessário. Achámos que devíamos experimentar uma camada de neve primeiro — responde a minha mãe. Ela tirou-lhe as ligaduras. As costas do Gale parecem irradiar calor. Ela estende um pano limpo sobre a pele irritada e faz sinal à Prim.

A Prim aproxima-se, mexendo o que parece ser uma grande tigela de neve. Mas está tingida de um verde-claro e liberta um odor doce e limpo. Uma camada de neve. Ela começa a espalhar a mistura no pano com cuidado. Quase consigo ouvir o fervilhar da pele atormentada do Gale em contacto com a neve. Ele pestaneja e abre os olhos, perplexo, depois solta um ruído de alívio.

— É uma sorte termos neve — comenta a minha mãe.

Penso no que deve ser recuperar de chicotadas em pleno Verão, com o calor cauterizante e a água tépida da torneira. — Que fazia nos meses quentes? — pergunto.

A minha mãe franze as sobrancelhas. — Tentava afastar as moscas.

Sinto o estômago dar voltas ao pensar nisso. Ela enche um lenço com a mistura de neve e aplico-o ao vergão na minha cara. Num instante a dor diminui. É o frio da neve, com certeza, mas as ervas que a minha mãe lhe acrescentou também ajudam. — Ah, é óptimo. Porque não lhe pôs isto ontem à noite?

— A ferida tinha de estancar primeiro — responde ela.

Não sei bem o que isso quer dizer, mas desde que resulte, quem sou eu para a contestar? Ela sabe o que está a fazer, a minha mãe. Sinto alguns remorsos por causa de ontem, das coisas terríveis que lhe gritei quando o Peeta e o Haymitch me arrastaram para fora da cozinha. — Desculpe. Por ter gritado consigo ontem.

— Já ouvi pior — assegura-me. — Já viste como são as pessoas, quando alguém que amam está a sofrer.

Alguém que amam. As palavras amortecem-me a língua como se a tivesse envolvido na mistura de neve. É claro que amo o Gale. Mas de que tipo de amor está ela a falar? De que tipo de amor estou *eu* a falar quando digo que amo o Gale? Não sei. Beijei-o ontem à noite, num momento de grande emoção. Mas tenho a certeza de que ele não se lembra. Ou lembra-se? Espero que não. Se se lembrar, torna-se tudo mais complicado, e efectivamente não posso pensar em beijos quando tenho uma rebelião para organizar. Abano ligeiramente a cabeça para a desanuviar. — Onde está o Peeta? — pergunto.

— Foi para casa quando te ouvimos levantar. Não queria deixar a casa dele abandonada durante a tempestade — explica a minha mãe.

— E chegou bem? — pergunto. Numa tempestade, podemos perder-nos em poucos metros e desaparecer para sempre.

— Porque não lhe telefonas a perguntar? — sugere ela.

Vou para o escritório, divisão que tenho evitado desde o meu encontro com o presidente Snow. Marco o número do Peeta. Depois de alguns toques ele atende.

— Olá. Queria só saber se tinhas chegado bem a casa — anuncio.

— Katniss, eu moro a três portas da tua.

— Eu sei, mas com este tempo e tudo — explico.

— Pois, mas estou bem. Obrigado por telefonares. — Segue-se uma longa pausa. — Como está o Gale?

— Bem. A minha mãe e a Prim estão a aplicar-lhe uma camada de neve agora.

— E a tua cara? — pergunta ele.

— Também tenho neve — respondo. — Viste o Haymitch hoje?

— Passei pela casa dele. Estava a cair de bêbado. Mas acendi-lhe a lareira e deixei-lhe pão.

— Queria falar com... vocês os dois. — Não me atrevo a acrescentar mais, aqui ao meu telefone, que certamente está sob escuta.

— Terás de esperar até o tempo melhorar — responde ele. — De qualquer maneira, não deve acontecer grande coisa antes disso.

— Não, tens razão — concordo.

A tempestade demora dois dias a extinguir-se, deixando-nos amontoados de neve mais altos do que a minha cabeça. Temos de esperar outro dia para que limpem o caminho da Aldeia dos Vencedores até à praça. Durante esse tempo ajudo a tratar do Gale, a aplicar camadas de neve à cara, a tentar recordar-me de tudo o que posso sobre o motim no Distrito 8, no caso de isso nos poder vir a ajudar. O inchaço na minha bochecha desaparece, deixando-me com uma ferida a cicatrizar, muita comichão e um olho muito negro. Mesmo assim, à primeira oportunidade telefono ao Peeta para saber se ele quer ir comigo à cidade.

Acordamos o Haymitch e arrastamo-lo connosco. Ele queixa-se, mas não tanto como de costume. Sabemos os três que temos de falar sobre o que aconteceu, e não há lugar mais perigoso do que as nossas próprias casas na Aldeia dos Vencedores. Com efeito, esperamos até estarmos bem longe da Aldeia para começarmos a falar. Passo o tempo a olhar para os muros de neve de três metros de altura de ambos os lados do estreito caminho que foi aberto, esperando que não nos caiam em cima.

Por fim, o Haymitch quebra o silêncio. — Então, vamos todos partir para o desconhecido, é? — pergunta-me.

— Não — respondo. — Já não.

— Percebeste as falhas nesse teu plano, foi, boneca? — pergunta ele. — Tens alguma ideia nova?

— Quero organizar um motim — declaro.

O Haymitch limita-se a rir. Nem sequer é um riso malicioso, o que é mais perturbador. Mostra que nem sequer consegue levar-me a sério.
— Bem, eu quero uma bebida. Mas depois diz-me como correram as coisas.

— Qual é o teu plano então? — replico furiosa.

— O meu plano é garantir que tudo esteja perfeito para o vosso casamento — informa o Haymitch. — Já telefonei a adiar a sessão fotográfica, sem entrar em muitos pormenores.

— Nem sequer tens um telefone — afirmo.

— A Effie mandou tratar disso — responde ele. — Sabes que ela me perguntou se eu queria conduzir-te ao altar? Disse-lhe que quanto mais depressa me livrasse de ti melhor.

— Haymitch. — Consigo ouvir a súplica na minha voz.

— Katniss. — Ele imita o meu tom de voz. — Não adianta.

Calamo-nos quando passa por nós um grupo de homens com pás, dirigindo-se para a Aldeia dos Vencedores. Talvez possam resolver o problema daqueles muros de três metros. E quando já não nos conseguem ouvir, a praça está demasiado perto. Entramos nela e paramos todos ao mesmo tempo.

Não deve acontecer grande coisa durante a tempestade. Foi o que eu e o Peeta havíamos pensado. Contudo, não podíamos estar mais enganados. A praça foi transformada. Uma bandeira enorme com a insígnia de Panem esvoaça sobre o telhado da Casa da Justiça. Soldados da Paz, de uniformes brancos impecáveis, marcham de um lado para o outro na calçada limpa. Ao longo dos telhados, outros Soldados ocupam ninhos de metralhadoras. O mais perturbador é uma fila de novas construções — um poste oficial para os condenados à pena do chicote, várias cadeias e uma forca — instalada no centro da praça.

— O Thread trabalha depressa — comenta o Haymitch.

A algumas ruas de distância, vejo surgir uma labareda. Não precisamos de o dizer. Só pode ser o Forno a pegar fogo. Penso na Greasy Sae, na Ripper, em todos os meus amigos que ganhavam ali a vida.

— Haymitch, não achas que eles ainda estavam todos... — Não consigo acabar a frase.

— Não, são mais espertos do que isso. Também serias, se já estivesses cá há mais tempo — responde ele. — Bem, é melhor ir ver o álcool que o boticário me pode dispensar.

Ele atravessa lentamente a praça e eu olho para o Peeta. — Para que quer ele o álcool da botica? — Depois percebo a resposta. — Não podemos deixá-lo beber isso. Vai matar-se, ou então fica cego, no mínimo. Tenho alguma aguardente guardada em casa.

— Eu também. Talvez dê para o aguentar até a Ripper arranjar maneira de voltar ao negócio — aventa o Peeta. — Tenho de ir ver a minha família.

— E eu tenho de ir ver a Hazelle. — Estou preocupada agora. Pensei que ela aparecesse à nossa porta assim que tivessem limpo a neve. Mas não houve sinal dela.

— Também vou. Passo pela padaria quando voltar para casa — oferece-se o Peeta.

— Obrigada. — De repente, fico com medo do que poderei encontrar.

As ruas estão quase desertas, o que não seria tão estranho a esta hora do dia se as pessoas estivessem nas minas, os miúdos na escola. Mas não estão. Vejo rostos a espreitar-nos através das portas, das frinchas nas persianas.

Um motim, penso. *Como sou idiota.* Há uma falha inerente no plano que nem eu nem o Gale conseguimos ver. Um motim implica infringir a lei, contestar as autoridades. Temos feito isso a vida inteira, como também as nossas famílias. Caçando furtivamente, negociando no mercado negro, escarnecendo do Capitólio no bosque. No entanto, para a maioria das pessoas do Distrito 12, uma ida ao Forno para comprar alguma coisa seria demasiado arriscada. E esperava que elas se reunissem na praça com tijolos e tochas? Apenas a visão de mim e do Peeta é o suficiente para levar as pessoas a afastar as crianças das janelas e fechar bem as cortinas.

Encontramos a Hazelle em casa, cuidando de uma Posy muito doente. Reconheço as marcas do sarampo. — Não podia deixá-la — explica ela. — Sabia que o Gale estaria em boas mãos.

— Claro — respondo. — Ele está muito melhor. A minha mãe diz que em duas semanas ele estará de volta nas minas.

— De qualquer maneira não devem abrir antes disso — informa a Hazelle. — O que se diz é que estão encerradas até nova ordem. — Ela lança um olhar nervoso para o seu tanque vazio.

— Também deixou de trabalhar? — pergunto.

— Não oficialmente — responde a Hazelle. — Mas toda a gente agora está com medo de me dar trabalho.

— Talvez seja a neve — sugere o Peeta.

— Não, o Rory fez uma ronda por várias casas esta manhã. Aparentemente não há nada para lavar — comenta ela.

O Rory abraça a Hazelle. — Vamos ficar bem.

Tiro um punhado de moedas do bolso e coloco-as em cima da mesa. — A minha mãe depois manda qualquer coisa para a Posy.

Uma vez lá fora, volto-me para o Peeta. — Vai andando. Quero passar pelo Forno.

— Vou contigo — oferece-se ele.

— Não. Já te causei problemas suficientes — respondo-lhe.

— E impedir-me que eu passe pelo Forno... isso vai resolver os problemas? — Ele sorri e pega-me na mão. Juntos serpenteamos pelas ruas do Jazigo até chegarmos ao edifício em chamas. Eles nem sequer se deram ao trabalho de deixar Soldados da Paz a vigiá-lo. Sabem que ninguém tentaria salvá-lo.

O calor das chamas derrete a neve em volta e um líquido preto salpica-me os sapatos. — É todo aquele pó de carvão, dos velhos tempos — comento. Cobria todas as fendas, todas as tábuas do soalho. É de admirar não ter pegado fogo antes. — Quero ir ver como está a Greasy Sae.

— Hoje não, Katniss. Acho que não iríamos ajudar ninguém visitando-os — opina o Peeta.

Voltamos para a praça. Compro uns bolos ao pai do Peeta enquanto eles falam do tempo. Ninguém se refere aos terríveis instrumentos de tortura a poucos metros da porta. A última coisa que noto ao sairmos da praça é que não reconheço nem um dos rostos dos Soldados da Paz.

Com o passar dos dias, as coisas vão de mal para pior. As minas permanecem encerradas durante duas semanas, e nessa altura já metade do Distrito 12 está a passar fome. O número de crianças a inscrever-se para as tésseras dispara, mas muitas vezes não recebem os cereais. Começa a haver escassez de víveres, e mesmo os que têm dinheiro saem das lojas de mãos a abanar. Quando as minas voltam a abrir, os salários são reduzidos, as horas de trabalho aumentadas, os mineiros enviados para locais notoriamente perigosos. A tão esperada comida prometida para o Dia da Encomenda chega estragada e conspurcada por roedores. As instalações na praça são cada vez mais usadas, com um número crescente de pessoas detidas e castigadas por actos que já ninguém se lembrava que eram ilegais.

O Gale volta para casa sem mais conversa sobre rebeliões entre nós. No entanto, não posso deixar de pensar que tudo o que ele vê só irá fortalecer a sua determinação em lutar. As dificuldades nas minas, os corpos torturados na praça, a fome nos rostos da sua família. O Rory inscreveu-se para uma téssera, algo sobre o qual o Gale nem sequer é capaz de falar, mas nem isso é suficiente por causa da oferta irregular e do aumento constante do preço da comida.

A única boa notícia é que convenço o Haymitch a contratar a Hazelle como empregada. O resultado é mais dinheiro para ela e uma grande melhoria na qualidade de vida do Haymitch. É estranho entrar na casa dele e encontrá-la fresca e limpa, com comida a aquecer no fogão. Ele mal repara porque está a travar outra batalha. Eu e o Peeta procurámos racionar a aguardente que tínhamos, mas está quase no fim, e da última vez que vi a Ripper ela tinha quase esgotado a sua reserva.

Sinto-me como um pária quando ando na rua. Toda a gente me evita em público agora. Em casa, pelo contrário, não me falta companhia. Uma série constante de doentes e feridos passa pela nossa cozinha e pela minha mãe, que há muito deixou de cobrar pelos seus serviços. No entanto, a sua reserva de remédios está prestes a esgotar-se, e em breve terá apenas a neve para tratar dos doentes.

O bosque está interdito, claro. Completamente. Está fora de questão. Nem mesmo o Gale contesta isso agora. Mas uma manhã, eu contesto. E não é a casa cheia de doentes e moribundos, as costas ensanguentadas, as crianças de rosto cadavérico, o marchar das botas, nem a miséria omnipresente que me leva a escapar por baixo da vedação. É a chegada uma noite de um caixote de vestidos de noiva com um bilhete da Effie dizendo que foi o próprio presidente Snow que os aprovou.

O casamento. Ele está mesmo decidido a realizá-lo? Na sua mente retorcida, qual será o objectivo? Agradar às pessoas do Capitólio? Como lhes prometeu um casamento, terá de lhes dar um casamento. E depois manda matar-nos? Para servir de lição aos distritos? Não sei. Não consigo compreender. Dou voltas e mais voltas na cama até não aguentar mais. Tenho de sair daqui. Pelo menos durante algumas horas.

As minhas mãos vasculham no meu guarda-roupa até encontrarem o equipamento isolante de Inverno que o Cinna me preparou para fins recreativos no Passeio da Vitória. Botas impermeáveis, um fato de neve que me cobre da cabeça aos pés, luvas térmicas. Adoro o meu velho equipamento de caça, mas a caminhada que tenho em mente hoje adequa-se mais a esta roupa de alta tecnologia. Desço as escadas em bicos de pés, encho o saco de caça de comida e saio sorrateiramente de casa. Metendo por ruas laterais e becos das traseiras, dirijo-me para o ponto fraco na vedação mais próximo do talho da Rooba. Como muitos trabalhadores passam por aqui para chegar às minas, a neve está cheia de pegadas. As minhas passarão despercebidas. Apesar das suas preocupações com a segurança, o Thread tem prestado pouca atenção à vedação, achando talvez que o mau tempo e os animais selvagens sejam suficientes para manter toda a gente nos limites seguros do distrito. Mesmo assim, depois de passar por baixo do arame, escondo o meu rasto até às sombras das árvores.

O dia começa a romper quando recolho um conjunto de arco e flechas e começo a abrir caminho através da neve amontoada no bosque. Estou decidida, por alguma razão, a alcançar o lago. Talvez para me despedir do lugar, do meu pai e dos bons momentos que ali passámos, porque sei que provavelmente nunca lá voltarei. Talvez apenas para poder voltar a respirar em paz. Uma parte de mim nem se importa que eles me apanhem, desde que possa ver o lago mais uma vez.

A viagem leva o dobro do tempo do costume. As roupas do Cinna retêm de facto o calor, e chego encharcada de suor por baixo do fato de neve enquanto o meu rosto está paralisado de frio. O brilho intenso do sol de Inverno reflectido na neve turvou-me a vista, e estou tão cansada e tão absorta nos meus pensamentos de desespero que não reparo nos sinais. O fio de fumo saindo da chaminé, as pegadas recentes, o cheiro a agulhas de pinheiro cozendo em vapor. Estou literalmente a alguns metros da porta da casa de cimento quando paro de repente. E não por causa do fumo nem das pegadas nem do cheiro. Paro porque oiço o clique inconfundível de uma arma atrás de mim.

Está-me na massa do sangue. Instinto. Volto-me, puxando a flecha, embora já saiba que estou em desvantagem. Vejo o uniforme branco de uma Soldado da Paz, o queixo bicudo, a íris castanha que será o alvo da minha flecha. Mas a sua arma cai no chão e a mulher desarmada estende-me qualquer coisa na mão enluvada.

— Pára! — grita.

Vacilo, incapaz de perceber esta mudança de comportamento. Talvez tenham ordens para me capturar viva, para poderem torturar-me e levarem-me a denunciar todas as pessoas que conheço. *Está bem, boa sorte então*, penso. Os meus dedos já quase decidiram soltar a flecha quando vejo o objecto na luva. É um pequeno círculo branco de pão achatado. Mais uma bolacha, na verdade. Cinzenta e ensopada nas pontas. Mas há uma imagem nitidamente estampada no centro.

É o meu mimo-gaio.

PARTE DOIS

O QUARTEIRÃO

10

Não faz qualquer sentido. O meu pássaro cozido no pão. Ao contrário das representações estilizadas que vi no Capitólio, esta decididamente não faz parte da moda. — O que é isso? Que significa? — pergunto bruscamente, ainda pronta para atirar.

— Significa que estamos do teu lado — diz uma voz trémula atrás de mim.

Não a vi quando cheguei. Devia estar na casa. Não desvio os olhos do meu presente alvo. Provavelmente a recém-chegada está armada, mas aposto que não arriscará deixar-me ouvir o clique que indicaria a minha morte iminente sabendo que eu mataria imediatamente a sua companheira. — Dá a volta para onde te possa ver — ordeno.

— Ela não pode, está... — começa a mulher com a bolacha.

— Dá a volta! — berro. Oiço um passo e o ruído de algo a arrastar-se. Percebo o esforço que o movimento exige. Outra mulher, ou talvez devesse chamar-lhe rapariga, visto que tem mais ou menos a minha idade, aparece a coxear. Veste um uniforme de Soldado da Paz completo, com o casaco de pele branca, mas vários tamanhos acima do seu corpo franzino. Não traz qualquer arma à mostra. Tem as mãos ocupadas com um ramo partido que serve de muleta, tentando equilibrar-se. Não consegue levantar a biqueira da bota direita da neve, e por isso tem de arrastá-la.

Examino o rosto da rapariga, vermelho vivo por causa do frio. Ela tem os dentes tortos e um sinal de nascença em forma de morango por cima de um dos olhos castanhos. Não é uma Soldado da Paz. Nem cidadã do Capitólio.

— Quem são vocês? — pergunto desconfiada mas menos belicosa.

— Eu chamo-me Twill — responde a mulher. É mais velha. Talvez trinta e cinco anos. — E esta é a Bonnie. Fugimos do Distrito 8.

Distrito 8! Então devem saber do motim!

— Onde arranjaram os uniformes? — pergunto.

— Roubei-os da fábrica — responde a Bonnie. — Nós fabricamos os uniformes. Só que pensei que este seria para... para outra pessoa. É por isso que me fica tão mal.

— A pistola é de um Soldado morto — explica a Twill, seguindo-me o olhar.

— Essa bolacha na tua mão. Com o pássaro. O que é isso? — pergunto.

— Não sabes, Katniss? — A Bonnie parece genuinamente surpreendida.

Elas reconhecem-me. Claro que me reconhecem. Tenho o rosto descoberto e encontro-me ao lado do Distrito 12 apontando-lhes uma flecha. Quem mais poderia ser? — Sei que é igual ao alfinete que usei na arena.

— Ela não sabe — murmura a Bonnie. — Provavelmente não sabe de nada.

De repente, sinto necessidade de mostrar que sei mais do que elas pensam. — Sei que tiveram um motim no 8.

— Sim, foi por isso que tivemos de sair — confirma a Twill.

— Bem, já saíram agora. Que vão fazer? — pergunto.

— Vamos para o Distrito 13 — responde a Twill.

— Treze? — repito. — Não há Distrito 13. Foi riscado do mapa.

— Há setenta e cinco anos — acrescenta a Twill.

A Bonnie agita-se na muleta e faz uma careta.

— Que tens na perna? — pergunto.

— Torci o pé. As minhas botas são grandes demais — responde a Bonnie.

Mordo o lábio. O meu instinto diz-me que elas estão a dizer a verdade. E por trás dessa verdade há uma série de informações que gostaria de ter. No entanto, avanço um passo e apanho a pistola da Twill antes de baixar o arco. Depois hesito por um momento, lembrando-me de outro dia no bosque, em que eu e o Gale vimos uma aeronave surgir de repente e capturar dois fugitivos do Capitólio. O rapaz morreu trespassado com uma lança. A rapariga de cabelo ruivo, vim a saber quando fui para o Capitólio, foi mutilada e transformada numa empregada muda chamada Avox. — Alguém está a perseguir-vos?

— Penso que não. Acho que eles acreditam que morremos numa explosão na fábrica — alvitra a Twill. — Foi por um triz que não morremos.

— Está bem. Vamos lá para dentro — ordeno, acenando com a cabeça para a casa de cimento. Entro atrás delas, levando a pistola.

A Bonnie vai direita à lareira e senta-se numa capa de Soldado da Paz estendida no chão. Leva as mãos à chama fraca que arde na ponta de um tronco chamuscado. Tem a pele tão pálida que parece translúcida. Quase consigo ver o fogo brilhar através dela. A Twill tenta ajeitar a capa, que devia ter sido sua, em volta da rapariga que treme de frio.

Uma lata de meio litro, com uma borda irregular e perigosa, foi cortada em metade. Está em cima das cinzas, cheia de um punhado de agulhas de pinheiro a fervilhar em água.

— Estão a fazer chá? — pergunto.

— Bem, não temos a certeza. Lembro-me de ver alguém fazer isso com agulhas de pinheiro nos Jogos da Fome há alguns anos. Pelo menos penso que eram agulhas de pinheiro — responde a Twill, franzindo as sobrancelhas.

Lembro-me do Distrito 8, uma paisagem urbana e feia fedendo a gases industriais, as pessoas vivendo em apartamentos degradados. Mal se via uma folha de erva. Nenhuma oportunidade, nunca, de aprender os segredos da natureza. É um milagre estas duas terem chegado tão longe.

— Estão sem comida? — pergunto.

A Bonnie confirma, acenando com a cabeça. — Trouxemos o que pudemos, mas tem havido tanta falta de comida. Há já algum tempo. — A sua voz trémula derrete-me as últimas defesas. Ela é apenas uma rapariga subnutrida e ferida a fugir do Capitólio.

— Bem, então estão com sorte — anuncio, deixando cair o meu saco no chão. Há pessoas a passar fome em todo o distrito e nós continuamos a ter mais do que o suficiente. Por isso tenho andado a distribuir as coisas um pouco. Tenho as minhas prioridades: a família do Gale, a Greasy Sae, alguns dos outros comerciantes do Forno que ficaram sem negócio. A minha mãe tem outras pessoas, sobretudo doentes, que quer ajudar. Esta manhã enchi de propósito o meu saco de caça com comida a mais, sabendo que a minha mãe veria a despensa vazia e julgaria que eu tinha ido fazer as minhas rondas pelos pobres. Na verdade queria dar-me mais tempo, para poder ir ao lago sem que ela se preocupasse. Tencionava entregar a comida esta tarde no meu regresso, mas agora vejo que isso não irá acontecer.

Do saco tiro dois pãezinhos frescos com uma camada de queijo no topo. Parece que temos sempre vários destes em casa desde que o Peeta descobriu que eram os meus preferidos. Atiro um à Twill mas aproximo-me e ponho o outro no colo da Bonnie, visto que a sua coordenação de movimentos parece um pouco incerta neste momento e não quero que o pão vá parar ao fogo.

— Oh! — exclama a Bonnie. — Oh, isto é tudo para mim?

Sinto algo a revolver-se dentro de mim ao lembrar-me de outra voz. A Rue. Na arena. Quando lhe dei a perna de gransola. «*Ah, nunca tinha comido uma perna inteira sozinha.*» A incredulidade dos cronicamente esfomeados.

— Sim, come tudo — respondo. A Bonnie segura no pão como se não acreditasse que este é verdadeiro, e depois dá-lhe dentadas repetidas, incapaz de parar. — É melhor se mastigares. — Ela acena com a cabeça, tentando comer mais devagar, mas eu sei como isso é difícil quando estamos tão famintos. — Acho que o vosso chá já está. — Tiro a lata das brasas. A Twill tira duas canecas de estanho da sua mochila e eu sirvo o chá, pousando-o no chão para arrefecer. Elas aconchegam-se uma à outra, comendo, soprando o chá, bebendo pequenos goles enquanto eu atiço o fogo. Espero até elas lamberem a gordura dos dedos para perguntar: — Então, qual é a vossa história? — E elas contam-me.

Desde os Jogos da Fome, o descontentamento no Distrito 8 tinha vindo a crescer. Sempre existira, claro, até certo ponto. O que mudou, porém, foi que falar do assunto já não bastava, e a ideia de agir passou do desejo à realidade. As fábricas de têxteis que abastecem Panem estão cheias de máquinas ruidosas, e o barulho permitiu também que se pudesse passar a palavra; um par de lábios junto a um ouvido, palavras despercebidas, não controladas. A Twill era professora na escola, a Bonnie uma das suas alunas e, depois do último toque, as duas faziam um turno de quatro horas na fábrica que se especializava em uniformes para os Soldados da Paz. Foram precisos meses para que a Bonnie, que trabalhava na fria secção de vistoria, conseguisse os dois uniformes; uma bota aqui, umas calças ali. Destinavam-se à Twill e ao marido dela, porque entendiam que, uma vez iniciada a revolta, seria fundamental espalhar a notícia fora do Distrito 8 se quisessem ter êxito.

O dia em que eu e o Peeta passámos pelo distrito, durante o Passeio da Vitória, foi na verdade uma espécie de ensaio. As pessoas na multidão distribuíram-se de acordo com as suas equipas, junto aos edifícios que tomariam quando eclodisse a rebelião. O plano era este: ocupar os centros de poder na cidade como a Casa da Justiça, o Quartel-general dos Soldados da Paz e o Centro de Comunicações na praça. E outros locais no distrito: o caminho-de-ferro, o celeiro, a central eléctrica e o arsenal.

A noite do anúncio do meu noivado, em que o Peeta se ajoelhou e declarou o seu amor eterno por mim à frente das câmaras do Capitólio, foi a noite em que começou a revolta. A ocasião era ideal. A nossa entrevista do Passeio da Vitória, com o Caesar Flickerman, era um programa de assistência obrigatória. Dava às pessoas do Distrito 8 uma justificação para estarem na rua à noite, reunidas quer na praça quer em vários centros comunitários espalhados pela cidade. Num dia normal essa actividade teria sido demasiado suspeita. Assim, toda a gente estava no seu lugar à hora marcada, oito horas, quando puseram as máscaras e estalou a confusão.

Apanhados de surpresa e esmagados pela simples força dos números, no início os Soldados da Paz foram rechaçados pelas multidões. O Centro de Comunicações, o celeiro e a central eléctrica foram todos ocupados. Quando os Soldados fugiam, as suas armas eram confiscadas para os rebeldes. Havia a esperança de que aquilo não tinha sido um acto de loucura, de que, de alguma maneira, se conseguissem informar os outros distritos, o governo no Capitólio poderia efectivamente ser derrubado.

Depois, porém, veio a repressão. Começaram a chegar Soldados aos milhares. As aeronaves bombardearam os redutos dos rebeldes, reduzindo-os a cinzas. No caos absoluto que se seguiu, as pessoas só pensavam em regressar a casa com vida. Em menos de quarenta e oito horas os Soldados tinham dominado a cidade. Depois, durante uma semana, houve um cerco. Não havia comida nem carvão, e toda a gente estava proibida de sair de casa. A única vez em que a televisão emitiu alguma coisa foi quando os supostos instigadores foram enforcados na praça. Depois, uma noite, quando o distrito inteiro estava quase a morrer de fome, chegou a ordem para regressarem ao trabalho como de costume.

Para a Twill e a Bonnie isso significava voltar para a escola. Uma rua tornada intransitável pelas bombas levou-as a chegar atrasadas ao seu turno na fábrica, por isso estavam ainda a cem metros de distância quando ela explodiu, matando toda a gente no interior — incluindo o marido da Twill e a família inteira da Bonnie.

— Alguém deve ter dito ao Capitólio que a ideia da rebelião tinha começado ali — explica a Twill, baixinho.

As duas fugiram para a casa da Twill, onde se encontravam ainda os uniformes dos Soldados da Paz. Juntaram todas as provisões que puderam, roubando livremente de vizinhos que agora elas já sabiam que estavam mortos, e correram para a estação de comboios. Num armazém perto das linhas, vestiram os uniformes e, disfarçadas, conseguiram subir para um vagão coberto, cheio de tecidos, num comboio com destino ao Distrito 6. Fugiram do comboio numa paragem para reabastecimento durante o caminho e seguiram a pé. Escondidas no bosque, mas usando a via-férrea para se orientarem, conseguiram chegar aos arredores do Distrito 12 há dois dias, onde foram obrigadas a parar quando a Bonnie torceu o pé.

— Percebo porque estão a fugir, mas que esperam encontrar no Distrito 13? — pergunto.

A Bonnie e a Twill entreolham-se nervosamente. — Não temos bem a certeza — responde a Twill.

— São apenas escombros — lembro. — Já todos vimos as imagens.

— Precisamente. Eles mostram sempre as mesmas imagens, desde que há memória — afirma a Twill.

— A sério? — Tento lembrar-me das imagens do Distrito 13 que vi na televisão.

— Lembras-te de como mostram sempre a Casa da Justiça? — continua a Twill. Aceno que sim. Já a vi um milhar de vezes. — Se olhares com muita atenção, consegues vê-lo. No canto superior direito.

— O quê? — pergunto.

A Twill estende-me de novo a bolacha com o pássaro. — Um mimo-gaio. Só um vislumbre, quando começa a voar. É sempre o mesmo.

— No nosso distrito, acreditamos que o Capitólio emite sempre as velhas imagens porque não pode mostrar o que realmente lá existe agora — explica a Bonnie.

Solto um resfôlego de incredulidade. — Vão para o Distrito 13 com base nisso? Uma imagem de um pássaro? Acham que vão encontrar uma nova cidade com pessoas a passear nas ruas? E acham que o Capitólio aceitaria isso?

— Não — responde a Twill, num tom sério. — Acreditamos que as pessoas se esconderam em abrigos subterrâneos quando tudo à superfície foi destruído. Acreditamos que conseguiram sobreviver. E acreditamos que o Capitólio as deixa em paz porque, antes da Idade das Trevas, a principal indústria do Distrito 13 era o desenvolvimento nuclear.

— Eram mineiros de grafite — corrijo. Mas depois hesito, porque essa é a informação que recebi do Capitólio.

— Tinham algumas pequenas minas, sim. Mas não as suficientes para explicar uma população daquela dimensão. Isso, suponho, é a única coisa que sabemos de certeza — conclui a Twill.

Sinto o coração bater demasiado depressa. E se elas têm razão? Poderá ser verdade? Poderá haver outro lugar para onde fugir, além do bosque? Um lugar seguro? Se existe uma comunidade no Distrito 13, seria melhor ir para lá, onde poderia fazer alguma coisa, em vez de esperar aqui pela minha morte? Mas então... se existem pessoas no Distrito 13, com armas potentes...

— Porque não nos ajudaram? — pergunto, irada. — Se isso for verdade, porque é que nos deixam viver assim? Com a fome, as matanças e os Jogos? — E de repente odeio essa cidade subterrânea imaginária do Distrito 13 e os que nada fazem, vendo-nos morrer. Não são melhores do que o Capitólio.

— Não sabemos — murmura a Bonnie. — Neste momento, resta-nos apenas a esperança de que eles existam.

Isso faz-me acordar. São tudo ilusões. O Distrito 13 não existe porque o Capitólio nunca permitiria que ele existisse. Elas provavelmente estão equivocadas com relação às imagens. Os mimos-gaios são tão raros como as rochas. E igualmente resistentes. Se conseguiram sobreviver aos primeiros bombardeamentos do Distrito 13, então agora devem estar melhor do que nunca.

A Bonnie não tem casa. A sua família morreu. Voltar para o Distrito 8 ou integrar-se noutro distrito seria impossível. É óbvio que a ideia de um Distrito 13 independente e próspero a atrai. Mas não consigo dizer-lhe que está a perseguir um sonho tão imaterial com um fio de fumo. Talvez ela e a Twill consigam sobreviver no bosque. Duvido, mas sinto tanta pena delas que tenho de procurar ajudá-las.

Primeiro dou-lhes toda a comida do meu saco, cereais e feijões secos, na sua maior parte, mas o suficiente para as sustentar durante algum tempo se tiverem cuidado. Depois levo a Twill para o bosque e tento explicar-lhe algumas noções básicas de caça. Ela tem uma arma que, se necessário, pode converter energia solar em raios mortais, e isso pode durar para sempre. Quando consegue matar o seu primeiro esquilo, o pobre animal é apenas uma massa chamuscada, porque apanhou o tiro em cheio. Contudo, ensino à Twill a esfolá-lo e a limpá-lo. Com alguma prática, ela perceberá a melhor forma de caçar. Faço também uma nova muleta para a Bonnie. De novo na casa, dou o meu segundo par de meias à rapariga, dizendo-lhe para as enfiar nas biqueiras das botas para conseguir andar e depois calçá-las à noite. Finalmente, ensino-lhes a fazer uma fogueira decente.

Elas pedem-me pormenores da situação no Distrito 12 e eu falo-lhes sobre a vida sob o domínio do Thread. Vejo que acham que lhes estou a dar informações importantes, que poderão levar aos que governam o Distrito 13, e eu alinho no jogo para não lhes destruir as esperanças. No entanto, quando a luz anuncia o fim da tarde, deixo de ter tempo para lhes fazer a vontade.

— Tenho de ir agora — anuncio.

Elas agradecem-me profundamente e abraçam-me.

Os olhos da Bonnie enchem-se de lágrimas. — Nem consigo acreditar que te conhecemos de verdade. És praticamente o único tema de conversa desde que...

— Eu sei. Eu sei. Desde que saquei daquelas bagas — interrompo, cansada.

Mal reparo no caminho para casa apesar de ter começado a cair uma neve molhada. Tenho a cabeça às voltas com as novas informações sobre a revolta no Distrito 8 e a inverosímil mas tentadora oportunidade do Distrito 13.

A história da Bonnie e da Twill confirma uma coisa: o presidente Snow andou a enganar-me. Nem todos os beijos e carinhos do mundo poderiam travar o movimento que está a surgir no Distrito 8. Sim, o meu artifício das bagas tinha sido a faísca, mas eu nunca teria maneira de controlar o incêndio. Ele devia saber isso. Porquê então fazer-me uma visita, porquê mandar-me convencer as multidões do meu amor pelo Peeta? Foi claramente um estratagema para me distrair e impedir que eu incendiasse ainda mais os distritos. E para entreter as pessoas no Capitólio, claro. Imagino que o casamento seja apenas um prolongamento necessário disso mesmo.

Estou a aproximar-me da vedação quando um mimo-gaio pousa num ramo e começar a chilrear para mim. Ao vê-lo percebo que elas não me deram uma explicação cabal para o pássaro na bolacha e o que ele significa.

«*Significa que estamos do teu lado.*» Foi o que disse a Bonnie. Tenho pessoas do meu lado? Que lado? Será que me tornei involuntariamente o rosto da tão esperada revolta? Será que o mimo-gaio no meu alfinete se tornou um símbolo de resistência? Se for esse o caso, o meu lado está muito mal. Basta ver o que aconteceu no Distrito 8 para perceber isso.

Guardo as armas no tronco oco mais próximo da minha velha casa no Jazigo e dirijo-me para a vedação. Estou agachada sobre um joelho, preparando-me para entrar no Prado, mas continuo tão preocupada com os acontecimentos do dia que preciso do grito súbito de uma coruja para me chamar à realidade.

À luz do crepúsculo, o arame parece tão inofensivo como de costume. Mas o que me leva a retirar bruscamente a mão é o ruído, como o zumbido de uma árvore cheia de ninhos de vespas-batedoras, indicando que a vedação está carregada de electricidade.

11

Os meus pés recuam automaticamente e escondo-me entre as árvores. Tapo a boca com a luva para dispersar o branco da respiração no ar gelado. A adrenalina atravessa-me o corpo, varrendo-me todas as preocupações do dia da mente ao mesmo tempo que me concentro no perigo imediato à minha frente. O que é que se passa? O Thread mandou ligar a vedação como mais uma medida de precaução? Ou saberá que hoje eu escapei à sua malha? Estará decidido a manter-me fora do Distrito 12 até me conseguir capturar e prender? Arrastar-me para a praça para me meter na cadeia ou chicotear ou enforcar?

Acalma-te, digo a mim mesma. Não é a primeira vez que sou apanhada fora do distrito pela vedação electrificada. Aconteceu várias vezes ao longo dos anos, mas o Gale estava sempre comigo. Escolhíamos apenas uma árvore confortável para passar o tempo até a electricidade ser desligada, o que acabava sempre por acontecer. Quando me atrasava, a Prim vinha ao Prado ver se a vedação estava ligada, para a minha mãe não se preocupar.

Hoje, porém, a minha família nunca iria imaginar que eu estaria no bosque. Tomei até medidas para as enganar. Portanto, se eu não aparecer, irão ficar preocupadas. E há uma parte de mim que também está preocupada, porque não tenho a certeza de que isto seja apenas uma coincidência: ligarem a electricidade precisamente no dia em que eu regresso ao bosque. Pensei que ninguém me visse passar por baixo da vedação, mas quem sabe? Há sempre espiões de aluguer. Alguém viu o Gale beijar-me neste preciso lugar.

Espreito através das árvores para o Prado, além da vedação. Só consigo ver a neve iluminada aqui e ali pela luz das janelas na orla do Jazigo. Não há Soldados da Paz à vista, nenhum sinal de que esteja a ser perseguida. Quer o Thread saiba quer não que saí hoje do distrito, percebo que o meu procedimento tem de ser o mesmo: transpor a vedação sem ser vista e fingir que nunca saí.

Qualquer contacto com o arame ou as espirais de arame farpado no topo significaria a electrocussão imediata. Não me parece que consiga escavar por baixo da vedação sem arriscar ser vista, e de qualquer maneira o chão está gelado. Só me resta uma alternativa. De uma maneira ou de outra, vou ter de passar por cima.

Começo a contornar a orla do bosque, procurando uma árvore com um ramo alto e comprido que sirva o meu desígnio. Depois de andar quase dois quilómetros, encontro um velho bordo que talvez sirva. O tronco é demasiado largo e liso para trepar e não tem ramos baixos. Subo a uma árvore vizinha e dou um salto perigoso para o bordo, quase me desequilibrando na casca escorregadia. Mas consigo segurar-me e arrasto-me lentamente por um ramo que paira sobre o arame farpado.

Quando olho para baixo, lembro-me da razão por que eu e o Gale sempre esperámos no bosque em vez de tentar transpor a vedação. Para evitar ser electrocutada tenho de estar a pelo menos seis metros de altura. Calculo que o meu ramo esteja a sete e meio. É uma queda longa e perigosa, mesmo para alguém com anos de experiência em trepar árvores. Mas qual é a alternativa? Podia procurar outro ramo, mas está quase de noite agora. A neve que continua a cair ocultará o luar. Aqui, pelo menos, vejo que tenho um banco de neve para amortecer a queda. Mesmo que conseguisse encontrar outro ramo, o que é pouco provável, quem sabe onde poderia cair? Penduro o saco de caça vazio ao pescoço e desço lentamente até me encontrar pendurada pelas mãos. Durante um momento, encho-me de coragem. Depois solto os dedos.

Há a sensação da queda, depois atinjo o chão com uma sacudidela que me atravessa a espinha. Um segundo depois, o meu traseiro bate pesadamente no chão. Deito-me na neve, tentando avaliar os estragos. Sem me levantar, percebo pela dor no calcanhar esquerdo e no cóccix que estou ferida. Resta saber com que gravidade. Espero apenas algumas contusões, mas quando me obrigo a levantar, sinto que também parti alguma coisa. Consigo andar, porém, e então ponho-me a mexer, tentando disfarçar o coxear o melhor que posso.

A minha mãe e a Prim não podem saber que estive no bosque. Tenho de arranjar algum álibi, por mais fraco que seja. Como algumas das lojas na praça ainda estão abertas, entro numa e compro pano branco para ligaduras. Afinal, as nossas reservas estão quase no fim. Noutra, compro um saco de rebuçados para a Prim. Meto um dos rebuçados na boca, sentindo a hortelã-pimenta derreter-se na língua, e percebo que é a primeira coisa que como hoje. Tinha planeado fazer uma refeição no lago, mas depois de ver a condição da Bonnie e da Twill, parecia mal tirar-lhes um único bocado de comida.

Quando chego a casa, o meu calcanhar esquerdo já não suporta mais peso. Decido dizer à minha mãe que estava a tentar arranjar uma fenda no telhado da nossa velha casa e que escorreguei. Quanto à comida em falta, tentarei não ser muito precisa relativamente a quem a entreguei. Arrasto-me até à porta, pronta para me deixar cair diante da lareira. Em vez disso, apanho outro choque.

Dois Soldados da Paz, um homem e uma mulher, estão à entrada da nossa cozinha. A mulher mostra-se impassível, mas detecto um indício de surpresa no rosto do homem. Não me esperavam. Sabem que eu estava no bosque e que devia lá estar presa neste momento.

— Olá — cumprimento, numa voz neutra.

A minha mãe aparece atrás deles, mas mantém-se à distância. — Cá está ela, mesmo a tempo do jantar — anuncia, um pouco animada demais. Estou atrasadíssima para o jantar.

Penso em descalçar as botas, como faria normalmente, mas duvido que o consiga sem revelar as minhas lesões. Então tiro apenas o capuz molhado e sacudo a neve do cabelo. — Posso ajudar-vos em alguma coisa? — pergunto aos Soldados.

— O Comandante Thread pediu-nos para lhe dar um recado — responde a mulher.

— Estão à espera há horas — acrescenta a minha mãe.

Estiveram à espera que eu não voltasse. Para confirmarem que fui electrocutada pela vedação ou que fiquei presa no bosque e assim poderem interrogar a minha família.

— Deve ser um recado importante — comento.

— Podemos saber onde esteve, Senhorita Everdeen? — pergunta a mulher.

— Seria mais fácil perguntar onde *não* estive? — respondo, fingindo-me exasperada. Entro na cozinha, obrigando-me a andar normalmente apesar de cada passo ser excruciante. Passo por entre os Soldados e consigo chegar à mesa da cozinha. Deixo cair o meu saco e volto-me para a Prim, que me observa muito hirta junto à lareira. O Haymitch e o Peeta também estão presentes, sentados num par de cadeiras de baloiço iguais, jogando xadrez. Estarão aqui por acaso ou foram «convidados» pelos Soldados da Paz? Seja como for, fico contente por os ver.

— Então, onde é que não estiveste? — pergunta o Haymitch, com uma voz entediada.

— Bem, não estive a falar com o Homem das Cabras para tratar de emprenhar a cabra da Prim porque alguém me deu indicações totalmente erradas para chegar à casa dele — dirijo-me à Prim, de maneira enfática.

— Não dei nada — protesta a Prim. — Disse-te exactamente onde ele mora.

— Disseste que ele morava junto à entrada oeste para a mina — afirmo.

— A entrada leste — corrige-me a Prim.

— Disseste oeste, distintamente, porque depois eu perguntei: «Perto do monte de escórias?» e tu respondeste, «Sim».

— O monte junto à entrada *leste* — insiste a Prim pacientemente.

— Não. Quando é que disseste isso? — pergunto.

— Ontem à noite — intervém o Haymitch.

— E disse claramente a entrada leste — acrescenta o Peeta. Depois olha para o Haymitch e os dois riem-se. Lanço um olhar furioso ao Peeta e ele tenta parecer arrependido. — Desculpa, mas é o que eu digo sempre. Tu não ouves quando as pessoas falam contigo.

— Aposto que te disseram hoje que ele já lá não morava e tu voltaste a não ouvir — acrescenta o Haymitch.

— Cala-te, Haymitch — atiro-lhe, indicando claramente que ele tem razão.

O Haymitch e o Peeta desatam a rir e a Prim esboça um sorriso.

— Muito bem. Então outra pessoa pode tratar de emprenhar a estúpida da cabra — replico, provocando apenas mais risos. E eu penso, *É por isso que eles chegaram tão longe, o Haymitch e o Peeta. Nunca se desmancham.*

Olho para os Soldados da Paz. O homem está a sorrir mas a mulher não parece convencida. — O que traz no saco? — pergunta, rispidamente.

Sei que está à espera de ver animais ou plantas silvestres. Qualquer coisa que declaradamente me incrimine. Despejo o conteúdo sobre a mesa. — O que pode ver.

— Ah, óptimo — comenta a minha mãe, examinando o pano. — Já estávamos a ficar sem ligaduras.

O Peeta aproxima-se da mesa e abre o saco de rebuçados. — Mmm, rebuçados de hortelã-pimenta — declara, metendo um na boca.

— São meus. — Tento tirar-lhe o saco. Ele atira-o para o Haymitch, que mete um punhado de rebuçados na boca antes de passar o saco à Prim. Ela ri-se. — Nenhum de vocês merece rebuçados! — exclamo.

— Porquê, porque temos razão? — O Peeta abraça-me. Solto um pequeno guincho ao sentir uma dor no cóccix. Tento transformá-lo num ruído de indignação, mas percebo nos olhos do Peeta que ele sabe que estou magoada. — Pronto, a Prim disse oeste. Eu ouvi oeste, claramente. E somos todos idiotas. Está melhor assim?

— Muito melhor — respondo, e aceito o beijo dele. Depois olho para os Soldados da Paz como se me lembrasse de repente de que eles estão presentes. — Têm um recado para mim?

— Do Comandante Thread — diz a mulher. — Ele queria que soubesse que a vedação à volta do Distrito 12 passará a estar ligada vinte e quatro horas por dia.

— Já não estava? — pergunto, num tom talvez demasiado inocente.

— O Comandante achou que pudesse estar interessada em transmitir esta informação ao seu primo — continua a mulher.

— Obrigada. Eu digo-lhe. Tenho a certeza de que iremos todos dormir mais descansados agora que a segurança foi reforçada. — Estou a exagerar, eu sei, mas o comentário dá-me uma sensação de gozo.

A mulher endurece o queixo. Nada correu como ela tinha planeado, mas já não tem mais ordens. Faz uma curta vénia e vai-se embora, com o homem atrás dela. Assim que a minha mãe fecha a porta, deixo-me cair sobre a mesa.

— Que foi? — pergunta o Peeta segurando-me com firmeza.

— Oh, magoei o pé esquerdo. O calcanhar. E o meu cóccix também teve um dia mau. — Ele ajuda-me a sentar-me numa das cadeiras de baloiço e eu acomodo-me na almofada.

A minha mãe tira-me as botas. — Que aconteceu?

— Escorreguei e caí — respondo. Quatro pares de olhos olham para mim incrédulos. — No gelo. — Mas todos sabemos que a casa deve estar sob escuta e que não é seguro falar abertamente. Não aqui, não agora.

Depois de me tirar a meia, a minha mãe apalpa-me os ossos do calcanhar esquerdo com os dedos e eu estremeço. — Pode haver uma fractura — diz-me. Depois examina o outro pé. — Este parece estar bem. — Também acha que o meu cóccix ficou bastante magoado.

A Prim vai buscar o meu pijama e o meu roupão. Depois de me trocar, a minha mãe prepara um emplastro de neve para o meu calcanhar esquerdo e apoia-me o pé numa almofada. Como três tigelas de guisado e metade de um pão enquanto os outros jantam à mesa. Fico a olhar para o fogo, pensando na Bonnie e na Twill, esperando que a neve pesada e molhada já tenha apagado as minhas pegadas.

A Prim vem sentar-se no chão ao meu lado, encostando a cabeça ao meu joelho. Chupamos rebuçados de hortelã-pimenta enquanto lhe penteio o cabelo louro e macio para trás da orelha. — Como correu a escola hoje? — sondo.

— Bem. Aprendemos sobre os derivados do carvão — responde ela. Olhamos para o fogo durante algum tempo. — Vais experimentar os teus vestidos de noiva?

— Hoje não. Talvez amanhã — respondo.

— Espera até eu chegar a casa, está bem?
— Claro. — *Se não me prenderem primeiro.*

A minha mãe dá-me uma chávena de chá de camomila com uma dose de xarope para o sono e as minhas pálpebras começam logo a fechar-se. Depois liga-me o pé magoado e o Peeta oferece-se para me levar para a cama. Começo por me apoiar no ombro dele, mas sinto-me tão pouco firme que ele pega-me ao colo e leva-me para cima. Mete-me na cama e diz boa-noite mas eu prendo-lhe a mão e não o deixo partir. Um dos efeitos secundários do xarope é que torna as pessoas menos inibidas, como a aguardente, e sei que tenho de controlar a língua. Mas não quero que ele se vá embora. Na verdade, quero que ele se meta na cama comigo, para estar presente quando os pesadelos chegarem hoje à noite. Por alguma razão, que não consigo formular, sei que não posso pedir-lhe isso.

— Não vás já. Espera até eu adormecer — peço.

O Peeta senta-se na borda da cama, aquecendo-me a mão nas dele. — Cheguei a pensar que tinhas mudado de ideias hoje. Quando estavas atrasada para o jantar.

Estou um pouco confusa mas consigo perceber o que ele quer dizer. Com a vedação electrificada, o meu atraso e os Soldados da Paz à espera, ele pensou que eu tivesse fugido, talvez com o Gale.

— Não, ter-te-ia avisado — asseguro-lhe. Puxo a mão dele para cima e encosto-a à minha bochecha, inalando o leve perfume a canela e endro dos pães que ele deve ter cozido hoje. Quero contar-lhe da Twill e da Bonnie e do motim e da fantasia do Distrito 13, mas não é seguro fazê-lo e sinto que vou adormecer. Só consigo dizer mais duas palavras: — Fica comigo.

Quando os tentáculos do xarope do sono me submergem, oiço-o ainda murmurar uma palavra em resposta, mas não a percebo.

A minha mãe deixa-me dormir até ao meio-dia, depois acorda-me para me examinar o calcanhar. Recebo ordens para ficar uma semana na cama a descansar e não me oponho porque me sinto péssima. Não é só o calcanhar e o cóccix. O corpo inteiro dói-me de cansaço. Então deixo a minha mãe tratar de mim e dar-me o pequeno-almoço na cama e aconchegar outra colcha à minha volta. Depois fico ali deitada, olhando pela janela para o céu de Inverno, interrogando-me como tudo aquilo irá acabar. Penso muito na Bonnie e na Twill, e na pilha de vestidos de noiva no andar de baixo, e se o Thread irá descobrir como eu voltei a entrar e mandar prender-me. É estranho, porque ele podia simplesmente prender--me, de qualquer maneira, com base em crimes passados, mas talvez precise de algo verdadeiramente irrefutável para o fazer, agora que sou uma vencedora. E pergunto a mim mesma se o presidente Snow não estará em contacto com o Thread. Penso que é pouco provável que soubesse da existência do velho Cray, mas agora que me tornei um problema nacional, estará a instruir cuidadosamente o Thread sobre o que fazer? Ou estará o Thread a agir sozinho? Em todo o caso, tenho a certeza de que ambos concordariam em manter-me presa aqui dentro do distrito com aquela vedação. Mesmo que conseguisse descobrir uma maneira de fugir — talvez lançando uma corda àquele ramo do bordo e trepar para fora — nunca poderia fugir com a família e os amigos agora. E de qualquer maneira já disse ao Gale que ficaria para lutar.

Durante os dias seguintes, sobressalto-me sempre que oiço alguém bater à porta. No entanto, não aparecem Soldados da Paz para me prender, e por fim começo a descontrair-me. Sinto-me ainda mais tranquila quando o Peeta me conta por acaso que a electricidade está desligada nalgumas partes da vedação porque equipas de soldados estão a fixar a base do arame ao chão. O Thread deve achar que eu passei por baixo da vedação, mesmo com aquela corrente mortal ligada. É um alívio para o distrito ter os Soldados da Paz ocupados a fazer alguma coisa além de maltratar as pessoas.

O Peeta visita-me todos os dias para me trazer pãezinhos de queijo e começa a ajudar-me com o meu livro de família. É uma coisa estranha, feita de pergaminho e couro. Um ervanário, antepassado da família da minha mãe, começou a compô-lo há muito tempo. O livro é constituído por várias páginas de desenhos a tinta de plantas com descrições das suas utilizações medicinais. O meu pai acrescentou uma secção sobre plantas comestíveis que depois de ele morrer me serviu de guia para sustentar a família. Há muito tempo que quero registar os meus próprios conhecimentos no livro. Coisas que aprendi com a experiência ou com o Gale e também as informações que adquiri quando estava a treinar-me para os Jogos. Não o fiz ainda porque não sou artista e é fundamental que as imagens sejam desenhadas com exactidão. É aí que entra o Peeta. Algumas das plantas ele já conhece, outras copia-as a partir de exemplares secos, e outras tenho de descrever. Ele faz esboços em papel de rascunho até eu ficar satisfeita com o resultado e só então o deixo desenhá-las no livro. Depois disso, escrevo com muito cuidado tudo o que sei acerca da planta.

É um trabalho tranquilo e absorvente que me ajuda a esquecer os meus problemas. Gosto de observar as mãos do Peeta quando desenha, dando vida a uma página branca com traços de tinta, acrescentando toques de cor ao livro preto e amarelado. O rosto dele adopta uma expressão especial quando se concentra. O seu ar normalmente descontraído é substituído por algo mais profundo e distante que sugere um mundo inteiro guardado no seu íntimo. Já vi vislumbres disso: na arena, ou quando fala para uma multidão, ou daquela vez em que afastou as armas que os Soldados da Paz apontavam para mim no Distrito 11. Não sei bem o que pensar disso. Gosto também de lhe fitar as pestanas, que normalmente não se notam muito porque são tão louras. De perto, porém, à luz do sol entrando de viés pela janela, são de uma clara cor dourada e tão compridas que não percebo como não ficam emaranhadas quando pestaneja.

Um tarde o Peeta pára de colorir uma flor e olha para cima tão de repente que me assusto, como se tivesse sido apanhada a espiá-lo, o que, de certa e estranha forma, até era o que estava a fazer. Mas ele diz apenas:
— Sabes, acho que é a primeira vez que estamos juntos a fazer uma coisa normal.
— Pois é — concordo. Toda a nossa relação tem sido afectada pelos Jogos. Nunca foi normal. — É bom, para variar.

Todas as tardes ele leva-me para o rés-do-chão para uma troca de cenário e eu irrito toda a gente ligando a televisão. Normalmente só a ligamos quando é obrigatório, porque a mistura de propaganda e manifestações de poder do Capitólio — incluindo trechos de setenta e quatro anos de Jogos da Fome — é completamente execrável. Mas agora estou à procura de algo específico. O mimo-gaio no qual a Bonnie e a Twill baseiam todas as suas esperanças. Sei que provavelmente é um disparate, mas se for, quero pô-lo de parte. E apagar para sempre da minha mente a ideia de um Distrito 13 próspero e independente.

Vejo-o pela primeira vez numa reportagem em que se referem à Idade das Trevas. Quando mostram os restos fumegantes da Casa da Justiça no Distrito 13, vislumbro apenas a parte inferior da asa preta e branca de um mimo-gaio que atravessa o canto superior direito do ecrã. Na verdade, isso não prova nada. É apenas uma imagem antiga que acompanha uma história remota.

No entanto, alguns dias depois, outra coisa chama-me a atenção. Um pivô está a ler uma notícia sobre a falta de grafite que afecta a produção de artigos no Distrito 3. Depois cortam para o que devia ser a imagem em directo de uma jornalista, envergando um fato protector, diante das ruínas da Casa da Justiça no Distrito 13. Através da sua máscara, ela anuncia que infelizmente um estudo acabou hoje mesmo de determinar que as minas do Distrito 13 estão ainda demasiado tóxicas para poderem ser exploradas. Fim da história. Contudo, mesmo antes de voltarem para o pivô, vejo o brilho inconfundível da asa daquele mesmo mimo-gaio.

A jornalista foi apenas inserida nas imagens antigas. Não está no Distrito 13. O que suscita a pergunta: *O que é que está?*

12

Ficar calmamente na cama depois disso torna-se mais difícil. Quero fazer alguma coisa, saber mais acerca do Distrito 13 ou ajudar na causa para derrubar o Capitólio. Em vez disso, empanturro-me de pãezinhos de queijo e observo o Peeta a desenhar. O Haymitch aparece de vez em quando para me trazer notícias da cidade, sempre más. Mais pessoas castigadas e a morrer de fome.

O Inverno começa a chegar ao fim quando a minha mãe me permite voltar a usar o pé. Ela dá-me exercícios para fazer e deixa-me andar um pouco sozinha. Uma noite vou para a cama, decidida a ir à cidade na manhã seguinte, quando acordo para encontrar a Venia, a Octavia e o Flavius sorrindo para mim.

— Surpresa! — gritam. — Viemos mais cedo!

Depois de eu apanhar aquela chicotada na cara, o Haymitch conseguiu adiar a visita deles por vários meses para que eu pudesse recuperar. Esperava ter ainda mais três semanas. No entanto, tento parecer contente por finalmente poder ser fotografada nos meus vestidos de noiva. A minha mãe pendurou todos os vestidos no meu quarto para estarem prontos mas, para ser sincera, ainda não experimentei um único.

Depois da histrionia habitual acerca do estado deteriorado da minha beleza, eles começam logo a trabalhar. A sua preocupação maior é a minha cara, embora ache que a minha mãe tenha feito uma cura espantosa. Fiquei apenas com uma risca cor-de-rosa pálida na maçã do rosto. A chicotada não é do conhecimento comum, por isso digo-lhes que escorreguei no gelo e que o cortei. Depois lembro-me de que essa é a mesma explicação que dei para ter magoado o pé e não poder andar muito tempo de saltos altos. Mas o Flavius, a Octavia e a Venia não são desconfiados, por isso não há perigo.

Como só tenho de estar sem pêlos durante algumas horas e não várias semanas, usam uma lâmina para me rapar em vez da cera. Ainda assim tenho de ficar de molho numa banheira cheia de qualquer coisa, mas não é malcheirosa, e antes de eu dar por isso já estão a arranjar-me o cabelo e a aplicar-me a maquilhagem. A equipa, como de costume, enche-me de notícias, que eu normalmente me esforço por não ouvir. Mas depois a Octavia faz um comentário que me chama a atenção. É um comentário casual, na verdade, sobre a impossibilidade de encontrar camarões para uma festa, mas não me larga.

— Porque é que não encontraste camarões? Estão fora de época? — pergunto.

— Ah, Katniss, não conseguimos encontrar qualquer tipo de marisco há semanas! — explica a Octavia. — Sabes, por causa do mau tempo que tem feito no Distrito 4?

A minha mente começa a girar. Não há mariscos. Há semanas. Do Distrito 4. A raiva mal contida da multidão durante o Passeio da Vitória. E de repente tenho a certeza absoluta de que o Distrito 4 se revoltou.

Começo a interrogá-los descontraidamente sobre as outras contrariedades que o Inverno lhes trouxe. Eles não estão habituados à escassez, por isso qualquer pequena perturbação na oferta tem grandes repercussões. Quando estou pronta para me vestir, as suas queixas acerca da dificuldade em arranjar diversos produtos — desde caranguejo a *chips* de música e fitas para o cabelo — deram-me já uma ideia dos distritos que poderão estar a sublevar-se. Mariscos do Distrito 4. Dispositivos electrónicos do Distrito 3. E, claro, tecidos do Distrito 8. A ideia de uma revolta tão generalizada faz-me estremecer de medo e ansiedade.

Quero fazer-lhes mais perguntas, mas o Cinna aparece para me dar um abraço e verificar a minha maquilhagem. A sua atenção desvia-se imediatamente para a cicatriz na minha face. Por alguma razão, não acho que ele acredite na história de eu ter escorregado no gelo, mas também não me faz perguntas. Aplica-me apenas mais pó-de-arroz no rosto e a marca da chicotada desaparece.

No andar de baixo, a sala de estar foi esvaziada e iluminada para a sessão fotográfica. A Effie parece divertir-se a dar ordens a toda a gente, obrigando-nos a cumprir os horários. Talvez faça bem, porque há seis vestidos e cada um exige os seus próprios sapatos, jóias, cabelo, toucado, maquilhagem, cenário e iluminação. Rendas cremes e rosas e caracóis. Cetim cor de marfim e tatuagens douradas e verdes. Uma grinalda de diamantes e um véu branco ornado de pedras preciosas. Seda branca pesada e mangas que me caem dos punhos para o chão, e pérolas. Assim que uma fotografia é aprovada, começamos logo a preparar-nos para a seguinte. Sinto-me como farinha, repetidamente amassada e remodelada.

A minha mãe consegue dar-me bocados de comida e goles de chá enquanto eles me preparam mas, quando a sessão acaba, estou esfomeada e exausta. Espero passar então algum tempo com o Cinna, mas a Effie manda toda a gente sair e tenho de me contentar com a promessa de um telefonema.

A noite já caiu e dói-me o pé por causa de todos aqueles sapatos ridículos, por isso abandono qualquer ideia de ir à cidade. Subo então ao primeiro andar para me lavar e tirar as camadas de maquilhagem, cremes e tintas do corpo e depois desço para secar o cabelo junto à lareira. A Prim, que chegou da escola a tempo de ver os últimos dois vestidos, continua a falar deles com a minha mãe. Parecem as duas demasiado satisfeitas com a sessão fotográfica. Quando volto para a cama, percebo que elas estão assim porque acham que isso significa que eu já não corro perigo. Que o Capitólio deixou passar a minha intromissão no castigo do Gale, já que ninguém se daria a tanto trabalho e despesas para alguém que pretende eliminar. Pois.

No meu pesadelo, trago o vestido de noiva de seda, mas está rasgado e coberto de lama. As mangas compridas prendem-se constantemente a espinhos e ramos enquanto corro através do bosque. A alcateia de tributos mutantes aproxima-se cada vez mais até me dominar com o seu hálito quente e garras sangrentas e eu gritar e acordar.

O amanhecer está demasiado perto para me incomodar em tentar voltar a dormir. Além disso, hoje tenho mesmo de sair e falar com alguém. O Gale estará incontactável nas minas. Mas preciso do Haymitch ou do Peeta ou de alguém para partilhar comigo o fardo de tudo o que me aconteceu desde que fui até ao lago. As foragidas do Distrito 8, a vedação electrificada, um Distrito 13 independente, a escassez de bens no Capitólio. Tudo.

Tomo o pequeno-almoço com a minha mãe e a Prim e saio em busca de um confidente. O tempo aqueceu e há indícios esperançosos de Primavera no ar. A Primavera seria uma boa altura para uma revolta, penso. Toda a gente se sente menos vulnerável depois de o Inverno passar. O Peeta não está em casa. Calculo que já tenha ido para a cidade. Mas fico surpreendida ao ver o Haymitch na sua cozinha tão cedo. Entro em casa dele sem bater. Oiço a Hazelle no andar de cima, varrendo o chão da casa que agora está sempre impecável. O Haymitch não está completamente bêbado, mas também não parece muito sóbrio. Presumo que os boatos acerca de a Ripper ter retomado o seu negócio são verdadeiros. Estou a pensar que talvez seja melhor deixá-lo ir para a cama quando ele me sugere um passeio até à cidade.

Eu e o Haymitch já conseguimos falar numa espécie de taquigrafia agora. Em poucos minutos ponho-o a par das novidades e ele informa-

-me dos rumores de motins nos Distritos 7 e 11. Se as minhas suspeitas estiverem certas, isso significa que quase metade dos distritos já tentaram pelo menos revoltar-se.

— Continuas a achar que aqui não resultaria? — pergunto.

— Ainda não. Os outros distritos são muito maiores. Mesmo que metade das pessoas se esconda em casa, os rebeldes ainda têm hipóteses. Aqui no 12, temos de ser todos ou nada — responde ele.

Não tinha pensado nisso. Que não podemos contar com a força dos números. — Mas talvez um dia? — insisto.

— Talvez. Mas somos pequenos, somos fracos e não temos armas nucleares — remata o Haymitch, com um toque de sarcasmo. Ele não se mostrou muito entusiasmado com a minha história do Distrito 13.

— Que achas que eles vão fazer, Haymitch? Aos distritos que se estão a revoltar? — pergunto.

— Bem, soubeste do que eles fizeram no 8. Já viste o que fizeram aqui, e sem provocação — lembra o Haymitch. — Se as coisas realmente se descontrolarem, penso que não teriam qualquer problema em eliminar outro distrito, como fizeram com o 13. Para dar um exemplo, percebes?

— Então achas que o 13 foi mesmo destruído? Quero dizer, a Bonnie e a Twill tinham razão quanto às imagens do mimo-gaio — afirmo.

— Sim, mas o que é que isso prova? Nada, na verdade. Há muitas razões para poderem estar a usar imagens antigas. Talvez sejam mais impressionantes. E é muito mais simples, não é? Carregar apenas nuns botões na sala de montagem do que voar até lá e filmar tudo — argumenta o Haymitch. — A ideia de que o 13 ressuscitou das cinzas *e* de que o Capitólio o está a ignorar? Parece-me o tipo de história a que se agarram as pessoas desesperadas.

— Eu sei. Tinha só uma esperança — explico.

— Precisamente. Porque estás desesperada — insiste o Haymitch. Não discuto porque, evidentemente, ele tem razão.

A Prim chega da escola a transbordar de entusiasmo. Os professores anunciaram que há um programa obrigatório esta noite. — Acho que vai ser a tua sessão fotográfica!

— Não pode ser, Prim. Só tiraram fotografias ontem — lembro-lhe.

— Bem, é o que alguém ouviu dizer — insiste a Prim.

Espero que ela esteja enganada. Não tive tempo para preparar o Gale para nada disto. Desde as chicotadas, só o vejo quando ele vem a minha casa para a minha mãe lhe examinar as cicatrizes. Muitas vezes ele tem de trabalhar sete dias por semana na mina. Nos poucos minutos de privacidade que tivemos, quando o acompanhei de volta à cidade, depreendi que os rumores de um motim no Distrito 12 foram silenciados pela repressão do Thread. Ele sabe que eu não vou fugir, mas deve também saber que se não nos sublevarmos no 12, estou destinada a ser a noiva do Peeta. Que irá ele pensar quando me vir na televisão a exibir indolentemente aqueles lindos vestidos?

Quando nos reunimos diante da televisão às sete e meia, descubro que a Prim tem razão. De facto, lá está o Caesar Flickerman, falando para uma pequena multidão de pé em frente do Centro de Treino. As pessoas parecem ansiosas por saber pormenores do meu casamento iminente. Ele apresenta o Cinna, que de um dia para o outro se tornou uma estrela por causa dos fatos que desenhou para mim nos Jogos. Depois de um minuto de conversa descontraída, o Caesar pede-nos que voltemos a atenção para um ecrã gigante.

Percebo então como eles puderam fotografar-me ontem e apresentar o programa hoje. A princípio, o Cinna desenhou duas dúzias de vestidos de noiva. Depois seguiu-se o processo de eleger os melhores desenhos, fazer os vestidos e escolher os acessórios. Aparentemente, no Capitólio, as pessoas tiveram oportunidade de votar no seu vestido preferido. O processo termina com as fotografias da noiva nos últimos seis vestidos, inseridas no programa no último instante. Cada fotografia suscita uma enorme reacção da parte do público, com as pessoas gritando e aplaudindo os seus vestidos preferidos e apupando os que não gostam. Tendo votado, e provavelmente apostado no vencedor, mostram-se muito interessadas no meu vestido de noiva. É estranho observá-las quando penso que nem sequer me dei ao trabalho de experimentar um deles antes de aparecerem as câmaras. O Caesar anuncia que quem estiver interessado deve votar até ao meio-dia do dia seguinte.

— Vamos dar à Katniss Everdeen um casamento em grande estilo! — grita ele para a multidão. Estou quase a desligar a televisão quando o Caesar nos diz para aguardarmos o outro grande momento da noite.

— É verdade, este ano celebramos o septuagésimo quinto aniversário dos Jogos da Fome, e isso quer dizer que teremos o nosso terceiro Quarteirão!

— Que irão fazer? — pergunta a Prim. — Ainda faltam meses.

Voltamo-nos para a nossa mãe, cuja expressão é grave e distante, como se estivesse a lembrar-se de alguma coisa. — Dever ser a leitura do cartão.

O hino começa a tocar, e sinto um aperto de repugnância na garganta quando o presidente Snow entra em palco. Vem acompanhado de um rapaz de fato branco que segura uma simples caixa de madeira. O hino termina e o presidente Snow começa a falar, lembrando a todos a Idade das Trevas, que deu origem aos Jogos da Fome. Quando as regras dos Jogos foram concebidas, ficou estabelecido que todos os vinte e cinco anos o aniversário seria assinalado por um Quarteirão. Este exigiria uma versão glorificada dos Jogos, para comemorar os que morreram na revolta dos distritos.

Estas palavras não podiam ser mais pertinentes, pois desconfio que vários distritos estejam a revoltar-se neste preciso momento.

O presidente Snow passa a contar-nos o que aconteceu nos anteriores Quarteirões. — No vigésimo quinto aniversário, para lembrar aos rebeldes que os seus filhos estavam a morrer por causa da sua decisão de recorrer à violência, todos os distritos foram obrigados a realizar uma eleição e a votar nos tributos que os representariam.

Pergunto a mim mesma como teria sido isso. Escolher os miúdos que tinham de ir aos Jogos. Penso que seria pior ser entregue pelos próprios vizinhos do que ver o meu nome extraído da bola da ceifa.

— No quinquagésimo aniversário — continua o presidente —, para lembrar que morreram dois rebeldes por cada cidadão do Capitólio, todos os distritos tiveram de enviar o dobro dos tributos.

Imagino enfrentar um grupo de quarenta e sete adversários em vez de vinte e três. Menos probabilidades, menos esperança e, no final, mais miúdos mortos. Foi o ano em que o Haymitch venceu...

— Tive uma amiga que foi nesse ano — informa a minha mãe, calmamente. — Maysilee Donner. Os pais dela eram donos da loja dos doces. Deram-me o pássaro dela no fim. Um canário.

Eu e a Prim olhamos uma para a outra. É a primeira vez que ouvimos falar de Maysilee Donner. Talvez porque a minha mãe receasse que iríamos querer saber como ela morreu.

— E agora honramos o nosso terceiro Quarteirão — continua o presidente. O rapazinho de branco dá um passo em frente, estendendo a caixa e abrindo a tampa. Vemos as filas ordenadas e direitas de envelopes amarelecidos. Quem quer que tenha concebido o sistema do Quarteirão preparou-se para séculos de Jogos da Fome. O presidente pega num envelope nitidamente assinalado com o número 75. Passa o dedo por baixo da dobra e tira um pequeno quadrado de papel. Sem hesitação, lê: — No septuagésimo quinto aniversário, para lembrar aos rebeldes que nem mesmo os seus elementos mais fortes conseguem vencer o Capitólio, os tributos masculinos e femininos serão sorteados a partir do lote existente de vencedores.

A minha mãe solta um gritinho trémulo e a Prim esconde a cara nas mãos, mas eu sinto-me mais como as pessoas na multidão que vejo no ecrã. Um tanto perplexa. Que significa isso? Lote existente de vencedores?

Depois percebo, o que significa. Pelo menos para mim. O Distrito 12 só tem três vencedores vivos de onde escolher. Dois homens. Uma mulher...

Vou voltar para a arena.

13

O meu corpo reage antes da minha mente e estou a correr pela porta fora, pelos relvados da Aldeia dos Vencedores, em direcção à escuridão. A humidade do chão encharca-me as meias e o vento fustiga-me a cara, mas não paro. Para onde? Para onde ir? O bosque, claro. Chego à vedação antes do zumbido me fazer lembrar que estou encurralada. Recuo, arquejando, dou meia volta e começo a correr de novo.

Quando dou por mim, estou a gatinhar na cave de uma das casas vazias na Aldeia dos Vencedores. Débeis raios de luar entram pelos nichos das janelas por cima da minha cabeça. Estou gelada, molhada e esbaforida, mas a minha tentativa de fuga nada fez para acalmar a histeria que surge dentro de mim. Irá sufocar-me se não a libertar. Enrolo a parte da frente da minha camisa, meto-a na boca e começo a gritar. Por quanto tempo, não sei. Mas quando paro, já quase não tenho voz.

Enrosco-me de lado e fico a olhar para as manchas de luar no chão de cimento. De volta à arena. De volta ao lugar dos pesadelos. É para lá que vou. Tenho de admitir que não o esperava. Receava muitas outras coisas. Ser humilhada em público, torturada e executada. Fugir através dos bosques, ser perseguida por Soldados da Paz e por uma aeronave. O casamento com o Peeta e os nossos filhos condenados à arena. Mas nunca ter de voltar a participar nos Jogos. Porquê? Porque isto não tem precedente. Os vencedores ficam fora da ceifa para o resto da vida. É o que acontece quando vencemos. Até agora.

Descubro uma espécie de tela, daquelas que se põem no chão quando pintamos uma parede. Puxo-a para cima de mim como um cobertor. Ao longe, alguém está a chamar-me. Neste momento, porém, eximo-me de pensar mesmo naqueles que mais amo. Penso só em mim. E no que me espera.

A tela é rija mas retém o calor. Os meus músculos descontraem-se, o batimento cardíaco acalma. Vejo a caixa de madeira nas mãos do rapazinho, o presidente Snow tirando o envelope amarelecido. Será possível que este é mesmo o Quarteirão estipulado há setenta e cinco anos? Parece pouco provável. É uma resposta demasiado perfeita para os problemas que o Capitólio hoje enfrenta. Livrar-se de mim e dominar os distritos, tudo no mesmo pequeno envelope.

Oiço a voz do presidente Snow na minha cabeça: *«No septuagésimo quinto aniversário, para lembrar aos rebeldes que nem mesmo os seus elementos mais fortes conseguem vencer o Capitólio, os tributos masculinos e femininos serão sorteados a partir do lote existente de vencedores.»*

Sim, os vencedores são os elementos mais fortes. São os que sobreviveram à arena e escaparam à prisão da pobreza que sufoca os restantes. Eles, ou melhor, nós, somos a encarnação da esperança onde não existe a esperança. E agora vinte e três vencedores terão de morrer para mostrar que até essa esperança era uma ilusão.

Ainda bem que só venci no ano passado. Senão conheceria todos os outros vencedores, não só porque os vejo na televisão mas porque são convidados em todos os Jogos. Mesmo que não sejam sempre mentores, como o Haymitch, regressam ao Capitólio todos os anos para o evento. Imagino que muitos deles sejam amigos. Ao passo que os únicos amigos que eu terei de matar serão o Peeta e o Haymitch. *O Peeta ou o Haymitch!*

Endireito-me de repente, atirando a tela para o lado. O que é que me passou agora pela cabeça? Não há situação imaginável em que eu pudesse matar o Peeta ou o Haymitch. Todavia, um deles estará comigo na arena, e isso é um facto. Talvez eles até já tenham decidido entre si quem será. Seja qual for o escolhido, o outro terá sempre a opção de se oferecer para o substituir. Já sei o que vai acontecer. O Peeta vai pedir ao Haymitch para o deixar ir para a arena comigo, aconteça o que acontecer. Para meu bem. Para me proteger.

Ando aos tropeções pela cave, procurando uma saída. Como é que entrei neste lugar? Subo uns degraus, com a ajuda das mãos, e entro na cozinha. Vejo que uma das vidraças da porta está partida. Deve ser por isso que a minha mão está a sangrar. Volto a correr para a noite e sigo directamente para a casa do Haymitch. Ele está sentado sozinho à mesa da cozinha, com uma garrafa de aguardente meio-vazia numa mão e a sua faca na outra. Bêbado como um cacho.

— Ah, lá está ela. Toda agitada. Finalmente percebeste, foi, boneca? Percebeste que não vais sozinha para a arena? E agora estás aqui para me pedires... o quê? — pergunta ele.

Não respondo. A janela está aberta e o vento sopra por mim como se eu estivesse lá fora.

— Reconheço que foi mais fácil para o rapaz. Já aqui estava antes de eu conseguir tirar o selo da garrafa. A implorar por outra oportunidade de entrar nos Jogos. Mas tu, que podes dizer? — Ele imita a minha voz. — «Vai no lugar dele, Haymitch, porque, apesar de tudo, preferia que fosse o Peeta a sobreviver.»

Mordo o lábio, porque assim que ele o diz, temo que seja o que quero. Que o Peeta viva, mesmo que isso signifique a morte do Haymitch. Não, não quero. Ele é desagradável, claro, mas o Haymitch já faz parte da minha família agora. *Para que vim?*, penso. *Que poderei querer dele?*

— Vim para tomar uma bebida — declaro.

O Haymitch desata a rir-se e bate com a garrafa na mesa à minha frente. Passo a minha manga pelo gargalo e dou dois goles antes de me engasgar. Levo alguns minutos a recompor-me, e mesmo assim continuo com os olhos e o nariz a pingar. Dentro de mim, porém, o álcool parece fogo, e gosto da sensação.

— Talvez devesses ser tu — digo, num tom indiferente, puxando uma cadeira. — Afinal de contas, odeias a vida.

— É verdade — confirma o Haymitch. — E como da última vez tentei salvar a *tua* vida... parece que desta vez tenho a obrigação de salvar a vida do rapaz.

— Ora aí está uma boa razão — digo, limpando o nariz e bebendo de novo da garrafa.

— O argumento do Peeta é que como te escolhi da última vez, agora estou a dever-lhe. Tudo o que ele quiser. E o que ele quer é a oportunidade de voltar à arena para te proteger — conta o Haymitch.

Eu sabia. Nesse aspecto, o Peeta é bastante previsível. Enquanto eu estava a chafurdar no chão daquela cave, pensando apenas em mim, ele estava aqui, pensando apenas em mim. Vergonha não é uma palavra suficientemente forte para descrever o que sinto.

— Podias viver cem vidas e não o merecer, sabias? — comenta o Haymitch.

— Pois, pois — retruco bruscamente. — Não há dúvida, ele é o ser superior neste trio. Então, que vais fazer?

— Não sei — suspira o Haymitch. — Voltar contigo talvez, se puder. Mas se sair o meu nome na ceifa, não fará qualquer diferença. Ele oferece-se para me substituir.

Ficamos sentados em silêncio durante algum tempo. — Seria mau para ti na arena, não? Conhecendo os outros todos? — pergunto.

— Ah, acho que será sempre mau para mim, onde quer que esteja. — Ele acena com a cabeça para a garrafa. — Podes devolver-me isso agora?

— Não — respondo, envolvendo a garrafa com os braços. O Haymitch tira outra de debaixo da mesa e torce a tampa. Depois percebo que não estou aqui só para uma bebida. Há outra coisa que quero do Haymitch. — Pronto, já sei o que vou pedir — anuncio. — Se for eu e o Peeta nos Jogos, desta vez tentamos salvar o *Peeta*.

Algo tremeluz nos seus olhos raiados de sangue. Dor.

— Como disseste, vai ser mau de qualquer maneira. E seja o que for que o Peeta quiser, é a vez dele de ser salvo. Devemos-lhe isso. — A minha voz assume um tom de súplica. — Além disso, o Capitólio odeia-me tanto que é como se já estivesse morta. Ele ainda poderá ter uma oportunidade. Por favor, Haymitch. Diz que me vais ajudar.

Ele olha para a garrafa de sobrolho carregado, ponderando as minhas palavras. — Está bem — responde, por fim.

— Obrigada.

Devia ir ver o Peeta agora, mas não quero. Tenho a cabeça às voltas por causa da bebida e sinto-me tão cansada que não sei o que ele seria capaz de me levar a aceitar. Não, agora tenho de ir para casa e encarar a minha mãe e a Prim.

Quando subo a cambalear os degraus para a minha casa, a porta de frente abre-se e o Gale puxa-me para os seus braços. — Estava enganado. Devíamos ter fugido quando disseste — sussurra ele.

— Não — respondo. Estou com dificuldade em concentrar-me. O álcool cai da minha garrafa para as costas do casaco do Gale, mas ele parece não se importar.

— Não é tarde demais — insiste o Gale.

Por cima do ombro dele, vejo a minha mãe e a Prim agarradas uma à outra na soleira da porta. Nós fugimos. Elas morrem. E agora tenho de proteger o Peeta. Fim de conversa. — É sim. — Os meus joelhos cedem e ele segura-me. Quando o álcool me tolda a mente, oiço a garrafa de vidro estilhaçar-se no chão. Parece apropriado, pois obviamente perdi o domínio de tudo.

Quando acordo, mal chego à casa de banho antes de a aguardente ressurgir. Arde tanto a subir como ardia a descer, mas o sabor é duas vezes pior. Estou a tremer e transpirada quando acabo de vomitar, mas pelo menos expulso a maior parte do veneno do organismo. No entanto, chegou-me o suficiente ao sangue para me provocar uma dor de cabeça latejante, secar-me a boca e pôr-me o estômago em ebulição.

Abro o chuveiro e estou debaixo da água quente há um minuto quando percebo que ainda tenho a roupa interior. A minha mãe deve ter tirado apenas a roupa suja exterior antes de me meter na cama. Atiro a roupa interior molhada para o lavatório e ponho champô na cabeça. Sinto as mãos a arder, e é então que reparo nos pontos, pequenos e regulares, na palma de uma mão e no lado da outra. Lembro-me vagamente de ter partido aquela vidraça ontem à noite. Esfrego-me da cabeça aos pés, parando apenas para voltar a vomitar ali mesmo no chuveiro. É sobretudo bílis, e escorre pelo ralo com a espuma perfumada.

Finalmente limpa, visto o roupão e volto para a cama, não fazendo caso do cabelo molhado. Meto-me debaixo dos cobertores, certa de que deve ser assim que nos sentimos quando somos envenenados. Os passos nas escadas reavivam o pânico de ontem à noite. Não estou pronta para ver a minha mãe e a Prim. Tenho de me recompor para parecer calma e tranquilizadora, como estava quando nos despedimos no dia da última ceifa. Tenho de ser forte. Endireito-me com esforço, afasto o cabelo molhado das têmporas latejantes e preparo-me para o encontro. Elas aparecem à porta, trazendo chá e torradas, com os rostos cheios de preocupação. Abro a boca, querendo começar com uma piada qualquer, mas desato a chorar.

Lá se foi a determinação de ser forte.

A minha mãe senta-se na borda da cama e a Prim mete-se mesmo ao meu lado e a duas abraçam-me, fazendo pequenos ruídos consoladores até eu acabar de chorar. Depois a Prim vai buscar uma toalha e seca-me o cabelo, desfazendo-me os nós, enquanto a minha mãe tenta convencer-me a tomar chá e torradas. Vestem-me um pijama quente, colocam mais cobertores na cama e eu volto a adormecer.

Percebo pela luz que já é final da tarde quando volto a acordar. Há um copo de água em cima da mesa-de-cabeceira que esvazio rapidamente, cheia de sede. Ainda sinto a cabeça e o estômago pesados, mas estão muito melhor do que antes. Levanto-me, visto-me e volto a entrançar o cabelo. Antes de descer, paro ao cimo das escadas, sentindo-me um pouco envergonhada com a maneira como reagi às notícias do Quarteirão. A minha fuga errática, bebendo com o Haymitch, chorando. Tendo em conta as circunstâncias, penso que mereço um dia de indulgência. No entanto, ainda bem que as câmaras não estavam aqui para filmar.

Lá em baixo, a minha mãe e a Prim voltam a abraçar-me, mas não se mostram excessivamente emotivas. Sei que estão a conter-se para me facilitar a vida. Olhando para o rosto da Prim, é difícil imaginar que é a mesma rapariguinha frágil que deixei para trás no dia da ceifa há nove meses. A combinação dessa provação e de tudo o que se seguiu — a crueldade no distrito, o desfile de doentes e feridos que ela agora trata muitas vezes sozinha quando a minha está demasiado ocupada — todas essas coisas tornaram-na anos mais velha. Também cresceu bastante; somos praticamente da mesma altura agora, mas não é isso que lhe dá aspecto de mais velha.

A minha mãe serve-me uma caneca de sopa e eu peço outra para levar ao Haymitch. Depois atravesso o relvado para a casa dele. Ele está a acabar de acordar e aceita a caneca sem comentários. Ficamos sentados, quase serenamente, bebericando a nossa sopa e vendo o pôr-do-sol através da janela da sala de estar. Oiço alguém às voltas no andar de cima e presumo que seja a Hazelle, mas minutos depois o Peeta desce as escadas e coloca peremptoriamente uma caixa de cartão com garrafas de aguardente vazias em cima da mesa.

— Pronto, está feito — declara.

O Haymitch precisa de todas as suas forças para se concentrar nas garrafas, por isso falo eu. — O quê?

— Deitei a aguardente toda pelo cano abaixo — anuncia o Peeta.

Isso parece sacudir o Haymitch da sua letargia. Ele remexe na caixa, incrédulo. — Tu o quê?

— Deitei tudo fora — esclarece o Peeta.

— Ele só vai comprar mais — riposto.

— Não, não vai — afirma o Peeta. — Procurei a Ripper esta manhã e disse-lhe que a denunciava assim que vos vendesse alguma coisa. Também lhe paguei, só para jogar pelo seguro, mas não penso que ela esteja ansiosa por voltar a ser detida pelos Soldados da Paz.

O Haymitch tenta desferir-lhe um golpe com a sua faca mas o Peeta desvia-a com tanta facilidade que a cena é patética. Sinto a raiva a subir.

— Que tens tu a ver com o que ele faz?

— Tudo. Aconteça o que acontecer, dois de nós estaremos novamente na arena com o outro como mentor. Não podemos ter bêbados nesta equipa. Sobretudo tu, Katniss — diz-me o Peeta.

— O quê? — protesto, indignada. Seria mais convincente se não estivesse de ressaca. — Ontem à noite foi a única vez que estive bêbeda.

— Pois, e ver o estado em que estás... — responde o Peeta.

Não sei o que esperava do meu primeiro encontro com o Peeta depois do anúncio. Alguns beijos e abraços. Talvez um pouco de consolo. Não isto. Volto-me para o Haymitch. — Não te preocupes, eu arranjo-te mais bebida.

— Então denuncio os dois. Deixo-vos curar a bebedeira na prisão — ameaça o Peeta.

— Que pretendes com isto? — pergunta o Haymitch.

— Pretendo que dois de nós regressem vivos do Capitólio. Um mentor e um vencedor — responde o Peeta. — A Effie vai enviar-me gravações de todos os vencedores vivos. Vamos ver os Jogos deles e aprender tudo o que pudermos sobre a sua maneira de combater. Vamos ganhar peso e força. Vamos começar a portar-nos como Profissionais. E um de nós vai ser o vencedor dos Jogos, quer vocês queiram quer não! — Ele sai de rompante da sala, batendo com a porta da frente.

Eu e o Haymitch estremecemos com o estrondo.

— Não gosto de pessoas pretensiosas — afirmo.

— Que importa? — pergunta o Haymitch, começando a sugar os restos das garrafas vazias.

— Tu e eu. É quem ele quer que volte para casa — concluo.

— Bem, então a piada é sobre ele — remata o Haymitch.

Contudo, passados alguns dias, concordamos em agir como Profissionais, porque é a melhor maneira de também preparar o Peeta. Todas as noites assistimos aos velhos resumos dos Jogos que os restantes vencedores ganharam. Vejo que não conhecemos nenhum deles durante o nosso Passeio da Vitória, o que parece estranho, olhando para trás. Quando falo sobre isso, o Haymitch diz que a última coisa que o presidente Snow teria desejado era mostrar-nos — sobretudo a mim — a confraternizar com outros vencedores em distritos potencialmente revoltosos. Os vencedores têm uma posição especial, e se parecessem apoiar o meu desafio ao Capitólio, teria sido perigoso em termos políticos. Percebo também que alguns dos nossos adversários poderão ser idosos, o que é ao mesmo tempo triste e tranquilizador. O Peeta toma imensos apontamentos, o Haymitch oferece informações sobre as personalidades dos vencedores, e aos poucos começamos a conhecer a nossa concorrência.

Todas as manhãs fazemos exercícios para fortalecer o corpo. Corremos, levantamos pesos e estendemos os músculos. Todas as tardes treinamos técnicas de combate, lançamento de facas, luta corpo a corpo; até os ensino a subir a árvores. Oficialmente, os tributos não deviam treinar-se, mas ninguém tenta impedir-nos. Mesmo nos anos normais, os tributos dos Distritos 1, 2 e 4 aparecem nos Jogos capazes de usar lanças e espadas. Comparado com isso, o que fazemos não é nada.

Depois de tantos anos de excessos, o corpo do Haymitch resiste ao melhoramento. Ele continua a ser invulgarmente forte, mas a mais pequena corrida deixa-o de rastos. E era de supor que alguém que dorme todas as noites com uma faca pudesse efectivamente usá-la, mas as suas mãos tremem tanto que ele precisa de algumas semanas para voltar a ganhar o jeito.

Eu e o Peeta, porém, desabrochamos com o novo regime. Este dá-me alguma coisa para fazer. Dá a todos alguma coisa para fazer, impedindo-nos de aceitar a derrota. A minha mãe obriga-nos a uma dieta especial para engordarmos. A Prim trata dos nossos músculos doridos. A Madge traz-nos os jornais que o pai dela recebe do Capitólio. As previsões sobre quem será o vencedor dos vencedores mostram-nos entre os favoritos. Até o Gale entra em cena aos domingos, apesar de não morrer de amores pelo Peeta e pelo Haymitch, e ensina-nos tudo o que sabe sobre armadilhas. É estranho para mim, participar em conversas com o Peeta e o Gale, mas parece que eles puseram de lado as divergências que têm a meu respeito.

Uma noite, quando acompanho o Gale de volta à cidade, ele até confessa. — Seria melhor se o Peeta fosse mais fácil de odiar.

— A quem o dizes — respondo. — Se tivesse conseguido odiá-lo na arena, não estaríamos nesta embrulhada agora. Ele estaria morto e eu seria uma vencedora feliz e sozinha.

— E onde estaríamos nós, Katniss — pergunta o Gale.

Hesito, não sabendo o que dizer. Onde estaria eu com o meu pretenso primo que não seria meu primo se não fosse o Peeta? Será que ele ainda me teria beijado? E eu tê-lo-ia também beijado, se fosse livre para o fazer? Ter-me-ia entregado a ele, embalada pela abundância de dinheiro e comida e pela ilusão de segurança que ser vencedora poderia trazer em circunstâncias diferentes? Mas haveria sempre a ceifa a pairar sobre nós, sobre os nossos filhos. Qualquer que fosse o meu desejo...

— A caçar. Como todos os domingos — respondo. Sei que ele não queria que eu tomasse a pergunta à letra, mas a minha resposta é a única que sinceramente lhe posso dar. O Gale sabe que eu o escolhi, e não ao Peeta, quando decidi não fugir. Para mim, não faz sentido falar de coisas que poderiam ter sido. Mesmo que tivesse morto o Peeta na arena, continuaria a não querer casar-me com ninguém. Só me tornei noiva para salvar vidas, e isso acabou por ter o efeito contrário.

O facto é que temo que qualquer tipo de cena emocional com o Gale possa levá-lo a fazer algo de drástico. Como provocar aquele motim nas minas. E, como diz o Haymitch, o Distrito 12 não está preparado para isso. Na verdade, está menos preparado do que antes do anúncio do Quarteirão, porque na manhã seguinte chegou de comboio mais uma centena de Soldados da Paz.

Como não penso regressar com vida outra vez, quanto mais depressa o Gale me esquecer, melhor. Claro que penso dizer-lhe uma ou duas coisas depois da ceifa, quando nos derem uma hora para as despedidas. Para que ele fique a saber que foi muito importante para mim todos estes anos. Que a minha vida foi melhor por o ter conhecido, por o ter amado, ainda que apenas da maneira limitada de que sou capaz.

Mas não terei essa oportunidade.

No dia da ceifa, o ar está quente e abafado. A população do Distrito 12 aguarda na praça, transpirando em silêncio. Os Soldados da Paz apontam as metralhadoras para a multidão. Eu estou sozinha numa pequena área delimitada com cordas. O Peeta e o Haymitch estão num cercado idêntico à minha direita. A ceifa demora apenas um minuto. A Effie, resplandecente numa peruca de ouro metálico, não mostra a sua energia habitual. Tem de remexer na bola da ceifa das raparigas durante algum tempo para conseguir apanhar o único papelinho que toda a gente já sabe revelará o meu nome. Depois tira o nome do Haymitch. Ele mal tem tempo de me lançar um olhar infeliz quando o Peeta se oferece para o substituir.

Somos imediatamente conduzidos à Casa da Justiça para encontrar o Comandante Thread à nossa espera. — Novas regras — explica ele, com um sorriso. Somos encaminhados para a porta das traseiras, metidos num automóvel e levados para estação de comboios. Não há câmaras no cais, nenhuma multidão para se despedir de nós. O Haymitch e a Effie aparecem escoltados por guardas. Os Soldados da Paz conduzem-nos rapidamente ao comboio e fecham a porta. O comboio começa a rolar.

E eu fico a olhar pela janela, vendo o Distrito 12 desaparecer, com todas as minhas despedidas pairando ainda nos lábios.

14

Continuo à janela muito tempo depois de o bosque ter escondido o último vislumbre da minha terra. Desta vez não tenho nem a mais pequena esperança de voltar. Antes dos primeiros Jogos, prometi à Prim que faria tudo o que pudesse para vencer, e agora jurei a mim mesma fazer tudo o que posso para salvar o Peeta. Nunca mais farei a viagem de regresso.

Já tinha até decidido quais seriam as minhas últimas palavras para os meus entes queridos. A melhor forma de fechar e trancar as portas e deixá-los ficar, tristes mas seguros. E agora o Capitólio também me roubou isso.

— Escreveremos cartas, Katniss — diz o Peeta, atrás de mim. — Será melhor, de qualquer modo. Terão um bocado de nós a que se agarrar. O Haymitch poderá entregá-las se... se precisarem de ser entregues.

Aceno com a cabeça e vou directamente para o meu quarto. Sento-me na cama, sabendo que nunca irei escrever essas cartas. Serão como o discurso que tentei escrever para honrar a Rue e o Thresh no Distrito 11. As coisas pareciam claras na minha mente, e mesmo quando falei diante da multidão, mas as palavras nunca saíram da caneta como deve ser. Além disso, deviam ser acompanhadas de abraços e beijos e um afago ao cabelo da Prim, uma carícia ao rosto do Gale, um aperto à mão da Madge. Não podem ser entregues com uma caixa de madeira contendo o meu corpo frio e rígido.

Sinto-me demasiado infeliz para chorar. Só me apetece enroscar-me na cama e dormir até chegarmos ao Capitólio amanhã de manhã. No entanto, tenho uma missão. Não, é mais do que uma missão. É o meu último desejo. *Salvar o Peeta*. E por muito improvável que pareça que o consiga em face da ira do Capitólio, é importante que esteja à frente dos acontecimentos. Isso não acontecerá se ficar a chorar a perda de todos os que amo. *Esquece-os*, digo a mim mesma. *Diz adeus e esquece-os*. Tento o meu melhor, pensando neles um a um, libertando-os como a aves das gaiolas protectoras dentro de mim, fechando as portas para impedir o seu regresso.

Quando a Effie bate à porta para me chamar para o jantar, já me sinto vazia. E a leveza até é bem-vinda.

Durante a refeição estamos todos cabisbaixos. Tão cabisbaixos, com efeito, que os longos períodos de silêncio são apenas interrompidos pela remoção e apresentação dos pratos. Uma sopa fria de puré de legumes. Croquetes de peixe com creme de lima. Aquelas pequenas aves recheadas de molho de laranja, com arroz selvagem e agriões. *Mousse* de chocolate acompanhado de cerejas.

De vez em quando, o Peeta e a Effie tentam fazer conversa, mas esta dura pouco tempo.

— Adoro o seu cabelo novo, Effie — comenta o Peeta.

— Obrigada. Escolhi esta cor para condizer com o alfinete da Katniss. Estive a pensar que talvez pudéssemos arranjar-te um fio de ouro para o tornozelo, e uma pulseira de ouro para o Haymitch. Para podermos todos parecer uma equipa — sugere a Effie.

É evidente que a Effie não sabe que o meu alfinete do mimo-gaio é agora um símbolo usado pelos revoltosos. Pelo menos no Distrito 8. No Capitólio, o mimo-gaio continua a ser uma lembrança divertida de uns Jogos da Fome particularmente emocionantes. Que mais poderia ser? Os verdadeiros rebeldes não colocam um símbolo secreto em algo tão durável como uma jóia. Colocam-no numa bolacha que pode ser comida num segundo se necessário.

— Acho que é uma ideia excelente — insiste o Peeta. — Que tal, Haymitch?

— Sim, como queiram — responde o Haymitch. Ele não está a beber, mas percebe-se que gostaria de estar. A Effie pediu que retirassem o seu próprio copo de vinho quando viu o esforço que ele estava a fazer. De qualquer maneira, o Haymitch está num estado lamentável. Se fosse ele o tributo, não deveria nada ao Peeta, e poderia estar tão bêbedo como quisesse. Agora vai precisar de todos os seus recursos para proteger a vida do Peeta numa arena cheia dos seus velhos amigos, e provavelmente não o conseguirá.

— Também podíamos arranjar-te uma peruca — sugiro, procurando animá-lo. Ele lança-me um olhar que diz para o deixar em paz e comemos todos a nossa *mousse* em silêncio.

— Vamos assistir ao resumo das ceifas? — pergunta a Effie, limpando os cantos da boca a um guardanapo de linho branco.

O Peeta vai buscar o seu caderno de apontamentos sobre os vencedores vivos e reunimo-nos no compartimento da televisão para ver quem serão os nossos adversários na arena. Estamos todos nos nossos lugares quando o hino começa a tocar, abrindo o resumo anual das cerimónias da ceifa nos doze distritos.

Na história dos Jogos, houve setenta e cinco vencedores. Cinquenta e nove ainda estão vivos. Reconheço muitos deles, por os ter visto como tributos ou mentores em Jogos recentes ou nos resumos antigos. Alguns estão tão velhos ou debilitados pela doença, drogas ou bebida que não consigo identificá-los. Como seria de esperar, os lotes dos Tributos Profissionais dos Distritos 1, 2 e 4 são os maiores. No entanto, todos os distritos conseguiram apresentar pelo menos uma vencedora e um vencedor.

As ceifas passam depressa. O Peeta coloca estrelas ao lado dos nomes dos tributos escolhidos no seu caderno. O Haymitch assiste impassível ao programa, não revelando qualquer emoção quando vê os seus amigos subir ao palco. A Effie faz comentários abafados e inquietos como «Ah, não a Cecelia» ou «Bem, o Chaff sempre gostou de uma boa briga» e suspira com frequência.

Pela minha parte, tento fixar os rostos de todos os tributos mas, tal como no ano passado, só alguns me ficam na memória. Há os irmãos do Distrito 1, ambos de uma beleza clássica, vencedores em anos consecutivos quando eu era pequena. O Brutus, um voluntário do Distrito 2, que deve ter pelo menos quarenta anos e parece ansioso por voltar à arena. O Finnick, o tipo bonito de cabelo cor de bronze do Distrito 4, coroado há uma década quando tinha catorze anos. No 4 chamam também uma jovem histérica de cabelo castanho espigado, mas esta é rapidamente substituída por uma voluntária, uma mulher de oitenta anos que precisa de uma bengala para subir ao palco. Depois há a Johanna Mason, a única vencedora viva do Distrito 7, que ganhou há alguns anos fingindo-se de fraca. A mulher do 8 que a Effie chama Cecelia, e que aparenta ter uns trinta anos, tem de se desprender dos três miúdos que correm para se agarrar a ela. O Chaff, o grande amigo do Haymitch do Distrito 11, também é chamado.

Eu sou chamada. Depois o Haymitch. E o Peeta apresenta-se como voluntário. Uma das apresentadoras chega mesmo a lacrimejar, porque parece que estaremos sempre em desvantagem, nós, os amantes condenados do Distrito 12. Depois ela recompõe-se para dizer que aposta que «estes serão os melhores Jogos de sempre!».

O Haymitch sai do compartimento sem uma palavra, e a Effie, depois de fazer alguns comentários incoerentes sobre este ou aquele tributo, dá-nos as boas-noites. Eu fico sentada a ver o Peeta rasgar as folhas dos vencedores que não foram escolhidos.

— Porque não vais dormir? — pergunta ele.

Porque não suporto os pesadelos. Não sem a tua companhia, penso. Esta noite serão com certeza terríveis. Mas dificilmente poderei pedir ao Peeta para vir dormir comigo. Mal nos tocámos desde aquela noite em que o Gale foi chicoteado. — Que vais fazer? — pergunto.

— Vou só rever os apontamentos durante um bocado. Para ficar com uma ideia clara do que teremos de enfrentar. Mas depois faço uma revisão contigo amanhã de manhã. Vai dormir, Katniss — insiste ele.

Então vou deitar-me e, claro, poucas horas depois acordo de um pesadelo em que aquela velhota do Distrito 4 se transforma num roedor enorme e me morde o rosto. Sei que estive a gritar, mas ninguém aparece. Nem o Peeta, nem sequer um dos empregados do Capitólio. Visto um roupão para tentar acalmar os arrepios que me percorrem o corpo. Continuar no meu compartimento é impossível, por isso decido ir procurar alguém para me fazer um chá ou chocolate quente ou qualquer coisa. Talvez o Haymitch ainda esteja levantado. Pelo menos, duvido que já tenha adormecido.

Peço leite quente, a coisa mais calmante de que me consigo lembrar, a um empregado. Depois oiço vozes na sala da televisão, entro e encontro o Peeta. Ao lado dele no sofá está a caixa que a Effie enviou com as gravações dos antigos Jogos da Fome. Reconheço o episódio em que o Brutus se tornou vencedor.

O Peeta levanta-se e desliga a fita quando me vê. — Não conseguiste dormir?

— Não por muito tempo — respondo. Aconchego mais o roupão à minha volta quando me lembro da velhota a transformar-se em roedor.

— Queres falar disso? — pergunta ele. Às vezes falar pode ajudar, mas abano a cabeça, sentindo-me fraca por pessoas com quem ainda nem sequer lutei já me assombrarem.

Quando o Peeta me estende os braços, vou direita ao seu encontro. É a primeira vez desde que anunciaram o Quarteirão que ele me oferece qualquer tipo de afecto. Tem sido mais um treinador muito exigente, sempre insistente, incitando eu e o Haymitch a correr mais depressa, a comer mais, a conhecer melhor o nosso inimigo. Amante? Longe disso. Ele abandonou mesmo qualquer pretensão de ser meu amigo. Penduro-me com firmeza ao seu pescoço antes que ele me mande fazer flexões ou coisa parecida. Em vez disso, puxa-me para si e mergulha o rosto no meu cabelo. Os lábios dele roçam-me o pescoço e irradiam calor, que se espalha lentamente pelo resto do meu corpo. E é tão bom, tão incrivelmente bom, que sei que não serei a primeira a afastar-me.

E porque haveria de ser? Já me despedi do Gale. Nunca mais voltarei a vê-lo, tenho a certeza. Nada que fizer agora poderá magoá-lo. Ele não o verá, nem julgará que estou a fingir para as câmaras. Isso, pelo menos, faz-me sentir um pouco mais leve.

É a chegada do empregado do Capitólio com o leite quente que nos separa. Ele pousa o tabuleiro com um bule fumegante e duas chávenas de porcelana na mesa. — Trouxe mais uma chávena — anuncia.

— Obrigada — respondo.

— E acrescentei um bocado de mel ao leite. Para torná-lo mais doce. E também uma pitada de especiarias. — Ele olha para nós como se quisesse dizer mais alguma coisa. Depois abana levemente a cabeça e recua para fora do compartimento.

— Que tem ele? — pergunto.

— Deve sentir pena de nós — sugere o Peeta.

— Pois — replico servindo o leite.

— A sério. Acho que as pessoas no Capitólio não vão ficar nada contentes por nos ver voltar à arena — explica o Peeta. — Nem aos outros vencedores. Elas ganham afeição pelos seus campeões.

— Aposto que se esquecem disso assim que o sangue começar a escorrer — argumento, inflexível. Francamente, se há coisa para a qual não tenho tempo, é incomodar-me com a possibilidade de o Quarteirão afectar o estado de espírito das pessoas do Capitólio. — Então, estás a ver de novo todas as gravações?

— Não propriamente. Estou a saltar de uma para outra, só para ver as diferentes técnicas de combate das pessoas — responde o Peeta.

— Quem se segue? — pergunto.

— Escolhe tu — responde o Peeta, estendendo-me a caixa.

As fitas vêm assinaladas com o ano dos Jogos e o nome do vencedor. Remexo na caixa e de repente tenho na mão uma fita que ainda não vimos. O ano dos Jogos é cinquenta. Trata-se do segundo Quarteirão. E o nome do vencedor é Haymitch Abernathy.

— Nunca vimos esta — afirmo.

O Peeta abana a cabeça. — Não. Eu sabia que o Haymitch não queria. Pela mesma razão que nós não queríamos rever os nossos Jogos. E como estamos todos na mesma equipa, não achei que fosse muito relevante.

— Está aqui a pessoa que ganhou em vinte e cinco? — pergunto.

— Acho que não. Quem quer que fosse, já deve ter morrido. E a Effie só me enviou os vencedores que poderíamos ter de enfrentar. — O Peeta equilibra a fita do Haymitch na mão. — Porquê? Achas que devíamos vê-la?

— É o único Quarteirão que temos. Podemos aprender alguma coisa sobre como funcionam — respondo. Mas sinto-me esquisita. Parece que estamos a invadir a privacidade do Haymitch. Não sei porquê, visto que os Jogos são públicos, mas parece. Tenho de admitir que estou também muito curiosa. — Não precisamos de dizer ao Haymitch que a vimos.

— Está bem — concorda o Peeta. Ele mete a fita no leitor, eu enrosco-me ao lado dele no sofá com o meu leite, que está realmente delicioso com o mel e as especiarias, e deixo-me levar pelos Quinquagésimos Jogos da Fome. Depois do hino, mostram o presidente Snow a tirar o envelope para o segundo Quarteirão. Ele parece mais jovem mas igualmente repugnante. Lê o quadrado de papel com a mesma voz onerosa que empregou para ler o nosso, informando Panem que em honra do Quarteirão haverá o dobro dos tributos. Os realizadores cortam directamente para as ceifas, em que são chamados os vários nomes.

Quando chegam ao Distrito 12 sinto-me já completamente assoberbada pelo número de miúdos condenados a uma morte certa. Há uma mulher, não a Effie, que anuncia os nomes no 12, mas começa também com «As senhoras primeiro!». Depois chama o nome de uma rapariga que pelo aspecto só pode ser do Jazigo: «Maysilee Donner».

— Ah! — exclamo. — Era amiga da minha mãe. — A câmara encontra-a na multidão, agarrada a duas outras raparigas. Todas louras. Todas decididamente filhas de comerciantes.

— Acho que aquela é a tua mãe a abraçá-la — indica o Peeta, baixinho. E tem razão. Quando a Maysilee Donner se desprende corajosamente das amigas e avança para o palco, vejo a minha mãe, com a minha idade. E ninguém exagerou ao descrever-lhe a beleza. Segurando-lhe a mão e chorando está outra rapariga muito parecida com a Maysilee. Mas também muito parecida com outra pessoa que conheço.

— Madge! — exclamo.

— É a mãe dela. Ela e a Maysilee eram gémeas — revela o Peeta. — O meu pai falou disso uma vez.

Penso na mãe da Madge. A mulher do governador Undersee. Que passa a maior parte dos dias na cama imobilizada com dores terríveis, isolada do mundo. Penso em como percebi que ela e a minha mãe partilhavam esta ligação. Na Madge aparecendo naquela tempestade de neve para trazer o analgésico para o Gale. No meu alfinete com o mimo-gaio, que significa algo completamente diferente agora que sei que pertencia à tia da Madge, à Maysilee Donner, uma tributo assassinada na arena.

O nome do Haymitch é o último a ser chamado. O choque é maior no caso dele do que no da minha mãe. Jovem. Forte. Custa admitir, mas ele era muito bem parecido. O cabelo escuro e encaracolado, aqueles olhos cinzentos do Jazigo muito vivos e, já na altura, ameaçadores.

— Oh. Peeta, não achas que foi ele que matou a Maysilee, pois não? — pergunto, bruscamente. Não sei porquê, mas não suporto a ideia.

— Com quarenta e oito concorrentes? Parece-me pouco provável — responde o Peeta.

O desfile das quadrigas, em que os miúdos do Distrito 12 envergam medonhos fatos de mineiro, e as entrevistas, passam a correr. Não há muito tempo para nos concentrarmos em todos os concorrentes. Mas como o Haymitch será o vencedor, assistimos a uma conversa completa entre ele e o Caesar Flickerman, que está exactamente na mesma, exibindo o seu fato azul-escuro cintilante. Só o cabelo verde-escuro, as pálpebras e os lábios estão diferentes.

— Então, Haymitch, que achas de os Jogos terem o dobro dos concorrentes do costume? — pergunta o Caesar.

O Haymitch encolhe os ombros. — Não acho que faça muita diferença. Continuarão a ser todos tão estúpidos como de costume, por isso calculo que as minhas probabilidades sejam praticamente as mesmas.

O público desata a rir-se e o Haymitch lança-lhes um meio-sorriso. Desagradável. Arrogante. Indiferente.

— Ele não teve de se esforçar muito, pois não? — comento.

Passamos à manhã em que começam os Jogos. Vemos uma das tributos subir pelo tubo da Sala de Lançamento para a arena. Não consigo evitar uma pequena arfada. A incredulidade está estampada no rosto dos concorrentes. Até as sobrancelhas do Haymitch se erguem de prazer, embora quase imediatamente se voltem a franzir.

É o lugar mais deslumbrante que se pode imaginar. A Cornucópia dourada encontra-se no meio de um prado verde com manchas de flores espectaculares. O céu é azul-celeste com gordas nuvens brancas. Aves canoras de cores vivas esvoaçam por cima do prado. Alguns dos tributos parecem cheirar o ar, que deve ter um perfume fantástico. Uma imagem aérea mostra que o prado se estende por vários quilómetros. Ao longe, numa das direcções, parece haver um bosque, na outra, uma montanha com o topo coberto de neve.

A beleza desorienta muitos dos concorrentes, porque quando soa o gongo, a maioria parece estar a tentar acordar de um sonho. Mas não o Haymitch. Ele já está na Cornucópia, munido de armas e uma mochila de provisões especiais. Está a dirigir-se para o bosque antes de a maioria dos seus concorrentes ter saído das placas.

Dezoito tributos são mortos no banho de sangue desse primeiro dia. Outros começam a morrer aos poucos, tornando-se evidente que quase tudo naquele belo lugar — os frutos suculentos pendurados dos arbustos, a água nos ribeiros cristalinos, até mesmo o perfume das flores quando inalado de forma demasiado directa — é mortalmente venenoso. Apenas a água da chuva e a comida encontrada junto à Cornucópia podem ser consumidas sem perigo. Há também um grande bando de dez Tributos Profissionais bem abastecidos em busca de presas na zona da montanha.

O Haymitch enfrenta as suas próprias dificuldades no bosque, onde os fofos esquilos dourados afinal são carnívoros e atacam em bando, e as picadas de borboletas provocam dores violentas se não mesmo a morte. Mas ele insiste em seguir em frente, mantendo sempre a montanha distante atrás das costas.

A Maysilee Donner revela-se também bastante engenhosa, para uma rapariga que deixa a Cornucópia só com uma pequena mochila. Lá dentro ela encontra uma tigela, alguma carne seca e uma pistola de sopro com duas dúzias de dardos. Utilizando os vários venenos disponíveis no bosque, ela depressa transforma a pistola numa arma letal, mergulhando os dardos em substâncias mortais e lançando-os à carne dos seus adversários.

Quatro dias depois, a pitoresca montanha transforma-se num vulcão em erupção que elimina mais uma dúzia de tributos, incluindo metade dos Profissionais. Com a montanha cuspindo fogo líquido e o prado não oferecendo qualquer esconderijo, os restantes treze tributos — incluindo o Haymitch e a Maysilee — não têm outra alternativa senão confinar-se ao bosque.

O Haymitch parece decidido a continuar na mesma direcção, afastando-se da montanha, agora vulcânica, mas um labirinto de sebes muito cerradas obriga-o a voltar para o centro do bosque, onde encontra três dos Profissionais e saca da sua faca. Eles podem ser muito maiores e mais fortes, mas o Haymitch é extremamente rápido e já matou dois quando o terceiro o desarma. O Profissional está prestes a cortar-lhe o pescoço quando um dardo o deita ao chão.

A Maysilee Donner surge do meio das árvores. — Podemos viver mais tempo se formos dois.

— Acho que acabaste de provar isso — responde o Haymitch, esfregando o pescoço. — Aliados? — A Maysilee acena que sim. E pronto, num instante estão presos a um daqueles pactos que evitarias quebrar a todo o custo se esperasses voltar para casa e enfrentar o teu distrito.

Tal como eu e o Peeta, eles funcionam melhor juntos. Descansam mais, inventam um sistema para recolher mais água da chuva, lutam como uma equipa e dividem a comida das mochilas dos tributos mortos. Mas o Haymitch continua decidido a seguir em frente.

— Porquê? — pergunta sempre a Maysilee, e ele ignora-a, até ela se recusar a avançar sem uma resposta.

— Porque isto tem de acabar nalgum sítio, não tem? — aventa o Haymitch. — A arena tem de ter um fim.

— Que esperas encontrar? — pergunta a Maysilee.

— Não sei. Mas talvez haja qualquer coisa que possamos usar — responde ele.

Quando finalmente conseguem atravessar aquela sebe impossível, usando um maçarico da mochila de um dos Profissionais mortos, dão por si numa planície seca que conduz a uma escarpa. Ao fundo, vêem-se apenas rochas denteadas.

— É só isto, Haymitch. Vamos voltar — urge a Maysilee.

— Não, vou ficar aqui — teima ele.

— Está bem. Somos só cinco agora. Mais vale despedirmo-nos já — sugere ela. — Não quero que isto termine com nós os dois.

— Está bem — concorda o Haymitch. E pronto. Não se oferece para lhe apertar a mão nem sequer olha para ela. A Maysilee afasta-se.

O Haymitch contorna a borda do penhasco como se estivesse a tentar descobrir alguma coisa. O seu pé desloca uma pedra e esta cai no precipício, desaparecendo. Só que um minuto depois, quando ele se senta para descansar, a pedra volta para trás e cai ao lado dele. O Haymitch fica a olhar para ela, perplexo, e depois o seu rosto assume uma estranha intensidade. Ele atira uma rocha do tamanho do punho para o precipício e espera. Quando ela volta a voar e lhe cai direita na mão ele começa a rir-se.

É então que ouvimos a Maysilee começar a gritar. A aliança terminou e ela rompeu-a, por isso ninguém o poderia culpar se ele a ignorasse. Mas o Haymitch corre para ela. Chega apenas a tempo de ver a última de um bando de aves cor-de-rosa, munidas de bicos compridos e finos, perfurar o pescoço dela. Ele segura-lhe a mão enquanto ela morre, e só consigo pensar na Rue e em como também cheguei tarde demais para a salvar.

Nesse mesmo dia, outro tributo morre em combate e um terceiro é devorado por um bando daqueles esquilos peludos, deixando o Haymitch e uma rapariga do Distrito 1 a competir pela coroa. Ela é maior do que ele e igualmente rápida, e, quando se dá o combate inevitável, este é sangrento e horrível e ambos recebem ferimentos que podem muito bem ser fatais. Quando finalmente o Haymitch é desarmado, ele foge pelo belo bosque, segurando os intestinos, enquanto ela o persegue, brandindo o machado que devia desferir-lhe o golpe de morte. O Haymitch segue a direito para a escarpa. Acabou de chegar à beira quando ela lhe lança o machado. Ele atira-se para o chão e o machado voa para o abismo. Agora também desarmada, a rapariga deixa-se ficar onde está, tentando estancar o sangue que lhe jorra da órbita vazia. Talvez esteja a pensar que pode durar mais que o Haymitch, que começa a contorcer-se no chão. Mas o que ela não sabe, e o que ele sabe, é que o machado vai voltar. E quando este volta a voar sobre a borda do penhasco, enterra-se na cabeça dela. O canhão soa, o corpo dela é retirado e as trombetas anunciam a vitória do Haymitch.

O Peeta desliga a gravação e ficamos em silêncio durante algum tempo.

Por fim, o Peeta diz: — Aquele campo eléctrico na base do penhasco era igual ao do terraço no Centro de Treino. Aquele que te devolve ao terraço se tentares saltar para te suicidares. O Haymitch descobriu uma maneira de transformá-lo numa arma.

— Não só contra os outros tributos, mas também contra o Capitólio — acrescento. — Percebe-se que eles não esperavam que isso acontecesse. Não se destinava a fazer parte da arena. Eles nunca imaginaram que alguém pudesse usá-lo como uma arma. E isso fê-los parecer estúpidos, a descoberta do Haymitch. Aposto que se viram aflitos para dar a volta a esse episódio. Aposto que é por isso que não me lembro de o ver na televisão. É quase tão mau como nós e as bagas!

Não consigo evitar uma gargalhada, uma gargalhada a sério, pela primeira vez em meses. O Peeta apenas abana a cabeça como se eu tivesse enlouquecido — e talvez tenha, um pouco.

— Quase, mas não tão mau — diz o Haymitch atrás de nós. Volto-me de repente, temendo que ele se vá zangar por termos visto a sua fita, mas ele sorri apenas e bebe uma golada de uma garrafa de vinho. Acabou-se a sobriedade. Suponho que me devia indignar por ele estar a beber de novo, mas estou a pensar noutro sentimento.

Passei todas estas semanas a tentar conhecer os meus adversários, sem pensar sequer em conhecer os meus companheiros de equipa. Agora uma nova espécie de confiança começa a acender-se dentro de mim, porque creio que finalmente percebo quem é o Haymitch. E começo a perceber quem eu sou. E com certeza duas pessoas que causaram tantos problemas ao Capitólio conseguem pensar numa maneira de fazer o Peeta regressar a casa com vida.

15

Já tendo passado tantas vezes pelas mãos do Flavius, da Venia e da Octavia, a preparação devia ser apenas uma velha rotina a que tenho de sobreviver. No entanto, nada me preparou para a provação emocional que hoje me aguarda. Ao longo da preparação, cada um desata a chorar pelo menos duas vezes, e a Octavia continua a choramingar durante a manhã inteira. Fico a saber que eles realmente se afeiçoaram a mim, e a ideia do meu regresso à arena deixou-os de rastos. Se juntarmos a isso o facto de estarem também a perder o acesso a toda a espécie de grandes eventos sociais, sobretudo o meu casamento, a situação torna-se insuportável. Como a ideia de se mostrarem fortes para outra pessoa nunca lhes passou pela cabeça, dou por mim a ter de os consolar. Sendo eu a única pessoa a caminho da chacina, isso torna-se um pouco irritante.

No entanto, é interessante pensar no que o Peeta disse do empregado no comboio não estar contente por os vencedores terem de lutar de novo. Das pessoas no Capitólio não gostarem disso. Continuo a achar que tudo será esquecido assim que soar o gongo, mas não deixa de ser uma revelação que as pessoas do Capitólio sintam efectivamente algo por nós. Obviamente não têm problemas em ver crianças assassinadas todos os anos, mas talvez já conheçam bem demais os vencedores, sobretudo os que são celebridades há anos, para se esquecerem de que somos seres humanos. Agora é mais como ver os próprios amigos a morrer. Mais como os Jogos costumam ser para nós nos distritos.

Quando o Cinna aparece, estou irritável e cansada de tanto consolar a equipa de preparação, sobretudo porque as suas lágrimas constantes me fazem lembrar as que estão com certeza a ser vertidas em minha casa. Esperando no meu robe transparente, com a pele e o coração a arder, sei que não aguento nem mais um olhar de tristeza. Por isso, assim que ele entra pela porta, lanço-lhe um aviso: — Juro que se chorares dou cabo de ti aqui e agora.

O Cinna limita-se a sorrir. — Tiveste uma manhã molhada?

— Podias espremer-me e encher um balde — respondo.

O Cinna põe o braço no meu ombro e conduz-me ao almoço. — Não te preocupes. Eu canalizo sempre as minhas emoções para o meu trabalho. Assim não magoo ninguém excepto eu próprio.

— Não posso passar por aquilo outra vez — advirto-o.

— Eu sei. Vou falar com eles — promete o Cinna.

O almoço deixa-me um pouco mais animada. Faisão com um sortido de geleias coloridas, versões minúsculas de legumes verdadeiros nadando em manteiga e puré de batata com salsa. Para sobremesa mergulhamos pedaços de fruta num tacho de chocolate derretido, e o Cinna tem de mandar vir outro porque eu começo a comer aquilo com uma colher.

— Então, que vamos vestir nas cerimónias de abertura? — pergunto, por fim, enquanto acabo de rapar o segundo tacho. — Capacetes com lanternas ou fogo? — Eu sei que no desfile das quadrigas eu e o Peeta teremos de envergar algo relacionado com o carvão.

— Qualquer coisa nesse estilo — responde o Cinna.

Quando chega a hora de me vestir para as cerimónias de abertura, o Cinna dispensa a minha equipa de preparação, dizendo-lhes que fizeram um trabalho tão espectacular de manhã que agora não é preciso fazer mais nada. Eles vão-se embora para se recomporem, deixando-me felizmente nas mãos do Cinna. Este levanta-me primeiro o cabelo, no estilo entrançado que a minha mãe lhe ensinou, e depois aplica-me a maquilhagem. No ano passado aplicou pouca para que o público me reconhecesse quando entrasse na arena. Este ano, porém, tenho o rosto quase escondido pelos realces exagerados e sombras escuras. Sobrancelhas altas e arqueadas, maçãs do rosto salientes, olhos brilhantes, lábios roxos. O fato parece enganosamente simples à primeira vista, apenas um *body* preto justo que me cobre do pescoço aos pés. O Cinna coloca-me na cabeça uma tiara igual à que recebi como vencedora, mas feita de um metal preto e pesado, não de ouro. Depois ajusta a luz na sala para imitar o crepúsculo e carrega num botão na bainha do tecido sobre o meu pulso. Olho para baixo, fascinada, vendo o fato ganhar vida lentamente, primeiro com uma suave luz dourada mas aos poucos transformando-se no laranja-vermelho do carvão a arder. Pareço que fui coberta de brasas incandescentes — não, que *sou* uma brasa incandescente, saída directamente do nosso fogão da sala. As cores avivam-se e escurecem, mudam e misturam-se, exactamente como faz o carvão.

— Como é que conseguiram isto? — pergunto, maravilhada.

— Eu e a Portia passamos muitas horas a olhar para fogueiras — responde o Cinna. — Agora olha para ti.

Ele volta-me para o espelho para eu poder ver o efeito completo. Não vejo uma rapariga, nem mesmo uma mulher, mas um ser sobrenatural que parece viver no vulcão que destruiu tantos jovens no Quarteirão do Haymitch. A coroa preta, que agora parece em brasa, projecta sombras estranhas sobre o meu rosto exageradamente maquilhado. Katniss, a rapariga em chamas, abandonou as suas chamas cintilantes e vestidos cobertos de jóias e luzes suaves. Agora é tão mortal como o próprio fogo.

— Penso que... é exactamente o que precisava para enfrentar os outros — comento.

— Sim, também acho que os teus dias de batom e fitas cor-de-rosa já acabaram — acrescenta o Cinna. Depois volta a carregar no botão sobre o meu pulso, apagando a minha luz. — Não podemos gastar a tua bateria. Desta vez, quando estiveres na quadriga, nada de acenos nem de sorrisos. Quero que olhes directamente em frente, como se o público não merecesse a tua atenção.

— Finalmente uma coisa que sei fazer — afirmo.

O Cinna tem mais algumas coisas para tratar, por isso resolvo descer ao rés-do-chão do Centro de Reconstrução, onde se encontra o enorme local de reunião para os tributos e as suas quadrigas antes das cerimónias de abertura. Espero encontrar o Peeta e o Haymitch, mas eles ainda não chegaram. Ao contrário do ano passado, quando todos os tributos se encontravam praticamente colados às suas quadrigas, o ambiente é muito social. Os vencedores, tanto os tributos deste ano como os seus mentores, estão dispersos em pequenos grupos, conversando. Claro, eles conhecem-se todos uns aos outros, e eu não conheço ninguém, nem sou propriamente o tipo de pessoa para dar a volta e apresentar-me. Então fico a acariciar o pescoço de um dos meus cavalos e tento passar despercebida.

Não consigo.

A mastigação ruidosa chega-me ao ouvido mesmo antes de eu perceber que ele está ao meu lado, e quando volto a cabeça, os famosos olhos verdes do Finnick Odair estão apenas a alguns milímetros dos meus. Ele mete um cubo de açúcar na boca e encosta-se ao meu cavalo.

— Olá, Katniss — cumprimenta, como se nos conhecêssemos há anos, quando na verdade nunca nos vimos.

— Olá, Finnick — respondo, de forma igualmente descontraída, apesar de me sentir incomodada com a sua proximidade, sobretudo porque ele está quase nu.

— Queres um cubo de açúcar? — pergunta, estendendo a mão, cheia deles. — Deviam ser para os cavalos, mas que importa? Eles têm muitos anos para comer açúcar, mas tu e eu... bem, se virmos alguma coisa doce, é melhor agarrá-la depressa.

O Finnick Odair é quase uma lenda viva em Panem. Como venceu os Sexagésimos Quintos Jogos da Fome quando tinha apenas catorze anos, continua a ser um dos vencedores mais jovens. Sendo do Distrito 4, era um Profissional, partindo por isso já em vantagem, mas o que nenhum treinador podia afirmar ter-lhe dado era a sua extraordinária beleza. Alto, atlético, com pele dourada e cabelo cor de bronze e aqueles olhos incríveis. Enquanto naquele ano os outros tributos tiveram grande dificuldade em conseguir um punhado de cereais ou alguns fósforos como oferta, o Finnick nunca teve falta de nada, nem de comida, nem de medicamentos, nem de armas. Os seus adversários levaram cerca de uma semana a perceber que o Finnick era o alvo a abater, mas então já era tarde demais. Se ele já era um excelente combatente com as lanças e as facas que tinha encontrado na Cornucópia, quando recebeu um pára-quedas prateado com um tridente — que talvez seja a oferta mais cara que já vi darem na arena — tornou-se invencível. A indústria do Distrito 4 é a pesca. Ele passara a vida inteira em barcos. O tridente era uma extensão natural e mortal do seu braço. Teceu uma rede com uma espécie de trepadeira que encontrou, usou-a para apanhar os seus adversários e trespassá-los com o tridente e em poucos dias a coroa era sua.

Desde então os cidadãos do Capitólio têm-no contemplado com admiração e desejos ostensivos.

Por causa da sua juventude, não puderam tocar-lhe durante os primeiros dois anos. Mas desde que fez dezasseis anos, o Finnick tem passado quase todos os Jogos sendo assediado por mulheres perdidamente apaixonadas por ele. Ninguém conserva as suas boas graças durante muito tempo. É capaz de satisfazer quatro ou cinco na sua visita anual. Velhas ou novas, bonitas ou feias, ricas ou muito ricas, ele faz-lhes companhia, aceita os seus presentes extravagantes, mas nunca fica, e depois de partir, nunca mais volta.

Não posso afirmar que o Finnick não seja uma das pessoas mais belas e sensuais do planeta, mas posso sinceramente afirmar que nunca me senti atraída por ele. Talvez seja demasiado bonito ou demasiado fácil ou, na verdade, demasiado fácil de perder.

— Não, obrigada — respondo, relativamente ao açúcar. — Mas adorava que me emprestasses o teu fato, um dia.

Ele está coberto por uma rede dourada estrategicamente atada na virilha. Em teoria, não se pode dizer que esteja nu, mas falta muito pouco. Tenho a certeza de que o seu estilista acha que quanto mais o público conseguir ver do Finnick, melhor.

— E tu estás absolutamente assustadora no teu. Que aconteceu àqueles vestidos lindos de menina? — pergunta ele, humedecendo os lábios muito levemente com a língua. Este gesto provavelmente deve enlouquecer a maioria das pessoas mas, por alguma razão, só me faz lembrar o velho Cray, babando-se sobre uma jovem pobre e esfomeada.

— Já não me servem — respondo.

O Finnick pega no colarinho do meu fato e esfrega-o entre os dedos. — É pena, isto do Quarteirão. Podias ter vivido como uma rainha no Capitólio. Jóias, dinheiro, o que quisesses.

— Não gosto de jóias, e tenho mais dinheiro do que preciso. Onde é que gastas o teu, Finnick? — pergunto.

— Oh, há anos que não mexo em algo tão vulgar — responde o Finnick.

— Então como é que te pagam, pelo prazer da tua companhia? — pergunto.

— Com segredos — responde ele, baixinho. Depois inclina a cabeça e aproxima os seus lábios dos meus. — E tu, rapariga em chamas? Tens algum segredo que valha o meu tempo?

Por alguma estúpida razão, fico corada, mas esforço-me por me manter firme. — Não, sou um livro aberto — sussurro. — Toda a gente parece conhecer os meus segredos antes de mim.

Ele sorri. — Infelizmente, acho que isso é verdade. — Os olhos dele viram-se para o lado. — Vem aí o Peeta. Lamento terem sido obrigados a cancelar o vosso casamento. Imagino como isso deve ter sido devastador para ti. — Ele atira outro cubo de açúcar para a boca e afasta-se calmamente.

O Peeta está ao meu lado, envergando um fato idêntico ao meu. — Que queria o Finnick Odair? — pergunta.

Volto-me, aproximo os meus lábios dos do Peeta e deixo cair as pestanas, imitando o Finnick. — Ofereceu-me açúcar e queria saber todos os meus segredos — digo, na minha voz mais sedutora.

O Peeta ri-se. — Uf. Não?!

— A sério! Conto-te mais quando deixar de sentir arrepios.

— Achas que teríamos acabado assim se apenas um de nós tivesse vencido? — pergunta ele, olhando em volta para os outros vencedores. — Apenas mais uma aberração?

— Claro. Principalmente tu — respondo.

— Ah. E porquê principalmente eu? — pergunta o Peeta, com um sorriso.

— Porque tu tens um fraco por coisas belas e eu não — respondo com um ar de superioridade. — Deixavas-te seduzir pelos costumes do Capitólio e perdias-te completamente.

— Ter olho para a beleza não é a mesma coisa que ter um fraco — afirma o Peeta. — Excepto quando se trata de ti. — A música começa a tocar e as portas largas abrem-se para a primeira quadriga. Ouvimos o barulho da multidão. — Vamos? — O Peeta estende-me a mão para me ajudar a subir para a quadriga.

Subo e puxo-o para cima. — Fica quieto — digo-lhe, endireitando-lhe a coroa. — Já viste o teu fato aceso? Vamos arrasar de novo.

— Completamente. Mas a Portia disse para nos mostrarmos superiores a tudo. Nada de acenos nem sorrisos — lembra o Peeta. — Onde está essa gente, afinal?

— Não sei. — Olho para o desfile de quadrigas. — Talvez seja melhor acender os fatos. — Carregamos nos botões e, quando começamos a brilhar, vejo as pessoas a apontar para nós e a fazer comentários. Percebo então que seremos mais uma vez as estrelas das cerimónias de abertura. Estamos quase à porta. Viro a cabeça para trás, mas nem a Portia nem o Cinna, que no ano passado estiveram connosco até ao último segundo, se encontram no recinto. — Devemos dar as mãos este ano? — pergunto.

— Acho que eles deixaram isso por nossa conta — responde o Peeta.

Olho para aqueles olhos azuis que nem toda a maquilhagem do mundo poderia tornar verdadeiramente mortíferos e lembro-me de que, há apenas um ano, estava disposta a matá-lo. Convencida de que ele também tentaria matar-me. Agora a situação inverteu-se. Estou decidida a salvar a vida do Peeta, sabendo que o custo será a minha própria vida, mas a parte de mim que não é tão corajosa como eu desejaria fica contente por ser o Peeta, e não o Haymitch, ao meu lado. As nossas mãos encontram-se, sem discussão. É claro que vamos enfrentar isto unidos.

A voz da multidão levanta-se num grito universal quando surgimos à luz do crepúsculo, mas não reagimos. Fixo os olhos num ponto ao longe e finjo que não há público, nem histeria. Contudo, não posso deixar de vislumbrar a nossa imagem nos ecrãs enormes ao longo do percurso, e percebo que estamos não só belos mas sombrios e pujantes. Não, mais. Nós, os amantes condenados do Distrito 12, que tanto sofremos e tão pouco saboreámos os prémios da nossa vitória, não procuramos o favor dos fãs, nem lhes brindamos com os nossos sorrisos, nem lhes apanhamos os beijos. Somos implacáveis.

E adoro-o. Poder ser eu mesma, finalmente.

Quando entramos na curva para o Círculo da Cidade, vejo que dois outros estilistas tentaram roubar a ideia do Cinna e da Portia de iluminar os seus tributos. Os fatos cobertos de luzes eléctricas do Distrito 3, onde fabricam aparelhos electrónicos, ainda fazem algum sentido. Mas que estão os guardadores de gado do Distrito 10, vestidos de vacas, a fazer com cintos chamejantes? A assar no espeto? Que patético!

Eu e o Peeta, por outro lado, estamos tão deslumbrantes nos nossos fatos em brasa que a maioria dos outros tributos está a olhar para nós. Parecemos especialmente fascinantes para o par do Distrito 6, que são conhecidos como morfelinómanos. Ambos magríssimos, com a pele descaída e amarelada, não conseguem tirar os olhos enormes de cima nós, nem mesmo quando o presidente Snow começa a falar da sua varanda, dando a todos as boas-vindas ao Quarteirão. O hino começa a tocar e, quando damos a nossa última volta ao Círculo — estarei enganada? —, vejo que o presidente também tem os olhos fixos em mim.

Eu e o Peeta aguardamos que as portas do Centro de Treino se fechem para nos descontrairmos. O Cinna e a Portia estão à nossa espera, satisfeitos com a nossa prestação, e o Haymitch este ano também apareceu, só que não está junto da nossa quadriga, está com os tributos do Distrito 11. Vejo-o acenar com a cabeça na nossa direcção e depois eles seguem-no para vir cumprimentar-nos.

Conheço o Chaff de vista porque durante anos vi-o a partilhar uma garrafa com o Haymitch na televisão. Tem a pele morena, cerca de metro e oitenta de altura e um dos seus braços termina num coto porque perdeu a mão nos Jogos que venceu há trinta anos. Tenho a certeza de que lhe ofereceram algum substituto artificial, como ofereceram ao Peeta quando tiveram de lhe amputar a perna, mas imagino que o tenha recusado.

A mulher, a Seeder, quase podia ser do Jazigo, com a sua pele morena e cabelo preto liso com madeixas grisalhas. Apenas os olhos castanhos dourados a denunciam como de outro distrito. Deve ter cerca de sessenta anos, mas ainda tem um aspecto forte, e não há qualquer sinal de que tenha recorrido ao álcool, à morfelina ou a qualquer outra forma química de escape ao longo dos anos. Antes de qualquer uma de nós dizer uma palavra, ela abraça-me. Percebo que deve ser por causa da Rue e do Thresh. Antes de me conseguir conter, murmuro: — As famílias?

— Estão vivas — responde ela, baixinho, antes de me largar.

O Chaff lança-me o seu braço são à cintura e prega-me um grande beijo na boca. Afasto-me bruscamente, surpreendida, enquanto ele e o Haymitch se perdem de riso.

Não temos tempo para mais nada porque os funcionários do Capitólio decidem conduzir-nos com firmeza para os elevadores. Fico com a nítida sensação de que se sentem incomodados com o companheirismo entre os vencedores, os quais não podiam estar menos ralados. Enquanto me dirijo para os elevadores, ainda de mão dada com o Peeta, outra pessoa aproxima-se de nós. A rapariga arranca um toucado cheio de ramos e folhas da cabeça e atira-o despreocupadamente para trás das costas.

Johanna Mason. Distrito 7. Madeiras e papel, daí os ramos e as folhas. Venceu apresentando-se de forma bastante convincente como fraca e vulnerável para que fosse ignorada. Depois demonstrou uma capacidade perversa para matar. Ela despenteia o cabelo eriçado e revira os olhos castanhos e espaçados. — Não é horrível, o meu fato? A minha estilista é a maior idiota do Capitólio. Há quarenta anos que obriga os nossos tributos a vestirem-se de árvores. Quem me dera ter o Cinna. Tu estás fantástica.

Conversa de raparigas. Para a qual nunca tive jeito. Opiniões sobre roupas, cabelo, maquilhagem. Por isso, minto. — Obrigada. Ele está a ajudar-me a desenhar a minha própria linha de roupa. Devias ver o que ele consegue fazer com o veludo. — Veludo. O único tecido de que me consigo lembrar assim de repente.

— Já vi. No teu Passeio. Aquele vestido sem alças que usaste no Distrito 2? O azul-escuro com os diamantes? Tão lindo que só me apetecia entrar naquele ecrã e arrancá-lo das tuas costas — confessa a Johanna.

Aposto que sim, penso. *Com alguns centímetros da minha carne.*

Enquanto esperamos pelos elevadores, a Johanna despe o resto da sua árvore e deixa-a cair no chão. Depois afasta-a com um pontapé, indignada. Exceptuando os chinelos verdes, não traz mais nada. — Assim está melhor.

Acabamos no mesmo elevador, e ela passa a viagem inteira até ao sétimo andar a conversar com o Peeta sobre pintura enquanto a luz do fato dele, ainda aceso, se reflecte nos seios dela. Quando ela sai, ignoro-o, mas sei que ele está a sorrir. Largo-lhe bruscamente a mão quando as portas se fecham atrás do Chaff e da Seeder, deixando-nos sozinhos, e ele desata a rir-se.

— Que foi? — pergunto, voltando-me para o Peeta quando entramos no nosso andar.

— És tu, Katniss. Não percebes?

— O quê?

— A razão por que estão todos a portar-se desta maneira. O Finnick com os seus cubos de açúcar e o Chaff a beijar-te e a Johanna a despir-se toda. — Ele tenta adoptar um tom de voz mais sério, mas sem êxito. — Estão a meter-se contigo porque tu és tão... sabes?

— Não, não sei — retruco. E na verdade não faço a mínima ideia do que ele está a falar.

— Como quando te recusavas a olhar para o meu corpo nu na arena apesar de eu estar meio morto. És tão... pura — conclui ele finalmente.

— Não sou nada! — protesto. — Durante este último ano não tenho feito outra coisa senão arrancar-te a roupa sempre que aparece uma câmara!

— Pois, mas... quero dizer, para o Capitólio, tu és pura — corrige ele, obviamente a tentar aplacar-me. — Para mim, és perfeita. Eles estão só a brincar contigo.

— Não, estão a rir-se de mim, e tu também! — exclamo.

— Não. — O Peeta abana a cabeça, mas continua a reprimir um sorriso. Estou a reconsiderar seriamente a questão de quem devia sair destes Jogos com vida quando o outro elevador se abre.

O Haymitch e a Effie juntam-se a nós, parecendo contentes com alguma coisa. Depois a expressão do Haymitch endurece.

Que fiz eu agora?, estou quase a dizer, mas percebo que ele está a olhar para trás de mim, para a entrada da sala de jantar.

A Effie pisca os olhos na mesma direcção. Depois comenta, animada: — Parece que vos arranjaram um par de gémeos este ano.

Volto-me e vejo a Avox de cabelo ruivo que cuidou de mim no ano passado até ao início dos Jogos. Penso em como é bom ter uma amiga aqui. Reparo que o jovem ao lado dela, outro Avox, também tem cabelo ruivo. Deve ser por isso que a Effie lhes chamou um par de gémeos.

Depois sinto um arrepio a atravessar-me o corpo. Porque também o reconheço. Não do Capitólio mas do Forno. Lembro-me das nossas conversas descontraídas, dos gracejos sobre a sopa da Greasy Sae, e daquele último dia em que o vi inconsciente na praça enquanto o Gale se esvaía em sangue.

O nosso novo Avox é o Darius.

16

O Haymitch agarra-me no pulso como se estivesse a prever o meu próximo passo, mas eu fico tão muda como o Darius, a quem o Capitólio roubou a língua. O Haymitch contou-me uma vez que eles faziam qualquer coisa às línguas dos Avoxes, para que estes nunca mais voltassem a falar. Na minha mente, oiço a voz do Darius, brincalhona e bem-disposta, ressoando pelo Forno para me provocar. Não como os outros vencedores me gozam agora, mas porque gostávamos genuinamente um do outro. Se o Gale o pudesse ver...

Eu sei que qualquer gesto que fizesse para com o Darius, qualquer acto de reconhecimento, resultaria apenas num castigo para ele. Por isso ficamos apenas a olhar para os olhos um do outro. O Darius, agora um escravo mudo; eu, a caminho da morte. Que poderíamos dizer, de qualquer maneira? Que lamentamos a sorte um do outro? Que sentimos o sofrimento do outro? Que ficamos contentes por termos tido a oportunidade de nos conhecermos?

Não, o Darius não devia ficar contente por me ter conhecido. Se eu tivesse lá estado para impedir o Thread, ele não teria avançado para salvar o Gale. Não seria um Avox. E, mais especificamente, não seria o *meu* Avox, porque o presidente Snow obviamente mandou colocá-lo aqui para meu benefício.

Solto-me da mão do Haymitch e corro para o meu velho quarto, fechando a porta à chave. Sento-me na borda da cama, com os cotovelos nos joelhos, a testa nos punhos, e vejo o meu fato brilhando na escuridão, imaginando que estou na minha velha casa do Distrito 12, junto à lareira. O fato vai escurecendo lentamente à medida que a bateria perde a carga.

Quando por fim a Effie bate à porta para me chamar para o jantar, levanto-me, dispo o fato, dobro-o com cuidado e coloco-o em cima da mesa com a minha coroa. Na casa de banho, lavo as linhas escuras de maquilhagem do rosto. Visto uma camisa e umas calças e atravesso o corredor para a sala de jantar.

Não me apercebo de nada durante o jantar, além de que o Darius e a Avox ruiva nos estão a servir. A Effie, o Haymitch, o Cinna, a Portia e o Peeta estão todos presentes, falando das cerimónias de abertura, suponho. A única altura em que realmente me sinto presente é quando deito de propósito um prato de ervilhas ao chão e, antes que alguém me consiga impedir, agacho-me para o apanhar. O Darius está a passar por mim quando deixo cair o prato e, por um breve instante, ficamos lado a lado, escondidos dos outros, enquanto apanhamos as ervilhas. Durante apenas um instante, as nossas mãos tocam-se. Sinto a pele dele, áspera sob o molho amanteigado do prato. No aperto desesperado dos nossos dedos estão todas as palavras que nunca poderemos proferir. Depois a Effie aparece atrás de mim dizendo que aquilo não me compete e ele larga-me os dedos.

Quando vamos assistir ao resumo das cerimónias de abertura, meto-me entre o Cinna e o Haymitch no sofá porque não quero ficar ao lado do Peeta. Este horror com o Darius pertence a mim e ao Gale e talvez até mesmo ao Haymitch, mas não ao Peeta. Ele pode ter conhecido o Darius para o cumprimentar com um aceno de cabeça, mas o Peeta não fazia parte do Forno como nós fazíamos. Além de que ainda estou zangada com ele por se ter rido de mim juntamente com os outros vencedores, e a última coisa que quero é a sua compreensão e consolo. Não mudei de opinião quanto a salvá-lo na arena, mas não lhe devo mais do que isso.

Enquanto assisto ao desfile para o Círculo da Cidade, penso no ridículo que é num ano normal eles meterem miúdos em fatos e obrigarem-nos a desfilar pelas ruas em quadrigas. Agora os vencedores idosos, como podemos ver, metem dó. Alguns mais jovens, como a Johanna e o Finnick, ou cujos corpos não se deterioraram, como a Seeder e o Brutus, ainda conseguem manter alguma dignidade. Mas a maioria, agarrada à bebida ou à morfelina ou à doença, parece grotesca nos seus fatos, representando vacas, árvores ou pães. No ano passado fartámo-nos de falar sobre cada concorrente, mas hoje surge apenas um comentário de vez em quando. Não admira que a multidão enlouqueça quando eu e o Peeta aparecemos, tão jovens, fortes e belos nos nossos fatos brilhantes. A imagem perfeita do que deviam ser os tributos.

Assim que termina o programa, levanto-me, agradeço ao Cinna e à Portia pelo seu trabalho fantástico e volto para o quarto. A Effie lembra-me que temos de nos reunir cedo ao pequeno-almoço para discutirmos a nossa estratégia para os treinos, mas até a voz dela me parece sem vida. Pobre Effie. Finalmente teve um ano decente nos Jogos comigo e com o

Peeta e agora tudo se reduz a uma trapalhada a que nem ela consegue dar a volta por cima. Para uma pessoa do Capitólio, imagino que isso seja uma verdadeira tragédia.

Pouco depois de me deitar, oiço alguém bater levemente à porta, mas ignoro-o. Não quero o Peeta hoje à noite. Não com o Darius por perto. Seria quase tão mau como se o Gale estivesse aqui. O Gale. Como posso esquecê-lo com o Darius a assombrar os corredores?

Os meus pesadelos são invadidos por línguas. Primeiro observo, paralisada e impotente, umas mãos enluvadas realizar a dissecção sangrenta na boca do Darius. Depois estou numa festa em que toda a gente usa máscara e alguém com uma língua trémula e molhada, que presumo ser o Finnick, me persegue, mas quando me apanha e tira a máscara, é o presidente Snow, e dos seus lábios inchados escorre saliva ensanguentada. Por fim, estou novamente na arena, com a língua seca como lixa, tentando alcançar uma poça de água que recua sempre que estou prestes a tocar nela.

Quando acordo, vou aos tropeções para a casa de banho e bebo água da torneira até já não poder mais. Dispo as roupas transpiradas e volto a cair na cama, nua, encontrando de novo o sono.

De manhã, adio sair para o pequeno-almoço o mais possível, porque na verdade não me apetece discutir a nossa estratégia de treino. Que há para discutir? Todos os vencedores já sabem o que todos os outros sabem fazer. Ou pelo menos o que sabiam fazer. Então eu e o Peeta continuaremos a fingir-nos apaixonados e pronto. Não me apetece falar do assunto, sobretudo com o Darius a assistir, mudamente. Tomo um duche demorado, visto lentamente as roupas que o Cinna me deixou para os treinos, consulto a ementa no meu quarto e mando vir a comida falando para um intercomunicador. Num minuto, aparecem salsichas, ovos, batatas, pão, sumo e chocolate quente. Como à vontade, tentando arrastar os minutos até às dez horas, quando temos de descer para o Centro de Treino. Às nove e meia o Haymitch já está a martelar à minha porta, obviamente furioso comigo, mandando-me para a sala de jantar IMEDIATAMENTE! Ainda assim, lavo os dentes antes de percorrer lentamente o corredor, ganhando mais cinco minutos.

A sala de jantar está vazia, exceptuando o Peeta e o Haymitch, cujo rosto parece corado de bebida e irritação. No pulso traz uma pulseira de ouro maciço com um desenho de chamas — deve ser a sua cedência ao plano da Effie — que ele revira tristemente. É uma pulseira muito bonita, efectivamente, mas o gesto fá-la parecer algo apresador, uma algema, e não uma jóia. — Estás atrasada — lembra-me ele rispidamente.

— Desculpem. Não consegui levantar-me a horas. Os pesadelos com línguas mutiladas mantiveram-me acordada metade da noite. — Quero parecer hostil, mas a minha voz começa a tremer no final da frase.

O Haymitch lança-me um olhar carrancudo, depois torna-se menos severo. — Está bem, não faz mal. Hoje, nos treinos, têm duas incumbências. A primeira, continuar apaixonados.

— Obviamente — comento.

— E a segunda, arranjar alguns amigos — conclui o Haymitch.

— Não — respondo. — Não confio em nenhum deles, não suporto a maior parte deles, e prefiro actuar só com nós os dois.

— Foi o que eu disse no início, mas... — começa o Peeta.

— Mas não será o suficiente — insiste o Haymitch. — Desta vez vão precisar de mais aliados.

— Porquê? — pergunto.

— Porque estão em nítida desvantagem. Os vossos adversários conhecem-se há anos. Então, quem é que acham que eles vão atacar primeiro? — lança o Haymitch.

— Nós. E nada que possamos fazer irá sobrepor-se a uma velha amizade — respondo. — Para quê incomodar-nos, então?

— Porque vocês sabem lutar. São populares junto do público. Isso pode tornar-vos aliados desejáveis. Mas só se derem a entender aos outros que estão dispostos a aliar-se — explica o Haymitch.

— Queres dizer que nos desejas no bando dos Profissionais este ano? — pergunto, incapaz de esconder a minha aversão. Tradicionalmente, os tributos dos Distritos 1, 2, e 4 formam um bando, admitindo de vez em quando algum lutador excepcional e perseguindo os concorrentes mais fracos.

— Foi a nossa estratégia, não foi? Treinar como Profissionais? — riposta o Haymitch. — E normalmente é antes de começarem os Jogos que se decide quem faz parte do bando dos Profissionais. No ano passado o Peeta só conseguiu aliar-se a eles no último instante.

Lembro-me do ódio que senti quando descobri que o Peeta estava com os Profissionais nos últimos Jogos. — Então devemos tentar juntar-nos ao Finnick e ao Brutus... é o que estás a dizer?

— Não necessariamente. São todos vencedores. Formem o vosso próprio bando se preferirem. Escolham quem quiserem. Eu sugeriria o Chaff e a Seeder. Embora o Finnick não deva ser ignorado — acrescenta o Haymitch. — Encontrem aliados que vos possam ser úteis. Lembrem-se, já não estão numa arena cheia de crianças amedrontadas. Estas pessoas são todas assassinas com experiência, qualquer que seja a forma em que se encontrem agora.

Talvez ele tenha razão. Só que não sei em quem devo confiar. Na Seeder, talvez. Mas será que quero mesmo fazer um pacto com ela, só para possivelmente ter de a matar mais tarde? Não. No entanto, fiz um pacto com a Rue nas mesmas circunstâncias. Digo ao Haymitch que vou tentar, apesar de achar que me sairei bastante mal.

A Effie aparece um pouco mais cedo para nos levar para baixo porque no ano passado, apesar de termos chegado a tempo, fomos os últimos dois tributos a aparecer. O Haymitch, porém, diz-lhe que não quer que ela nos leve ao ginásio. Nenhum dos outros vencedores irá aparecer com uma ama e, como somos os mais novos, é importante que transmitamos uma imagem de autoconfiança. Assim a Effie tem de se contentar com acompanhar-nos ao elevador, preocupando-se com os nossos cabelos e carregando no botão.

A descida é tão rápida que não há tempo para uma conversa a sério, mas quando o Peeta me dá a mão, não a afasto. Posso tê-lo ignorado ontem à noite em privado, mas nos treinos temos de parecer uma equipa inseparável.

A Effie escusava de se ter preocupado com a possibilidade de sermos os últimos a chegar. Só o Brutus e a mulher do Distrito 2, a Enobaria, estão presentes. A Enobaria parece ter cerca de trinta anos e a única coisa de que me consigo lembrar é que, num combate corpo-a-corpo, ela matou um tributo rasgando-lhe o pescoço com os dentes. Tornou-se tão famosa por causa desse acto que, depois de vencer, fez uma alteração cosmética aos dentes, dando-lhes uma ponta aguçada, como um colmilho, e embutidos de ouro. Não lhe faltam admiradores no Capitólio.

Às dez horas, só cerca de metade dos tributos já desceu ao Centro. A Atala, a mulher que dirige os treinos, inicia a sua alocução a horas, indiferente às ausências. Talvez já estivesse à espera. Sinto-me aliviada, porque isso significa que há uma dúzia de pessoas com quem não terei de fingir querer ser amiga. A Atala dá-nos a lista dos postos, que incluem técnicas de combate e de sobrevivência, e deixa-nos livres para treinar.

Digo ao Peeta que acho que seria melhor separar-nos, cobrindo assim mais território. Enquanto ele vai atirar lanças com o Brutus e o Chaff, eu dirijo-me para o posto dos nós. Quase ninguém se dá ao trabalho de visitá-lo. Gosto do treinador e ele lembra-se de mim com carinho, talvez porque tenha passado algum tempo com ele no ano passado. Fica contente quando lhe mostro que ainda consigo montar a armadilha que deixa a presa pendurada por uma perna numa árvore. É evidente que tomou nota das minhas armadilhas na arena no ano passado e que agora me considera uma aluna avançada, por isso peço-lhe para experimentarmos de novo toda a espécie de nós que possam ser úteis e alguns que provavelmente nunca usarei. Não me importaria de passar a manhã sozinha com ele, mas após cerca de uma hora e meia, alguém me envolve com os braços por trás e termina com facilidade o nó complicado que eu me esforço por fazer. É o Finnick, claro, que imagino ter passado a infância a manejar tridentes e redes de corda com nós complicados. Observo-o durante um minuto enquanto ele escolhe uma extensão de corda, faz um laço corredio, e depois finge enforcar-se para me divertir.

Revirando os olhos, dirijo-me para outro posto vazio onde os tributos podem aprender a fazer fogueiras. Já faço excelentes fogueiras, mas dependo ainda bastante dos fósforos para as atear. Então o treinador põe-me a trabalhar com sílex, aço e um bocado de pano chamuscado. É muito mais difícil do que parece, e mesmo trabalhando intensamente, levo cerca de uma hora a acender o fogo. Quando levanto os olhos com um sorriso triunfante, descubro que tenho companhia.

Os dois tributos do Distrito 3 estão ao meu lado, esforçando-se por atear uma fogueira decente com fósforos. Penso em sair, mas queria tentar experimentar de novo com o sílex, e se tenho de contar ao Haymitch que tentei arranjar amigos, estes dois talvez sejam uma escolha tolerável. São ambos de baixa estatura, com pele pálida e cabelo preto. A mulher, a Wiress, deve ter a idade da minha mãe e fala com uma voz serena e inteligente. Mas reparo imediatamente que tem o hábito de deixar as frases a meio, como se se esquecesse da nossa presença. O Beetee, o homem, é mais velho e um pouco nervoso. Usa óculos mas passa grande parte do tempo a espreitar por baixo dos mesmos. São um pouco estranhos, mas tenho a certeza de que nenhum deles irá tentar deixar-me constrangida despindo-se por completo. E são do 3. Talvez até possam confirmar as minhas suspeitas de um motim nesse distrito.

Lanço uma rápida vista de olhos pelo Centro de Treino. O Peeta está no meio de um círculo animado de lançadores de facas. Os morfelinómanos do Distrito 6 estão no posto da camuflagem, pintando o rosto um do outro com espirais cor-de-rosa. O tributo do Distrito 5 está a vomitar vinho no chão do posto das espadas. O Finnick e a velhota do distrito dele estão no posto do tiro com arco. A Johanna Mason despiu-se de novo e está a olear a pele para uma lição de luta-livre. Decido ficar onde estou.

A Wiress e o Beetee até são uma companhia decente. Parecem bastante simpáticos mas não se intrometem. Falamos dos nossos talentos; eles dizem-me que inventam coisas, deixando-me pouco convicta no meu suposto interesse pela moda. A Wiress mostra-me uma espécie de instrumento de costura que está a tentar aperfeiçoar.

— Detecta a densidade do tecido e selecciona a força... — começa ela, e depois concentra-se num bocado de palha seca antes de poder continuar.

— A força da linha — conclui o Beetee. — Automaticamente. Exclui o erro humano. — Depois fala do seu êxito recente, um *chip* de música tão minúsculo que pode ser escondido num floco de *glitter* mas contém várias horas de canções. Lembro-me da Octavia falar sobre isso durante a sessão fotográfica e entrevejo uma oportunidade de me referir indirectamente ao motim.

— Ah, sim. A minha equipa de preparação parecia muita aborrecida há alguns meses, porque não conseguia encontrar isso — comento, com indiferença. — Imagino que no Distrito 3 se tenham atrasado com as muitas encomendas.

O Beetee examina-me por baixo dos óculos. — Sim. E vocês, tiveram atrasos semelhantes no fornecimento de carvão este ano? — pergunta.

— Não. Bem, perdemos duas semanas quando nos enviaram um novo Comandante dos Soldados da Paz e a sua equipa, mas nada de significativo — respondo. — No fornecimento, quero dizer. Duas semanas sentadas em casa sem fazer nada significam duas semanas de fome para a maioria das pessoas.

Creio que eles compreendem o que estou a tentar dizer. Que não tivemos qualquer motim. — Ah. Que pena — diz a Wiress, revelando alguma decepção. — Achava o vosso distrito tão... — Ela não termina, deixando-se distrair por outra coisa qualquer.

— Interessante — acrescenta o Beetee. — Ambos achávamos.

Sinto-me mal, sabendo que o distrito deles deve ter sofrido muito mais do que o nosso. Sinto que tenho de defender o meu povo. — Bem, não somos muitos no 12 — explico. — Apesar de não parecer hoje em dia, pela dimensão da força de Soldados da Paz. Mas acho que continuamos a ser bastante interessantes.

Quando em seguida nos dirigimos para o posto dos abrigos, a Wiress detém-se e ergue o olhar para as bancadas onde circulam os Produtores dos Jogos, comendo e bebendo, reparando em nós de vez em quando. — Olha — diz ela, acenando ligeiramente com a cabeça na direcção deles. Olho para cima e vejo o Plutarch Heavensbee na sua magnífica toga roxa com a gola forrada a pele que o distingue como Chefe dos Produtores dos Jogos. Está a comer uma perna de peru.

Não vejo por que razão isso mereça um comentário, mas respondo: — Sim, ele foi promovido a Chefe este ano.

— Não, não. Ali, ao canto da mesa. Quase... — explica a Wiress.

O Beetee espreita por baixo dos óculos. — Quase imperceptível.

Olho na mesma direcção, perplexa. Mas depois vejo-o. Um pequeno espaço com cerca de quinze centímetros quadrados ao canto da mesa que parece estar a vibrar. Como se o ar se agitasse em minúsculas ondas visíveis, distorcendo as arestas vivas da madeira e um copo de vinho que alguém deixou ali.

— Um campo eléctrico. Instalaram um campo eléctrico entre nós e os Produtores dos Jogos. O que será que os levou a isso? — medita o Beetee.

— Eu, provavelmente — confesso. — No ano passado lancei-lhes uma flecha durante a minha sessão individual. — O Beetee e a Wiress olham para mim, com curiosidade. — Provocaram-me. Então todos os campos eléctricos têm um ponto daqueles?

— Uma fenda... — começa a Wiress.

— ... na armadura, por assim dizer — termina o Beetee. — Idealmente seria invisível, não é verdade?

Quero fazer-lhes mais perguntas, mas somos chamados para o almoço. Procuro o Peeta, mas ele está com um grupo de dez outros vencedores e então decido comer apenas com o Distrito 3. Talvez consiga convencer a Seeder a juntar-se a nós.

Quando entramos na sala de jantar, vejo que alguns no grupo do Peeta têm outra ideia. Estão a arrastar todas as mesas mais pequenas para formar uma mesa grande e obrigar todos a almoçar juntos. Agora não sei o que fazer. Mesmo na escola costumava evitar comer numa mesa cheia de gente. Na verdade, se a Madge não tivesse caído no hábito de se juntar a mim, provavelmente comeria sempre sozinha. Imagino que poderia ter comido com o Gale, só que ele andava dois anos à minha frente e a nossa hora de almoço nunca coincidia.

Pego num tabuleiro e começo a dar a volta aos carrinhos cheios de comida que ladeiam a sala. O Peeta apanha-me junto ao guisado. — Como está a correr?

— Bem. Óptimo. Gosto dos vencedores do Distrito 3 — respondo. — A Wiress e o Beetee.

— A sério? — pergunta ele. — Os outros só fazem pouco deles.

— Porque é que isso não me surpreende? — respondo. Lembro-me de como na escola o Peeta andava sempre rodeado de uma multidão de amigos. É espantoso, na verdade, que alguma vez tenha reparado em mim sem ser para me achar esquisita.

— A Johanna deu-lhes a alcunha de Ampere e Volts — informa o Peeta. — Acho que ela é a Ampere e ele o Volts.

— E eu sou estúpida por achar que eles poderão ser úteis. Por causa de uma coisa que a Johanna Mason disse enquanto oleava as mamas para a luta-livre — retruco.

— Por acaso acho que as alcunhas já existem há anos. E não estava a insultá-los. Estava só a partilhar informações — argumenta o Peeta.

— Bem, a Wiress e o Beetee são inteligentes. Inventam coisas. E conseguiram ver que foi instalado um campo eléctrico entre nós e os Produtores dos Jogos. E se temos de ter aliados, quero que sejam eles. — Atiro a concha para a travessa do guisado, salpicando os dois com o molho.

— Porque estás tão zangada? — pergunta o Peeta, limpando o molho da camisa. — Porque gozei contigo no elevador? Desculpa. Pensei que fosses apenas rir-te disso.

— Esquece — respondo, abanando a cabeça. — São muitas coisas.

— O Darius — adivinha ele.
— O Darius. Os Jogos. O Haymitch obrigando-nos a fazer alianças — acrescento.
— Podemos ser só nós, sabes? — lembra o Peeta.
— Eu sei. Mas talvez o Haymitch tenha razão — admito. — Não lhe contes que eu disse isto, mas normalmente ele tem razão, no que diz respeito aos Jogos.
— Bem, podes ter a última palavra quanto aos aliados. Mas neste momento, estou mais inclinado para o Chaff e a Seeder — revela o Peeta.
— Eu gosto da Seeder, não do Chaff — respondo. — Pelo menos, ainda não.
— Vem almoçar com ele. Prometo que não deixo que ele te beije de novo — insiste o Peeta.

O Chaff não parece tão desagradável ao almoço. Está sóbrio, apesar de falar alto demais e contar piadas de mau gosto, a maioria sobre si mesmo. Percebo por que razão seria bom para o Haymitch, que tem sempre pensamentos tão sombrios. Contudo, ainda não sei se estou disposta a formar equipa com ele.

Esforço-me bastante por ser mais sociável, não só com o Chaff mas também com o grupo todo em geral. Depois do almoço vou para o posto dos insectos comestíveis com os tributos do Distrito 8 — a Cecelia, que tem três filhos em casa, e o Woof, um tipo mesmo velho que ouve mal e parece não saber o que se passa porque insiste em meter bichos venenosos na boca. Gostava de poder falar do meu encontro com a Twill e a Bonnie no bosque, mas não sei como. A Cashmere e o Gloss, os irmãos do Distrito 1, convidam-me para fazer camas de rede durante algum tempo. São educados mas frios, e eu passo o tempo todo a lembrar-me de que matei ambos os tributos do distrito deles, a Glimmer e o Marvel, no ano passado, e que eles provavelmente os conheciam e podiam até ter sido seus mentores. Tanto a minha cama de rede como a tentativa de me relacionar com eles são medíocres, na melhor das hipóteses. Junto-me à Enobaria no posto das espadas e troco alguns comentários, mas é evidente que nem eu nem ela queremos fazer parte da mesma equipa. O Finnick volta a aparecer quando estou a aprender conselhos de pesca, mas apenas para me apresentar a Mags, a sua colega idosa do Distrito 4. Por causa do sotaque do distrito e da sua fala truncada — provavelmente resultado de um derrame cerebral — não consigo perceber mais do que uma em quatro palavras. No entanto, percebo que ela é capaz de fazer um bom anzol a partir de qualquer coisa — um espinho, uma fúrcula, um brinco. Passado um bocado, deixo de ouvir o treinador e tento apenas copiar o que a Mags está a fazer. Quando consigo moldar um anzol razoável a partir de um prego torcido e prendê-lo a alguns fios do meu cabelo, ela faz-me um sorriso desdentado e um comentário ininteligível que julgo ser um elogio. Subitamente, lembro-me de que ela se ofereceu para substituir a jovem histérica no distrito dela. Não podia ser por acreditar que tinha alguma hipótese de ganhar. Fê-lo para salvar a rapariga, como eu me ofereci no ano passado para salvar a Prim. E então decido que a quero na minha equipa.

Óptimo. Agora tenho de voltar e dizer ao Haymitch que quero uma octogenária e a Ampere e o Volts para aliados. Ele vai adorar isso.

Desisto então de procurar fazer amigos e vou até ao campo de tiro com arco para desanuviar. É uma maravilha, poder experimentar os vários arcos e flechas. O treinador, o Tax, percebendo que os alvos existentes não constituem qualquer desafio para mim, começa a lançar umas ridículas imitações de pássaros ao ar para eu poder alvejar. A princípio aquilo parece uma estupidez, mas acabo por me divertir, como se estivesse a caçar uma criatura em movimento. Quando o Tax vê que estou a acertar em tudo, começa a aumentar o número de aves que atira ao ar. Esqueço-me do resto do ginásio e dos vencedores e da minha tristeza e deixo-me perder no tiro com arco. Quando consigo abater cinco pássaros de uma vez, percebo o silêncio que me rodeia ao ouvir cada um cair no chão. Volto-me e vejo que a maior parte dos vencedores parou para me observar. Os seus rostos revelam inveja, ódio e admiração.

Depois dos treinos, eu e o Peeta aguardamos juntos que o Haymitch e a Effie apareçam para o jantar. Quando nos chamam para comer, o Haymitch cai-me logo em cima. — Pelo menos metade dos vencedores disse aos seus mentores que te queria como aliada. E sei que isso não se deve à tua alegre personalidade.

— Eles viram-na a atirar com o arco — explica o Peeta, com um sorriso. — Na verdade, foi a primeira vez que a vi a atirar a sério. Também vou apresentar o meu pedido formal para a ter como aliada.

— És assim tão boa? — pergunta-me o Haymitch. — Tão boa que até o Brutus te quer?

Encolho os ombros. — Mas eu não quero o Brutus. Quero a Mags e o Distrito 3.

— Claro que queres. — O Haymitch suspira e pede uma garrafa de vinho. — Direi a toda a gente que ainda estás a decidir.

Depois da minha exibição de tiro com arco, continuam a meter-se comigo, mas já não sinto que estejam a fazer pouco de mim. Na verdade, sinto-me como se tivesse sido admitida no círculo dos vencedores. Durante os dois dias seguintes, passo algum tempo com quase toda a gente que vai para a arena. Até com os morfelinómanos que, com a ajuda do Peeta, me disfarçam o corpo com flores amarelas. Até com o Finnick, que me oferece uma hora de lições com o tridente em troca de uma hora de lições de tiro com arco. E quanto mais conheço estas pessoas, mais difícil se torna. Porque, de uma maneira geral, não as odeio. E até gosto de algumas. E muitas estão tão destroçadas que o meu instinto natural seria protegê-las. Mas todas têm de morrer se quiser salvar o Peeta.

O último dia de treinos termina com as nossas sessões individuais. Cada um tem quinze minutos para surpreender os Produtores dos Jogos com as suas habilidades, mas não sei o que qualquer um de nós poderá ter para lhes mostrar. Brinca-se muito com o assunto durante o almoço. Com o que podemos fazer. Cantar, dançar, tirar a roupa, dizer piadas. A Mags, que agora já consigo perceber um pouco melhor, decide que vai apenas dormir a sesta. Eu não sei o que vou fazer. Atirar algumas flechas, suponho. O Haymitch disse para os surpreendermos se pudéssemos, mas já não me ocorrem quaisquer ideias.

A rapariga do 12 é sempre a última a apresentar-se. A sala de jantar torna-se cada vez mais silenciosa à medida que os tributos vão saindo para sua sessão. É mais fácil manter a atitude irreverente e invencível que todos adoptámos quando somos muitos. Quando as pessoas desaparecem pela porta, a única coisa em que consigo pensar é que têm apenas alguns dias para viver.

Por fim, eu e o Peeta ficamos sozinhos. Ele debruça-se sobre a mesa para me pegar nas mãos. — Já decidiste o que fazer para os Produtores dos Jogos?

Abano a cabeça. — Já não posso usá-los para tiro ao alvo este ano, por causa do campo eléctrico. Talvez faça alguns anzóis. E tu?

— Não faço ideia. Gostava de poder fazer um bolo — responde o Peeta.

— Mostra-lhes algumas camuflagens — sugiro.

— Se os morfelinómanos me deixarem alguma coisa — comenta ele, ironicamente. — Não saíram daquele posto desde que começaram os treinos.

Ficamos em silêncio durante algum tempo e depois deixo escapar aquilo em que ambos estamos a pensar. — Como é que vamos matar estas pessoas, Peeta?

— Não sei. — Ele deita a testa nas nossas mãos entrelaçadas.

— Não as quero como aliadas. Porque é que o Haymitch insiste em que as conheçamos? — pergunto. — Isso tornará tudo mais difícil do que da última vez. Tirando a Rue, talvez. De qualquer maneira acho que nunca conseguiria matá-la. Era demasiado parecida com a Prim.

O Peeta olha para mim, de sobrolho carregado. — A morte dela foi a mais desprezível, não foi?

— Nenhuma delas foi muito bonita — respondo, pensando nas mortes da Glimmer e do Cato.

Eles chamam o Peeta e eu fico sozinha. Passam quinze minutos. Depois meia hora. Passaram-se quase quarenta minutos quando sou chamada.

Ao entrar detecto o cheiro acre de produtos de limpeza e reparo que um dos tapetes foi arrastado para o centro da sala. O ambiente é muito diferente do do ano passado, em que os Produtores dos Jogos estavam meio bêbados e debicavam distraidamente as iguarias expostas em cima da mesa. Sussurram entre si, parecendo um pouco agitados. Que fez o Peeta? Algo para os irritar?

De repente, fico preocupada. Isso não é bom sinal. Não quero que o Peeta se destaque como alvo da ira dos Produtores dos Jogos. Isso faz parte da minha função. Afastar as atenções do Peeta. Mas como é que ele os irritou? Porque adoraria fazer isso e muito mais. Quebrar o verniz presunçoso dos que usam o cérebro para arranjar maneiras divertidas de nos matar. Fazê-los perceber que se nós estamos sujeitos às crueldades do Capitólio, eles também estão.

Fazem alguma ideia de como vos odeio? penso. *Vocês, que ofereceram os vossos talentos aos Jogos?*

Procuro o olhar do Plutarch Heavensbee, mas ele parece ignorar-me intencionalmente, como fez durante todo o período dos treinos. Lembro-me de como me procurou para dançar, de como pareceu contente por me mostrar o mimo-gaio no seu relógio. Aqui não há lugar para o seu comportamento amável. Como poderia haver, quando eu sou um simples tributo e ele é o Chefe dos Produtores dos Jogos? Tão poderoso, tão distante, tão seguro...

De repente, sei exactamente o que vou fazer. Algo que suplantará tudo o que o Peeta possa ter feito. Dirijo-me para o posto dos nós e procuro uma extensão de corda. Começo a manipulá-la, mas é difícil porque na verdade nunca fiz este nó sozinha. Vi apenas os dedos hábeis do Finnick, que se moviam tão depressa. Após cerca de dez minutos, consigo um laço corredio respeitável. Arrasto um dos bonecos do tiro ao alvo para o meio da sala e penduro-o pelo pescoço numa das barras horizontais. Ficaria perfeito se lhe atasse as mãos atrás das costas, mas acho que já não tenho tempo. Corro para o posto de camuflagem, que alguns dos outros tributos, decerto os morfelinómanos, deixaram numa grande desordem. No entanto, encontro um recipiente com um pouco de tintura vermelha que servirá para o que preciso. O tecido cor de pele do boneco é bastante absorvente. Pinto com os dedos as palavras no corpo, cuidando para que ninguém as veja. Depois afasto-me rapidamente para ver a reacção nos rostos dos Produtores dos Jogos quando lêem o nome no boneco.

SENECA CRANE.

17

O efeito sobre os Produtores dos Jogos é imediato e satisfatório. Vários soltam pequenos gritos. Outros deixam cair os seus copos de vinho, que se estilhaçam melodiosamente no chão. Dois deles até parece que vão desmaiar. A expressão de choque é unânime.

Consegui a atenção do Plutarch Heavensbee. Ele olha-me fixamente enquanto o sumo do pêssego que esmagou na mão lhe escorre pelos dedos. Por fim, pigarreia e diz: — Pode sair agora, Senhorita Everdeen.

Aceno respeitosamente e volto-me para sair, mas no último instante não resisto à tentação de arremessar o recipiente de tintura por cima do ombro. Oiço o conteúdo despedaçar-se contra o boneco, ao mesmo tempo que se quebram mais alguns copos de vinho. Quando as portas do elevador se fecham à minha frente, vejo que ninguém se mexeu.

Isso surpreendeu-os, penso. Foi imprudente e perigoso e por certo pagarei dez vezes mais o seu preço. Contudo, neste momento sinto qualquer coisa que se aproxima da exaltação e vou tentar saboreá-la.

Quero encontrar o Haymitch imediatamente e contar-lhe da minha sessão, mas não vejo ninguém. Calculo que estejam a arranjar-se para o jantar e decido ir tomar um duche, uma vez que tenho as mãos manchadas de tinta. Debaixo do chuveiro, começo a questionar a sensatez da minha última proeza. A pergunta que agora devia sempre servir-me de guia é: «Isto ajudará a salvar a vida do Peeta?» Indirectamente, o que fiz poderá não ajudar. O que acontece nos treinos é altamente confidencial, por isso não adianta castigar-me quando ninguém saberá qual foi a minha infracção. Com efeito, no ano passado fui premiada pela minha impetuosidade. Mas este é um crime diferente. Se os Produtores dos Jogos estão zangados comigo e decidirem castigar-me na arena, o Peeta poderá também sofrer por tabela. Talvez tenha sido demasiado impulsiva. Contudo... não posso dizer que esteja arrependida.

Quando nos juntamos todos para o jantar, reparo que o Peeta tem as mãos ligeiramente manchadas de várias cores, apesar do cabelo ainda estar molhado do banho. Afinal sempre deve ter feito algum tipo de camuflagem. Depois de servirem a sopa, o Haymitch vai direito ao assunto na mente de toda a gente. — Muito bem, como correram as vossas sessões individuais?

Troco olhares com o Peeta. Afinal não estou tão ansiosa por traduzir o que fiz em palavras. Na tranquilidade da sala de jantar, parece-me demasiado radical. — Tu primeiro — digo ao Peeta. — Deve ter sido muito especial. Tive de esperar quarenta minutos para entrar.

O Peeta parece paralisado com a mesma relutância que estou a sentir. — Bem, eu... eu fiz uma camuflagem, como sugeriste, Katniss. — Ele hesita. — Não propriamente uma camuflagem. Quero dizer, usei as tintas.

— Para fazer o quê? — pergunta a Portia.

Lembro-me da agitação dos Produtores dos Jogos quando entrei no ginásio para a minha sessão. Do cheiro a produtos de limpeza. Do tapete arrastado para cima daquele lugar no centro do ginásio. Seria para esconder alguma coisa que eles não conseguiram limpar? — Pintaste alguma coisa, não foi? Um retrato.

— Viste? — pergunta o Peeta.

— Não. Mas eles pareciam estar a fazer muita questão de o esconder — respondo.

— Bem, isso seria normal. Eles não podem deixar um tributo saber o que outro fez — lembra a Effie, despreocupada. — Que pintaste, Peeta? — Ela parece-me um pouco sentimental. — Foi um retrato da Katniss?

— Porque haveria ele de pintar o meu retrato, Effie? — pergunto, um tanto irritada.

— Para mostrar que vai fazer tudo o que pode para te defender. Afinal, é o que toda a gente no Capitólio espera dele. Não se ofereceu para ir contigo? — responde a Effie, como se isso fosse a coisa mais óbvia deste mundo.

— Na verdade, pintei a Rue — revela o Peeta. — A imagem dela depois de a Katniss a ter coberto de flores.

Segue-se uma longa pausa à mesa enquanto toda a gente digere a surpresa. — E que pretendias conseguir com isso, exactamente? — pergunta o Haymitch, com uma voz muito ponderada.

— Não tenho a certeza. Queria apenas responsabilizá-los, mesmo que por um instante — responde o Peeta. — Por terem morto aquela menina.

— Isto é terrível. — A Effie parece estar prestes a chorar. — Esse tipo de pensamento... não é permitido, Peeta. Absolutamente. Só vais trazer mais problemas para ti e para a Katniss.

— Tenho de concordar com a Effie desta vez — admite o Haymitch. A Portia e o Cinna ficam calados, com os rostos muito graves. É evidente que eles têm razão. No entanto, apesar de isso me preocupar, penso que o que o Peeta fez foi fantástico.

— Suponho que esta não seja a melhor altura para dizer que enforquei um boneco e pintei nele o nome do Seneca Crane — avento. Isto surte o efeito desejado. Após um momento de incredulidade, toda a reprovação da sala me cai em cima como uma tonelada de pedras.

— Tu... enforcaste... o Seneca Crane? — gagueja o Cinna.

— Sim. Estava a mostrar os meus novos dotes para fazer nós e por alguma razão ele acabou pendurado de um laço corredio — esclareço.

— Oh, Katniss — suspira a Effie, numa voz abafada. — Como é que soubeste disso sequer?

— É algum segredo? O presidente Snow não me deu a entender que fosse. Na verdade, parecia ansioso que eu soubesse — replico. A Effie abandona a mesa com o guardanapo colado ao rosto. — Agora indispus a Effie. Devia ter mentido e dito que atirei umas setas.

— Até parece que o planeámos — comenta o Peeta, lançando-me apenas um indício de um sorriso.

— Não o planearam? — pergunta a Portia, fechando as pálpebras com os dedos como se estivesse a proteger-se de uma luz muito forte.

— Não — respondo, olhando para o Peeta com um novo sentimento de estima. — Nem sequer sabíamos o que íamos fazer antes de entrar.

— E, Haymitch? — acrescenta o Peeta. — Decidimos que não queremos outros aliados na arena.

— Óptimo. Assim não serei responsável por me matarem os amigos com a vossa estupidez — atira ele.

— Era exactamente nisso que estávamos a pensar — asseguro-lhe.

Acabamos a refeição em silêncio, mas quando nos levantamos para passarmos à sala de estar, o Cinna abraça-me e dá-me um aperto. — Vamos lá ver as pontuações dos treinos.

Reunimo-nos à volta do televisor e a Effie, de olhos vermelhos, volta a juntar-se a nós. Os rostos dos tributos surgem no ecrã, distrito a distrito, e as suas pontuações piscam por baixo das suas fotografias. De um a doze. Como seria de esperar, pontuações altas para a Cashmere, o Gloss, o Brutus, a Enobaria e o Finnick. Baixas as médias para os restantes.

— Já alguma vez deram um zero? — pergunto.

— Não, mas há uma primeira vez para tudo — responde o Cinna.

E ficamos a saber que ele tem razão. Porque quando eu e o Peeta recebemos ambos um doze, batemos um recorde na história dos Jogos da Fome. No entanto, ninguém tem vontade de celebrar.

— Porque fizeram isso? — pergunto.

— Para que os outros não tenham outra alternativa senão escolher-vos como alvo — responde o Haymitch rispidamente. — Vão dormir. Não suporto mais olhar para nenhum dos dois.

O Peeta acompanha-me até ao meu quarto em silêncio, mas antes de poder dar-me as boas-noites, abraço-o e encosto a cabeça ao peito dele. As suas mãos sobem-me pelas costas e a bochecha dele encosta-se ao meu cabelo. — Desculpa se piorei as coisas — murmuro.

— Não mais do que eu. Porque o fizeste, afinal? — pergunta ele.

— Não sei. Para lhes mostrar que sou mais do que um peão nos seus Jogos? — avento.

Ele ri-se um pouco, lembrando-se sem dúvida da noite antes dos Jogos no ano passado. Estávamos no terraço, os dois sem conseguir dormir. O Peeta tinha dito algo parecido então, mas eu não tinha percebido. Agora percebo.

— Eu também — afirma ele. — E não estou a dizer que não vou tentar. Salvar-te, quero dizer. Mas para ser sincero...

— Para seres sincero, achas que o presidente Snow provavelmente já deu ordens directas para que providenciem a nossa morte na arena — concluo.

— Isso já me passou pela cabeça — confessa o Peeta.

Também já me passou pela cabeça. Repetidas vezes. Mas ao passo que eu sei que nunca irei sair daquela arena com vida, continuo a ter esperança de que o Peeta sairá. Afinal, não foi ele que sacou daquelas bagas, fui eu. Ninguém nunca duvidou que a provocação do Peeta fosse motivada por amor. Por isso talvez o presidente Snow prefira mantê-lo vivo, esmagado e desolado, como um aviso para os outros.

— Mas mesmo que isso aconteça, toda a gente saberá que caímos a lutar, certo? — pergunta o Peeta.

— Toda a gente saberá — respondo. E pela primeira vez, distancio-me da tragédia pessoal que me consumiu desde que anunciaram o Quarteirão. Lembro-me do velhote que mataram no Distrito 11, e da Bonnie e da Twill, e dos rumores dos motins. Sim, toda a gente nos distritos estará a observar-me para ver como é que lido com esta condenação à morte, este último acto de domínio do presidente Snow. Estarão à espera de algum sinal de que os seus combates não foram em vão. Se conseguir deixar claro que continuo a desafiar o Capitólio até ao fim, o Capitólio poderá matar-me... mas não destruirá o meu espírito. Que melhor maneira de dar esperança aos rebeldes?

A beleza desta ideia é que a minha decisão de salvar o Peeta à custa da minha própria vida é em si um acto de desafio. Uma recusa de participar nos Jogos da Fome segundo as regras do Capitólio. O meu desígnio pessoal coincide plenamente com o meu desígnio público. E se puder de facto salvar o Peeta... para a revolução, isso seria ideal. Porque serei mais valiosa morta do que viva. Poderão transformar-se numa espécie de mártir para a causa e pintar o meu rosto em bandeiras, e isso contribuirá mais para incentivar as pessoas do que qualquer coisa que eu pudesse fazer se estivesse viva. O Peeta, contudo, será mais valioso vivo, e trágico, porque poderá traduzir a sua dor em palavras que transformarão as pessoas.

Ele ficaria furioso se soubesse que estou a pensar nestas coisas, por isso digo apenas: — Então, que devemos fazer com os últimos dias que nos restam?

— Eu só quero passar todos os minutos possíveis do resto da minha vida contigo — responde o Peeta.

— Anda, então — digo, puxando-o para dentro do meu quarto.

Parece um luxo tão grande, dormir novamente com o Peeta. Só agora percebo como estava ansiosa por algum contacto humano. Pela presença dele ao meu lado na escuridão. Gostava de poder voltar atrás, de reaver as últimas duas noites em que o afastei. Caio no sono, envolvida no calor dele, e quando volto a abrir os olhos a luz do dia está a espreitar pelas janelas.

— Nenhum pesadelo — diz o Peeta.
— Nenhum — confirmo. — E tu?
— Nenhum. Já me tinha esquecido de como era uma verdadeira noite de sono.

Ficamos deitados durante algum tempo, sem pressa para começar o dia. Amanhã à noite será a entrevista na televisão, por isso hoje a Effie e o Haymitch deviam aconselhar-nos. *Mais saltos altos e comentários sarcásticos*, penso. Mas depois a Avox ruiva entra no quarto com um bilhete da Effie dizendo que, tendo em conta o nosso Passeio recente, tanto ela como o Haymitch concluíram que já sabemos comportar-nos adequadamente em público. As sessões de preparação foram canceladas.

— A sério? — questiona o Peeta, tirando-me o bilhete da mão e examinando-o. — Sabes o que isto significa? Temos o dia inteiro só para nós.

— Pena não podermos ir a lado nenhum — comento, tristonha.
— Quem disse que não podemos? — pergunta ele.

O terraço. Mandamos vir um montão de comida, agarramos nuns cobertores e subimos ao terraço para fazermos um piquenique. Um piquenique de um dia inteiro num jardim de flores que tilinta com espanta-

-espíritos. Comemos. Deitamo-nos ao sol. Eu arranco uns caules compridos de trepadeiras e uso os meus novos conhecimentos para fazer nós e tecer redes. O Peeta desenha-me. Inventamos um jogo com o campo eléctrico que rodeia o terraço — um de nós atira uma maçã pelo parapeito e o outro tem de a apanhar.

Ninguém nos incomoda. Ao final da tarde, estou deitada com a cabeça no colo do Peeta, fazendo uma coroa de flores enquanto ele brinca com o meu cabelo, afirmando que está a praticar os nós. Passado algum tempo, as mãos dele param de mexer. — Que foi? — pergunto.

— Gostava de poder congelar este momento, aqui mesmo, agora, e viver nele para sempre — responde o Peeta.

Normalmente este tipo de comentário, que sugere o amor eterno que ele sente por mim, faz-me sentir culpada e horrível. Mas estou tão quente e descontraída e longe de todas as preocupações com um futuro que nunca terei, que deixo escapar as palavras. — Está bem.

Consigo ouvir-lhe o sorriso na voz. — Então deixas?

— Deixo — respondo.

Os dedos dele voltam para o meu cabelo e eu passo pelo sono, mas ele acorda-me para ver o pôr-do-sol. É um espectacular clarão amarelo e cor-de-laranja por cima dos telhados do Capitólio. — Achei que não irias querer perdê-lo — aventa o Peeta.

— Obrigada — respondo. Porque posso contar pelos dedos o número de pores-do-sol que me restam, e não quero perder nenhum.

Não nos juntamos aos outros para o jantar, e ninguém nos chama.

— Ainda bem. Estou farto de fazer toda a gente à minha volta tão triste — comenta o Peeta. — Toda a gente a chorar. Ou o Haymitch...
— Ele não precisa de continuar.

Ficamos no terraço até à hora de deitar e depois descemos discretamente para o meu quarto sem encontrar ninguém.

Na manhã seguinte, somos acordados pela minha equipa de preparação. A visão de nós dois a dormir juntos é demais para a Octavia, porque ela desata logo a chorar. — Lembra-te do que nos disse o Cinna — avisa a Venia ferozmente. A Octavia acena com a cabeça e sai do quarto a soluçar.

O Peeta tem de voltar para o quarto dele para se arranjar e eu fico sozinha com a Venia e o Flavius. A cavaqueira habitual foi suspensa. Na verdade, pouco falam, excepto para me pedirem para levantar o queixo ou fazer comentários sobre alguma técnica de maquilhagem. Está quase na hora do almoço quando começo a sentir qualquer coisa a cair-me no ombro e volto-me para ver o Flavius, que me esteve a despontar o cabelo, com lágrimas silenciosas a escorrer-lhe pela cara. A Venia lança-lhe um olhar, ele pousa delicadamente a tesoura na mesa e sai do quarto.

Então fica só a Venia, cuja pele está tão pálida que as suas tatuagens parecem saltar-lhe do corpo. Quase rígida de determinação, arranja-me o cabelo, as unhas e a maquilhagem, trabalhando rapidamente para compensar a ausência dos colegas. Durante esse tempo, nunca me olha nos olhos. Só quando o Cinna aparece para me aprovar e dispensá-la é que ela me toma as mãos, olha-me directamente nos olhos e diz:
— Queríamos todos que soubesses que... que foi um privilégio contribuir para estares no teu melhor. — Depois sai rapidamente do quarto.

A minha equipa de preparação. Os meus tontos e frívolos queridos, com as suas obsessões por plumas e festas, quase me partem o coração com a sua despedida. É evidente pelas últimas palavras da Venia que todos sabemos que não irei voltar. *Será que todo o mundo sabe?*, pergunto-me. Olho para o Cinna. Ele sabe, com certeza. No entanto, como prometeu, da parte dele não há perigo de lágrimas.

— Então, que vou vestir hoje à noite? — pergunto, olhando para o saco onde ele traz o meu vestido.

— Foi o presidente Snow que escolheu o vestido — informa o Cinna. Ele abre o saco, revelando um dos vestidos de noiva que usei para a sessão fotográfica. Seda branca pesada com um decote baixo e cintura justa e mangas que caem dos pulsos até ao chão. E pérolas. Pérolas por todo o lado. Cosidas ao vestido e em colares ao meu pescoço e na coroa para o véu. — Apesar de terem anunciado o Quarteirão na noite da sessão fotográfica, as pessoas ainda puderam votar no seu vestido preferido, e este foi o vencedor. O presidente disse que deves vesti-lo hoje à noite. Os nossos protestos foram ignorados.

Esfrego um bocado da seda entre os dedos, tentando perceber as razões do presidente Snow. Imagino que como fui a que mais o ofendi, o meu sofrimento, perda e humilhação merecem mais atenção e publicidade. Isto, na opinião dele, deixará tudo bem claro. É tão cruel, este golpe do presidente de transformar o meu vestido de noiva na minha mortalha, que me atinge em cheio, deixando-me com uma dor surda no interior.

— Bem, seria uma pena não usar um vestido tão bonito. — É a única coisa que consigo dizer.

O Cinna ajuda-me a pôr o vestido com cuidado. Quando este me cai sobre os ombros, não posso deixar de me queixar. — Foi sempre assim tão pesado? — pergunto. Lembro-me de que muitos dos vestidos eram compactos, mas este parece pesar uma tonelada.

— Tive de fazer algumas pequenas alterações por causa das luzes — explica o Cinna. Aceno com a cabeça, mas não percebo o que isso tem a ver com seja o que for. Ele acaba de me enfeitar com os sapatos, as pérolas e o véu. Retoca-me a maquilhagem. Pede-me para dar uma volta.

— Estás deslumbrante — comenta. — Agora, Katniss, como este corpete é tão justo, não quero que levantes os braços por cima da cabeça. Não antes de girares.

— Vou ter de girar outra vez? — pergunto, pensando no meu vestido do ano passado.

— Tenho a certeza de que o Caesar te vai pedir. E se não pedir, sugere-o tu mesma. Mas não logo. Guarda-o para o grande final — aconselha o Cinna.

— Faz-me sinal para eu saber — peço.

— Está bem. Tens algum plano para a entrevista? Sei que o Haymitch deixou tudo por vossa conta — continua o Cinna.

— Não, este ano vou só improvisar. Mas é engraçado, não estou nada nervosa. — E não estou. Por mais que o presidente Snow me odeie, este público do Capitólio é meu.

Encontramo-nos com a Effie, o Haymitch, a Portia e o Peeta no elevador. O Peeta traz um *smoking* elegante e luvas brancas. O tipo de coisa que os noivos usam nos casamentos aqui no Capitólio.

No nosso distrito é tudo muito mais simples. A mulher normalmente aluga um vestido branco que já foi usado centenas de vezes. O homem veste qualquer coisa limpa, que não seja roupa da mina. Preenchem uns impressos na Casa da Justiça e é-lhes atribuída uma casa. A família e os amigos reúnem-se para uma refeição ou uma fatia de bolo, se houver dinheiro para isso. Mesmo que não haja, entoamos sempre uma canção tradicional quando o novo casal transpõe a porta para a sua casa. E temos a nossa pequena cerimónia, em que os noivos acendem o seu primeiro fogo, torram um bocado de pão e partilham-no. Talvez seja antiquado, mas ninguém se sente realmente casado no Distrito 12 antes do pão torrado.

Os outros tributos já se juntaram nos bastidores e conversam baixinho mas, quando eu e o Peeta chegamos, calam-se todos. Reparo que toda a gente lança olhares furiosos ao meu vestido de noiva. Terão inveja da sua beleza? Do poder que me dará para manipular o público?

Por fim, o Finnick comenta: — Não acredito que o Cinna te tenha metido nisso.

— Ele não teve escolha. O presidente Snow obrigou-o — retruco, um pouco na defensiva. Não deixarei ninguém criticar o Cinna.

A Cashmere atira os caracóis louros para trás e dispara: — Bem, estás ridícula! — Depois agarra na mão do irmão e puxa-o para a frente da procissão que subirá ao palco. Os outros tributos começam também a pôr-se na fila. Sinto-me confusa porque, apesar de estarem todos zangados, alguns nos dão palmadinhas simpáticas no ombro. A Johanna Mason pára mesmo para me endireitar o colar de pérolas.

— Fá-lo pagar por isto, está bem? — sugere.

Aceno que sim com a cabeça, mas não percebo o que ela quer dizer. Não antes de estarmos todos sentados no palco e o Caesar Flickerman, com realces cor de alfazema no cabelo e no rosto este ano, ter feito o seu discurso de abertura e os tributos iniciarem as suas entrevistas. É a primeira vez que percebo a dimensão da traição sentida pelos vencedores e da raiva que a acompanha. Mas eles são tão astutos, tão maravilhosamente inteligentes na sua forma de se expressar, que acaba tudo por se reflectir no governo e no presidente Snow em particular. Nem todos, porém. Há os retrógrados habituais, como o Brutus e a Enobaria, que estão aqui apenas para mais uns Jogos, e os demasiado confusos, drogados ou perdidos para se juntarem ao ataque. Mas há vencedores suficientes ainda com cabeça e coragem para lutar.

A Cashmere dá início às hostilidades com um discurso sobre como não consegue parar de chorar quando pensa no que as pessoas do Capitólio devem estar a sofrer por nos irem perder. O Gloss evoca a amabilidade com que ele e a irmã foram recebidos aqui no Capitólio. O Beetee, com os seus tiques nervosos, põe em dúvida a legalidade do Quarteirão, querendo saber se esta foi devida e recentemente analisada por especialistas na matéria. O Finnick recita um poema que escreveu ao seu único e grande amor no Capitólio, e umas centenas de pessoas desmaiam porque têm a certeza de que ele se refere a elas. Quando chega a vez da Johanna Mason, ela pergunta se não há nada que se possa fazer para resolver a situação. Decerto os criadores do Quarteirão nunca previram esta ligação afectuosa entre os vencedores e o Capitólio. Ninguém podia ser tão cruel ao ponto de quer destruir uma ligação tão profunda. A Seeder medita calmamente sobre como toda a gente no Distrito 11 acredita que o presidente Snow é todo-poderoso. Então se ele é todo-poderoso, porque não altera o Quarteirão? E o Chaff, que vem logo a seguir a ela, afirma que o presidente podia alterar o Quarteirão se quisesse, mas que deve achar que isso não tem importância para ninguém.

Quando chega a minha vez, o público já está completamente destroçado. Houve pessoas a chorar, a desmaiar e até a exigir mudanças. A minha aparição num vestido de noiva de seda branca quase provoca um motim. Adeus a Katniss, adeus aos amantes condenados vivendo felizes para sempre, adeus ao casamento. Vejo que até o profissionalismo do Caesar mostra algumas falhas quando ele tenta sossegar as pessoas para eu poder falar. Os meus três minutos estão a passar rapidamente.

Por fim, há um momento de calma e ele consegue dizer: — Então, Katniss, obviamente esta noite é muito emotiva para toda a gente. Gostavas de dizer alguma coisa?

A minha voz treme quando falo. — Só que lamento muito não poderem assistir ao meu casamento... mas fico contente por pelo menos me verem no meu vestido. Não é... a coisa mais linda? — Não preciso de olhar para o Cinna para receber o sinal. Sei que este é o momento certo. Começo a rodopiar lentamente, levantando as mangas do vestido pesado por cima da cabeça.

Quando oiço os gritos da multidão, julgo que é porque devo parecer fantástica. Depois vejo algo a elevar-se à minha volta. Fumo. Com origem em fogo. Não aquela coisa vacilante que usei no ano passado na quadriga, mas algo muito mais real que devora o meu vestido. Começo a entrar em pânico quando o fumo se adensa. Bocados chamuscados de seda preta rodopiam no ar. As pérolas caem ruidosamente no palco. Por alguma razão, receio parar, porque a minha pele parece não estar a arder e sei que o Cinna deve estar por trás deste fenómeno. Então continuo a girar. Durante uma fracção de segundo fico sem ar, completamente submersa nas estranhas chamas. Depois, de repente, o fogo desaparece. Paro lentamente, interrogando-me se estou nua e por que razão o Cinna decidiu queimar o meu vestido de noiva.

Mas não estou nua. Tenho um fato de molde exactamente igual ao meu vestido de noiva, só que é da cor do carvão e feito de penas minúsculas. Espantada, levanto as mangas compridas e flutuantes no ar, e é então que me vejo no ecrã de televisão. Estou vestida de preto, tirando as manchas brancas nas minhas mangas. Ou melhor, nas minhas asas.

Porque o Cinna transformou-me num mimo-gaio.

18

Ainda estou a fumegar um pouco, por isso é com alguma hesitação que o Caesar estende a mão para me tocar na cabeça. O branco foi consumido pelo fogo, deixando um véu preto macio e justo que me cai pelas costas. — Penas — diz o Caesar. — Pareces um pássaro.

— Um mimo-gaio, penso eu — respondo, batendo levemente as asas. — É o pássaro no alfinete que uso como emblema.

Um indício de reconhecimento atravessa o rosto do Caesar, e percebo que ele sabe que o mimo-gaio não é apenas o meu emblema. Que passou a simbolizar muito mais. Que aquilo que será encarado como uma espalhafatosa mudança de fato no Capitólio está a repercutir-se de uma maneira completamente diferente em todos os distritos. Mas ele disfarça muito bem.

— Parabéns ao teu estilista. Penso que ninguém pode negar que esta foi a coisa mais espectacular que já vimos numa entrevista. Cinna, acho que deves fazer uma vénia! — O Caesar faz sinal ao Cinna para se levantar. Este levanta-se e faz uma pequena e graciosa vénia. E de repente temo pela vida dele. Que fez ele? Algo extremamente perigoso. Um acto de rebeldia. E fê-lo por mim. Lembro-me das suas palavras...

— *Não te preocupes. Eu canalizo sempre as minhas emoções para o meu trabalho. Assim não magoo ninguém excepto eu próprio.*

... e receio que ele se tenha magoado irremediavelmente. O significado da minha transformação inflamada não passará despercebido ao presidente Snow.

O público, atordoado e silenciado, desata a aplaudir. Mal consigo ouvir a campainha que indica que os meus três minutos se esgotaram. O Caesar agradece-me e eu volto para o meu lugar, com o vestido parecendo agora mais leve do que o ar.

Quando passo pelo Peeta, que se dirige para a entrevista, ele não me olha nos olhos. Sento-me com cuidado, mas tirando uns bafos de fumo aqui e ali, pareço incólume, por isso volto a minha atenção para ele.

O Caesar e o Peeta mostraram ter um verdadeiro espírito de equipa desde que apareceram juntos pela primeira vez há um ano. A sua conversa fácil e capacidade de escolher devidamente os momentos divertidos ou comoventes, como a confissão de amor que o Peeta fez por mim, transformaram-nos num enorme êxito junto do público. Iniciam descontraidamente a entrevista com algumas piadas sobre fogos e penas e a cozedura excessiva de aves. No entanto, qualquer pessoa consegue perceber que o Peeta está apreensivo, e então o Caesar apressa-se a orientar a conversa para o assunto que está na mente de toda a gente.

— Então, Peeta, como te sentiste quando, depois de tudo o que passaste, ficaste a saber do Quarteirão? — pergunta o Caesar.

— Senti-me chocado. Quero dizer, num minuto estou a ver a Katniss tão bonita naqueles vestidos de noiva e no minuto seguinte... — O Peeta não consegue continuar.

— Percebeste que não haveria casamento? — pergunta o Caesar, delicadamente.

O Peeta faz uma longa pausa, como se estivesse a tomar uma decisão. Olha para o público, que parece enfeitiçado, depois para o chão e finalmente para o Caesar. — Caesar, achas que todos os nossos amigos aqui conseguem guardar um segredo?

Ouvem-se alguns risos desconfortáveis entre o público. Que quererá ele dizer? Guardar segredo de quem? O mundo inteiro está a assistir.

— Tenho a certeza absoluta — responde o Caesar.

— Já estamos casados — declara o Peeta calmamente. O público reage com espanto, e eu tenho de esconder a cara nas dobras do vestido para que ninguém perceba a minha perplexidade. Onde é que ele quer chegar com isto?

— Mas... como pode ser? — pergunta o Caesar.

— Ah, não é um casamento oficial. Não fomos à Casa da Justiça nem nada disso. Mas temos o nosso ritual de casamento no Distrito 12. Não sei como é nos outros distritos, mas lá há uma coisa que costumamos fazer — explica o Peeta, e descreve sucintamente a cerimónia do pão torrado.

— As vossas famílias estavam presentes? — pergunta o Caesar.

— Não, não contámos a ninguém. Nem mesmo ao Haymitch. E a mãe da Katniss nunca teria consentido. Mas sabíamos que se nos casássemos no Capitólio não haveria o pão torrado, percebe? E nenhum de nós queria esperar mais. Então um dia, resolvemos fazê-lo — conta o Peeta. — E para nós, estamos mais casados do que se tivéssemos assinado qualquer folha de papel ou tido uma grande festa.

— Então isso foi antes do Quarteirão? — pergunta o Caesar.

— Claro que foi antes do Quarteirão. Tenho a certeza de que nunca o teríamos feito depois de sabermos — responde o Peeta, começando a ficar irritado. — Mas quem poderia ter adivinhado? Ninguém. Já tivemos os nossos Jogos, fomos vencedores, toda a gente parecia tão contente por nos ver juntos e depois, de repente... quero dizer, como podíamos prever uma coisa destas?

— Não podiam, Peeta. — O Caesar põe-lhe um braço nos ombros. — Como dizes, ninguém podia. Mas tenho de confessar, fico contente por terem tido pelo menos alguns meses de felicidade juntos.

Um enorme aplauso. Encorajada, levanto a cabeça das penas e deixo o público ver o meu sorriso trágico de agradecimento. O fumo das penas trouxe-me lágrimas aos olhos, o que vem mesmo a calhar.

— Eu não estou contente — protesta o Peeta. — Preferia que tivéssemos esperado ter sido tudo feito oficialmente.

Isto parece surpreender o Caesar. — Mas pouco tempo é com certeza melhor do que nada?

— Talvez antes também pensasse assim, Caesar — diz o Peeta, com um ar desolado —, se não fosse o bebé.

Pronto. Fê-lo outra vez. Deixou cair uma bomba que elimina os esforços de todos os tributos que apareceram antes dele. Bem, talvez não. Talvez este ano tenha apenas acendido o rastilho de uma bomba que os próprios vencedores estiveram a fabricar. Esperando que alguém ou alguma coisa fosse capaz de a detonar. Talvez achando que fosse o meu vestido de noiva. Não sabendo como eu dependo dos talentos do Cinna, ao passo que o Peeta só depende da sua inteligência.

Quando a bomba explode, lançam-se acusações de injustiça, barbárie e crueldade em todas as direcções. Até as pessoas mais fiéis ao Capitólio, mais adeptas dos Jogos e sedentas de sangue não conseguem ignorar, pelo menos durante aquele instante, o horror de tudo aquilo.

Eu estou grávida.

As pessoas não conseguem digerir a notícia imediatamente. Esta tem de as atingir e penetrar e ser confirmada por outras vozes. Depois o público começa a parecer um rebanho de animais feridos, gemendo, gritando, pedindo ajuda. E eu? Sei que o meu rosto está projectado em grande plano no ecrã, mas não faço qualquer esforço para o esconder. Porque durante um momento, até eu estou a tentar perceber o que o Peeta disse. Não é isto o que eu mais temia relativamente ao casamento e ao meu futuro — a perda dos meus filhos para os Jogos? E podia ter acontecido, não podia? Se não tivesse passado a vida a acumular defesas que me levam agora a estremecer perante a mera sugestão de casamento ou família.

O Caesar não consegue voltar a acalmar o público, nem mesmo quando soa a campainha. O Peeta despede-se com um aceno da cabeça e volta para o seu lugar sem mais conversa. Vejo os lábios do Caesar a mexer-se, mas naquele caos total não consigo ouvir uma palavra. Só o estrondo do hino, tão alto que o sinto vibrar nos ossos, nos indica onde estamos no programa. Levanto-me automaticamente e, ao fazê-lo, sinto o Peeta estender-me a mão. Correm-lhe lágrimas pelo rosto quando lhe dou a mão. Serão verdadeiras? Será o reconhecimento de que ele tem sido perseguido pelos mesmos receios que eu? Que todos os vencedores? Todos os pais de todos os distritos de Panem?

Olho de novo para o público, mas os rostos dos pais da Rue flutuam-me diante dos olhos. O seu sofrimento. A sua perda. Volto-me espontaneamente para o Chaff e ofereço-lhe a mão. Sinto os meus dedos envolver o coto que agora lhe completa o braço e agarro-o com força.

E então o inesperado acontece. De uma ponta à outra da fila, os vencedores começam a dar as mãos. Alguns imediatamente, como os morfelinómanos ou a Wiress e o Beetee. Outros hesitantes, mas depois incitados pelos que os rodeiam, como o Brutus e a Enobaria. Quando soam os últimos acordes o hino, todos os vinte e quatro formam uma linha ininterrupta naquela que deve ser a primeira manifestação pública de união entre os distritos desde a Idade das Trevas. A percepção desse facto torna-se evidente quando os ecrãs escurecem de repente. Mas é tarde demais. Na confusão, não interromperam a emissão a tempo. Toda a gente viu.

Há também alguma desordem no palco quando as luzes se apagam e temos voltar aos tropeções para o Centro de Treino. Já perdi o Chaff, mas o Peeta conduz-me para um elevador. O Finnick e a Johanna tentam juntar-se a nós, mas um Soldado da Paz desorientado barra-lhes o caminho e subimos sozinhos.

Assim que pomos o pé fora do elevador, o Peeta agarra-me nos ombros. — Não temos muito tempo, por isso diz-me. Tenho de pedir desculpa por alguma coisa?

— Não — respondo. Foi um grande salto no escuro que deu sem a minha concordância, mas fico contente por não ter sabido, por não ter tido tempo para duvidar dele, por não deixar que a culpa em relação ao Gale diminuísse o que realmente sinto pelo que o Peeta acabou de fazer. Que é admiração.

Algures, muito longe, há um lugar chamado Distrito 12, onde a minha mãe e a minha irmã e os meus amigos terão de enfrentar as repercussões desta noite. Não muito longe, a uma curta distância de aeronave, há uma arena, onde amanhã eu e o Peeta e os outros tributos iremos enfrentar a nossa própria forma de castigo. Mas ainda que todos tenhamos fins terríveis, esta noite, naquele palco, aconteceu algo que não pode ser eliminado. Nós, os vencedores, encenámos a nossa própria revolta, e talvez... talvez, o Capitólio não seja capaz de a abafar.

Esperamos que os outros regressem, mas quando o elevador se abre, surge apenas o Haymitch. — Está uma loucura lá fora. Mandaram toda a gente para casa e cancelaram o resumo das entrevistas na televisão.

Eu e o Peeta corremos para a janela e tentamos perceber o que se passa na rua. — Que estão a dizer? — pergunta o Peeta. — Estão a pedir ao presidente para cancelar os Jogos?

— Acho que nem eles sabem o que estão a pedir. A situação não tem precedentes. Até mesmo a ideia de protestar contra a política do Capitólio é fonte de confusão para as pessoas daqui — explica o Haymitch. — Mas o Snow nunca irá cancelar os Jogos. Sabem disso, não sabem?

Sabemos. Claro, ele nunca poderia voltar atrás agora. A única alternativa que lhe resta é ripostar, e ripostar com força. — Os outros foram para casa? — pergunto.

— Mandaram-nos para casa, mas não sei se conseguirão passar pela multidão — responde o Haymitch.

— Então não voltaremos a ver a Effie — lembra o Peeta. Não a vimos na manhã dos Jogos no ano passado. — Agradece-lhe, por nós.

— Mais do que isso. Diz-lhe qualquer coisa especial. Afinal é a Effie — comento. — Diz-lhe que estamos muito gratos e que ela é a melhor acompanhante de sempre e diz-lhe... diz-lhe que gostamos muito dela

Durante algum tempo ficamos ali em silêncio, adiando o inevitável. Depois o Haymitch di-lo: — Acho que este é o momento em que nos despedimos.

— Algum último conselho? — pergunta o Peeta.

— Mantenham-se vivos — resmunga o Haymitch, repetindo o que é quase uma velha piada entre nós agora. Depois dá um abraço rápido a cada um e percebo que é tudo o que ele consegue aguentar. — Vão dormir. Precisam de descansar.

Eu sei que devia dizer muito mais ao Haymitch, mas não consigo lembrar-me de nada que ele já não saiba, na verdade, e de qualquer maneira sinto a garganta tão apertada que duvido que conseguisse falar sequer. Então, mais uma vez, deixo o Peeta falar pelos dois.

— Cuida de ti, Haymitch.

Atravessamos a sala mas, à porta, a voz do Haymitch detém-nos. — Katniss, quando estiveres na arena — começa. Depois faz uma pausa. Está a olhar para mim de sobrolho tão carregado que tenho quase a certeza de que já o desiludi.

— O quê? — pergunto, na defensiva.

— Lembra-te de quem é o inimigo — diz-me o Haymitch. — Só isso. Agora vão. Saiam daqui.

Percorremos o corredor. O Peeta quer passar pelo quarto dele para tomar um duche e tirar a maquilhagem e encontrar-se comigo depois, mas não o deixo. Tenho a certeza de que se uma porta se fechar entre nós, será trancada e eu terei de passar a noite sozinha. Além disso, tenho um chuveiro no meu quarto. Recuso-me a largar-lhe a mão.

Dormimos? Não sei. Passamos a noite agarrados um ao outro, algures entre o sonho e a vigília. Sem falar. Ambos com medo de perturbar o outro na esperança de conseguirmos armazenar alguns preciosos minutos de descanso.

O Cinna e a Portia chegam com o despontar do dia, e eu sei que o Peeta tem de se ir embora. Os tributos entram sozinhos na arena. Ele dá-me um pequeno beijo. — Até breve — diz.

— Até breve — respondo.

O Cinna, que me vai ajudar a vestir-me para os Jogos, acompanha-me até ao terraço. Começo a subir a escada para a aeronave quando me lembro. — Não me despedi da Portia.

— Eu digo-lhe — promete o Cinna.

A corrente eléctrica prende-me à escada até o médico me injectar o *chip* de localização no antebraço esquerdo. Agora conseguirão sempre localizar-me na arena. A aeronave levanta voo. Olho lá para fora através das janelas até estas escurecerem. O Cinna continua a insistir para que eu coma e, quando isso não resulta, para que beba. Consigo beberricar um pouco de água, pensando nos dias de desidratação que quase me mataram no ano passado. Pensando em como precisarei de todas as minhas forças para salvar a vida do Peeta.

Quando chegamos à Sala de Lançamento na arena, tomo um duche. O Cinna faz-me a trança e ajuda-me a vestir a roupa interior. A indumentária dos tributos este ano consiste num fato-macaco azul justo, feito de um tecido muito fino e com um fecho de correr à frente, num cinto acolchoado e coberto de um plástico roxo brilhante com quinze centímetros de largura e num par de sapatos de *nylon* com solas de borracha.

— Que achas? — pergunto, estendendo o tecido para o Cinna examinar.

Ele franze as sobrancelhas enquanto esfrega o tecido fino entre os dedos. — Não sei. Não ajudará muito a proteger-te do frio e da água.

— E do sol? — pergunto, imaginando um sol escaldante sobre um deserto árido.

— Talvez. Se foi tratado — responde ele. — Ah, quase me esquecia disto. — Tira o meu alfinete dourado com o mimo-gaio do bolso e prende-o ao fato-macaco.

— O meu vestido ontem à noite... foi fantástico — digo-lhe. Fantástico e imprudente. Mas o Cinna deve saber isso.

— Achei que poderias gostar — comenta ele, com um leve sorriso.

Como no ano passado, sentamo-nos de mãos dadas até a voz me mandar preparar para o lançamento. Ele acompanha-me à placa redonda de metal e fecha-me com cuidado a gola do fato-macaco. — Lembra-te, rapariga em chamas — diz —, continuo a apostar em ti. — Beija-me na testa e afasta-se quando o cilindro de vidro começa a descer à minha volta.

— Obrigada — respondo, mas ele provavelmente já não me consegue ouvir. Levanto o queixo, como ele sempre me aconselha, e espero de cabeça erguida que a placa comece a subir. Mas não sobe. Ainda não.

Olho para o Cinna, erguendo interrogativamente as sobrancelhas. Ele abana ligeiramente a cabeça, tão perplexo como eu. Porque estarão a atrasar o lançamento?

Então a porta atrás do Cinna abre-se de repente e três Soldados da Paz saltam para dentro da sala. Enquanto dois lhe prendem os braços atrás das costas e lhe colocam algemas o terceiro bate-lhe na fronte com tanta força que o põe de joelhos. Mas eles continuam a agredi-lo com luvas tachonadas, abrindo-lhe feridas profundas na cara e no corpo. Eu estou a gritar desalmadamente, batendo no vidro duro, procurando alcançá-lo. Os Soldados da Paz ignoram-me completamente e arrastam o corpo mole do Cinna para fora da sala. Ficam apenas as manchas de sangue no chão.

Aturdida e aterrorizada, sinto a placa começar a subir. Ainda estou encostada ao vidro quando sinto a brisa no cabelo e faço um esforço para me endireitar. E mesmo a tempo, porque o vidro está a recuar, expondo-me na arena. Parece haver algo de errado com a minha visão. O chão é demasiado claro e brilhante e não pára de ondular. Olho para os meus pés e vejo que a placa de metal está rodeada de ondas azuis que me batem nas botas. Ergo os olhos lentamente e vejo a água que se estende em todas as direcções.

Só consigo formular um pensamento claro.

Isto não é lugar para uma rapariga em chamas.

PARTE TRÊS

O INIMIGO

19

— Minhas senhoras e meus senhores, bem-vindos aos Septuagésimos Quintos Jogos da Fome! — A voz do Claudius Templesmith, o apresentador dos Jogos da Fome, ressoa-me nos ouvidos. Tenho menos de um minuto para me orientar. Depois soará o gongo e os tributos poderão sair das suas placas de metal. Mas para onde?

Não consigo decidir. A imagem do Cinna, ferido e ensanguentado, consome-me por completo. Onde está ele agora? Que lhes estarão a fazer? A torturá-lo? A matá-lo? A transformá-lo num Avox? É óbvio que a sua detenção foi planeada para me transtornar, exactamente como a presença do Darius nos meus aposentos. E transtornou-me, de facto. Só me apetece cair na placa de metal. Mas depois do que acabei de testemunhar, não posso fazer isso. Tenho de ser forte. Devo-o ao Cinna, que arriscou tudo desafiando o presidente Snow e transformando a seda do meu vestido de noiva em plumagem de mimo-gaio. E devo-o aos rebeldes que, animados pelo exemplo do Cinna, poderão estar a lutar para derrubar o Capitólio neste momento. A minha recusa de participar nos Jogos segundo as regras do Capitólio será o meu último acto de rebeldia. Por isso cerro os dentes, reúno toda a minha força de vontade, e resolvo ser uma concorrente.

Onde estás? Ainda não consigo perceber o que me rodeia. *Onde estás?!* Exijo uma resposta a mim mesma, e lentamente o mundo começa a tornar-se claro. Água azul. Céu cor-de-rosa. Sol branco e quente. Muito bem, lá está a Cornucópia, o corno cintilante de metal dourado, a uns quarenta metros de distância. A princípio, parece situada numa ilha redonda. Mas depois vejo as estreitas faixas de terra irradiando do círculo como os raios de uma roda. Julgo que sejam dez ou doze, e parecem equidistantes umas das outras. Entre os raios, há apenas água. Água e um par de tributos.

É isso, então. Há doze raios, e entre cada um estão dois tributos equilibrados em placas de metal. O outro tributo no meu segmento de água é o velho Woof do Distrito 8. Está à minha direita, à mesma distância que a faixa de terra à minha esquerda. Depois da água, para onde quer que olhe, estende-se uma praia estreita rodeada de vegetação cerrada. Passo rapidamente os olhos pelo círculo de tributos, procurando o Peeta, mas ele deve estar do outro lado da Cornucópia.

Apanho uma mão-cheia de água quando uma onda me chega aos pés e cheiro-a. Depois levo a ponta do dedo molhado à língua. Como desconfiava, é água salgada. Como as ondas que eu e o Peeta vimos no nosso breve passeio pela praia do Distrito 4. Mas esta pelo menos parece limpa.

Não há barcos, nem cordas, nem sequer um bocado de madeira flutuante a que nos possamos agarrar. Não, há apenas uma maneira de chegar à Cornucópia. Quando soa o gongo, nem sequer hesito antes de mergulhar para a minha esquerda. É uma distância mais longa do que aquela a que estou habituada, e romper as ondas exige um pouco mais perícia do que atravessar o meu lago tranquilo no bosque, mas o meu corpo parece estranhamente leve e cruzo a água sem esforço. Talvez seja o sal. Subo, encharcada, para a faixa de terra, e corro pela extensão de areia até à Cornucópia. Não consigo ver mais ninguém chegando do meu lado, embora o corno dourado me obstrua grande parte da vista. Contudo, não deixo que a ideia de adversários me atrase a corrida. Agora penso como uma Profissional, e a primeira coisa que tenho de fazer é deitar mãos a uma arma.

No ano passado os mantimentos estavam amplamente espalhados em torno da Cornucópia, com os mais valiosos no centro. Este ano, porém, as coisas parecem estar empilhadas junto à abertura de seis metros de altura. Os meus olhos detectam imediatamente um arco dourado mesmo ao alcance do meu braço e arranco-o da pilha.

Há alguém atrás de mim. Sou alertada por, não sei, um pequeno movimento da areia ou talvez apenas uma mudança na corrente de ar. Tiro uma seta da aljava que continua presa à pilha e estico o arco ao voltar-me.

O Finnick, reluzente e magnífico, está a alguns metros de distância, preparando-se para me lançar um tridente. Traz uma rede pendurada na outra mão. Sorri levemente, mas tem os músculos tensos, prontos para agir. — Também sabes nadar — constata. — Onde é que aprendeste isso no Distrito 12?

— Temos uma banheira grande — respondo.

— Devem ter — comenta. — Gostas da arena?

— Nem por isso. Mas tu deves gostar. Parece construída especialmente para ti — respondo, com algum rancor. É o que parece, de facto, com toda aquela água, quando aposto que apenas meia dúzia dos vencedores sabe nadar. E não havia piscina no Centro de Treino, nenhuma possibilidade de aprender. Ou entram aqui a saber nadar ou é melhor que aprendam depressa. Mesmo a participação no banho de sangue inicial depende da capacidade de atravessar vinte metros de água. Isso dá ao Distrito 4 uma enorme vantagem.

Durante um momento, ficamos paralisados, medindo-nos, avaliando as nossas armas, as nossas capacidades. Depois ele sorri, subitamente. — Que sorte sermos aliados. Certo?

Pressentindo uma armadilha, estou prestes a largar a minha flecha, esperando que esta lhe descubra o coração antes de o tridente me empalar, quando o Finnick mexe a mão e algo no pulso dele reflecte a luz do sol. Uma pulseira de ouro maciço com desenhos de chamas. A mesma que me lembro de ver no pulso do Haymitch na manhã em que começaram os treinos. Penso por um momento que o Finnick a poderá ter roubado para me enganar mas, por alguma razão, sei que não é o caso. O Haymitch deu-lhe a pulseira. Como um sinal para mim. Uma ordem, na verdade. Para confiar no Finnick.

Oiço outros passos a aproximar-se. Tenho de decidir. — Certo! — respondo, bruscamente. Porque apesar de o Haymitch ser meu mentor e estar a tentar proteger-me, sinto-me furiosa. Porque não me disse que tinha feito este acordo? Provavelmente porque eu e o Peeta tínhamos recusado aliados. Agora o Haymitch escolheu um sozinho.

— Baixa-te! — O Finnick exclama com uma voz tão forte, tão diferente do seu habitual ronronar sedutor, que obedeço. O tridente dele passa por cima da minha cabeça e oiço o ruído repugnante da arma a atingir o seu alvo. O homem do Distrito 5, o bêbado que vomitou no chão do posto das espadas, cai de joelhos no chão quando o Finnick lhe arranca o tridente do peito. — Não confies nem no Distrito 1 nem no 2 — adverte o Finnick.

Não há tempo para contestar o seu aviso. Solto a aljava de flechas da pilha. — Cada um vai para um lado? — sugiro. Ele acena que sim e eu contorno rapidamente a pilha. A cerca de quatro raios de distância, a Enobaria e o Gloss estão a acabar de chegar a terra. Ou nadam devagar ou acharam que a água pudesse estar cheia de outros perigos, o que não seria mal pensado. Mas às vezes não é bom pensar em muitos cenários. E agora que eles chegaram à areia, estarão aqui em poucos segundos.

— Alguma coisa útil? — oiço o Finnick a gritar.

Examino rapidamente a pilha do meu lado e encontro clavas, espadas, arcos e flechas, tridentes, facas, lanças, machados, objectos metálicos que não conheço... e mais nada.

— Armas! — respondo. — Só armas!

— Aqui também — confirma ele. — Pega no que quiseres e vamos embora!

Atiro uma flecha à Enobaria, que a meu ver já se aproximou demasiado, mas ela está atenta e volta a mergulhar na água. O Gloss não é tão rápido, e espeto-lhe uma flecha na barriga da perna quando ele mergulha nas ondas. Depois ponho outro arco e outra aljava de flechas a tiracolo, prendo duas facas compridas e uma sovela ao cinto e junto-me ao Finnick no outro lado da pilha.

— Trata dele, está bem? — pede o Finnick. Vejo o Brutus precipitar-se na nossa direcção. Tirou o cinto e estica-o entre as mãos como uma espécie de escudo. Atiro-lhe uma flecha e ele consegue travá-la com o cinto e evitar que lhe atinja o fígado. Quando a flecha perfura o cinto, um esguicho de líquido roxo pinta-lhe a cara. Quando rearmo, o Brutus atira-se ao chão, rebola para a água e mergulha. Oiço o ruído de algo de metal a cair atrás de mim. — Vamos embora — digo ao Finnick.

Esta última altercação deu à Enobaria e ao Gloss tempo para alcançarem a Cornucópia. O Brutus está ao alcance das minhas flechas e, com certeza, a Cashmere também estará algures por perto. Estes quatro Profissionais clássicos terão sem dúvida formado uma aliança. Se tivesse de pensar só na minha segurança, poderia enfrentá-los com o Finnick a meu lado. Mas é no Peeta que estou a pensar. Vejo-o agora, ainda encalhado na sua placa de metal. Corro na direcção dele, e o Finnick segue-me sem hesitar, como se soubesse que este seria o meu próximo passo. Quando chego à margem mais próxima da placa do Peeta, começo a tirar as facas do cinto, preparando-me para nadar até ele e, de alguma maneira, trazê-lo para terra.

O Finnick põe-me uma mão no ombro. — Eu vou buscá-lo.

A suspeita acende-se logo dentro de mim. Será um ardil? Para o Finnick ganhar a minha confiança e depois nadar até lá e afogar o Peeta?

— Eu consigo — insisto.

Mas o Finnick já deixou cair todas as suas armas no chão. — É melhor não fazeres esforços. Não na tua condição — adverte, estendendo a mão e dando-me uma palmadinha no abdómen.

Ah, pois. Devia estar grávida, penso. Enquanto tento pensar no que isso poderá implicar e em como devo comportar-me — talvez vomitar ou coisa parecida — o Finnick já se posicionou à beira da água.

— Protege-me — pede-me. Depois desaparece com um mergulho impecável.

Levanto o meu arco, atenta a quaisquer atacantes do lado da Cornucópia, mas ninguém parece interessado em perseguir-nos. Como esperava, o Gloss, a Cashmere, a Enobaria e o Brutus já se reuniram no seu bando e estão a escolher as suas armas. Uma vista rápida pelo resto da arena revela que a maioria dos tributos continua presa nas suas placas. Não, há alguém no raio à minha esquerda, no lado oposto ao do Peeta. É a Mags. Contudo, nem se dirige para a Cornucópia nem tenta fugir. Mete-se outra vez na água e começa a chapinhar na minha direcção, com a cabeça grisalha boiando por cima das ondas. Bem, ela pode ser velha, mas imagino que depois de oitenta anos de vida no Distrito 4 consiga manter-se à tona da água.

O Finnick já alcançou o Peeta agora e está a rebocá-lo de volta, com um braço no peito dele e o outro impelindo-os pela água com braçadas fáceis. O Peeta deixa-se levar sem resistir. Não sei o que o Finnick disse ou fez para o convencer a confiar-lhe a vida — mostrou-lhe a pulseira, talvez. Ou talvez me tivesse visto à sua espera e isso bastara. Quando eles chegam à margem, ajudo a puxar o Peeta para a areia.

— Olá, outra vez — diz ele, e dá-me um beijo. — Temos aliados.

— Sim. Como o Haymitch queria.

— Lembra-me, fizemos acordos com mais alguém? — pergunta o Peeta.

— Só com a Mags, penso eu — respondo. Aceno com a cabeça na direcção da velhota que se dirige teimosamente para nós.

— Bem, não posso abandonar a Mags — afirma o Finnick. — É uma das poucas pessoas que gosta mesmo de mim.

— Não tenho nada contra a Mags — asseguro-lhe. — Sobretudo agora que vejo a arena. Os anzóis dela são provavelmente a nossa melhor hipótese de conseguir uma refeição.

— A Katniss queria ficar com ela desde o primeiro dia — lembra o Peeta.

— A Katniss tem um bom senso extraordinário — declara o Finnick. Com uma mão, tira a Mags da água como se ela não pesasse mais do que um cachorrinho. Ela faz um comentário que julgo incluir a palavra «bóia» e depois dá uma palmadinha no cinto.

— Olha, ela tem razão. Alguém já percebeu. — O Finnick aponta para o Beetee. Ele parece debater-se nas ondas, mas consegue manter a cabeça acima da água.

— O quê? — pergunto.

— Os cintos. São bóias — informa o Finnick. — Quero dizer, tens de te impelir para a frente, mas não te deixam ir ao fundo.

Quase peço ao Finnick para esperar, para ir buscar o Beetee e a Wiress e levá-los connosco, mas o Beetee está a três raios de distância e nem sequer consigo ver a Wiress. Tanto quanto sei, o Finnick pode matá-los tão depressa como matou o tributo do Distrito 5, por isso sugiro que avancemos. Dou ao Peeta um arco, uma aljava e uma faca, guardando o resto para mim. Mas a Mags puxa-me a manga e não pára de balbuciar até eu lhe dar a sovela. Satisfeita, prende o cabo entre as gengivas e levanta os braços para o Finnick. Ele atira a rede para cima do ombro, coloca a Mags em cima, agarra nos tridentes com a mão livre, e fugimos da Cornucópia.

Onde termina a areia, ergue-se abruptamente o bosque. Não, não verdadeiramente um bosque. Pelo menos não dos que eu conheço. *Selva*. A palavra estrangeira e quase obsoleta vem-me à cabeça. Qualquer coisa que ouvi nos outros Jogos da Fome ou aprendi com o meu pai. Desconheço a maioria das árvores, com troncos lisos e poucos ramos. A terra é muito escura e esponjosa por baixo dos pés, quase sempre coberta de trepadeiras com flores coloridas. Embora o sol seja quente e brilhante, o ar está carregado de humidade, e fico com a sensação de que aqui nunca estarei completamente seca. O fino tecido azul do fato-macaco deixa a água salgada evaporar facilmente, mas já começou a colar-se ao corpo com o suor.

O Peeta segue à frente, cortando a vegetação densa com a sua faca comprida. Peço ao Finnick para ir em segundo lugar porque apesar de ser o mais forte, tem as mãos ocupadas com a Mags. Além disso, apesar de ele ser um mestre com aquele tridente, esta é uma arma menos adequada à selva do que as minhas flechas. Com a subida íngreme e o calor, não tarda muito para que estejamos todos sem fôlego. Contudo, eu e o Peeta tivemos treinos intensos, e o Finnick é um espécime físico tão espantoso que mesmo com a Mags ao ombro consegue subir rapidamente quase dois quilómetros antes de pedir para descansar. E mesmo então creio que é mais por causa da Mags do que por ele próprio.

A folhagem escondeu-nos a Cornucópia da vista, por isso subo a uma árvore com ramos escorregadios para ver melhor. E depois arrependo-me.

Em redor da Cornucópia, o chão parece estar a sangrar; a água tem manchas púrpuras. Há corpos deitados no chão e a boiar no mar, mas a esta distância, com toda a gente vestida de igual, não sei quem está vivo ou morto. Só sei é que algumas das minúsculas figuras azuis continuam a lutar. Que esperava, afinal? Que a cadeia de vencedores de mãos dadas de ontem à noite resultasse nalguma trégua generalizada na arena? Não, nunca acreditei nisso. Mas confesso que esperava que as pessoas pudessem mostrar algum... o quê? Comedimento? Relutância, pelo menos. Antes de se lançarem directamente na carnificina. *E vocês conheciam-se todos*, penso. *Comportaram-se como se fossem amigos.*

Só tenho um verdadeiro amigo aqui dentro. E não é do Distrito 4.

Deixo a brisa suave e húmida refrescar-me a cara enquanto tomo uma decisão. Apesar da pulseira, devia simplesmente resolver o assunto e matar o Finnick. Na verdade, não há qualquer futuro nesta aliança. E ele é demasiado perigoso para deixá-lo partir. Este momento, em que temos esta confiança hesitante, talvez seja a minha única hipótese de o matar. Poderia atingi-lo facilmente nas costas enquanto caminhamos. Seria desprezível, claro. Mas será menos desprezível se esperar? Se o conhecer melhor? Para ficar a dever-lhe mais? Não, o momento é este. Lanço um último olhar às figuras que se digladiam, ao chão ensanguentado, para fortalecer a minha decisão, e depois deslizo para o chão.

Quando aterro, porém, descubro que o Finnick me acompanhou nos pensamentos. Como se soubesse o que vi e como me afectou. Ele tem um dos tridentes erguido numa posição defensiva mas descontraída.

— Que se passa lá em baixo, Katniss? Resolveram todos dar as mãos? Fizeram um voto de não-violência? Lançaram as armas ao mar em desafio ao Capitólio? — pergunta o Finnick.

— Não — respondo.

— Não — repete o Finnick. — Porque o que aconteceu no passado fica no passado. E ninguém nesta arena foi vencedor por acaso. — Ele olha para o Peeta durante um momento. — Excepto talvez o Peeta.

O Finnick sabe então o que eu e o Haymitch sabemos. Acerca do Peeta. Que ele é verdadeira e profundamente melhor do que todos nós. O Finnick matou aquele tributo do Distrito 5 sem pestanejar. E eu, quanto tempo levei a desenterrar o meu instinto assassino? Atirei a matar quando apontei à Enobaria, ao Gloss e ao Brutus. O Peeta teria pelo menos tentado negociar primeiro. Visto se seria possível uma aliança mais ampla. Mas com que fim? O Finnick tem razão. Eu tenho razão. As pessoas nesta arena não foram coroadas pela sua compaixão.

Olho o Finnick nos olhos, medindo a sua velocidade contra a minha. O tempo que levará lançar-lhe uma flecha ao cérebro contra o tempo que o seu tridente levará a chegar ao meu corpo. Consigo vê-lo, esperando que eu dê o primeiro passo. Calculando se deve defender-se primeiro ou partir directamente para o ataque. Sinto que estamos quase a tomar uma decisão quando o Peeta se mete deliberadamente entre nós.

— Então, quantos morreram? — pergunta.

Sai, idiota, penso. Mas ele continua plantado firmemente entre nós.

— É difícil dizer — respondo. — Pelo menos seis, acho. E continuam a lutar.

— Vamos continuar. Precisamos de água — urge o Peeta.

Até agora não vimos qualquer sinal de um ribeiro ou lagoa de água doce, e a água salgada não é potável. Volto a pensar nos últimos Jogos, em que quase morri de desidratação.

— É melhor encontrarmos água depressa — avisa o Finnick. — Precisamos de estar escondidos quando os outros vierem caçar-nos hoje à noite.

Precisamos. Nós. Caçar-nos. Está bem, talvez matar o Finnick fosse um pouco prematuro. Até agora tem-se mostrado sempre pronto para ajudar. E tem o selo de aprovação do Haymitch. E quem sabe o que nos espera hoje à noite? Se for preciso, posso sempre matá-lo quando estiver a dormir. Por isso, deixo o momento passar. E o Finnick também.

A falta de água aumenta a minha sede. Mantenho-me atenta enquanto subimos, mas sem sorte. Após quase dois quilómetros, vejo o fim da linha de árvores e presumo que estejamos a chegar ao cimo da colina. — Talvez tenhamos mais sorte do outro lado. Poderá haver uma nascente ou qualquer coisa.

Mas não há outro lado. Percebo isso antes de qualquer um dos outros, apesar de estar mais longe do topo. Os meus olhos detectam um estranho quadrado ondulante pairando como uma vidraça empenada no ar. A princípio julgo que seja o brilho do sol ou as ondas de calor que se elevam do chão. Mas está fixo no espaço, não muda de posição quando me desloco. E é então que associo o quadrado à Wiress e ao Beetee no Centro de Treino e percebo o que está à nossa frente. O meu grito de aviso está mesmo a chegar-me aos lábios quando a faca do Peeta desce para cortar uns ramos de trepadeira.

Ouvimos um forte ruído eléctrico. Por um instante, as árvores desaparecem e vejo um espaço aberto numa curta extensão de terra deserta. Depois o Peeta é lançado para trás pelo campo eléctrico, deitando o Finnick e a Mags ao chão.

Corro para onde ele está deitado, imóvel, preso num emaranhado de trepadeiras. — Peeta? — Sinto um leve cheiro a cabelo queimado. Volto a chamar o nome dele, dando-lhe um pequeno abanão, mas ele não reage. Passo-lhe os dedos pelos lábios, mas não sinto qualquer hálito quente apesar de momentos antes ele estar a ofegar. Encosto o meu ouvido ao peito dele, ao lugar onde pouso sempre a minha cabeça, onde sei que ouvirei o batimento forte e constante do seu coração.

Mas encontro apenas o silêncio.

20

— Peeta! — grito. Abano-o com mais força, começo até a dar-lhe bofetadas na cara, mas em vão. O coração dele parou. Estou a esbofetear o vazio. — Peeta!

O Finnick encosta a Mags a uma árvore e afasta-me do caminho.
— Deixa-me! — Os dedos dele apalpam vários pontos no pescoço do Peeta, percorrem-lhe os ossos nas costelas e na espinha. Depois fecham as narinas do Peeta.

— Não! — grito, atirando-me ao Finnick, pois decerto ele pretende certificar-se de que o Peeta está morto, retirar-lhe qualquer esperança de vida. O Finnick levanta a mão e bate-me com tanta força, tão em cheio no peito, que eu voo de encontro ao tronco de uma árvore próxima. Fico atordoada por um momento, por causa da dor, tentando recuperar o fôlego, enquanto vejo o Finnick tapar novamente o nariz do Peeta. De onde estou sentada, saco de uma flecha, coloco-a no lugar e estou prestes a largá-la quando sou detida pela visão do Finnick a beijar o Peeta. E é tão estranho, mesmo para o Finnick, que imobilizo a mão. Não, não está a beijá-lo. Tem o nariz do Peeta tapado mas abre-lhe a boca, e está a soprar-lhe ar para os pulmões. Consigo ver isso, vejo mesmo o peito do Peeta a subir e a descer. Depois o Finnick abre a parte de cima do fato--macaco do Peeta e começa a fazer-lhe pressão sobre o coração com as mãos. Agora que já ultrapassei o choque, percebo o que ele está a tentar fazer.

Lembro-me de ver a minha mãe tentar algo semelhante, mas não muitas vezes. Quando o coração de alguém pára no Distrito 12, é pouco provável que a família consiga levá-lo à minha mãe a tempo. Por isso ela recebe sobretudo os queimados, feridos ou doentes. E os famintos, claro.

Mas o mundo do Finnick é diferente. O que quer que seja que está fazer, já o fez antes. Tem um ritmo e um método muito rigorosos. Deixo cair a ponta da flecha no chão enquanto me encosto à árvore para esperar, desesperada, por algum sinal de sucesso. Os minutos vão se arrastando, agonizantes. As minhas esperanças diminuem. Quando já estou a decidir que é tarde demais, que o Peeta está morto, longe, inalcançável para sempre, ele tosse levemente e o Finnick afasta-se.

Deixo as minhas armas no chão e precipito-me para ele. — Peeta? — chamo, baixinho. Afasto-lhe os fios molhados de cabelo louro da testa e sinto-lhe a pulsação no pescoço.

Ele pestaneja e olha-me nos olhos. — Cuidado — diz, numa voz fraca. — Há um campo eléctrico em frente.

Ri-me, mas sinto lágrimas a escorrer-me pela face.

— Deve ser muito mais forte do que aquele no terraço do Centro de Treino — continua o Peeta. — Mas estou bem. Só um pouco abalado.

— Estavas morto! O teu coração parou! — exclamo, antes de pensar se lhe devia dizer isso. Tapo rapidamente a boca com a mão porque começo a fazer uns ruídos sufocantes e horríveis enquanto soluço.

— Bem, parece já estar a trabalhar — responde o Peeta. — Está tudo bem, Katniss. — Aceno com a cabeça mas os soluços não param. — Katniss? — Agora o Peeta está preocupado comigo, aumentando a doidice de tudo aquilo.

— Não te preocupes. São só as hormonas dela — assegura o Finnick. — Por causa do bebé. — Levanto a cabeça e vejo-o, sentado sobre os joelhos mas ainda um pouco ofegante por causa da subida e do calor e do esforço de ressuscitar o Peeta.

— Não. Não são... — deixo escapar, mas sou interrompida por um ataque de soluços ainda mais histérico do que o anterior e que só parece confirmar o que o Finnick disse acerca do bebé. Ele olha-me nos olhos e eu fito-o furiosa através das lágrimas. É uma estupidez, eu sei, que os esforços dele me deixem tão irritada. Tudo o que eu queria era salvar o Peeta, e não fui capaz e o Finnick foi, e só devia estar grata. E estou. Mas sinto-me também furiosa porque isso significa que nunca deixarei de estar a dever ao Finnick Odair. Nunca. Como posso então matá-lo quando ele estiver a dormir?

Espero ver uma expressão presunçosa ou sarcástica no rosto dele mas o seu olhar é estranhamente inquisidor. Olha rapidamente para mim e para o Peeta, como se estivesse a tentar perceber alguma coisa, depois abana ligeiramente a cabeça, certamente para a desanuviar. — Como te sentes? — pergunta ao Peeta. — Achas que consegues continuar?

— Não, ele tem de descansar — declaro. Continuo com o nariz a pingar e nem sequer tenho um bocado de pano para usar como lenço.

Então a Mags dá-me uma tira de musgo que arranca da pernada de uma árvore. Estou tão transtornada que nem questiono o seu gesto. Assoo-me ruidosamente e limpo as lágrimas da cara. É agradável, o musgo. Absorvente e surpreendentemente macio.

Reparo num tremeluzir de ouro no peito do Peeta. Estendo a mão e pego no disco que pende do fio que ele traz ao pescoço. Vejo uma gravura do meu mimo-gaio. — É o teu emblema? — pergunto.

— É. Importas-te que tenha usado o teu mimo-gaio? Queria que tivéssemos o mesmo emblema — justifica-se o Peeta.

— Não, claro que não me importo. — Forço um sorriso. O facto de ele aparecer na arena exibindo um mimo-gaio é ao mesmo tempo uma bênção e uma maldição. Por um lado, deve servir de alento aos rebeldes nos distritos. Por outro, duvido que o presidente Snow lhe perdoe o gesto, e isso torna a tarefa de salvar o Peeta mais difícil.

— Querem acampar aqui, então? — pergunta o Finnick.

— Não acho que isso seja sequer uma opção — responde o Peeta. — Ficar aqui. Sem água. Sem protecção. Sinto-me bem, a sério. Se pudermos ir devagar.

— É melhor devagar do que ficarmos parados. — O Finnick ajuda o Peeta a levantar-se enquanto eu me recomponho. Desde que me levantei esta manhã já vi o Cinna ser espancado, aterrei novamente na arena e vi o Peeta morrer. No entanto, ainda bem que o Finnick continua a jogar a cartada da gravidez por mim, porque do ponto de vista dos patrocinadores, não devo estar a sair-me muito bem.

Verifico as minhas armas, que sei estarem em perfeitas condições, porque quero dar a impressão de que já estou recuperada. — Eu vou à frente — anuncio.

O Peeta começa a protestar mas o Finnick interrompe-o. — Não, deixa-a. — Ele olha-me de sobrolho carregado. — Tu percebeste que havia ali um campo eléctrico, não percebeste? Mesmo no último segundo? Ias dar um aviso. — Aceno com a cabeça, confirmando. — Como é que sabias?

Hesito. Revelar que conheço o truque do Beetee e da Wiress para detectar um campo eléctrico pode ser perigoso. Não sei se os Produtores dos Jogos registaram aquele momento durante os treinos em que os dois me indicaram o quadrado ondulante. De qualquer maneira, possuo agora uma informação muito valiosa. E se eles souberem que a possuo, poderão fazer alguma coisa para alterar o campo eléctrico, para que eu deixe de ver a falha. Por isso, decido mentir. — Não sei. É quase como se fosse capaz de o ouvir. Escutem. — Ficamos todos em silêncio. Há o ruído de insectos, aves, a brisa na folhagem.

— Não oiço nada — diz o Peeta.

— Sim — insisto —, é como o ruído da vedação no Distrito 12 quando está ligada, só que muito mais baixo. — Toda a gente volta a escutar atentamente. Eu também, embora não haja nada para escutar. — Lá está — digo. — Não conseguem ouvir? Vem mesmo dali onde o Peeta apanhou o choque.

— Também não oiço — afirma o Finnick. — Mas se tu ouves, então faz favor, vai à frente.

Decido continuar a farsa. — Que esquisito — comento. Viro a cabeça de um lado para o outro, como se estivesse confusa. — Só consigo ouvir do ouvido esquerdo.

— O que os médicos reconstruíram? — pergunta o Peeta.

— Sim — respondo, depois encolho os ombros. — Talvez tenham feito melhor do que pensavam. Às vezes oiço coisas esquisitas deste lado, sabem? Coisas que normalmente não imaginarias que fizessem barulho. Como as asas de um insecto. Ou a neve caindo no chão. — Perfeito. Agora todas as atenções se voltarão para os cirurgiões que me arranjaram o ouvido surdo depois dos Jogos no ano passado, e eles terão de explicar por que razão consigo ouvir como um morcego.

— Tu — diz a Mags, empurrando-me para a frente com o cotovelo. Percebo que é um sinal para eu tomar a dianteira. Como vamos ter de nos deslocar devagar, a Mags prefere andar com a ajuda de um ramo que o Finnick converte rapidamente numa bengala. Faz também um bordão para o Peeta, o que é bom porque, apesar dos seus protestos, calculo que a única coisa que o Peeta realmente gostaria de fazer era deitar-se. O Finnick segue atrás, portanto temos pelo menos alguém atento a vigiar-nos a retaguarda.

Caminho com o campo eléctrico à minha esquerda, porque supostamente esse é o lado do meu ouvido super-humano. Mas como isso é tudo mentira, corto um cacho de umas nozes duras que pendem como uvas de uma árvore próxima e atiro-as à minha frente à medida que vou avançando. E ainda bem que o faço, pois tenho a sensação de que não estou a ver todos os quadrados que indicam o campo eléctrico. Sempre que uma noz colide com o campo, provoca um bafo de fumo antes de cair chamuscada e de casca aberta no chão aos meus pés.

Alguns minutos depois apercebo-me de um estalido atrás de mim e volto-me para ver a Mags a descascar uma das nozes e a metê-la na boca já cheia. — Mags! — grito. — Cospe isso para fora. Pode ser venenoso.

Ela resmunga qualquer coisa e ignora-me, lambendo os lábios com manifesto prazer. Dirijo o olhar para o Finnick, esperando ajuda, mas ele ri-se apenas. — Logo ficaremos a saber se é venenoso — responde.

Sigo em frente, pensando no Finnick, que salvou a velha Mags mas deixa-a comer nozes estranhas. A quem o Haymitch concedeu a sua aprovação. Que ressuscitou o Peeta. Porque é que não o deixou morrer? Ninguém o teria culpado. Eu nunca teria adivinhado que ele podia reanimá-lo. Que razão teria para querer salvar o Peeta? E porque estava tão decidido a aliar-se a mim? Decidido a matar-me também, se for preciso. Mas deixando-me a escolha de lutar ou não.

Continuo a andar, atirando as nozes, vislumbrando de vez em quando o campo eléctrico, procurando manter-me à esquerda para encontrar um lugar onde possamos passar, afastar-nos da Cornucópia e, espero, encontrar água. No entanto, uma hora ou duas depois, percebo que isso é inútil. Não estamos a fazer quaisquer progressos à esquerda. Na verdade, o campo eléctrico parece estar a conduzir-nos em círculo. Paro e olho para trás, para a figura coxa da Mags, para a película de suor no rosto do Peeta.

— Vamos fazer uma pausa — sugiro. — Preciso de dar outra vista de olhos lá de cima.

A árvore que escolho parece projectar-se mais no ar do que as outras. Subo pelos seus ramos retorcidos, mantendo-me o mais possível perto do tronco. Ninguém sabe com que facilidade estes ramos flexíveis se poderão partir. Mesmo assim, subo além do que seria sensato, porque há uma coisa que tenho de ver. Quando chego a uma extensão do tronco pouco mais larga do que um galho, oscilando de um lado para o outro na brisa húmida, confirmo as minhas suspeitas. Há uma razão por que não podemos virar à esquerda, nunca poderemos. Desta posição vantajosa mas precária, consigo ver pela primeira vez a arena inteira. Um círculo perfeito. Com uma roda perfeita no centro. O céu por cima da circunferência da selva está tingido de um cor-de-rosa uniforme. E julgo poder divisar um ou dois daqueles quadrados ondulantes, fendas na armadura, como a Wiress e o Beetee lhes chamaram, porque revelam o que devia estar escondido e são por isso uma falha. Só para ter a certeza absoluta, atiro uma flecha ao espaço vazio por cima da linha das árvores. Há um jacto de luz, um vislumbre de um genuíno céu azul, e depois a flecha é devolvida à selva. Desço para dar aos outros a má notícia.

— O campo eléctrico encurralou-nos num círculo. Numa abóbada, a bem dizer. Não sei qual é a altura. Há a Cornucópia, o mar e depois a selva em redor. Tudo muito exacto. Muito simétrico. E não muito grande — explico.

— Viste alguma água? — pergunta o Finnick.

— Só a água salgada onde começámos os Jogos — respondo.

— Tem de haver outra fonte — assevera o Peeta, franzindo o sobrolho. — Senão estaremos todos mortos em poucos dias.

— Bem, a folhagem é muito densa. Talvez haja lagos ou nascentes algures — avento, sem convicção. Sinto instintivamente que o Capitólio talvez queira que estes Jogos impopulares terminem o mais depressa possível. O Plutarch Heavensbee já deve ter recebido ordens para nos eliminar. — Seja como for, não adianta tentar descobrir o que está para lá desta colina, porque a resposta é nada.

— Tem de haver água potável entre o campo eléctrico e a roda — insiste o Peeta. Todos sabemos o que isso significa. Voltar a descer. Voltar para os Profissionais e para o banho de sangue. Com a Mags quase incapaz de andar e o Peeta demasiado fraco para lutar.

Decidimos descer a encosta algumas centenas de metros e continuar a deslocar-nos em círculo. Para ver se há alguma água a esse nível. Continuo na dianteira, atirando de vez em quando uma noz para a minha esquerda, apesar de já nos encontrarmos longe do campo eléctrico. O sol bate-nos com força, transformando o ar em vapor, pregando-nos partidas à vista. A meio da tarde, torna-se evidente que o Peeta e a Mags não podem continuar.

O Finnick escolhe um lugar para acamparmos a uns dez metros do campo eléctrico, dizendo que podemos usá-lo como arma desviando os nossos inimigos para lá se formos atacados. Depois ele e a Mags arrancam várias lâminas finas de uma gramínea que cresce em tufos de um metro e meio de altura e começam a tecer esteiras. Como a Mags parece não se ter dado mal com as nozes, o Peeta colhe vários cachos e decide torrá-las atirando-as ao campo eléctrico. Depois descasca-as metodicamente, juntando o miolo numa folha. Eu fico de guarda, inquieta, cheia de calor, e abalada pelas emoções do dia.

Tenho sede. Tanta sede. Por fim, não aguento mais. — Finnick, porque não ficas tu de vigia e eu vou continuar a procurar água? — sugiro. Ninguém parece contente com a ideia de me ver ir embora sozinha, mas a ameaça da desidratação paira sobre nós.

— Não te preocupes, não irei longe — prometo ao Peeta.

— Eu vou também — oferece-se ele.

— Não, vou também caçar alguma coisa se puder — explico-lhe. Não acrescento: «E tu não podes vir porque fazes muito barulho.» Mas está implícito. Ele não só afugentaria a caça como nos poria em perigo com os seus passos pesados. — Não me demoro.

Desloco-me furtivamente entre as árvores, feliz por verificar que o chão aguenta passos silenciosos. Desço na diagonal, mas só encontro mais vegetação verde e luxuriante.

O ruído do canhão faz-me parar. O banho de sangue inicial junto à Cornucópia deve ter terminado. Já podemos saber o número de tributos mortos. Conto os tiros, cada um representando um tributo morto. Oito. Não tantos como no ano passado. Mas parecem mais porque conheço a maioria dos seus nomes.

Subitamente frágil, encosto-me a uma árvore para descansar. Sinto o calor a extrair-me a humidade do corpo como uma esponja. Já tenho dificuldade em engolir e o cansaço começa a tomar conta de mim. Tento esfregar a mão na barriga, esperando que alguma mulher grávida tenha pena de mim e queira ser minha patrocinadora, e que o Haymitch possa enviar-me alguma água. Não tenho sorte. Deixo-me escorregar para o chão.

Na minha quietude, começo a reparar nos animais: aves estranhas com plumagem brilhante, lagartos nas árvores agitando as suas línguas azuis, e algo que parece um cruzamento entre um rato e um opossum agarrado aos ramos próximos do tronco. Derrubo um destes com uma flecha para o poder ver melhor.

É feio, não há dúvida, um roedor grande com pêlo cinzento mosqueado e dois dentes de aspecto feroz projectando-se sobre os lábios inferiores. Enquanto lhe tiro as tripas e a pele, reparo noutra coisa. Ele tem o focinho molhado. Como um animal que esteve a beber num ribeiro. Animada, começo a examinar o solo junto à árvore e afasto-me lentamente numa espiral. Não pode estar longe, a fonte de água da criatura.

Nada. Não encontro nada. Nem sequer uma gota de orvalho. Por fim, porque sei que o Peeta estará preocupado comigo, regresso ao acampamento, com mais calor e mais frustrada que nunca.

Quando chego, reparo que os outros transformaram o lugar. A Mags e o Finnick construíram uma espécie de cabana, com as esteiras de erva, aberta num dos lados mas com três paredes, um chão e um telhado. A Mags também teceu várias taças que o Peeta encheu de nozes tostadas. Eles voltam os rostos para mim com esperança, mas eu abano a cabeça.

— Não. Nada. Mas está lá. Ele sabia onde — digo, levantando o roedor esfolado para todos verem. — Tinha acabado de beber quando o derrubei de uma árvore, mas não consegui encontrar a fonte. Juro, vasculhei cada milímetro de terreno num raio de trinta metros.

— Podemos comê-lo? — pergunta o Peeta.

— Não sei. A carne não parece muito diferente da de um esquilo. Convém assá-lo... — Hesito quando penso em tentar fazer uma fogueira aqui a partir do nada. Mesmo que consiga, há que ter em conta o fumo. Estamos todos tão próximos uns dos outros nesta arena que é impossível escondê-lo.

O Peeta tem outra ideia. Pega num bocado de carne de roedor, enfia-o na ponta de um pau aguçado e deixa-o cair no campo eléctrico. Ouve-se um crepitar ruidoso e o pau volta a voar para as mãos dele. O bocado de carne fica estorricado por fora mas bem cozido por dentro. Desatamos todos a aplaudir, mas depois paramos de repente, lembrando-nos de onde estamos.

O sol branco desce no céu rosado quando nos recolhemos na cabana. Continuo a desconfiar das nozes, mas o Finnick diz que a Mags as reconheceu de outros Jogos. Nem sequer me preocupei em passar pelo posto das plantas comestíveis nos treinos porque no ano passado isso não me tinha servido de nada. Agora arrependo-me. Pois com certeza deviam lá ter algumas das plantas desconhecidas que me rodeiam. E podia ter tido mais ideias sobre o local onde iria parar. No entanto, a Mags parece bem, e tem estado a comer as nozes há horas. Então pego numa e dou uma pequena dentada. Tem um sabor suave e ligeiramente doce que me faz lembrar a castanha. Decido que não me fará mal. O roedor é rijo, como carne de caça, mas surpreendentemente suculento. Na verdade, não é uma má refeição para a nossa primeira noite na arena. Seria melhor se a pudéssemos regar com alguma coisa.

O Finnick faz muitas perguntas sobre o roedor, que decidimos chamar rato das árvores. A que altura se encontrava, quanto tempo estive a observá-lo antes de matar, que estava ele a fazer? Não me lembro de o ver a fazer grande coisa. Talvez a farejar insectos ou coisa parecida.

Estou com medo da noite. Pelos menos as ervas bem trançadas fornecem alguma protecção contra seja o que for que rasteje na escuridão da selva. Felizmente, pouco antes de o Sol desaparecer no horizonte, surge uma pálida lua branca, oferecendo-nos alguma visibilidade. Aos poucos deixamos de conversar, porque sabemos o que vem a seguir. Sentamo--nos numa fila à entrada da cabana e o Peeta dá-me a mão.

O céu ilumina-se quando a insígnia do Capitólio aparece a flutuar no espaço. Enquanto escuto o hino penso, *Será mais difícil para o Finnick e a Mags*. No entanto, acaba também por ser bastante difícil para mim. Ver os rostos dos oito tributos mortos projectados no céu.

O homem do Distrito 5, que o Finnick matou com o tridente, é o primeiro a aparecer. Isso significa que todos os tributos do 1 ao 4 estão vivos — os quatro Profissionais, o Beetee e a Wiress e, claro, a Mags e o Finnick. Ao homem do Distrito 5 segue-se o morfelinómano do 6, a Cecelia e o Woof do 8, os dois do 9, a mulher do 10, e a Seeder, do 11. A insígnia do Capitólio volta a surgir com uns últimos acordes de música e depois o céu escurece, com a excepção da lua.

Ninguém fala. Não posso afirmar que conhecia bem qualquer um deles, mas penso nos três miúdos agarrados à Cecelia quando ela foi chamada na ceifa. Na simpatia da Seeder quando nos conhecemos. Até a lembrança do morfelinómano de olhos vidrados a pintar-me a face com flores amarelas provoca-me uma dor no peito. Todos mortos. Todos desaparecidos.

Não sei quanto tempo poderíamos ficar ali sentados se não tivesse chegado o pára-quedas prateado, flutuando através da folhagem para aterrar à nossa frente. Ninguém se inclina para o apanhar.

— Para quem será? — pergunto, por fim.

— Ninguém sabe — responde o Finnick. — Porque não deixamos o Peeta abri-lo, uma vez que já morreu hoje?

O Peeta desata o cordel e estende o círculo de seda. No pára-quedas está um pequeno objecto de metal que não consigo identificar.
— O que é isso? — pergunto. Ninguém sabe. O objecto passa de mão em mão, para o examinarmos. É um tubo de metal oco, ligeiramente afunilado numa das pontas. Na outra ponta há uma pequena borda saliente e curvada para baixo. É vagamente familiar. Uma peça que podia ter caído de uma bicicleta, de um varão de cortina, qualquer coisa, na verdade.

O Peeta sopra numa ponta para ver se emite algum som. Nada. O Finnick enfia o dedo mindinho no tubo, experimentando-o como arma. Inútil.

— Podemos pescar com isto, Mags? — pergunto. A Mags, que consegue pescar com quase qualquer coisa, abana a cabeça e resmunga.

Pego no objecto e deixo-o rebolar na palma da mão. Como somos aliados, o Haymitch estará a trabalhar com os mentores do Distrito 4. Ele participou na escolha desta oferta. Isso quer dizer que é valiosa. Indispensável, até. Lembro-me do ano passado, de estar quase a morrer de sede e ele não enviar água porque sabia que eu seria capaz de a encontrar, se me esforçasse. As ofertas do Haymitch, ou a falta delas, transmitem recados importantes. Quase consigo ouvi-lo a resmungar, *Usa o cérebro, se é que tens cérebro. O que é isso?*

Limpo o suor dos olhos e levanto a oferta para a ver contra o luar. Inclino-a de um lado para o outro, examinando-a de ângulos diferentes, tapando certas partes e depois destapando-as. Tentando obrigá-la a revelar-me o seu fim. Por fim, frustrada, enterro uma das pontas na terra.
— Desisto. Talvez se encontrarmos o Beetee ou a Wiress eles consigam descobrir o que é.

Deito-me, encostando a face quente à esteira de erva, olhando irritada para o objecto. O Peeta esfrega-me os músculos tensos entre os ombros e deixo-me descontrair um pouco. Porque será que este lugar ainda não arrefeceu agora que o sol se pôs?

Penso no que estará a acontecer em casa. Na Prim. Na minha mãe. No Gale. Na Madge. Penso neles a ver-me em casa. Pelo menos espero que estejam em casa. Não na prisão, detidos pelo Thread. Sendo castigados como o Cinna. Como o Darius. Castigados por causa de mim. Toda a gente.

Começo a sentir saudades deles, do meu distrito, do meu bosque. De um bosque como deve ser, com robustas árvores de madeira dura, comida abundante, animais que não sejam repelentes. Ribeiros cheios de água. Brisas frescas. Não, ventos frios para dispersar este calor sufocante. Invoco um vento desses na minha mente, deixando-o congelar-me as bochechas e entorpecer-me os dedos e, de repente, a peça de metal meio enterrada na terra preta tem um nome.

— Uma bica! — exclamo, sentando-me muito direita.
— O quê? — pergunta o Finnick.

Arranco a coisa do chão e limpo-a. Envolvo a ponta afunilada com a mão, ocultando-a, e examino a borda. Sim, já vi uma coisa destas. Num dia frio e ventoso há muito tempo, quando estava no bosque com o meu pai. Inserida num buraco escavado no tronco de um bordo. Um sulco para a seiva escorrer para o nosso balde. O xarope de bordo era capaz de transformar até o nosso simples pão num regalo. Depois de o meu pai morrer, não soube o que aconteceu à meia dúzia de bicas que ele tinha. Escondidas no bosque algures, provavelmente. Para nunca mais serem encontradas.

— É uma bica. Uma espécie de torneira. Enfia-se numa árvore e a seiva escorre para fora. — Olho para os troncos verdes e duros à minha volta. — Bem, o tipo certo de árvore.

— Seiva? — pergunta o Finnick. Eles também não têm o tipo certo de árvore junto ao mar.

— Para fazer xarope — explica o Peeta. — Mas deve haver outra coisa no interior destas árvores.

Levantamo-nos todos ao mesmo tempo. A nossa sede. A falta de nascentes. As presas dianteiras aguçadas do rato das árvores e o focinho molhado. Só pode haver uma coisa preciosa no interior destas árvores. O Finnick prepara-se para enfiar a bica na casca verde de uma árvore enorme, martelando-a com uma pedra, mas eu detenho-o. — Espera. Podes estragá-la. Primeiro é preciso fazer um furo.

Não temos nada com que furar, então a Mags oferece a sovela e o Peeta espeta-a directamente na casca da árvore, enterrando a ponta uns cinco centímetros. Ele e o Finnick revezam-se a abrir o buraco com a sovela e as facas até conseguirem a profundidade suficiente. Depois introduzo a bica com cuidado e afastamo-nos todos para observar. A princípio nada acontece. Depois uma gota de água escorre pela borda e cai na palma da mão da Mags. Ela lambe-a e estende as mãos para receber mais.

Rodando e ajustando a bica, conseguimos um fio de água constante. Revezamo-nos a colocar a boca por baixo da bica, molhando as nossas línguas ressequidas. A Mags traz um cesto, e a erva está tão bem entrançada que contém a água. Enchemos o cesto e passamo-lo em volta, dando grandes goles e, depois, com grande luxo, borrifando e lavando a cara. Como tudo aqui, a água é um pouco quente, mas não estamos em condições de ser esquisitos.

Sem a nossa sede para nos distrair, apercebemo-nos todos de como estamos exaustos e preparamo-nos para dormir. No ano passado, procurei sempre ter as minhas coisas prontas no caso de ter de fugir de repente a meio da noite. Este ano, não há mochila para arrumar. Apenas as armas, que de qualquer modo nunca largarei. Depois lembro-me da bica e arranco-a do tronco da árvore. Limpo as folhas do caule de uma trepadeira resistente, enfio-o pelo centro oco da bica e prendo-o com força ao meu cinto.

O Finnick oferece-se para fazer a primeira vigia e eu deixo-o, sabendo que tem de ser um dos dois até o Peeta estar recuperado. Deito-me ao lado do Peeta no chão da cabana, dizendo ao Finnick para me acordar quando estiver cansado. Poucas horas depois, porém, acordo sobressaltada com o que parece ser o toque de um sino. *Bong! Bong!* Não é exactamente igual ao que costuma tocar na Casa da Justiça no dia do Ano Novo mas consigo identificar o ruído. O Peeta e a Mags não acordam, mas o Finnick parece estar tão alerta como eu. Os toques chegam ao fim.

— Contei doze — diz-me ele.

Aceno com a cabeça. Doze. Que significa isso? Um toque para cada Distrito? Talvez. Mas porquê? — Achas que significam alguma coisa?

— Não faço ideia — responde ele.

Esperamos por mais informações, talvez um recado do Claudius Templesmith. Um convite para um banquete. A única coisa digna de nota surge ao longe. Um ofuscante raio de electricidade atinge uma árvore muito alta e começa então uma tempestade de relâmpagos. Calculo que seja um sinal de chuva, de uma fonte de água para aqueles que não têm um mentor tão esperto como o Haymitch.

— Vai dormir, Finnick. De qualquer maneira, é a minha vez de vigiar — lembro-lhe.

O Finnick hesita, mas ninguém consegue ficar acordado para sempre. Ele deita-se à entrada da cabana, com uma mão agarrada ao tridente, e cai num sono agitado.

Fico sentada com o meu arco pronto, vigiando a selva pálida e verde ao luar. Após mais ou menos uma hora, cessam os relâmpagos. No entanto, consigo ouvir a chuva a aproximar-se, agitando as folhas a algumas centenas de metros. Fico à espera que chegue, mas nunca chega.

O ruído do canhão sobressalta-me, embora tenha pouco impacto nos que estão a dormir. Não vale a pena acordá-los. Outro vencedor morto. Nem sequer me dou ao trabalho de tentar adivinhar quem será.

A chuva ao longe pára de repente, como a tempestade no ano passado na arena.

Momentos depois, vejo o nevoeiro deslocar-se suavemente na nossa direcção. *É apenas uma reacção. Chuva fria no chão quente*, penso. Continua a aproximar-se a um ritmo constante, lançando umas gavinhas à sua frente que depois se enrolam como dedos e parecem puxar o que vem atrás. Enquanto observo, começo a sentir arrepios no pescoço. Há qualquer coisa errada com este nevoeiro. O avanço da linha da frente é demasiado uniforme para ser natural. E se não é natural...

Um odor doce e enjoativo começa a invadir-me as narinas e volto-me para os outros, gritando para que acordem.

Nos poucos segundos que levo a acordá-los, começam a surgir-me bolhas na pele.

21

Pequenas picadas. Onde as gotas de nevoeiro me tocaram na pele.
— Fujam! — grito para os outros. — Fujam!
O Finnick acorda imediatamente, levantando-se para enfrentar o inimigo. Quando vê a cortina de nevoeiro, porém, pega na Mags, que ainda dorme, atira-a para as costas e desata a correr. O Peeta também está de pé, mas não tão alerta. Agarro-lhe no braço e começo a empurrá-lo para a selva atrás do Finnick.
— Que foi? Que foi? — pergunta ele, confuso.
— Uma espécie de nevoeiro. Gás venenoso. Depressa, Peeta! — insto. Percebo que por mais que ele o tenha negado durante o dia, as sequelas do embate com o campo eléctrico foram significativas. Ele está lento, muito mais lento que o costume. E o emaranhado de trepadeiras e vegetação rasteira, que às vezes me desequilibra, fá-lo tropeçar a cada passo.
Olho para trás para a cortina de nevoeiro que se estende numa linha recta até onde consigo ver nas duas direcções. Um terrível impulso para fugir, de abandonar o Peeta e salvar-me, atravessa-me a mente. Seria tão simples, correr a toda a velocidade, talvez até subir a uma árvore acima da linha de nevoeiro, que parece culminar a cerca de dez metros de altura. Lembro-me de ter feito precisamente isso quando apareceram os mutantes nos últimos Jogos. Fugi e só pensei no Peeta depois de ter chegado à Cornucópia. Desta vez, porém, contenho o meu terror, afundo-o e fico ao lado dele. Desta vez o objectivo não é a minha sobrevivência. É a do Peeta. Penso nos milhares de olhos colados aos ecrãs de televisão nos distritos, a ver se irei fugir, como deseja o Capitólio, ou se me manterei firme.
Prendo os meus dedos com força aos dele e aconselho: — Olha para os meus pés. Tenta pisar onde eu piso. — Isso ajuda. Parece que avançamos

um pouco mais depressa, mas nunca o suficiente para podermos descansar, e o nevoeiro continua a seguir-nos de perto. Pequenas gotas soltam-se da principal massa de vapor. Queimam, mas não como o fogo. Não é tanto uma sensação de calor mas de dor aguda, como quando os químicos nos tocam na pele, agarrando-se a ela, infiltrando-se no corpo. Os nossos fatos--macacos não ajudam. Podíamos estar vestidos de papel de seda, tal é a protecção que nos oferece.

O Finnick, que a princípio desatou a correr, pára quando percebe que estamos com dificuldades. Mas o nevoeiro não é coisa que se possa combater, apenas evitar. Ele grita-nos palavras de encorajamento, tentando fazer-nos avançar, e o som da voz dele serve-nos de guia, mas pouco mais.

A perna artificial do Peeta fica presa num nó de plantas rasteiras e ele cai para a frente antes de eu o poder apanhar. Quando estou a ajudá-lo a levantar-se, apercebo-me de algo mais assustador do que as bolhas, mais debilitador do que as queimaduras. O lado esquerdo do rosto dele encolheu-se, como se os músculos tivessem morrido. A pálpebra descaiu, quase lhe cobrindo o olho. A boca contorce-se num ângulo estranho apontando para o chão. — Peeta... — começo. E é então que sinto os espasmos a subir-me pelo braço.

Seja qual for o químico emitido pelo nevoeiro, provoca mais do que queimaduras — atinge-nos os nervos. Tomada por um novo tipo de medo, puxo bruscamente o Peeta para frente, levando-o a tropeçar de novo. Quando finalmente o consigo levantar, já tenho os dois braços a tremer, descontroladamente. O nevoeiro aproximou-se, está a menos de um metro de distância. Qualquer coisa não está bem com as pernas do Peeta; ele tenta andar mas elas deslocam-se espasmodicamente, como as de um fantoche.

Sinto-o precipitar-se para a frente e percebo que o Finnick voltou e está a arrastá-lo. Meto o ombro, que ainda consigo controlar, debaixo do braço do Peeta e esforço-me por acompanhar o passo rápido do Finnick. Já nos afastámos uns dez metros do nevoeiro quando o Finnick pára.

— Não adianta. Vou ter de o levar. Consegues levar a Mags? — pergunta-me.

— Sim — respondo, intrepidamente, apesar de por dentro me sentir desanimar. É verdade que a Mags não pode pesar mais do que uns trinta quilos, mas eu também não sou muito grande. Contudo, tenho a certeza de que já transportei cargas mais pesadas. Só queria que os meus braços parassem de tremer. Agacho-me e ela empoleira-se sobre os meus ombros, como costuma fazer com o Finnick. Endireito lentamente as pernas e, com os joelhos presos, consigo levantá-la. O Finnick já tem o Peeta às costas e avançamos, com ele à frente e eu seguindo-lhe o rasto por entre os arbustos.

O nevoeiro continua a perseguir-nos, silencioso, constante e rasteiro, exceptuando as gavinhas. Embora o meu instinto seja para fugir em frente, percebo que o Finnick se desloca diagonalmente pela colina abaixo. Está a tentar afastar-nos do gás ao mesmo tempo que nos conduz para a água que rodeia a Cornucópia. *Sim, água*, penso, sentindo as gotículas ácidas a perfurar-me cada vez mais a pele. Agora estou tão grata por não ter morto o Finnick, pois como teria conseguido tirar o Peeta daqui com vida? Tão grata por ter outra pessoa ao meu lado, mesmo que seja apenas temporariamente.

A culpa não é da Mags quando eu começo a cair. Ela está fazer todo o possível para ser uma passageira fácil, mas a verdade é que há um limite para o peso que consigo carregar. Sobretudo agora que a minha perna direita parece estar a ficar hirta. Das duas primeiras vezes que caio no chão, consigo voltar a levantar-me, mas da terceira vez não consigo que a perna colabore. Quando tento levantar-me, ela cede e a Mags rebola para o chão à minha frente. Começo a esbracejar, procurando trepadeiras e troncos para me endireitar.

O Finnick está novamente a meu lado, com o Peeta às costas. — Não adianta — queixo-me. — Consegues levar os dois? Vai andando, eu apanho-te. — Uma proposta algo duvidosa, mas afirmo-a com toda a convicção que consigo reunir.

Vejo os olhos do Finnick, verdes ao luar. Vejo-os nitidamente. Quase como os de um gato, com um estranho brilho. Talvez porque estejam cheios de lágrimas. — Não — diz ele. — Não consigo levar os dois. Os meus braços não estão a funcionar. — É verdade. Os seus braços agitam-se descontroladamente. Ele tem as mãos vazias. Tinha três tridentes mas só lhe resta um, e está nas mãos do Peeta. — Desculpa, Mags. Não consigo.

O que acontece a seguir é tão rápido, tão inesperado, que nem sequer me consigo mexer para o impedir. A Mags levanta-se, dá um beijo nos lábios do Finnick e depois vai direita ao nevoeiro. Imediatamente, o seu corpo é tomado por violentas contorções e ela cai no chão numa dança macabra.

Quero gritar, mas tenho a garganta a arder. Dou um passo inútil na direcção dela quando oiço o estrondo do canhão, e sei que o coração dela parou, que ela morreu. — Finnick? — chamo, com a voz rouca, mas ele já voltou as costas ao espectáculo, fugindo do nevoeiro. Arrastando a minha perna inerte, sigo-o a cambalear, não sabendo mais o que fazer.

O tempo e o espaço perdem sentido quando o nevoeiro parece invadir-me o cérebro, baralhando-me os pensamentos, tornando tudo irreal. Um instinto profundo e animal de sobrevivência impele-me a seguir o

Finnick e o Peeta, a continuar a mexer-me, embora provavelmente já esteja morta. Sei que partes de mim estão mortas, ou a morrer, decididamente. E a Mags está morta. Isso é algo que sei, ou talvez apenas julgue que saiba, porque não faz qualquer sentido.

O luar cintilando no cabelo de bronze do Finnick, bolhas de dor ardente crivando-me a pele, uma perna transformada em pau. Sigo o Finnick até ele cair no chão, com o Peeta ainda às costas. Eu pareço não ter qualquer capacidade de travar o meu avanço e continuo simplesmente em frente até tropeçar nos seus corpos prostrados. Mais um para o monte. *Este é o lugar e o modo e o momento em que morremos todos*, penso. Mas o pensamento é abstracto e muito menos alarmante do que as agonias actuais do meu corpo. Oiço o Finnick gemer e consigo arrastar-me e sair de cima deles. Depois vejo a cortina de nevoeiro, que adquiriu um tom cor de pérola. Talvez sejam os olhos a pregar-me partidas, ou o luar, mas o nevoeiro parece estar a transformar-se. Sim, está a tornar-se mais espesso, como se tivesse encostado ao vidro de uma janela e fosse obrigado a condensar-se. Semicerro os olhos e vejo que as gavinhas já não se projectam para a frente. Na verdade, o nevoeiro deixou completamente de avançar. Como outros horrores que testemunhei na arena, chegou ao fim do seu território. Ou então os Produtores dos Jogos decidiram que ainda não é altura de nos matar.

— Parou — tento dizer, mas a minha boca inchada solta apenas um terrível coaxo. — Parou — repito, e desta vez devo ter sido mais clara, porque o Peeta e o Finnick voltam as cabeças para o nevoeiro. Este começa a subir agora, como se estivesse a ser lentamente aspirado para o céu. Esperamos até a nuvem branca ser completamente sugada, sem deixar o mais pequeno rasto.

O Peeta sai de cima do Finnick, que se volta de costas. Ficamos ali a arquejar, contorcendo-nos, com as mentes e os corpos invadidos pelo veneno. Minutos depois, o Peeta aponta vagamente para cima. — Ma-a--cos. — Olho para cima e vejo um par do que imagino serem macacos. Nunca vi um macaco — não há nada parecido no nosso bosque. Mas devo ter visto uma imagem, ou nos outros Jogos, porque quando reparo nas criaturas, é essa a palavra que me vem à cabeça. Parece que estes têm pêlo cor-de-laranja, embora seja difícil perceber, e têm cerca de metade do tamanho de uma pessoa adulta. Tomo os macacos por um bom sinal. Com certeza não estariam aqui se o ar fosse mortal. Durante algum tempo, olhamo-nos em silêncio, seres humanos e macacos. Depois o Peeta põe-se de joelhos e começa a rastejar pela encosta abaixo. Rastejamos todos, visto que andar parece agora uma façanha tão extraordinária como voar; rastejamos até as trepadeiras darem lugar a uma estreita faixa de praia e a água quente que rodeia a Cornucópia nos bater na cara. Salto para trás como se tivesse sido tocada por uma chama.

Esfregar sal numa ferida. Pela primeira vez percebo verdadeiramente a expressão, porque o sal na água exacerba a dor das minhas feridas de tal maneira que quase perco a consciência. Experimento mergulhando com cuidado apenas uma mão na água. A dor é excruciante, sem dúvida, mas depois menos. E através da água azul vejo uma substância leitosa emanar das feridas na minha pele. À medida que a brancura desaparece, diminui também a dor. Desaperto o cinto e tiro o fato-macaco, que é pouco mais que um trapo esburacado. Os sapatos e a roupa interior estão inexplicavelmente intactos. Aos poucos, mergulhando uma pequena parte de um membro de cada vez, vou tirando o veneno das feridas. O Peeta parece estar a fazer o mesmo. O Finnick, porém, afastou-se da água ao primeiro contacto. Está deitado de barriga para baixo na areia, sem vontade ou capacidade de se purgar.

Por fim, depois de sobreviver ao pior, abrindo os olhos debaixo de água, inspirando e expirando pelas narinas, e até gargarejando repetidas vezes para lavar a garganta, sinto-me com força suficiente para ajudar o Finnick. A minha perna já recuperou alguma sensação, mas os braços continuam tolhidos por espasmos. Não consigo arrastar o Finnick para a água, e de qualquer maneira a dor poderia matá-lo. Então encho as mãos trémulas de água e despejo-as sobre os pulsos dele. Como o Finnick não está debaixo de água, o veneno sai-lhe das feridas exactamente como entrou, em fios de nevoeiro que tenho todo o cuidado de evitar. O Peeta recupera o suficiente para me ajudar. Tira o fato-macaco do Finnick. Depois encontra duas conchas que resultam muito melhor do que as nossas mãos. Concentramo-nos em molhar primeiro os braços do Finnick, visto que foram os mais afectados, e apesar de lhe sair uma grande quantidade da substância branca, ele não repara. Permanece deitado, de olhos fechados, soltando um gemido de vez em quando.

Olho em volta, cada vez mais ciente da situação perigosa em que nos encontramos. Apesar da noite, este luar é demasiado forte para nos esconder. É uma sorte ainda ninguém nos ter atacado. Poderíamos vê-los se surgissem da Cornucópia, mas se os quatro Profissionais atacassem, seriam capazes de nos derrotar. Se não nos viram chegar, os gemidos do Finnick logo nos denunciariam.

— Temos de pôr o corpo dele na água — sussurro. Mas não podemos mergulhá-lo de cabeça, não enquanto ele estiver neste estado. O Peeta acena com a cabeça para os pés do Finnick. Pegamos cada um num pé, rodamo-lo cento e oitenta graus, e começamos a arrastá-lo para a água salgada. Apenas alguns centímetros de cada vez. Os tornozelos. Esperamos uns minutos. Até a meio da barriga da perna. Esperamos. Os joelhos. Nuvens brancas começam a sair-lhe do corpo e ele geme. Continuamos a desintoxicá-lo, pouco a pouco. E descubro que quanto mais tempo estou na água, melhor me sinto. Não só a pele, mas o domínio do cérebro e dos músculos continua a melhorar. Vejo a cara do Peeta começar a regressar ao normal, a sua pálpebra a abrir-se, o esgar a desaparecer-lhe da boca.

O Finnick começa a recuperar lentamente. Abre os olhos, fita-nos e percebe que está a ser ajudado. Apoio a cabeça dele no meu colo e deixamo-lo imerso do pescoço para baixo durante uns dez minutos. Eu e o Peeta trocamos um sorriso quando o Finnick levanta os braços acima da água.

— Só falta a cabeça, Finnick. É a parte mais difícil, mas depois vais sentir-te muito melhor, se conseguires aguentar — assegura-lhe o Peeta. Ajudamo-lo a sentar-se e deixamo-lo agarrar-se às nossas mãos enquanto lava os olhos, o nariz e a boca. Ainda sente a garganta demasiado dorida para poder falar.

— Vou tentar tirar água de uma árvore — anuncio. Os meus dedos tacteiam o cinto e encontram a bica ainda presa ao caule de trepadeira.

— Deixa-me fazer o buraco primeiro — oferece-se o Peeta. — Fica com ele. Afinal és a nossa curandeira.

Isso deve ser uma piada, penso. Mas não o digo em voz alta, para não assustar o Finnick. Ele apanhou com o pior do nevoeiro, embora não perceba bem porquê. Talvez porque seja o maior ou talvez porque tivesse de fazer mais esforços. E depois, claro, há a Mags. Ainda não compreendo o que aconteceu. Por que razão ele a abandonou para levar o Peeta. Por que razão ela não só não protestou mas correu para a morte sem um momento de hesitação. Será porque era tão velha que achava que de qualquer modo já tinha os dias contados? Acharam que o Finnick teria mais hipóteses de vencer se tivesse a mim e ao Peeta como aliados? A expressão alterada no rosto do Finnick diz-me que este não é o momento para falar.

Tento recompor-me. Tiro o alfinete do mimo-gaio do fato-macaco estragado e prendo-o à alça da minha camisola interior. O cinto flutuador deve ser resistente aos ácidos, porque parece novo. Eu sei nadar, por isso o cinto não é realmente necessário, mas o Brutus usou-o para interceptar a minha flecha, por isso volto a apertá-lo, achando que talvez me ofereça alguma protecção. Solto o cabelo e penteio-o com os dedos, retirando muitos fios danificados pelas gotas de nevoeiro. Depois faço uma trança com o que resta dele.

O Peeta encontrou uma boa árvore a uns dez metros da estreita faixa de praia. Mal o podemos ver, mas o ruído da faca contra o tronco de madeira é bastante nítido. Pergunto-me o que aconteceu à sovela. A Mags deve tê-la deixado cair ou levou-a para o nevoeiro. De qualquer maneira, desapareceu.

Desloquei-me um pouco mais para dentro de água, boiando alternadamente de barriga e de costas. Se a água salgada me curou e ao Peeta, parece estar a transformar por completo o Finnick. Ele começa a movimentar-se lentamente, experimentando apenas com os membros, e aos poucos começa a nadar. Mas não nada como eu, com as minhas braçadas rítmicas, a velocidade regular. Parece mais um estranho animal marinho que volta a ganhar vida. Mergulha e reemerge à superfície, deitando água pela boca, rodopia continuamente numa espiral bizarra que me deixa tonta só de olhar. E depois, quando já está debaixo de água tanto tempo que tenho a certeza de que se afogou, a cabeça dele surge mesmo ao meu lado e prega-me um susto.

— Não faças isso — repreendo.
— O quê? Ficar em baixo ou vir ao de cima? — pergunta ele.
— Isso. As duas coisas. Nada disso. Quero dizer, fica quieto na água e comporta-te — ralho. — Ou se já te sentes assim tão bem, vamos ajudar o Peeta.

No curto período de tempo que levamos a atravessar a praia para a orla da selva, apercebo-me da mudança. Talvez seja dos meus anos de caça, ou talvez o meu ouvido reconstruído funcione de facto um pouco melhor do que julgava, mas sinto logo a massa de corpos quentes pairando sobre nós. Não precisam de palrar nem de gritar. A simples respiração de tantos animais juntos é o suficiente.

Toco no braço do Finnick e ele segue-me o olhar para cima. Não sei como chegaram tão discretamente. Talvez não o tenham feito. Nós é que estávamos demasiado concentrados em restabelecer os nossos corpos. Durante esse tempo eles reuniram-se. Não cinco ou dez mas vintenas de macacos fazem vergar os ramos das árvores da selva. O par que vimos depois de escaparmos ao nevoeiro parecia uma comissão de boas-vindas. Esta multidão parece de mau agouro.

Preparo o meu arco com duas flechas e o Finnick ajusta o tridente na mão. — Peeta — chamo, o mais calmamente possível. — Preciso da tua ajuda para uma coisa.

— Está bem, só um minuto. Acho que está quase — responde ele, ainda ocupado com a árvore. — Pronto, já está. Tens a bica?

— Tenho. Mas encontrámos uma coisa que é melhor veres — continuo, numa voz pausada. — Só que volta-te para nós devagar, para não a assustares. — Por alguma razão, não quero que ele repare nos macacos, nem sequer que olhe na direcção deles. Há animais que interpretam o simples contacto visual como uma agressão.

O Peeta volta-se para nós, ofegante por causa do seu trabalho na árvore. O tom de voz do meu pedido é tão estranho que o alertou para alguma irregularidade. — Está bem — responde ele, calmamente. Começa a deslocar-se pela selva, e embora eu saiba que ele se está a esforçar para não fazer barulho, isso nunca foi o seu forte, mesmo quando tinha duas pernas saudáveis. Mas está tudo bem, ele está a avançar, os macacos mantêm-se nas suas posições. O Peeta está a apenas cinco metros da praia quando se apercebe deles. Os seus olhos levantam-se apenas um segundo, mas é como se ele tivesse detonado uma bomba. Os macacos explodem numa massa gritante de pêlo cor-de-laranja e dirigem-se todos para ele.

Nunca vi um animal deslocar-se tão depressa. Eles deslizam pelas lianas abaixo como se estas estivessem lubrificadas. Saltam distâncias impossíveis de árvore para árvore, todos encrespados, descobrindo os dentes, abrindo as garras como fossem facas de ponta e mola. Posso não conhecer macacos, mas os animais na Natureza não se comportam desta maneira. — *Mutes!* — grito, quando eu e o Finnick nos precipitamos para a selva.

Eu sei que cada flecha tem de contar, e contam. Mesmo àquela luz fantasmagórica, derrubo macaco atrás de macaco, alvejando olhos e corações e pescoços, para que cada arremesso signifique uma morte. No entanto, isso não seria suficiente sem a ajuda do Finnick, trespassando as feras como se fossem peixes e atirando-as para o lado, e sem a ajuda do Peeta, desferindo cutiladas a torto e a direito com a sua faca. Sinto garras na minha perna, nas costas, e depois alguém derruba o atacante. O ar impregna-se do cheiro a plantas esmagadas, sangue e suor pestilento dos macacos. Eu, o Peeta e o Finnick formamos um triângulo, de costas uns para os outros, separados por alguns metros. Começo a desanimar quando os meus dedos esticam a minha última flecha. Depois lembro-me de que o Peeta também tem uma aljava. E não está a usá-la, está a defender-se com aquela faca. Saco da minha própria faca, mas os macacos são mais rápidos, conseguem avançar e recuar tão depressa que mal conseguimos reagir.

— Peeta! — grito. — As tuas flechas!

O Peeta volta-se para ver a minha aflição e está a tirar a aljava quando tudo acontece. Um macaco lança-se de uma árvore para o peito dele. Não tenho flechas, nada para atirar. Oiço o baque do tridente do Finnick a atingir outro alvo e percebo que a arma dele está ocupada. A mão do Peeta que segura a faca está parada enquanto ele tenta tirar a aljava. Lanço a minha faca ao mute mas a criatura dá uma cambalhota no ar, esquivando-se da lâmina, e mantém-se na sua trajectória.

Desarmada, desprotegida, faço a única coisa me vem à cabeça. Precipito-me para o Peeta, para o deitar ao chão, para proteger o corpo dele com o meu, apesar de saber que não chegarei a tempo.

Mas ela chega. Surgindo, parece, do nada. Num momento não existe, no seguinte está à frente do Peeta. Coberta de sangue, com a boca aberta num grito estridente, as pupilas tão dilatadas que os olhos parecem buracos negros.

A morfelinómana desvairada do Distrito 6 levanta os braços esqueléticos como se fosse abraçar o macaco e este enterra-lhe as presas no peito.

22

O Peeta deixa cair a aljava e espeta a sua faca nas costas do macaco, golpeando-o repetidamente até ele soltar as presas. Depois afasta o mute com um pontapé, preparando-se para mais. Já tenho as flechas dele agora, a corda do arco esticada, e o Finnick atrás de mim, ofegando mas parado.

— Vá, anda! Vá! — grita o Peeta, arquejando de raiva. Mas alguma coisa se passa com os macacos. Estão a recuar, voltando a subir às árvores, desaparecendo na selva, como se uma voz inaudível os chamasse. A voz de um Produtor dos Jogos, dizendo-lhes que já chega.

— Pega nela — digo ao Peeta. — Nós protegemos-te.

O Peeta levanta com cuidado a morfelinómana e leva-a para a praia enquanto eu e o Finnick mantemos as nossas armas em posição. No entanto, tirando as carcaças cor-de-laranja no chão, já não se vêem macacos. O Peeta deita a morfelinómana na areia. Corto o tecido que lhe cobre o peito, revelando as quatro feridas profundas. O sangue corre lentamente dos buracos, dando-lhes um aspecto muito menos mortal do que são na realidade. A verdadeira lesão está no interior. Pela posição dos golpes, tenho a certeza de que o mute rompeu algum órgão vital, um pulmão, talvez até mesmo o coração.

Ela jaz na areia, boqueando como um peixe fora de água. Pele descaída, de um verde doentio, as costelas tão salientes como as de uma criança a morrer de fome. Tinha com certeza dinheiro para comida, mas voltou-se para a morfelina como o Haymitch se voltou para a bebida, suponho. Tudo nela parece exprimir desolação — o corpo, a sua vida, a expressão vazia nos olhos. Seguro-lhe uma das mãos trémulas, sem saber se treme por causa do veneno que nos afectou os nervos, do choque do ataque, ou da falta da droga que era o seu sustento. Não há nada que possamos fazer. Nada senão fazer-lhe companhia enquanto morre.

— Vou vigiar as árvores — anuncia o Finnick, antes de se afastar. Também gostaria de me afastar, mas ela agarra-me a mão com tanta força que teria de lhe arrancar os dedos, e não tenho energia para esse tipo de crueldade. Penso na Rue, em como talvez pudesse entoar uma canção ou coisa parecida. Mas nem sequer sei o nome da morfelinómana, e muito menos se ela gosta de canções. Só sei que ela está a morrer.

O Peeta agacha-se do outro lado e afaga-lhe o cabelo. Quando ele começa a falar, com uma voz suave, parece não fazer sentido, mas depois percebo que as palavras não são para mim. — Com a minha caixa de tintas em casa, consigo fazer todas as cores imagináveis. Cor-de-rosa. Tão pálida como a pele de um bebé. Ou tão viva como a do ruibarbo. Um verde como a erva da Primavera. Um azul que cintila como o gelo na água.

A morfelinómana olha fixamente para o Peeta, bebendo-lhe cada palavra.

— Uma vez, estive três dias a misturar tintas até encontrar a tonalidade certa para a luz do sol incidindo sobre pêlo branco. Sempre achei que fosse amarelo, percebes? Mas era muito mais do que isso. Camadas de todos os tipos de cor. Uma a uma — continua o Peeta.

A morfelinómana começa a respirar mais devagar, soltando apenas pequenas arfadas. A sua mão livre chapinha no sangue sobre o peito, fazendo os pequenos movimentos em espiral com que ela tanto adorava pintar.

— Ainda não consegui fazer um arco-íris. Eles aparecem e desaparecem tão depressa. Nunca tenho tempo suficiente para captá-los. Só um pouco de azul aqui ou púrpura ali. E depois desvanecem-se. Voltam para o ar.

A morfelinómana parece hipnotizada pelas palavras do Peeta. Arrebatada. Levanta uma mão trémula e desenha o que julgo ser uma flor na face do Peeta.

— Obrigado — murmura ele. — É linda.

Durante um momento, o rosto da mulher anima-se com um sorriso e ela solta um pequeno guincho. Depois a sua mão manchada de sangue volta a cair sobre o peito, ela solta uma última lufada de ar, e o canhão dispara. A mão dela desprende-se da minha.

O Peeta leva-a para a água. Volta e senta-se ao meu lado. A morfelinómana flutua em direcção à Cornucópia durante algum tempo. Depois a aeronave surge por cima, deixa cair uma garra com quatro dentes, apanha-a, leva-a para o céu da noite, e ela desaparece.

O Finnick volta para junto de nós, com a mão cheia das minhas flechas ainda banhadas em sangue de macaco. Deixa-as cair ao meu lado na areia. — Achei que pudesses querer isto.

— Obrigada — digo. Entro na água e lavo o sangue das minhas armas, das minhas feridas. Quando volto para a selva para colher um pouco de musgo para as secar, já lá não vejo um único corpo de macaco.

— Para onde foram? — pergunto.

— Não sabemos. As trepadeiras mexeram-se e eles desapareceram — conta o Finnick.

Ficamos a olhar para a selva, entorpecidos e exaustos. Nesse momento de descanso, reparo que nos pontos onde as gotas de nevoeiro atingiram a pele se formaram crostas. Já não doem mas começam a fazer comichão. Muita comichão. Tento pensar nisso como um bom sinal. Que estão a sarar. Olho para o Peeta, para o Finnick, e vejo que estão os dois a coçar os rostos feridos. Sim, até a beleza do Finnick foi prejudicada por esta noite.

— Não cocem — advirto, apesar de eu própria estar ansiosa por coçar. Todavia, sei que é o conselho que a minha mãe daria. — Podem provocar infecções. Acham que já é seguro tentar novamente tirar água?

Regressamos à árvore que o Peeta esteve a furar. Eu e o Finnick ficamos de armas em riste enquanto ele coloca a bica, mas não surge qualquer ameaça. O Peeta encontrou um bom veio e a água começa a jorrar da bica. Matamos a sede e deixamos a água quente cair sobre os nossos corpos cheios de comichão. Enchemos algumas conchas com água e voltamos para a praia.

Ainda é de noite, embora não deva faltar muito para amanhecer. A não ser que os Produtores dos Jogos desejem o contrário. — Porque é que não descansam um pouco? — sugiro. — Eu fico de vigia.

— Não, Katniss, prefiro ficar eu — assegura o Finnick. Olho-o nos olhos, para o seu rosto, e percebo que ele mal consegue conter as lágrimas. A Mags. O mínimo que posso fazer é dar-lhe alguma privacidade para ele chorar a morte dela.

— Está bem, Finnick, obrigada — respondo. Deito-me na areia com o Peeta, que adormece imediatamente. Fico a olhar para a noite, pensando em como um dia pode fazer tanta diferença. Ontem de manhã o Finnick estava na minha lista de alvos a abater, agora estou disposta a dormir com ele de guarda. Ele salvou o Peeta e deixou a Mags morrer e eu não sei porquê. Só sei que nunca conseguirei resolver o saldo devido entre nós. A única coisa que posso fazer neste momento é dormir e deixá-lo chorar em paz. E assim faço.

Estamos a meio da manhã quando volto a abrir os olhos. O Peeta continua a dormir ao meu lado. Por cima de nós, a esteira de ervas apoiada em ramos protege-nos os rostos da luz do sol. Sento-me e vejo que as mãos do Finnick não estiveram paradas. Há duas tigelas de erva entrançada cheias de água doce. Outra contém um sortido de moluscos de concha.

O Finnick está sentado na areia, abrindo-os com uma pedra. — São melhores frescos — afirma, arrancando um bocado de miolo de uma concha e metendo-o na boca. Ainda tem os olhos inchados mas eu finjo não reparar.

O meu estômago começa a fazer barulho perante o cheiro da comida, e estendo a mão para pegar num molusco. A visão das minhas unhas, cobertas de sangue, detém-me. Estive a coçar a pele enquanto dormia.

— Sabes, se coçares podes provocar infecções — lembra o Finnick.

— É o que ouvi dizer — respondo. Entro na água salgada e lavo o sangue, tentando decidir o que detesto mais, a dor ou a comichão. Farta, subo furiosa para a praia, volto a cara para o céu e lanço o meu protesto:

— Ei, Haymitch, se não estiveres demasiado bêbado, dava-nos jeito alguma coisinha para a pele.

É quase cómica a rapidez com que o pára-quedas aparece por cima de mim. Levanto o braço e a bisnaga cai directamente na minha mão aberta.

— Já não era sem tempo — comento, mas não consigo manter o sobrolho carregado. O Haymitch. O que não daria por cinco minutos de conversa com ele.

Sento-me na areia ao lado do Finnick e desenrosco a tampa da bisnaga. No interior há uma pomada espessa e escura com um cheiro acre, uma mistura de alcatrão e agulhas de pinheiro. Torço o nariz ao espremer um bocado do remédio para a palma da mão e começo a esfregá-lo na perna. Um ruído de prazer escapa-me da boca quando sinto a pomada eliminar o prurido. A pele cheia de crostas fica manchada de um horrível verde acinzentado. Quando começo na segunda perna atiro a bisnaga ao Finnick, que me olha de modo duvidoso.

— É como se estivesses a decompor-te — comenta o Finnick. No entanto, a comichão leva a melhor, porque passado um minuto ele começa também a tratar da própria pele. Efectivamente, a combinação das crostas com a pomada dá-nos um aspecto medonho. Não posso deixar de me divertir com a perturbação dele.

— Pobre Finnick. É a primeira vez na vida que não estás bonito, não é? — pergunto.

— Deve ser. A sensação é completamente nova. Como é que aguentaste todos estes anos? — provoca ele.

— É só evitar os espelhos. Acabas por te esquecer — respondo.

— Não se continuar a olhar para ti — retruca o Finnick.

Untamos o corpo todo, revezando-nos até a esfregar a pomada nas costas um do outro nos lugares onde as camisolas interiores não nos protegem a pele. — Vou acordar o Peeta — anuncio.

— Não, espera — pede o Finnick. — Vamos acordá-lo juntos. Pomos as nossas caras mesmo à frente da dele.

Bem, restam-me tão poucas oportunidades na vida para me divertir que concordo. Deitamo-nos, um de cada lado do Peeta, aproximamo-nos até ficarmos com a cara a alguns milímetros do nariz dele, e damos-lhe um pequeno abanão. — Peeta. Peeta, acorda — chamo, numa voz baixa e monótona.

Ele pestaneja, abre os olhos e depois dá um salto como se o tivéssemos apunhalado. — Aah!

Eu e o Finnick caímos para trás na areia, rindo-nos como loucos. Sempre que tentamos parar, vemos o esforço do Peeta para manter uma expressão desdenhosa e desatamos de novo a rir. Quando finalmente nos recompomos, já começo a achar que talvez o Finnick Odair não seja má pessoa. Pelo menos não é tão vaidoso nem presunçoso como o julgara. Nada mau, na verdade. E exactamente no momento em que chego a esta conclusão, um pára-quedas aterra ao nosso lado com um pão fresco. Lembrando-me de como no ano passado as ofertas do Haymitch eram quase sempre programadas para me enviar um recado, faço questão de registar: *Sê amiga do Finnick. Terás comida.*

O Finnick revira o pão nas mãos, examinando a côdea. Um tanto possessivo. Não é necessário. O pão tem aquele tom verde de algas habitual no Distrito 4. Todos sabemos que é dele. Talvez tenha acabado de perceber como a oferta é valiosa, e que poderá nunca mais voltar a ver outro pão. Talvez tenha associado alguma recordação da Mags à côdea. No entanto, diz apenas o seguinte: — Isto é óptimo para acompanhar os mariscos.

Enquanto ajudo o Peeta a revestir a pele de pomada, o Finnick limpa rapidamente o miolo dos moluscos. Juntamo-nos e comemos o delicioso marisco doce com o pão salgado do Distrito 4.

Estamos todos com um aspecto monstruoso — a pomada parece estar a provocar a descamação de algumas crostas — mas fico contente por termos recebido o remédio. Não só porque alivia a comichão, mas também porque funciona como protecção contra o sol branco abrasador no céu cor-de-rosa. Pela posição do Sol, calculo que devam ser perto das dez horas. Já estamos na arena há um dia. Onze tributos morreram. Treze estão vivos. Dez estão escondidos algures na selva. Três ou quatro são os Profissionais. Não me apetece tentar descortinar quem são os outros.

Para mim, a selva transformou-se rapidamente de um lugar de refúgio em armadilha sinistra. Sei que mais cedo ou mais tarde seremos obrigados a reentrar no seu interior, quer para caçar quer para ser caçados, mas por enquanto planeio manter-me na nossa pequena praia. E não oiço o Peeta e o Finnick a sugerir que façamos o contrário. Durante algum tempo a selva parece quase estática, zumbindo, tremeluzindo, mas sem ostentar os seus perigos. Depois, ao longe, surgem gritos. Do lado oposto ao nosso, um segmento da selva começa a vibrar. Uma onda gigantesca eleva-se a grande altura na colina, por cima das árvores. Depois desce ruidosamente pela encosta. Atinge a água salgada com tanta força que, apesar de nos encontrarmos do lado mais distante, a rebentação chega-nos aos joelhos e põe os nossos poucos pertences a flutuar. Entre os três, conseguimos recolhê-los todos antes de água os levar, excepto os fatos-macacos corroídos pelo nevoeiro e que ninguém se importa de perder.

O canhão dispara. Vemos a aeronave surgir por cima da zona onde começou a onda e colher um corpo das árvores. *Doze*, penso.

O círculo de água acalma-se lentamente, depois de absorver a onda gigante. Voltamos a arrumar as nossas coisas na areia molhada e estamos prestes a sentar-nos quando as vejo. Três figuras, a cerca de dois raios de distância, entrando aos tropeções na praia. — Ali — digo baixinho, acenando com a cabeça na direcção dos recém-chegados. O Peeta e o Finnick seguem-me o olhar. Como se o tivéssemos combinado, recuamos todos para as sombras da selva.

O trio parece estar em má forma — isso percebe-se imediatamente. Um deles está a ser arrastado por outro, e o terceiro anda aos círculos, como um louco. Estão todos vermelhos, como se tivessem sido mergulhados em tinta e postos a secar.

— Quem são? — pergunta o Peeta. — Ou o quê? Mutantes?

Começo a esticar o arco, preparando-me para um ataque. Mas a única coisa que acontece é que aquele que estava a ser arrastado cai na praia. O que estava a arrastá-lo bate com o pé no chão, parecendo frustrado e, num aparente acesso de mau génio, volta-se e empurra o louco que está a andar às voltas.

O rosto do Finnick anima-se. — Johanna! — chama, e desata a correr em direcção às coisas vermelhas.

— Finnick! — oiço a voz da Johanna responder.

Troco um olhar com o Peeta. — E agora? — pergunto.

— Não podemos deixar o Finnick — responde ele.

— Suponho que não. Anda, então — resmungo, porque mesmo que tivesse feito uma lista de possíveis aliados, a Johanna Mason não estaria nela de certeza. Corremos pela praia para onde o Finnick e a Johanna acabam de se encontrar. Quando nos aproximamos, vejo os companheiros dela, e fico confusa. Aquele é o Beetee, deitado de costas na areia, e aquela a Wiress, que voltou a levantar-se para continuar a andar às voltas. — Ela está com a Wiress e o Beetee.

— A Ampere e o Volts? — interroga o Peeta, igualmente surpreendido. — Tenho de saber como é que isso aconteceu.

Quando os alcançamos, a Johanna está a apontar para a selva e a falar muito depressa com o Finnick. — Pensávamos que era chuva, sabes, por causa dos relâmpagos? E estávamos todos com tanta sede. Mas quando começou a cair vimos que era sangue. Sangue quente e espesso. Não conseguíamos ver, não conseguíamos falar sem o engolir. Andámos por lá aos ziguezagues, a tentar sair. Foi então que o Blight chocou com o campo eléctrico.

— Sinto muito, Johanna — diz o Finnick. Levo algum tempo a situar o Blight. Penso que era o colega da Johanna do Distrito 7, mas não me lembro de o ter visto. Pensando melhor, acho que ele nem sequer apareceu nos treinos.

— Pois, bem, ele não era grande coisa, mas era do meu distrito — responde a Johanna. — E deixou-me sozinha com estes dois. — Ela empurra o Beetee, que mal respira, com o sapato. — Espetaram-lhe uma faca nas costas junto à Cornucópia. E ela...

Olhamos todos para a Wiress, que anda aos círculos, coberta de sangue seco, e murmurando: — Tiquetaque. Tiquetaque.

— Sim, já sabemos. Tiquetaque. A Ampere está em estado de choque — explica a Johanna. Isso parece atrair a Wiress na direcção da Johanna, que a empurra bruscamente para a praia. — Fica quieta, está bem?

— Deixa-a em paz — protesto.

A Johanna semicerra os olhos castanhos, fitando-me com ódio. — Deixa-a em paz? — repete ela, cerrando os dentes. Depois avança para mim, e antes que eu consiga reagir dá-me uma bofetada com tanta força na cara que fico a ver estrelas. — Quem achas que os tirou daquela maldita selva para ti? Sua... — O Finnick pega nela, atira-a para cima do ombro, leva-a para a água e mergulha-a repetidamente enquanto ela se contorce e grita uma série de coisas realmente insultuosas contra mim. Contudo, não uso o meu arco. Porque ela está com o Finnick e por causa do que ela disse, acerca de os ter trazido para mim.

— Que quis ela dizer? Tirou-os da selva para mim? — pergunto ao Peeta.

— Não sei. Tu querias ficar com eles, a princípio — lembra-me ele.

— Sim, queria. A princípio. — Mas isso não responde à minha pergunta. Olho para o corpo inerte do Beetee. — Mas não ficarei com eles por muito tempo se não fizermos alguma coisa.

O Peeta levanta o Beetee nos braços, eu pego na mão da Wiress e voltamos para o nosso pequeno acampamento na praia. Levo a Wiress para a água e obrigo-a a sentar-se no baixio, para que se possa lavar um pouco, mas ela apenas junta as mãos e continua a murmurar «tiquetaque». Solto o cinto do Beetee e encontro um pesado cilindro de metal atado com uma corda de trepadeiras. Não consigo perceber o que é, mas se ele achou que valia a pena guardar, não serei eu que o vou perder.

Atiro-o para a areia. As roupas do Beetee estão coladas ao corpo com sangue, por isso o Peeta segura-o na água enquanto eu tento descolá-las. Levamos algum tempo a tirar o fato-macaco, e depois descobrimos que a roupa interior também está encharcada de sangue. Não temos outra opção senão despi-lo completamente para o limpar, mas devo dizer que isso já não me faz grande impressão. Passaram tantos homens nus pela mesa da nossa cozinha este ano que depois de algum tempo acabei por me habituar.

Estendemos a esteira do Finnick e deitamos o Beetee de barriga para baixo para podermos examinar-lhe as costas. Tem um rasgão com cerca de quinze centímetros da omoplata ao fim das costelas. Felizmente não é muito fundo. No entanto, percebe-se pela palidez da pele que ele perdeu muito sangue e que continua a sair da ferida.

Sento-me sobre os calcanhares, tentando pensar. O que é que eu tenho que possa usar? Água salgada? Sinto-me como a minha mãe quando o seu primeiro remédio para tratar tudo era a neve. Olho para a selva. Aposto que teria ali uma farmácia inteira, se soubesse usá-la. Mas estas plantas não são as minhas. Depois penso no musgo que a Mags me deu para assoar o nariz. — Volto já — digo ao Peeta. Felizmente o musgo parece ser bastante comum na selva. Arranco um bom bocado das árvores mais próximas e levo-o para a praia. Faço um penso grosso com o musgo, coloco-o sobre a ferida e prendo-o com ramos de trepadeira à volta do corpo. Obrigamos o Beetee a beber um pouco de água e depois arrastamo-lo para a sombra na orla da selva.

— Penso que é tudo o que podemos fazer — concluo.

— Está óptimo. Tens jeito para curar as pessoas — comenta ele — Está-te no sangue.

— Não — contesto, abanando a cabeça. — Eu herdei o sangue do meu pai. — Daquele que acelera numa caçada, não numa epidemia. — Vou tratar da Wiress.

Levo uma mão-cheia do musgo para usar como esponja e junto-me à Wiress no baixio. Ela não resiste quando lhe tiro a roupa e esfrego o sangue da pele. Contudo, tem os olhos dilatados de medo e, quando lhe falo, ela não responde senão para dizer, com uma urgência cada vez maior, «tiquetaque». Parece de facto estar a tentar dizer-me alguma coisa, mas sem o Beetee para concluir os pensamentos dela, não a percebo.

— Sim, tiquetaque. Tiquetaque — repito. Isso parece acalmá-la um pouco. Lavo-lhe o fato-macaco até não restar qualquer vestígio de sangue e ajudo-a a vesti-lo de novo. Não está estragado como os nossos. Aperto-lhe também o cinto, que parece estar em boas condições. Depois prendo a sua roupa interior, juntamente com a do Beetee, debaixo de umas pedras e deixo-as de molho.

Quando acabo de enxaguar o fato-macaco do Beetee, já a Johanna, reluzente e limpa, e o Finnick, de crostas a cair, se juntaram a nós. Durante algum tempo, a Johanna apenas bebe água e empanturra-se de moluscos enquanto eu tento que a Wiress coma alguma coisa. O Finnick conta-lhe do nevoeiro e dos macacos num tom neutro, quase frio, evitando o pormenor mais importante da história.

Toda a gente se prontifica a ficar de guarda enquanto os outros descansam mas no fim sou eu e a Johanna que ficamos de pé. Eu porque estou efectivamente descansada, ela porque simplesmente se recusa a deitar-se. Sentamo-nos as duas na praia em silêncio até os outros adormecerem.

A Johanna lança um olhar ao Finnick, para ter a certeza, depois volta-se para mim. — Como é que perderam a Mags?

— No nevoeiro. O Finnick tinha o Peeta. Eu levei a Mags durante um tempo mas depois já não conseguia levantá-la. O Finnick disse que não conseguia levar os dois. Então ela deu-lhe um beijo e meteu-se a direito no veneno — conto.

— Ela era a mentora do Finnick, sabias? — pergunta a Johanna acusadoramente.

— Não, não sabia — respondo.

— Era metade da família dele — acrescenta ela, momentos depois, mas com menos veneno na voz.

Olhamos para a água a bater levemente nas roupas interiores. — Então, que estavas a fazer com a Ampere e o Volts? — pergunto.

— Já te disse... fui buscá-los para ti. O Haymitch disse que se fôssemos aliadas eu tinha de os trazer para ti — responde a Johanna. — Foi o que lhe disseste, certo?

Não, penso. Mas aceno com a cabeça em sinal de assentimento. — Obrigada, aprecio o teu esforço.

— Espero que sim. — Ela lança-me um olhar cheio de aversão, como se eu fosse o maior entrave da sua vida. Pergunto a mim mesma se será assim ter uma irmã mais velha que nos odeia.

— Tiquetaque — oiço atrás de mim. Volto-me e vejo que a Wiress rastejou para junto de nós. Tem os olhos fixos na selva.

— Ah, boa, ela voltou. Pronto, vou dormir. Tu e a Ampere podem vigiar juntas — barafusta a Johanna. Levanta-se e vai deitar-se ao lado do Finnick.

— Tiquetaque — murmura a Wiress. Conduzo-a à minha frente e convenço-a a deitar-se, afagando-lhe o braço para a acalmar. Ela adormece, virando-se agitadamente, suspirando de vez em quando a sua palavra. — Tiquetaque.

— Tiquetaque — concordo, baixinho. — Está na hora de deitar. Tiquetaque. Dorme.

O Sol sobe no céu até se encontrar directamente por cima de nós. *Deve ser meio-dia*, penso, distraidamente. Não que isso tenha alguma importância. Do outro lado da água, à direita, vejo o enorme clarão quando o relâmpago atinge a árvore e começa de novo a tempestade eléctrica. Exactamente na mesma zona onde começou na noite passada. Alguém deve ter entrado no seu raio de acção, desencadeado o ataque. Fico algum tempo a observar os relâmpagos, tentando acalmar a Wiress, embalada por uma espécie de paz pelo batimento das pequenas ondas na praia. Penso na noite passada, no início dos relâmpagos logo depois de o sino tocar. Doze toques.

— Tiquetaque — repete a Wiress, emergindo à consciência por um instante e depois voltando a submergir.

Doze toques ontem à noite. Como se fosse meia-noite. Depois os relâmpagos. O Sol por cima de nós agora. Como se fosse meio-dia. E os relâmpagos.

Levanto-me lentamente e perscruto a arena. Os relâmpagos além. No segmento seguinte a chuva de sangue, onde a Johanna, a Wiress e o Beetee foram apanhados. Nós estaríamos no terceiro segmento, mesmo ao lado, quando surgiu o nevoeiro. E assim que este desapareceu, os macacos começaram a reunir-se no quarto segmento. Tiquetaque. A minha cabeça vira-se de repente para o outro lado. Há duas horas, por volta das dez, aquela onda surgiu da segunda secção à esquerda do local onde caem agora os relâmpagos. Ao meio-dia. À meia-noite. Ao meio-dia.

— Tiquetaque — repete a Wiress, a dormir. Quando cessam os relâmpagos e a chuva de sangue começa logo do lado direito, as palavras dela de repente fazem sentido.

— Ah — digo, baixinho. — Tiquetaque. — Os meus olhos percorrem rapidamente o círculo da arena e percebo claramente que ela tem razão. — Tiquetaque. É um relógio.

23

Um relógio. Quase consigo ver os ponteiros girando em torno do mostrador de doze secções da arena. A cada hora começa um novo horror, uma nova arma dos Produtores dos Jogos, e termina o anterior. Relâmpagos, chuva de sangue, nevoeiro, macacos — são as primeiras quatro horas do relógio. E às dez, a onda. Não sei o que acontece nas outras sete, mas sei que a Wiress tem razão.

Neste momento está a cair a chuva de sangue e nós encontramo-nos na praia por baixo do segmento dos macacos, demasiado próximos do nevoeiro para meu gosto. Será que os vários ataques se confinam à selva? Não necessariamente. Como a onda, por exemplo. Se aquele nevoeiro ultrapassar a selva ou os macacos voltarem...

— Acordem — ordeno, abanando o Peeta, o Finnick e a Johanna. — Levantem-se... temos de sair daqui. — Mas ainda tenho tempo para lhes explicar a teoria do relógio. Os tiquetaques da Wiress e como os movimentos dos ponteiros invisíveis desencadeiam uma força mortífera em cada secção.

Penso que convenci toda a gente que se encontra consciente excepto a Johanna, que naturalmente tem de se opor a tudo o que sugiro. No entanto, até ela concorda que é melhor prevenir do que remediar.

Enquanto os outros reúnem os nossos poucos pertences e vestem o fato-macaco ao Beetee, eu acordo a Wiress. Ela senta-se de repente, tomada de pânico. — Tiquetaque!

— Sim, tiquetaque, a arena é um relógio. É um relógio, Wiress, tinhas razão — tranquilizo-a. — Tinhas razão.

O alívio inunda-lhe o rosto. Porque alguém finalmente percebeu o que ela talvez já saiba desde o primeiro toque dos sinos, presumo. — Meia-noite.

— Começa à meia-noite — confirmo.

Uma recordação esforça-se por me chegar ao cérebro. Vejo um relógio de parede. Não, é um relógio de bolso, na palma da mão do Plutarch Heavensbee. *«Começa à meia-noite»*, disse o Plutarch. E depois o meu mimo-gaio iluminou-se por um instante e desapareceu. Olhando para trás, é como se ele estivesse a dar-me uma pista acerca da arena. Mas porque faria isso? Na altura eu nem sequer era ainda uma tributo nestes Jogos. Talvez ele achasse que isso me ajudasse como mentora. Ou talvez o plano já estivesse traçado desde o princípio.

A Wiress acena com a cabeça para a chuva de sangue. — Uma e meia — diz.

— Exactamente. Uma e meia. E às duas, começa ali um terrível nevoeiro venenoso — acrescento, apontando para a selva. — Por isso agora temos de ir para um lugar seguro. — Ela sorri e levanta-se obedientemente. — Tens sede? — Passo-lhe uma tigela de ervas trançadas e ela bebe a água quase toda. O Finnick dá-lhe o último pedaço de pão, que ela devora. Com a incapacidade de comunicar ultrapassada, a Wiress parece estar novamente operacional.

Inspecciono as minhas armas. Uso o pára-quedas para embrulhar a bica e a bisnaga de pomada e prendo-o ao cinto com ramos de trepadeira.

O Beetee parece ainda bastante aturdido, mas quando o Peeta tenta levantá-lo, ele opõe-se. — Fio[*] — diz.

— Está aqui — responde o Peeta. — A Wiress está bem. Ela também vem.

Mas o Beetee continua a resistir. — Fio — insiste.

— Ah, já sei o que ele quer — declara a Johanna, impaciente. Atravessa a praia e pega no cilindro de metal que tirámos do cinto dele quando o estávamos a lavar. Está revestido de uma espessa camada de sangue seco. — Esta coisa inútil. É uma espécie de fio eléctrico ou coisa parecida. Foi assim que ele levou aquela facada. Correndo para a Cornucópia para ir buscar isto. Não sei que tipo de arma poderá ser. Só se for para cortar um bocado e usá-lo como garrote. Mas francamente, conseguem imaginar o Beetee a estrangular alguém?

— Ele ganhou os Jogos com o fio. Montando aquela armadilha eléctrica — lembra o Peeta. — É a melhor arma que ele poderia ter.

Parece estranho a Johanna não perceber isso. Há qualquer coisa na sua atitude que me parece falsa. Suspeita. — Não sei como não percebeste isso — comento. — Não foste tu que lhe deste a alcunha de Volts?

---

[*] *Wire*, em inglês. (*NT*)

224

A Johanna lança-me um olhar perigoso, semicerrando os olhos. — Pois é, que estúpida, não fui? — ironiza. — Devia estar muito distraída a salvar os teus amiguinhos. Enquanto tu estavas... o quê? A empurrar a Mags para a morte?

Os meus dedos apertam o cabo da faca no cinto.

— Vá. Experimenta. Pouco me importa que estejas prenha, arranco-te o pescoço — ameaça a Johanna.

Sei que não posso matá-la neste momento, mas é apenas uma questão de tempo. Antes de uma de nós eliminar a outra.

— É melhor termos todos cuidado com o que dizemos — adverte o Finnick, lançando-me um olhar. Depois pega no rolo de fio encosta-o ao peito do Beetee. — Toma o teu fio, Volts. Vê lá onde o ligas.

O Peeta levanta o Beetee, que já não resiste. — Aonde vamos?

— Gostava de ir à Cornucópia. Só para ver se temos razão acerca do relógio — sugere o Finnick. O plano parece-me tão bom como qualquer outro. Além disso, não me importaria de ter outra oportunidade de examinar as armas. E agora somos seis. Mesmo que excluamos o Beetee e a Wiress, temos quatro bons lutadores. É tão diferente do ano passado. Neste ponto dos Jogos estaria a fazer tudo sozinha. Sim, é óptimo ter aliados, desde que consigamos ignorar a ideia de que teremos de eliminá-los.

O Beetee e a Wiress provavelmente encontrarão uma maneira de morrer sozinhos. Se tivermos de fugir de alguma coisa, até onde conseguiriam chegar? A Johanna, francamente, poderia facilmente matar se fosse para proteger o Peeta. Ou talvez até só para a calar. O que preciso mesmo é de alguém que mate o Finnick por mim, porque não sei se serei capaz de o fazer pessoalmente. Não depois de tudo o que ele fez pelo Peeta. Penso num estratagema para o colocar em confronto com os Profissionais. Seria cruel, eu sei. Mas quais são as alternativas? Agora que sabemos do relógio, ele provavelmente não irá morrer na selva, portanto alguém terá de o matar em combate.

Como é tão repugnante pensar nisso, a minha mente tenta freneticamente mudar de assunto. Mas a única coisa que me faz esquecer a situação actual é imaginar matar o presidente Snow. Presumo que não sejam devaneios muito bonitos para uma rapariga de dezassete anos, mas dão-me imenso prazer.

Percorremos a faixa de areia mais próxima e aproximamo-nos da Cornucópia com cuidado, na eventualidade de os Profissionais estarem lá escondidos. Duvido que estejam, porque há horas que não vemos qualquer sinal de vida a partir da praia. A zona está abandonada, como esperava. Encontramos apenas o grande corno dourado e a pilha de armas, já muito remexida.

Depois de deitar o Beetee no bocado de sombra que a Cornucópia oferece, o Peeta chama a Wiress. Ela agacha-se ao lado do colega e o Peeta entrega-lhe o rolo de fio. — Lava-o, está bem? — pede ele.

A Wiress acena com a cabeça e corre para a borda da água, mergulhando o rolo. Começa a entoar baixinho uma cantilena engraçada, sobre um rato que sobe por um relógio. Deve ser para crianças, mas parece deixá-la feliz.

— Oh, não, outra vez a mesma canção! — protesta a Johanna, revirando os olhos. — Isso durou horas antes de ela começar com os tique-taques.

De repente, a Wiress levanta-se muito direita, aponta para a selva e diz: — Duas.

Sigo o dedo dela e vejo que a cortina de nevoeiro começou a deslizar da selva em direcção à praia. — Sim, vejam, a Wiress tem razão. São duas horas e apareceu o nevoeiro.

— Como um relógio — constata o Peeta. — És muito inteligente, Wiress, para teres percebido isso.

A Wiress sorri e volta a cantar e a mergulhar o rolo na água. — Oh, ela é mais do que inteligente — afirma o Beetee. — É intuitiva. — Voltamo-nos todos para fitar o Beetee, que parece estar a regressar à vida. — Ela consegue pressentir as coisas antes de qualquer outra pessoa. Como um canário numa das vossas minas de carvão.

— O que é isso? — pergunta-me o Finnick.

— É um pássaro que levamos para as minas para nos avisar se o ar está viciado — respondo.

— Que faz ele, morre? — pergunta a Johanna.

— Primeiro pára de cantar. É nesse momento que devemos sair. Mas se o ar está demasiado viciado, morre, sim. E nós também. — Não quero falar de pássaros canoros que morrem. Fazem-me lembrar a morte do meu pai e a morte da Rue e a morte da Maysilee Donner e a minha mãe herdando o pássaro. Ah, boa! Agora estou também a pensar no Gale, no fundo daquela mina horrível, com a ameaça do presidente Snow pairando sobre a sua cabeça. É tão fácil simular um acidente lá em baixo. Um canário silencioso, uma faísca e nada mais.

Volto para a minha fantasia de matar o presidente.

Apesar da sua irritação com a Wiress, a Johanna parece estar tão contente como nunca a vi na arena. Enquanto eu aumento a minha reserva de flechas, ela vasculha a pilha até encontrar um par de machados de aspecto mortífero. Parece-me uma escolha estranha até a ver lançar um deles com tanta força que fica cravado no ouro amolecido pelo sol da Cornucópia. Claro. Johanna Mason. Distrito 7. Madeiras. Aposto que lança machados desde que era bebé. Como o Finnick com o seu tridente.

Ou o Beetee com o seu fio. A Rue com o seu conhecimento de plantas. Descubro mais uma desvantagem que os tributos do Distrito 12 tiveram de suportar ao longo dos anos: enquanto nós só podemos descer às minas depois dos dezoito anos, a maioria dos outros tributos aprende qualquer coisa sobre o seu ofício desde muito cedo. Há coisas que se fazem numa mina que poderiam ser úteis nos Jogos. Manusear uma picareta. Fazer explodir coisas. Podiam dar-nos uma vantagem. Como o meu conhecimento de caça. Mas no Distrito 12 aprendemo-las demasiado tarde.

Enquanto eu remexia nas armas, o Peeta agachou-se no chão a desenhar qualquer coisa com a ponta da sua faca numa folha grande e lisa que trouxe da selva. Espreito por cima do ombro dele e vejo um mapa da arena. No centro está a Cornucópia no seu círculo de areia com os doze raios. Parece uma tarte cortada em doze fatias iguais. Há mais um círculo que representa a linha de água e outro ligeiramente maior indicando a orla da selva. — Vê como a Cornucópia está posicionada — diz-me ele.

Examino a Cornucópia e percebo o que ele quer dizer. — A cauda aponta para as doze horas — assevero.

— Certo, então aqui é o topo do nosso relógio — indica ele, e escreve rapidamente os números de um a doze em volta do mostrador do relógio. — Das doze à uma é a zona dos relâmpagos. — Ele escreve *relâmpagos* em letras minúsculas no triângulo correspondente. Depois continua da esquerda para a direita acrescentando *sangue*, *nevoeiro* e *macacos* nas secções seguintes.

— E das dez às onze é a onda — lembro. Ele acrescenta-a. O Finnick e a Johanna juntam-se a nós neste momento, armados até aos dentes com tridentes, machados e facas.

— Repararam nalguma coisa estranha nas outras zonas? — pergunto à Johanna e ao Beetee, pois eles podem ter visto algo que nós não vimos. Mas só se lembram de ver muito sangue. — Podem ter absolutamente tudo, suponho.

— Vou marcar as zonas onde sabemos que a arma dos Produtores dos Jogos nos persegue além da selva, para que nos afastemos delas — explica o Peeta, desenhando linhas diagonais nas praias do nevoeiro e da onda. Depois recua para apreciar o seu trabalho. — Bem, de qualquer maneira é muito mais do que sabíamos hoje de manhã.

Acenamos todos com a cabeça, concordando, e é então que o sinto. O silêncio. O nosso canário parou de cantar.

Não espero. Saco de uma flecha, volto-me e vejo o Gloss, completamente encharcado, deixando a Wiress escorregar para o chão. O pescoço dela exibe um sorriso vermelho vivo. A ponta da minha flecha desaparece na fonte direita do Gloss, e, no instante que levo a preparar outra flecha, a Johanna enterra a lâmina de um machado no peito da Cashmere. Entretanto o Finnick desvia uma lança que o Brutus atira ao Peeta e recebe a faca da Enobaria na coxa. Se não houvesse uma Cornucópia atrás da qual se pudessem esconder, já estariam mortos, os dois tributos do Distrito 2. Precipito-me atrás deles. *Bum! Bum! Bum!* O canhão diz-me que não já posso ajudar a Wiress, que o Gloss e a Cashmere não precisam de um golpe de misericórdia. Eu e os meus aliados estamos a circundar o corno, perseguindo o Brutus e a Enobaria, que correm por uma faixa de areia em direcção à selva.

De repente sinto a terra abanar debaixo dos pés e estou deitada de lado na areia. O círculo de terra que sustenta a Cornucópia começa a girar rapidamente, vertiginosamente, e vejo a selva passar por mim numa névoa. Sinto a força centrífuga a arrastar-me para a água e enterro as mãos e os pés na areia, procurando firmar-me no chão instável. Por causa da areia e da vertigem, tenho de cerrar os olhos com força. Não há nada a fazer senão agarrar-me até que, sem qualquer abrandamento, a terra pára abruptamente.

Tossindo e agoniada, sento-me lentamente e encontro os meus companheiros na mesma condição. O Finnick, a Johanna e o Peeta conseguiram segurar-se. Os três cadáveres foram lançados para a água.

O episódio inteiro, desde o silenciamento da Wiress até agora, não pode ter durado mais que um minuto ou dois. Ofegantes, sacudimos a areia da boca.

— Onde está o Volts? — pergunta a Johanna. Levantamo-nos. Uma volta cambaleante mas completa à Cornucópia confirma que ele desapareceu. Depois o Finnick avista-o a boiar na água a uns vinte metros de distância, mergulha, nada até lá e trá-lo de volta.

É então que me lembro do fio eléctrico e de como isso era importante para ele. Olho freneticamente em volta. Onde está? Onde está? E depois vejo-o, ainda preso às mãos da Wiress, ao longe na água. O meu estômago contrai-se perante a ideia do que tenho de fazer a seguir.

— Protejam-me — peço aos outros. Ponho de lado as minhas armas e corro pela faixa mais próxima do corpo da Wiress. Sem abrandar, mergulho na água e dirijo-me para ela. Pelo canto do olho, vejo a aeronave surgir por cima de nós, e a garra começar a descer para a apanhar. Mas não paro. Continuo apenas a nadar o mais depressa possível e acabo por esbarrar com o corpo dela. Venho ao de cima para respirar, ofegante, tentando não engolir a água manchada de sangue que se espalha da ferida aberta no pescoço dela. O corpo está a boiar de costas, sustentado pelo cinto e pela morte, de olhos para o sol implacável. Enquanto flutuo, tenho de arrancar-lhe o rolo dos dedos, porque ela não o quer largar. Depois não há mais nada que possa fazer senão fechar-lhe os olhos, sussurrar um adeus e afastar-me.

Quando por fim atiro o rolo para a areia e saio da água, o corpo da Wiress já desapareceu. No entanto, sinto ainda o sangue dela misturado com o sal.

Volto para a Cornucópia. O Finnick resgatou um Beetee ainda vivo, embora um pouco encharcado. Está sentado, cuspindo água. Teve o bom senso de não largar os óculos, por isso ainda consegue ver. Coloco a bobina de fio no colo dele. Está completamente limpa, sem vestígios de sangue. Ele desenrola um bocado do fio e passa-o pelos dedos. Pela primeira vez reparo no fio, diferente de qualquer um que conheço. É dourado e tão fino como um fio de cabelo. Interrogo-me qual será o seu comprimento. Devem ser quilómetros de fio, para encher a bobina. Mas não pergunto, porque sei que ele está a pensar na Wiress.

Olho para os rostos graves dos outros. Agora o Finnick, a Johanna e o Beetee perderam todos os seus colegas de distrito. Dirijo-me para o Peeta e abraço-o, e durante algum tempo ficamos todos em silêncio.

— Vamos sair desta maldita ilha — sugere a Johanna, por fim. Só temos de nos preocupar com as nossas armas agora, que conseguimos conservar, na sua maior parte. Felizmente as trepadeiras aqui são fortes e a bica e a bisnaga de pomada embrulhados no pára-quedas continuam presos ao meu cinto. O Finnick tira a camisola interior e ata-a em volta da ferida que a faca da Enobaria lhe abriu na coxa; não é profunda. O Beetee acha que já consegue andar, se formos devagar, por isso ajudo--o a levantar-se. Decidimos ir para a praia do segmento das doze horas. Isso deve proporcionar-nos algumas horas de tranquilidade e manter-nos longe de qualquer resíduo venenoso. E depois o Peeta, a Johanna e o Finnick apontam em três direcções diferentes.

— Doze horas, certo? — pergunta o Peeta. — A cauda aponta para as doze.

— Antes de eles nos rodarem — lembra o Finnick. — Estava a guiar--me pelo Sol.

— O Sol só nos diz que são quase quatro horas — afirmo.

— Acho que o que a Katniss quer dizer é que saber as horas não significa necessariamente saber onde está o quatro no relógio. Podemos ter uma ideia geral da direcção. A menos que achem que eles também alteraram o anel exterior da selva — comenta o Beetee.

Não, o que a Katniss quis dizer era muito mais básico do que isso. O Beetee expôs uma teoria que ultrapassa o meu comentário sobre o Sol. Mas aceno com a cabeça, como se tivesse percebido tudo desde o início. — Sim, por isso qualquer destes caminhos conduzir-nos-á às doze horas — concluo.

Damos a volta à Cornucópia, perscrutando a selva, que apresenta uma uniformidade desconcertante. Lembro-me da árvore alta que foi atingida pelo primeiro relâmpago às doze horas, mas todos os sectores têm uma árvore semelhante. A Johanna pensa em seguir as pegadas da Enobaria e do Brutus, mas estas foram apagadas pelo vento ou pela água. Não há maneira de sabermos onde se encontra seja o que for. — Nunca devia ter falado do relógio — comento amargamente. — Agora tiraram-nos também essa vantagem.

— Apenas temporariamente — assegura o Beetee. — Às dez veremos de novo a onda e voltamos a orientar-nos.

— Claro, eles não podem redesenhar a arena inteira — acrescenta o Peeta.

— Isso não interessa — declara a Johanna, impaciente. — Tinhas de nos falar do relógio senão nunca teríamos mudado o acampamento, estúpida. — Ironicamente, a sua resposta lógica, embora insultuosa, é a única que me consola. Sim, tinha de lhes dizer para que eles se mudassem. — Vamos então, preciso de água. Alguém tem bons instintos?

Escolhemos um caminho à toa e seguimo-lo, sem saber para que segmento nos dirigimos. Quando chegamos à selva, espreitamos para dentro, procurando decifrar o que nos poderá esperar no seu interior.

— Bem, deve ser a hora dos macacos. E não vejo nenhum deles aqui — aventa o Peeta. — Vou tentar furar uma árvore.

— Não, é a minha vez — oferece-se o Finnick.

— Então pelo menos fico de vigia — insiste o Peeta.

— A Katniss pode fazer isso — sugere a Johanna. — Precisamos que faças outro mapa. O outro foi levado pela água. — Arranca uma folha grande de uma árvore e entrega-a ao Peeta.

Por um momento, desconfio de que eles estejam a tentar separar-nos para nos matar. Mas não faz sentido. Eu ficarei em posição de vantagem quando o Finnick estiver ocupado com a árvore e o Peeta é muito maior do que a Johanna. Então sigo o Finnick durante uns quinze metros para o interior da selva, onde ele encontra uma boa árvore e começa a fazer um buraco com a sua faca.

Enquanto aguardo, de arco em riste, não consigo livrar-me da sensação inquietante de que alguma coisa se passa e que tem a ver com o Peeta. Revejo todos os nossos passos, a partir do momento em que soou o gongo, procurando a fonte da minha inquietação. O Finnick resgatando o Peeta da placa de metal. O Finnick reanimando o Peeta depois de este chocar com o campo eléctrico. A Mags correndo para o nevoeiro para que o Finnick pudesse transportar o Peeta. A morfelinómana lançando-se à frente dele para impedir o ataque do macaco. A luta com os Profissionais foi muito rápida, mas o Finnick não impediu a lança do Brutus de atingir o Peeta apesar de isso implicar apanhar com a faca da Enobaria na perna? E mesmo agora a Johanna coloca-o a desenhar um mapa numa folha e poupa-o ao risco da selva...

Não há dúvida. Por razões que me são completamente insondáveis, alguns dos outros vencedores estão a tentar protegê-lo, mesmo que isso implique sacrificar a própria vida.

Fico estupefacta. Por um lado, essa devia ser a minha função. Por outro, não faz sentido. Só um de nós pode sair daqui vivo. Porque escolheram então proteger o Peeta? O que lhes terá dito o Haymitch, o que lhes terá oferecido para os levar a colocar a vida do Peeta acima das suas?

Eu conheço as minhas próprias razões para salvar o Peeta. Ele é meu amigo, e esta é a minha maneira de desafiar o Capitólio, de subverter os seus Jogos horríveis. Mas se não tivesse grandes laços com ele, o que me levaria a querer salvá-lo, a escolhê-lo e não a mim própria? Ele é corajoso, certamente, mas todos nós fomos corajosos o bastante para sobreviver aos Jogos. Há aquela sua bondade natural que é difícil não notar, mas mesmo assim... e então lembro-me do que o Peeta consegue fazer muito melhor do que todos nós. Ele tem o dom da palavra. Ele suplantou todos os outros em ambas as entrevistas. E talvez seja por causa dessa sua bondade natural que ele consegue conquistar uma multidão — não, um país — com uma simples frase.

Lembro-me de pensar que esse seria o dom que o líder da nossa revolução deveria ter. Será que o Haymitch convenceu os outros disso? De que o discurso do Peeta teria muito mais poder contra o Capitólio do que toda a força física que qualquer um de nós pudesse afirmar? Não sei. Isso parece-me ainda um passo muito grande para alguns dos tributos. Quero dizer, estamos a falar de pessoas como a Johanna Mason! Mas que outra explicação poderá haver para os seus esforços resolutos para proteger o Peeta?

— Katniss, tens a bica? — pergunta o Finnick, trazendo-me bruscamente de volta à realidade. Corto o caule que prende a bica ao meu cinto e estendo-lhe o tubo de metal.

É então que oiço o grito. Tão cheio de medo e dor que me gela o sangue. E tão familiar. Deixo cair a bica, esqueço-me de onde estou ou do que existe à minha frente, só sei que tenho de alcançá-la, de protegê-la. Corro precipitadamente na direcção da voz, ignorando todos os perigos, rasgando lianas e ramos, tudo o que me impede de chegar a ela.

De chegar à minha irmãzinha.

24

Onde está ela? Que lhes estão a fazer? — Prim! — grito. — Prim! — Só me responde outro grito horrorizado. *Como é que ela veio aqui parar? Porque faz parte dos Jogos?* — Prim!

As trepadeiras cortam-me o rosto e as mãos, as plantas rasteiras agarram-me os pés. Mas estou a aproximar-se dela. Cada vez mais. Estou muito perto. O suor escorre-me pela cara, fazendo arder as cicatrizes das feridas do nevoeiro. Arquejo, tentando aproveitar algum do ar quente e húmido que parece desprovido de oxigénio. A Prim emite um ruído — um ruído tão perdido e irreparável — que nem sequer consigo imaginar o que lhe fizeram para o evocar.

— Prim! — Irrompo através de uma cortina de verde para uma pequena clareira e o ruído repete-se directamente por cima de mim. Por cima de mim? A minha cabeça vira-se de repente. Penduraram--na nas árvores? Perscruto desesperadamente os ramos mas não vejo nada. — Prim? — clamo, suplicante. Oiço-a mas não a consigo ver. O seu lamento seguinte é claro como um sino, e não há que enganar quanto à fonte. Vem do bico de um pequeno pássaro preto com poupa num ramo a cerca de três metros da minha cabeça. E então compreendo.

É um palragaio.

Nunca tinha visto um — pensava que já não existiam — e, por um momento, ao encostar-me ao tronco da árvore, agarrando-me ao nódulo, examino-o. O mutante, o precursor, o progenitor. Tento imaginar um mimo, combino-o com o palragaio e, claro, percebo como os acasalaram para fazer o meu mimo-gaio. Nada no pássaro indica que seja um mute. Nada excepto os ruídos terrivelmente humanos da voz da Prim que lhe jorram do bico. Calo-o com uma flecha no pescoço. O pássaro cai no chão.

232

Retiro a flecha e torço-lhe o pescoço, a jogar pelo seguro. Depois lanço a revoltante criatura para a selva. Nem toda a fome do mundo me levaria a comê-la.

Não era real, digo a mim mesma. *Da mesma maneira que os lobos mutantes do ano passado não eram realmente os tributos mortos. É apenas uma brincadeira sádica dos Produtores dos Jogos.*

O Finnick irrompe na clareira e encontra-me a limpar a flecha com um bocado de musgo. — Katniss?

— Está tudo bem. Estou bem — afirmo, apesar de não me sentir nada bem. — Pensei que tivesse ouvido a minha irmã mas... — O grito lancinante interrompe-me. É outra voz, não a da Prim, talvez a de uma mulher jovem. Não a reconheço. Mas o efeito sobre o Finnick é imediato. A cor desaparece-lhe do rosto e vejo mesmo as suas pupilas dilatar-se com o medo. — Finnick, espera! — exclamo, estendendo a mão para o tranquilizar, mas ele já partiu. Em busca da vítima, tão precipitadamente como eu parti em busca da Prim. — Finnick! — chamo, mas sei que ele não se vai voltar e esperar que eu lhe dê uma explicação racional. Só me resta segui-lo.

Apesar da velocidade a que ele se desloca, não é difícil segui-lo, porque deixa uma pista clara de vegetação pisada atrás de si. Mas o pássaro está quase a quinhentos metros de distância, a maior parte a subir, e quando alcanço o Finnick já estou sem fôlego. Ele anda à volta de uma árvore gigante. O tronco tem mais de um metro de diâmetro e os ramos só começam a uns seis metros de altura. Os gritos da mulher emanam algures de entre a folhagem, mas o palragaio está escondido. O Finnick também está a gritar, repetidamente. — Annie! Annie! — Está em estado de pânico, completamente inalcançável, por isso faço o que faria de qualquer maneira. Subo a uma árvore adjacente, localizo o palragaio, e derrubo-o com uma flecha. Ele cai mesmo aos pés do Finnick, que o apanha e faz lentamente a ligação. No entanto, quando desço para me juntar a ele, o Finnick parece mais desesperado que nunca.

— Está tudo bem, Finnick. É só um palragaio. Eles estão a brincar connosco — tranquilizo-o. — Não é real. Não é a tua... Annie.

— Não, não é a Annie. Mas a voz era dela. Os palragaios imitam o que ouvem. Onde é que foram buscar aqueles gritos, Katniss? — pergunta ele.

Sinto a minha própria face empalidecer quando percebo o que ele quer dizer. — Oh, Finnick, não achas que eles...

— Acho, sim. É precisamente o que acho — conclui ele.

Tenho uma imagem da Prim numa sala branca, amarrada a uma mesa, enquanto figuras de bata e máscara lhe extraem aqueles ruídos.

Estão a torturá-la, ou torturaram-na, algures, para conseguir aqueles ruídos. Sinto os joelhos a amolecer e deixo-me cair no chão. O Finnick está a tentar dizer-me alguma coisa mas não consigo ouvi-lo. O que oiço por fim é outro pássaro começar a gritar algures à minha esquerda. E desta vez, a voz é do Gale.

O Finnick agarra-me no braço antes de eu poder começar a correr. — Não. Não é ele. — Começa a puxar-me pela colina abaixo, em direcção à praia. — Vamos sair daqui! — Mas a voz do Gale parece tão angustiada que não consigo deixar de lutar para a alcançar. — Não é ele, Katniss! É um mute! — grita-me o Finnick. — Anda! — Ele puxa-me, arrasta-me e levanta-me do chão até eu conseguir perceber as suas palavras. Tem razão, é só mais um palragaio. Não posso ajudar o Gale caçando o pássaro. Todavia, isso não altera o facto de a voz ser do Gale, e de que algures, em alguma ocasião, alguém o obrigou a fazer estes ruídos.

No entanto, paro de lutar com o Finnick, e como na noite do nevoeiro, fujo do que não posso combater. Do que só pode prejudicar-me. Só que desta vez é o meu coração e não o meu corpo que se está a desintegrar. Deve ser outra arma do relógio. A das quatro horas, calculo. Quando os ponteiros chegam ao quatro, os macacos vão para casa e os palragaios saem para brincar. O Finnick tem razão — sair daqui é a única coisa a fazer. Se bem que não haverá nada que o Haymitch possa enviar num pára-quedas que ajudará a sarar as feridas que os pássaros nos infligiram.

Vejo o Peeta e a Johanna junto à linha das árvores e encho-me de uma mistura de alívio e irritação. Porque é que o Peeta não veio ajudar-me? Porque é que ninguém veio procurar-nos? Mesmo agora está parado, com os braços no ar, as palmas da mão viradas para nós, os lábios a mexer-se sem emitir palavras audíveis. Porquê?

O muro é tão transparente que eu e o Finnick batemos em cheio nele e caímos para trás no chão da selva. Eu tive sorte. O meu ombro sofreu o maior impacte, ao passo que o Finnick bateu de cabeça e agora tem o nariz a sangrar. É por isso que o Peeta e a Johanna e até o Beetee, que vejo abanando tristemente a cabeça atrás deles, não vieram em nosso socorro. Uma barreira invisível separa-nos da zona à nossa frente. Não é um campo eléctrico. Contudo, nem a faca do Peeta nem o machado da Johanna conseguem abrir-lhe uma fenda sequer. Basta olhar alguns metros para cada lado para perceber que o muro cerca todo o segmento das quatro às cinco horas. Que ficaremos aqui encurralados como ratos até a hora passar.

O Peeta encosta a mão ao vidro e eu levanto a minha para o tocar, como se pudesse sentir através do muro. Vejo os lábios dele mexer-se mas não consigo ouvi-lo, não consigo ouvir nada fora do nosso sector. Tento perceber o que ele está a dizer, mas não consigo concentrar-me, por isso fico apenas a olhar para o rosto dele, esforçando-me por manter alguma sanidade mental.

Depois os pássaros começam a chegar. Um a um. Empoleirando-se nos ramos em volta. E uma sinfonia de horror cuidadosamente orquestrada começa a sair-lhes dos bicos. O Finnick sucumbe imediatamente, agachando-se no chão, tapando os ouvidos com as mãos como se estivesse a tentar esmagar o crânio. Eu tento resistir durante algum tempo. Esvaziando a minha aljava de flechas contra os odiados pássaros. Mas sempre que um cai morto, outro rapidamente toma o seu lugar. E por fim desisto e enrosco-me ao lado do Finnick, tentando afastar as vozes lancinantes da Prim, do Gale, da minha mãe, da Madge, do Rory, do Vick e até da Posy, da vulnerável e pequena Posy...

Percebo que o horror terminou quando sinto a mão do Peeta em mim, a levantar-me do chão e a conduzir-me para fora da selva. Mas continuo com os olhos fechados, as mãos nos ouvidos, os músculos demasiado rígidos para me descontrair. O Peeta segura-me ao colo, dizendo palavras tranquilizadoras, embalando-me lentamente. Só muito depois é que começo a descontrair-me. E quando isso acontece, começam os tremores.

— Está tudo bem, Katniss — murmura o Peeta.

— Não os ouviste — respondo.

— Ouvi a Prim. Logo no início. Mas não era ela — assegura ele. — Era um palragaio.

— Era ela. Algures. O palragaio só a imitou — afirmo.

— Não, isso é o que eles querem que tu penses. Como queriam que eu pensasse que os olhos daquele mute no ano passado eram os da Glimmer. Mas não eram os olhos da Glimmer. E aquela não era a voz da Prim. Ou se era, tiraram-na de uma entrevista ou outra gravação e distorceram o som. Para poderem transmitir o que quisessem — explica o Peeta.

— Não, estavam a torturá-la — insisto. — Ela provavelmente já está morta.

— Katniss, a Prim não está morta. Como poderiam eles matar a Prim? Já estamos quase nos últimos oito tributos. E que acontece então? — pergunta o Peeta.

— Morrem mais sete — respondo, desesperada.

— Não, no Distrito 12. Que acontece quando chegamos aos últimos oito tributos nos Jogos? — O Peeta levanta-me o queixo para eu ter de olhar para ele. Obriga-me a olhá-lo nos olhos. — Que acontece? Quando chegamos aos últimos oito?

Eu sei que ele está a tentar ajudar-me, por isso obrigo-me a pensar.
— Aos últimos oito? — repito. — Entrevistam a família e os amigos nos distritos.

— Precisamente — confirma o Peeta. — Entrevistam a família e os amigos. E eles poderão fazer isso se os mataram todos?

— Não? — pergunto, ainda hesitante.

— Não. É por isso que sabemos que a Prim está viva. Ela será a primeira que irão entrevistar, não achas? — pergunta o Peeta.

Quero acreditar nele. Muito. Só que... aquelas vozes...

— Primeiro a Prim. Depois a tua mãe. O teu primo, o Gale. A Madge — continua ele. — É uma partida, Katniss. Uma partida horrível. Mas nós somos os únicos que podemos sofrer com ela. Somos nós que estamos nos Jogos. Não eles.

— Acreditas mesmo nisso? — pergunto.

— Acredito — responde o Peeta. Hesito, lembrando-me de como o Peeta é capaz de fazer alguém acreditar em qualquer coisa. Olho para o Finnick, à espera de uma confirmação, e vejo que ele está completamente concentrado no Peeta, nas palavras do Peeta.

— Acreditas, Finnick? — pergunto-lhe.

— Pode ser verdade. Não sei — responde ele. — Eles podem fazer isso, Beetee? Pegar na voz normal de alguém e manipulá-la...

— Ah, claro. Nem sequer é assim tão difícil, Finnick. As nossas crianças aprendem uma técnica semelhante na escola — revela o Beetee.

— Claro que o Peeta tem razão. O país inteiro adora a irmãzinha da Katniss. Se realmente a matassem dessa maneira, teriam provavelmente um motim em mãos — acrescenta a Johanna, sem papas na língua. — E eles não querem isso, pois não? — Depois atira a cabeça para trás e grita: — O país inteiro em revolta? Não iriam querer isso, pois não?

Fico de boca aberta, chocada. Ninguém, jamais, diz uma coisa dessas nos Jogos. Tenho a certeza absoluta de que apagaram a imagem dela, passaram para outro plano. Mas eu ouvi-a, e nunca poderei voltar a pensar nela da mesma maneira. A Johanna nunca ganhará qualquer prémio de simpatia, mas não há dúvida de que é corajosa. Ou louca. Ela pega nalgumas conchas e dirige-se para a selva. — Vou buscar água — anuncia.

Não consigo evitar prender-lhe a mão quando ela passa por mim. — Não vás para lá. Os pássaros... — Lembro-me de que os pássaros já devem ter desaparecido, mas não quero que ninguém entre na selva. Nem mesmo ela.

— Eles não me atingem. Não sou como vocês. Já não resta ninguém que eu ame — revela a Johanna, soltando a mão com uma sacudidela impaciente. Quando depois me traz uma concha com água, recebo-a com um aceno silencioso de agradecimento, sabendo como ela desdenharia a comiseração na minha voz.

Enquanto a Johanna vai buscar água e as minhas flechas, o Beetee brinca com o seu fio eléctrico e o Finnick volta para a água. Eu também preciso de me lavar, mas permaneço nos braços do Peeta, ainda demasiado abalada para me mexer.

— Quem é que eles usaram contra o Finnick? — pergunta o Peeta.

— Alguém com o nome de Annie — respondo.

— Deve ser a Annie Cresta — aventa ele.

— Quem? — pergunto.

— Annie Cresta. A rapariga que a Mags substituiu. Venceu os Jogos há uns cinco anos — lembra o Peeta.

Isso teria sido no Verão da morte do meu pai, quando comecei a sustentar a minha família, quando todo o meu ser se empenhava em combater a fome. — Não me lembro muito bem desses Jogos — confesso. — Foi o ano em que houve o tremor de terra?

— Sim. A Annie é aquela que enlouqueceu quando o colega do distrito dela foi decapitado. Fugiu sozinha e escondeu-se. Mas um tremor de terra quebrou uma barragem e a maior parte da arena ficou inundada. Ela venceu porque era a melhor nadadora — conta o Peeta.

— Não ficou melhor depois? — pergunto. — Quero dizer, da cabeça?

— Não sei. Não me lembro de voltar a vê-la nos Jogos. Mas não parecia lá muito estável na ceifa deste ano — responde o Peeta.

Então é ela que o Finnick ama, penso. *Não o seu rol de amantes finas do Capitólio. Mas uma pobre rapariga louca do seu distrito.*

O tiro de um canhão junta-nos todos na praia. Uma aeronave aparece naquela que calculamos ser a zona das seis para as sete horas. Vimos a garra descer cinco vezes para recolher os pedaços de um corpo estraçalhado. É impossível saber quem era. Seja o que for que aconteça na zona das seis horas, nunca terei vontade de saber.

O Peeta desenha um novo mapa numa folha, acrescentando as letras *PG* para palragaios na secção das quatro para as cinco horas e escrevendo apenas *besta* naquela onde vimos o tributo recolhido aos bocados. Agora já fazemos uma boa ideia do que nos espera em sete das doze horas. E se algo positivo resultou do ataque dos palragaios, é que nos permitiu saber de novo onde estamos no relógio.

O Finnick tece mais outro cesto para água e uma rede para pescar. Eu dou um pequeno mergulho e ponho mais pomada na pele. Depois sento-me à beira da água, limpando o peixe que o Finnick apanhou e vendo o pôr-do-sol. A lua começa a nascer, inundando a arena com aquela estranha penumbra. Estamos prestes a sentar-nos para a nossa refeição de peixe cru quando começa o hino. E depois aparecem os rostos...

Cashmere. Gloss. Wiress. Mags. A mulher do Distrito 5. A morfelinómana que deu a vida pelo Peeta. Blight. O homem do Distrito 10.

Oito mortos. Mais os oito da primeira noite. Dois terços dos tributos mortos num dia e meio. Deve ser um recorde.

— Estão mesmo a sacrificar-nos este ano — comenta a Johanna.

— Quem resta? Tirando nós e o Distrito 2? — pergunta o Finnick.

— O Chaff — responde o Peeta, sem precisar de pensar no assunto. Talvez tenha andado a ver se o descobre, por causa do Haymitch.

Um pára-quedas cai à nossa frente com uma pilha de minúsculos pães quadrados. — São do teu distrito, não são, Beetee? — pergunta o Peeta.

— Sim, do Distrito 3 — confirma ele. — Quantos são?

O Finnick conta-os, revirando-os na mão antes de os dispor numa configuração perfeita. Não sei o que se passa com o Finnick e o pão, mas ele parece obcecado com a oferta. — Vinte e quatro — responde.

— Duas dúzias certas, então? — pergunta o Beetee.

— Precisamente vinte e quatro — confirma o Finnick. — Como vamos dividi-los?

— Ficamos com três cada, e o pessoal que ainda estiver vivo ao pequeno-almoço pode decidir sobre os restantes — sugere a Johanna. Não sei porque é que isso me faz rir um pouco. Talvez porque seja verdade. Quando me ri, a Johanna lança-me um olhar quase aprovador. Não, não aprovador. Mas talvez algo satisfeito.

Esperamos até que a onda gigante se levante na secção das dez horas, que a água recue, e depois vamos acampar nessa praia. Em teoria, devemos ter doze horas de segurança, longe da selva. Ouvimos um desagradável coro de estalidos, provavelmente de algum insecto maligno, vindo do segmento das onze horas. No entanto, seja o que for que produz o ruído, permanece nos confins da selva, e nós afastamo-nos dessa zona da praia no caso de eles estarem à espera de algum passo menos cuidadoso para atacarem.

Não sei como é que a Johanna continua de pé. Só dormiu cerca de uma hora desde que começaram os Jogos. Eu e o Peeta oferecemo-nos para fazer a primeira vigia porque estamos menos cansados e porque queremos algum tempo sozinhos. Os outros adormecem imediatamente, embora o sono do Finnick seja agitado. De vez em quando oiço-o a murmurar o nome da Annie.

Eu e o Peeta sentamo-nos na areia húmida, de costas voltadas mas com as coxas e os ombros direitos encostados. Eu vigio a água enquanto ele vigia a selva, o que é melhor para mim. As vozes dos palragaios, que os insectos infelizmente não conseguem abafar, continuam a assombrar-me. Depois de algum tempo, deito a cabeça no ombro dele. O Peeta começa a afagar-me o cabelo.

— Katniss — começa ele, baixinho —, não vale a pena fingirmos que não sabemos o que o outro está a tentar fazer. — Não, suponho que não, mas também não é divertido falar do assunto. Bem, pelo menos para nós. Os espectadores do Capitólio estarão colados à televisão para não perderem uma maldita palavra.

— Não sei que espécie de acordo julgas que fizeste com o Haymitch, mas devias saber que ele também me fez promessas. — Claro, também sei disso. Para que o Peeta não desconfiasse, o Haymitch disse-lhe que os outros tributos podiam proteger-me. — Portanto, julgo que podemos presumir que ele mentiu a um de nós.

Isso desperta-me a atenção. Um acordo duplo. Uma promessa dupla. Só o Haymitch sabe a verdade. Levanto a cabeça e fito os olhos do Peeta.
— Porque estás a dizer isso agora?

— Porque não quero que te esqueças que as nossas circunstâncias são bastante diferentes. Se tu morreres e eu viver, não há vida para mim no Distrito 12. Tu és a minha vida — responde o Peeta. — Nunca mais voltaria a ser feliz. — Eu começo a protestar mas ele põe-me um dedo nos lábios. — É diferente para ti. Não estou a dizer que não seria difícil. Mas existem outras pessoas que dariam sentido à tua vida.

O Peeta tira o fio com o disco de ouro do pescoço. Segura-o ao luar para eu poder ver bem o mimo-gaio. Depois o seu polegar desliza por uma mola que eu não tinha visto antes e o disco abre-se de repente. Não é maciço, como eu tinha pensado, mas um medalhão. E no interior há duas fotografias. Do lado direito, a minha mãe e a Prim, sorrindo. E do esquerdo, o Gale. Sorrindo também, surpreendentemente.

Não há nada no mundo que pudesse abalar-me mais depressa neste momento do que esses três rostos. Depois do que ouvi esta tarde... é a arma perfeita.

— A tua família precisa de ti, Katniss — afirma o Peeta.

A minha família. A minha mãe. A minha irmã. E o meu pretenso primo, o Gale. Mas a intenção do Peeta é clara. Quer dizer-me que o Gale é minha família, ou será um dia, se eu viver. Que me casarei com ele. Assim o Peeta está a oferecer-me a sua vida e o Gale ao mesmo tempo. A dizer-me que nunca deveria ter dúvidas acerca disso. Tudo. É o que o Peeta quer que receba dele.

Espero que se refira ao bebé, para as câmaras, mas não o faz. E é assim que percebo que nada disto faz parte dos Jogos. Que ele está a dizer-me a verdade sobre o que sente.

— Ninguém precisa realmente de mim — continua, e não há auto-comiseração na sua voz. É verdade que a sua família não precisa dele. Chorarão por ele, como farão alguns amigos. Mas continuarão com as suas vidas. Até o Haymitch, com a ajuda de muita aguardente, conseguirá restabelecer-se. Percebo então que apenas uma pessoa ficará irremediavelmente magoada se o Peeta morrer. Eu.

— Eu preciso — afirmo. — Eu preciso de ti. — Ele parece contrariado, respira fundo como se fosse começar uma longa discussão, e isso não pode ser, não pode ser porque começará a falar da Prim e da minha mãe e de tudo e eu ficarei ainda mais confusa. Então, antes de ele poder falar, tapo-lhe os lábios com um beijo.

Volto a sentir aquilo. Aquela coisa que só senti uma vez antes. Na gruta no ano passado, quando estava a tentar convencer o Haymitch a enviar-nos comida. Beijei o Peeta mil vezes durante e depois dos Jogos. Mas houve apenas um beijo que me agitou profundamente. Só um que me levou a querer mais. Mas depois a ferida na minha cabeça começou a sangrar e ele obrigou-me a deitar.

Desta vez não há nada para nos interromper senão nós próprios. E após algumas tentativas, o Peeta desiste de falar. A sensação dentro de mim torna-me mais quente e espalha-se a partir do peito, desce pelo corpo, pelas pernas e pelos braços até às pontas do meu ser. Em vez de me satisfazerem, os beijos surtem o efeito contrário, de aumentar o meu desejo. Julgava-me perita em controlar a fome, mas esta é completamente diferente.

É o primeiro estrondo da tempestade de relâmpagos — o raio atingindo a árvore à meia-noite — que nos trás de volta à realidade. Também acorda o Finnick. Ele senta-se com um grito agudo. Vejo-o a enterrar os dedos na areia, para reafirmar a si mesmo que o pesadelo que teve não era real.

— Já não consigo dormir mais — anuncia. — Um de vocês devia dormir. — Só então é que parece reparar nas nossas expressões, na maneira como estamos enrolados um no outro. — Ou os dois. Posso vigiar sozinho.

Mas o Peeta não o deixa. — É demasiado perigoso — afirma. — Não estou cansado. Deita-te tu, Katniss. — Não protesto porque preciso efectivamente de dormir se quiser estar em condições para lhe salvar a vida. Deixo-o conduzir-me ao local onde estão os outros. Ele pendura-me o fio com o medalhão ao pescoço e depois apoia a mão no ponto onde estaria o nosso bebé. — Vais ser uma grande mãe, sabias? — comenta. Dá-me um último beijo e volta para o Finnick.

A sua alusão ao bebé significa que a nossa fuga aos Jogos terminou. Que sabe que o público estará a interrogar-se por que razão ele não usou o argumento mais persuasivo no seu arsenal. Que os patrocinadores têm de ser manipulados.

No entanto, ao estender-me na areia, pergunto-me se não será mais do que isso? Como se ele me quisesse fazer lembrar que um dia ainda poderei ter filhos com o Gale? Bem, se foi isso, está enganado. Porque, por um lado, isso nunca fez parte dos meus planos. E por outro, se apenas um de nós puder ser pai, qualquer um percebe que devia ser o Peeta.

Ao adormecer, tento imaginar esse mundo, algures no futuro, sem Jogos, sem Capitólio. Um lugar como o prado da canção que cantei à Rue enquanto ela morria. Onde o filho do Peeta pudesse viver em segurança.

25

Quando acordo, tenho uma breve e deliciosa sensação de felicidade que de algum modo está ligada ao Peeta. A felicidade, claro, é um absurdo completo neste momento, visto que ao ritmo que estão a correr as coisas, devo estar morta dentro de um dia. E esse é o cenário mais optimista, se for capaz de eliminar os restantes concorrentes, incluindo eu própria, e deixar o Peeta como vencedor do Quarteirão. No entanto, a sensação é tão inesperada e agradável que tento prolongá-la, ainda que apenas por alguns momentos. Antes de a areia áspera, o sol quente e a comichão na minha pele exigirem o regresso à realidade.

Toda a gente está levantada e a observar a descida de um pára-quedas na praia. Junto-me a eles para outra entrega de pão. É idêntico ao que recebemos na noite anterior. Vinte e quatro pãezinhos do Distrito 3. Isso dá-nos trinta e três ao todo. Ficamos com cinco cada, deixando oito de reserva. Ninguém o diz, mas o número oito dará uma divisão perfeita depois da morte seguinte. Por alguma razão, à luz do dia, gracejar sobre quem sobreviverá para comer os pãezinhos perdeu a sua graça.

Durante quanto tempo poderemos manter esta aliança? Julgo que ninguém esperava que o número de tributos diminuísse tão depressa. E se estiver enganada acerca de os outros estarem a proteger o Peeta? E se tudo não passou de uma coincidência ou foi uma estratégia para conquistar a nossa confiança e tornar-nos presas fáceis ou se não compreendo o que realmente se está a passar? Não, não existem «ses» nisto. Eu *não* compreendo o que se está a passar. E se não compreendo, está na altura de eu e o Peeta nos afastarmos.

Sento-me ao lado do Peeta na areia para comer os meus pãezinhos. Por alguma razão, custa-me olhar para ele. Talvez por causa dos beijos de ontem à noite, se bem que isso não seja novidade. Ou porque sabemos que nos resta tão pouco tempo. E estamos em campos opostos no que diz respeito a quem deverá sobreviver a estes Jogos.

Depois de comermos, pego-lhe na mão e puxo-o para a água. — Anda. Vou ensinar-te a nadar. — Preciso de afastá-lo dos outros, para onde possamos falar do nosso afastamento. Será perigoso, porque quando eles perceberem que estamos a romper a aliança, tornamo-nos alvos imediatos.

Se estivesse mesmo a ensiná-lo a nadar, obrigá-lo-ia a tirar o cinto, uma vez que este o mantém à tona da água, mas que importa isso agora? Mostro-lhe apenas umas braçadas básicas e deixo-o praticar para trás e para a frente em água pouco funda. No início, vejo que a Johanna nos vigia atentamente, mas depois perde o interesse e vai deitar-se. O Finnick está a fazer outra rede com trepadeiras e o Beetee entretém-se com o seu fio eléctrico. Sei então que chegou o momento.

Enquanto o Peeta esteve a nadar, descobri uma coisa. As minhas últimas crostas estão a cair. Esfregando com cuidado um bocado de areia no braço, consigo limpar o que resta delas, revelando a pele nova por baixo. Interrompo o exercício do Peeta com o pretexto de lhe mostrar como se livrar das crostas e da comichão, e enquanto nos esfregamos, falo da nossa fuga.

— Ouve, somos apenas oito. Acho que está na altura de nos separarmos — digo baixinho, embora duvide que os outros me consigam ouvir.

O Peeta acena com a cabeça, e vejo que está a pensar na minha proposta. Calculando as nossas hipóteses. — Olha — começa —, e se ficássemos até o Brutus e a Enobaria serem eliminados? Acho que o Beetee está a preparar uma armadilha para eles. Depois, prometo, podemos ir.

Não fico inteiramente convencida. No entanto, se formos embora agora, teremos dois grupos de rivais atrás de nós. Talvez três, porque quem sabe o que o Chaff anda a tramar? Além de termos de lidar com o relógio. E depois há que pensar no Beetee. A Johanna trouxe-o apenas por minha causa, e se formos embora ela mata-o de certeza. Depois lembro-me. Não posso proteger também o Beetee. Só pode haver um vencedor e tem de ser o Peeta. Tenho de aceitar isso. Tenho de tomar as minhas decisões baseando-me apenas na sobrevivência dele.

— Está bem — concordo. — Ficamos até os Profissionais serem eliminados. Mas termina aí. — Volto-me e aceno ao Finnick. — Ei, Finnick, vem cá! Descobrimos uma maneira de ficares bonito outra vez!

Pomo-nos os três a esfregar as crostas do corpo, ajudando a limpar as costas uns dos outros, e ficamos do mesmo cor-de-rosa que o céu. Aplicamos outra camada de pomada porque a pele parece demasiado delicada para a luz do sol. O aspecto final não é tão mau na pele lisa e oferece uma boa camuflagem na selva.

Depois o Beetee chama-nos, e descobrimos que durante todas aquelas horas em que esteve a mexer no fio, engendrou efectivamente um plano. — Penso que todos concordamos que a nossa próxima tarefa é eliminar o Brutus e a Enobaria — começa, calmamente. — Duvido que voltem a atacar-nos em campo aberto, agora que estão sozinhos. Podíamos tentar localizá-los, mas penso que isso seria perigoso e cansativo.

— Achas que eles já perceberam o relógio? — pergunto.

— Se não perceberam, perceberão em breve. Talvez não tão bem como nós, mas devem saber pelo menos que há zonas armadilhadas e que os ataques se repetem de uma forma circular. Além disso, o facto de o nosso último combate ter sido interrompido pela intervenção dos Produtores também não lhes terá passado despercebido. Nós sabemos que foi uma tentativa para nos desorientar, mas eles devem estar a interrogar-se por que razão aconteceu, e isso, também, pode levá-los a perceber que a arena é um relógio — explica o Beetee. — Portanto, acho que o melhor é montar a nossa própria armadilha.

— Espera, deixa-me acordar a Johanna — diz o Finnick. — Ela vai ficar furiosa se achar que perdeu uma coisa tão importante.

— Ou não — resmungo, já que ela está sempre bastante furiosa. Mas não o detenho, porque eu própria ficaria zangada se nesta altura fosse excluída de algum plano.

Quando ela se junta a nós, o Beetee manda todos recuar um pouco para ter espaço para trabalhar na areia. Desenha rapidamente um círculo e divide-o em doze segmentos. É a arena, representada não com os traços precisos do Peeta mas com as linhas toscas de um homem cuja mente está ocupada com outras coisas muito mais complexas. — Se fossem o Brutus e a Enobaria, sabendo o que sabem agora acerca da selva, onde se sentiriam mais seguros? — pergunta o Beetee. Não há qualquer tom de superioridade na sua voz, mas não posso deixar de pensar que ele me faz lembrar um professor prestes a dar uma lição a um grupo de crianças. Talvez seja a diferença de idades, ou apenas o facto de o Beetee provavelmente ser muito mais inteligente do que qualquer um de nós.

— Onde estamos agora. Na praia — responde o Peeta. — É o lugar mais seguro.

— Então porque não estão eles na praia? — pergunta o Beetee.

— Porque estamos nós — responde a Johanna, impaciente.

— Exactamente. Estamos aqui, ocupando a praia. Então, para onde iriam? — continua o Beetee.

Penso na selva perigosa, na praia ocupada. — Eu escondia-me mesmo na orla da selva. Para poder fugir se houvesse um ataque. E para poder espiar-nos.

— Também para comer — acrescenta o Finnick. — A selva está cheia de criaturas e plantas estranhas. Mas observando-nos, ficaria a saber que o peixe e os mariscos são comestíveis.

O Beetee sorri para nós, como se tivéssemos superado as suas expectativas. — Sim, muito bem. Estão a perceber. Ora, o que eu proponho é uma ofensiva às doze horas. O que acontece exactamente ao meio-dia e à meia-noite?

— O relâmpago atinge a árvore — respondo.

— Sim. Então o que sugiro é que depois de o raio cair ao meio-dia, mas antes de cair à meia-noite, estendamos o meu fio daquela árvore até aqui abaixo à água salgada, que é, claro, altamente condutora. Quando o relâmpago cair, a electricidade descerá pelo fio e atingirá não só a água mas também a praia circundante, que ainda estará molhada da onda das dez horas. Qualquer pessoa em contacto com essas superfícies nesse momento será electrocutada — explica o Beetee.

Segue-se uma longa pausa enquanto digerimos o plano do Beetee. Parece-me um pouco fantástico, impossível até. Mas porquê? Já montei milhares de armadilhas. Isto não será apenas uma armadilha maior com uma componente mais científica? Poderá funcionar? Como podemos sequer contestá-lo, nós tributos instruídos a apanhar peixe, madeira e carvão? Que sabemos acerca de aproveitar a electricidade do céu?

O Peeta faz uma tentativa. — Esse fio será mesmo capaz de conduzir tanta electricidade, Beetee? Parece tão frágil, como se fosse apenas arder.

— Ah, e vai arder. Mas só depois de a corrente ter passado por ele. Funcionará como um rastilho, na verdade. Só que com electricidade — assegura o Beetee.

— Como é que sabes? — pergunta a Johanna, obviamente ainda não convencida.

— Porque fui eu que o inventei — responde o Beetee, como se estivesse ligeiramente surpreendido. — Não é um fio normal. Nem o relâmpago é um relâmpago natural nem a árvore uma árvore verdadeira. Tu conheces as árvores melhor do que qualquer um de nós, Johanna. Já não estaria destruída nesta altura?

— Sim — responde ela, contrariada.

— Não se preocupem com o fio. Ele fará exactamente o que eu digo — garante-nos o Beetee.

— E onde estaremos quando isso acontecer? — pergunta o Finnick.

— Lá em cima na selva, fora de perigo — responde o Beetee.

— Os Profissionais também não correm perigo, então, a não ser que estejam perto da água — faço notar.

— Precisamente — confirma o Beetee.

— Mas os mariscos ficarão todos cozidos — comenta o Peeta.

— Talvez mais do que cozidos — aventa o Beetee. — Muito provavelmente estaremos a eliminar de vez essa fonte de comida. Mas encontraste outras coisas comestíveis na selva, não foi, Katniss?

— Sim. Nozes e ratos — respondo. — E temos patrocinadores.

— Pois bem, então. Não vejo qual é o problema — conclui o Beetee. — Mas como somos aliados e este plano exigirá todos os nossos esforços, a decisão de o realizar cabe a vocês os quatro.

Sentimo-nos de facto como miúdos na escola. Totalmente incapazes de contestar a sua teoria, excepto com as nossas preocupações mais elementares, que na sua maioria nem sequer têm a ver com o plano dele. Olho para os rostos confusos dos outros. — Porque não? — arrisco. — Se falhar, não perdemos nada. Se resultar, temos boas probabilidades de os eliminar. Se não, mesmo que destruamos apenas os mariscos, o Brutus e a Enobaria também perdem essa fonte de comida.

— Devemos tentar — declara o Peeta. — A Katniss tem razão.

O Finnick olha para a Johanna e ergue as sobrancelhas. Ele não avança sem ela. — Está bem — anui a Johanna, por fim. — Sempre é melhor do que andar à caça deles na selva. E duvido que eles descubram o nosso plano, já que nós também mal o percebemos.

O Beetee quer inspeccionar a árvore do relâmpago antes de lhe ligar o fio. A julgar pela posição do Sol, são perto das nove da manhã. De qualquer maneira, teríamos de abandonar a nossa praia em breve. Então levantamos o acampamento, dirigimo-nos para a praia contígua à secção dos relâmpagos e entramos na selva. O Beetee está ainda demasiado fraco para subir a encosta sozinho, por isso o Finnick e o Peeta revezam-se a transportá-lo. Deixo a Johanna seguir à frente porque temos apenas uma linha recta até à árvore e presumo que ela não consiga desviar-nos muito do caminho. Além de que posso fazer mais estragos com uma aljava de flechas do que ela com dois machados, por isso convém que eu siga na retaguarda.

O ar quente e húmido deixa-me esgotada. Não nos deu tréguas desde que os Jogos começaram. Queria que o Haymitch parasse de nos enviar aquele pão do Distrito 3 e nos arranjasse mais daquele do Distrito 4, porque me fartei de transpirar nos últimos dois dias e apesar de ter comido o peixe estou ansiosa por sal. Um bocado de gelo seria outra boa ideia. Ou água fria. Sinto-me grata pelo líquido das árvores, mas tem a mesma temperatura que a água salgada e o ar e os outros tributos e eu. Somos todos apenas um grande guisado.

Quando nos aproximamos da árvore, o Finnick sugere que eu siga na frente. — A Katniss consegue ouvir o campo eléctrico — explica ao Beetee e à Johanna.

— Ouvir? — pergunta o Beetee.

— Só com o ouvido que o Capitólio reconstruiu — afirmo. Adivinha quem não vou enganar com essa história? O Beetee. Pois certamente lembra-se de me ter ensinado a detectar um campo eléctrico, e provavelmente não podemos ouvir campos eléctricos. No entanto, por alguma razão, não contesta a minha afirmação.

— Então, por favor, deixem a Katniss ir à frente — concorda, parando um momento para limpar o vapor dos óculos. — Não se deve brincar com os campos eléctricos.

A árvore do relâmpago é inconfundível, erguendo-se muito acima das outras. Apanho um cacho de nozes e obrigo toda a gente a esperar enquanto subo lentamente a encosta atirando as nozes à minha frente. Mas vejo o campo eléctrico quase imediatamente, mesmo antes de a noz o atingir, porque está apenas a uns quinze metros de distância. Os meus olhos, que perscrutam a verdura, vislumbram o quadrado ondulado bem no alto à minha direita. Lanço uma noz directamente à minha frente para confirmar e oiço-a a crepitar.

— Mantenham-se abaixo da árvore do relâmpago — aviso os outros.

Distribuímos tarefas. O Finnick protege o Beetee enquanto este examina a árvore, a Johanna vai tirar água, o Peeta colhe nozes e eu vou caçar nas imediações. Os ratos das árvores parecem não ter medo dos seres humanos, por isso apanho três facilmente. O ruído da onda das dez horas lembra-me de que devo voltar. Junto-me aos outros e limpo os animais. Depois desenho uma linha no chão a alguns centímetros do campo eléctrico como aviso aos outros para se afastarem. Finalmente eu e o Peeta sentamo-nos para tostar as nozes e cortar bocados de rato.

O Beetee continua em volta da árvore, fazendo não sei o quê, tirando medidas ou coisa parecida. A dada altura arranca um bocado da casca, junta-se a nós e atira-o contra o campo eléctrico. A casca volta para trás e cai incandescente no chão. Momentos depois regressa à sua cor original. — Bem, isso explica muita coisa — comenta o Beetee. Olho para o Peeta e tenho de morder o lábio para não me rir, porque aquilo não explica absolutamente nada a ninguém excepto ao Beetee.

Mais ou menos nessa altura ouvimos os estalidos surgindo do sector contíguo ao nosso. Isso significa que são onze horas. Parecem muito mais ruidosos na selva do que na praia ontem à noite. Escutamos todos com atenção.

— Não é mecânico — afirma o Beetee, decidido.

— Devem ser insectos — avento. — Besouros, talvez.

— Qualquer coisa com pinças — acrescenta o Finnick.

O ruído aumenta, como se os insectos tivessem sido alertados pelos nossos murmúrios para a proximidade de carne fresca. Seja o que for que esteja a fazer aquele ruído, aposto que seria capaz de nos descarnar por completo em segundos.

— De qualquer maneira devíamos sair daqui — sugere a Johanna.
— Temos menos de uma hora antes de começarem os relâmpagos.

Não nos afastamos muito, porém. Apenas até à árvore idêntica na secção da chuva de sangue. Fazemos uma espécie de piquenique, agachados no chão, comendo a nossa comida da selva, esperando pelo relâmpago que assinala o meio-dia. A pedido do Beetee, subo até à copa da árvore quando os estalidos começam a diminuir. Quando o relâmpago cai, é ofuscante, mesmo de onde estou, mesmo com esta luz do dia. Envolve completamente a árvore distante, dando-lhe um brilho branco azulado e deixando o ar em volta a crepitar de electricidade. Desço da árvore e relato o que vi ao Beetee, que parece satisfeito apesar da minha linguagem pouco científica.

Depois damos a volta à arena para a praia das dez horas. A areia está lisa e húmida, lavada pela recente onda. O Beetee dá-nos a tarde de folga enquanto ele trabalha com o fio. Como é a arma dele e dependemos totalmente dos seus conhecimentos, temos a estranha sensação de sermos dispensados mais cedo da escola. A princípio revezamo-nos a dormir a sesta na orla sombreada da selva, mas ao final da tarde já anda toda a gente desperta e irrequieta. Decidimos, uma vez que esta pode ser a nossa última oportunidade de comer mariscos, preparar uma espécie de banquete. Sob a orientação do Finnick, apanhamos peixe e moluscos. Até mergulhamos para ir buscar ostras. Gosto mais desta parte, mas não porque tenha grande apetite por ostras. Só as provei uma vez, no Capitólio, e não consegui vencer a aversão ao muco viscoso. Mas é fantástico nadar lá no fundo, como se estivesse num mundo diferente. A água é muito transparente e cardumes de peixes de cores vivas e estranhas flores marítimas decoram o chão de areia.

A Johanna fica de vigia enquanto eu, o Peeta e o Finnick limpamos e preparamos o peixe e os mariscos. O Peeta acabou de abrir uma ostra quando o oiço soltar um riso. — Ei, olhem só! — Mostra-nos uma pérola brilhante e perfeita do tamanho de uma ervilha. — Sabes, se exercermos pressão suficiente no carvão este transforma-se em pérolas — diz ele ao Finnick, com um ar sério.

— Não se transforma nada — retruca o Finnick, com desdém. Mas eu desato-me a rir, recordando-me de que foi assim que a ingénua Effie Trinket nos apresentou às pessoas do Capitólio no ano passado. Como carvão transformado em pérolas pelas nossas penosas existências. A beleza que surge do sofrimento.

O Peeta passa a pérola por água e oferece-ma. — Para ti. — Seguro-a na palma da mão e examino-lhe a superfície iridescente à luz do Sol.

Sim, ficarei com ela. Durante as poucas horas de vida que me restam vou guardá-la perto de mim. Esta última oferta do Peeta. A única que realmente posso aceitar. Talvez me dê força nos momentos finais.

— Obrigada — digo, cerrando o punho. Olho calmamente para os olhos azuis da pessoa que é agora o meu maior adversário, a pessoa que me salvaria à custa da sua própria vida. E prometo a mim mesma que derrotarei o seu plano.

O riso esvai-se-lhe dos olhos. Ele fita-me tão intensamente que parece ler-me os pensamentos. — O medalhão não resultou, pois não? — pergunta, apesar de o Finnick estar mesmo ao lado. Apesar de toda a gente o poder ouvir. — Katniss?

— Resultou — respondo.

— Mas não como eu queria — conclui ele, desviando o olhar. Depois disso só consegue olhar para as ostras.

Quando estamos mesmo prestes a comer, aparece um pára-quedas com dois suplementos para a nossa refeição. Um pequeno frasco de molho picante e mais uma fornada de pãezinhos do Distrito 3. O Finnick, claro, conta-os imediatamente. — Vinte e quatro outra vez — declara.

Trinta e dois pãezinhos, então. Tiramos todos cinco, deixando sete, que nunca poderão ser distribuídos por igual. É pão apenas para uma pessoa.

O peixe salgado, os moluscos suculentos. Até as ostras parecem saborosas, com a ajuda do molho. Empanturramo-nos até ninguém conseguir comer mais, e ainda assim há sobras. Não poderemos conservá-las, por isso voltamos a lançar tudo à água para que os Profissionais não fiquem com nada quando nos formos embora. Ninguém se incomoda com as conchas. A onda tratará de varrê-las.

Agora só nos resta esperar. Eu e o Peeta sentamo-nos à beira da água, de mãos dadas, calados. Ele fez o seu discurso ontem à noite mas não me fez mudar de opinião, e nada do que poderei dizer fará mudar a sua. Acabou-se o tempo para as ofertas persuasivas.

Mas tenho a pérola, guardada com a bica e a pomada no pára-quedas que trago à cintura. Espero que consiga chegar ao Distrito 12.

Com certeza a minha mãe e a Prim saberão devolvê-la ao Peeta antes de enterrarem o meu corpo.

26

Ouvimos o hino tocar, mas não aparecem rostos no céu esta noite. O público estará impaciente, sedento de sangue. A promessa da armadilha do Beetee, porém, parece ter bastado para que os Produtores dos Jogos não lançassem outros ataques. Talvez estejam apenas curiosos para ver se funcionará.

Quando eu e o Finnick julgamos ser quase nove horas, abandonamos o nosso acampamento coberto de conchas, atravessamos para a praia das doze horas e, ao luar, começamos a subir furtivamente em direcção à árvore do relâmpago. Os nossos estômagos cheios deixam-nos mais mal-dispostos e ofegantes do que na escalada da manhã. Começo a arrepender-me de ter comido aquela última dúzia de ostras.

O Beetee pede ao Finnick para o ajudar, deixando os restantes de vigia. Antes de fazer seja o que for à árvore, desenrola vários metros do fio. Diz ao Finnick para prender uma ponta com força a um ramo partido e deitar este no chão. Depois põem-se em lados opostos da árvore e passam a bobina de um lado para o outro, envolvendo o tronco com o fio. A princípio aquilo parece arbitrário, depois vejo um padrão, como um labirinto complicado, surgindo ao luar do lado do Beetee. Interrogo-me se fará alguma diferença a maneira como o fio é colocado, ou se aquilo é apenas para alimentar a especulação dos espectadores. Aposto que a maioria sabe tanto de electricidade como eu.

Eles terminam o trabalho junto ao tronco no preciso momento em que ouvimos levantar-se a onda. Nunca consegui perceber em que momento entre as dez e as onze horas ela começa. Deve haver um crescendo, depois a onda propriamente dita, e por fim a inundação. O céu diz-me que devem ser dez e meia.

É então que o Beetee revela o resto do plano. Como eu e a Johanna somos as que nos deslocamos mais depressa entre as árvores, ele quer que desçamos com o rolo pela selva, desenrolando o fio pelo caminho. Devemos estendê-lo pela praia das doze horas e atirar a bobina de metal, com o que restar do fio, para a água funda, cuidando para que se afunde. Depois temos de voltar a correr para a selva. Se descermos agora, imediatamente, conseguiremos voltar a subir e pôr-nos a salvo.

— Quero ir com elas, para vigiar — oferece-se o Peeta imediatamente. Depois do momento com a pérola, sei que está menos disposto que nunca a perder-me de vista.

— És muito lento. Além disso, preciso de ti deste lado. A Katniss pode vigiar — afirma o Beetee. — Não há tempo para discutir isto. Lamento. Se as raparigas quiserem voltar com vida, têm de descer agora. — Entrega o rolo à Johanna.

Como o Peeta, não gosto do plano. Como poderei protegê-lo à distância? Contudo, o Beetee tem razão. Com a sua perna artificial, o Peeta é demasiado lento para poder descer a encosta a tempo. Eu e a Johanna somos as mais velozes e hábeis no chão da selva. Não consigo pensar noutra alternativa. E se confio em alguém aqui, além do Peeta, é o Beetee.

— Não te preocupes — tranquilizo o Peeta. — Largamos o rolo e voltamos logo a subir.

— Não para a zona dos relâmpagos — recomenda-me o Beetee. — Subam para a árvore no sector da uma hora. Se virem que não têm tempo, sigam para o sector seguinte. Mas nem pensem sequer em voltar para a praia. Não antes de eu avaliar os estragos.

Prendo o rosto do Peeta com as mãos. — Não te preocupes. Vejo-te à meia-noite. — Dou-lhe um beijo e, antes que ele volte a protestar, largo-o e volto-me para a Johanna. — Pronta?

— Porque não? — responde a Johanna, encolhendo os ombros. É evidente que não está mais satisfeita com a parceria do que eu. Mas estamos todos envolvidos na armadilha do Beetee. — Tu vigias, eu desenrolo o fio. Podemos trocar mais tarde.

Sem mais conversa, começamos a descer a encosta. De facto, há muito pouca conversa entre ambas. Seguimos a um bom ritmo, uma manejando o rolo, a outra de guarda. Mais ou menos a meio da encosta, começamos a ouvir os estalidos a aumentar, indicando que já passa das onze horas.

— É melhor apressar-nos — urge a Johanna. — Quero estar bem longe da água quando o relâmpago cair. No caso de o Volts ter calculado mal.

— Eu levo o rolo agora — ofereço-me. É mais trabalhoso estender o fio do que vigiar, e ela já correu muito.

— Toma — responde a Johanna, entregando-me o rolo.

Ainda temos as mãos no cilindro de metal quando sentimos uma pequena vibração. Subitamente, o fino fio dourado que estivemos a largar salta para cima de nós, encolhendo-se em espirais emaranhadas e enrolando-se nos nossos pulsos. Depois a ponta cortada recolhe-se aos nossos pés.

Levamos apenas um segundo para perceber o que aconteceu. Olhamos uma para a outra, mas não precisamos de o dizer. Alguém cortou o fio. E estará aqui a qualquer momento.

A minha mão liberta-se do fio e acabo de pegar nas penas de uma flecha quando o cilindro de metal me atinge a cabeça. Quando dou por mim, estou deitada de costas sobre as trepadeiras com uma dor terrível na fonte esquerda. Qualquer coisa não está bem com os meus olhos. A minha visão começa a ficar desfocada e vejo duas luas a flutuar no céu. Tenho dificuldade em respirar, e percebo que a Johanna está sentada no meu peito, prendendo-me os ombros com os joelhos.

Sinto uma estocada no antebraço esquerdo. Tento soltar-me mas ainda estou demasiado fraca. A Johanna enterra alguma coisa — imagino que seja a ponta da faca — na minha carne, torcendo-a. Sinto um rasgão excruciante e algo quente a escorrer-me pelo pulso, enchendo-me a palma da mão. Ela larga-me bruscamente o braço e cobre-me metade da cara com o meu sangue.

— Fica quieta! — exclama, cerrando os dentes. O peso dela deixa o meu corpo e fico sozinha.

Fica quieta?, penso. *O quê? Que está a acontecer?* Fecho os olhos, apagando o mundo incoerente, tentando perceber a minha situação.

Só consigo pensar na Johanna a empurrar a Wiress para a praia. «*Fica quieta, está bem?*» Mas ela não agrediu a Wiress. Não desta maneira. E eu não sou a Wiress. Não sou a Ampere. «*Fica quieta, está bem?*» As palavras ressoam-me no cérebro.

Oiço passos. Dois pares. Pesados, indiferentes ao perigo.

A voz do Brutus. — Está quase morta! Vamos, Enobaria! — Os passos desaparecem na noite.

Estou? Tento manter-me consciente, procurando uma resposta. Estou quase morta? Não me sinto em condições de alegar em contrário. Na verdade, tenho dificuldade em pensar racionalmente. Sei apenas que a Johanna me atacou. Lançou-me aquele cilindro à cabeça. Cortou-me o braço, provavelmente causando danos irreparáveis a veias e artérias. Depois o Brutus e a Enobaria apareceram antes de ela ter tempo de me desferir o golpe de misericórdia.

A aliança terminou. O Finnick e a Johanna devem ter feito um acordo para nos atacar esta noite. Eu sabia que devíamos ter ido embora esta manhã. Não sei qual é a posição do Beetee. Mas agora sou uma presa fácil, e o Peeta também.

Peeta! Abro os olhos de repente, em pânico. O Peeta está à minha espera junto à árvore, sem suspeitar de nada, desprevenido. Talvez o Finnick até já o tenha matado. — Não — murmuro. O fio foi cortado pelos Profissionais a pouca distância de nós. O Finnick, o Beetee e o Peeta não podem saber o que se passa aqui em baixo. Só podem estar a interrogar-se sobre o que aconteceu, por que razão o fio afrouxou ou talvez até tenha saltado e recuado para a árvore. Isso, em si, não pode ser um sinal para matar, pois não? O que aconteceu foi que a Johanna decidiu que chegara o momento de romper connosco. De me matar. Fugir dos Profissionais. Depois incluir o Finnick na luta logo que possível.

Não sei. Não sei. Só sei que tenho de voltar para o Peeta e salvar-lhe a vida. Preciso de toda a minha força de vontade para me sentar, arrastar-me para uma árvore e pôr-me de pé. É uma sorte ter alguma coisa a que me agarrar, porque a selva oscila de um lado para o outro. De repente, inclino-me para a frente e despejo o banquete de peixe e moluscos no chão, vomitando até não poder restar uma única ostra no meu corpo. Tremendo e banhada de suor, avalio a minha condição física.

Quando levanto o braço ferido, o sangue salpica-me a cara e o mundo dá outra volta assustadora. Fechos os olhos e agarro-me à árvore até as coisas estabilizarem um pouco. Depois dou alguns passos hesitantes para uma árvore próxima, arranco um bocado de musgo e, sem examinar a ferida, ligo o braço com força. É melhor não a examinar. Decididamente. Depois deixo a mão tocar com cuidado na ferida da testa. Sinto um galo enorme mas não muito sangue. Devo ter alguma lesão interna, mas pareço não estar em perigo de me esvair em sangue. Pelo menos através da cabeça.

Seco as mãos no musgo e pego no meu arco com o braço ferido e trémulo. Prendo uma flecha à corda e obrigo os pés a subir a encosta.

O Peeta. O meu último desejo. A minha promessa. De lhe salvar a vida. Animo-me um pouco quando percebo que ele deve estar vivo porque ainda não soou o canhão. Talvez a Johanna estivesse a agir sozinha, sabendo que o Finnick a apoiaria quando lhe explicasse as suas intenções. Embora seja difícil perceber o que se passa entre aqueles dois. Lembro-me de como ele olhou para a Johanna antes de aceitar ajudar a preparar a armadilha do Beetee. Há ali uma aliança muito mais profunda baseada em anos de amizade e sabe-se lá que mais. Por isso, se a Johanna se voltou contra mim, já não devo confiar no Finnick.

Chego a esta conclusão segundos antes de ouvir alguém correr pela encosta abaixo na minha direcção. Nem o Peeta nem o Beetee poderiam deslocar-se a essa velocidade. Atiro-me para trás de uma cortina de trepadeiras, escondendo-me mesmo a tempo. O Finnick passa por mim a correr, com a pele escura por causa da pomada, saltando pela vegetação rasteira como um veado. Num instante chega ao sítio onde fui atacada e deve reparar no sangue. — Johanna! Katniss! — chama. Não me mexo até ele partir na direcção que a Johanna e os Profissionais tomaram.

Subo o mais depressa que posso sem lançar o mundo em rodopio. Sinto a cabeça a latejar com o batimento rápido do coração. Os insectos, provavelmente acirrados pelo cheiro a sangue, aumentam os estalidos até estes se tornarem um rugido contínuo nos meus ouvidos. Não, espera. Talvez os meus ouvidos estejam a zumbir por causa da pancada. Antes de os insectos se calarem, será impossível saber. No entanto, quando os insectos se calarem, começarão os relâmpagos. Tenho de subir mais depressa. Tenho de chegar ao Peeta.

O estrondo do canhão detém-me. Alguém morreu. Sei que neste momento, com toda a gente armada e assustada, pode ser um qualquer. Mas quem quer que seja, acredito que a sua morte desencadeará uma espécie de orgia de sangue esta noite. As pessoas matarão primeiro e pensarão nos motivos depois. Obrigo as pernas a correr.

Alguma coisa prende-me o pé, tropeço e fico estendida ao comprido no chão. Sinto a coisa a envolver-me, a enlaçar-me em fibras cortantes. Uma rede! Deve ser uma das redes especiais do Finnick, colocada para me apanhar, e ele deve estar por perto, de tridente na mão. Esperneio e esbracejo por um momento, contribuindo apenas para me enredar mais, e depois vislumbro-o ao luar. Confusa, levanto o braço e vejo que está preso em reluzentes fios dourados. Afinal não é uma das redes do Finnick, mas o fio do Beetee. Levanto-me com cuidado e descubro que estou sobre um bocado do fio que ficou preso num tronco quando corria de volta para a árvore do relâmpago. Lentamente, liberto-me do fio, afasto-me e continuo a subir.

Tento avaliar a minha situação. Por um lado, estou no caminho certo e a ferida na cabeça não me fez perder o sentido de orientação. Por outro, o fio fez-me lembrar a próxima tempestade de relâmpagos. Ainda consigo ouvir os insectos, mas estarão a começar a desaparecer?

Enquanto corro, mantenho as espirais de fio eléctrico alguns centímetros à minha esquerda para me orientar, mas com cuidado para não lhes tocar. Se os insectos estão a desaparecer e o primeiro relâmpago estiver prestes a atingir a árvore, então toda a sua electricidade descerá por aquele fio e qualquer pessoa em contacto com o mesmo morrerá.

Vejo a árvore a flutuar à minha frente, com o seu tronco enfeitado de fio dourado. Abrando o passo, procuro avançar furtivamente, mas na verdade tenho sorte em estar de pé. Procuro um sinal dos outros. Ninguém. Não está ninguém aqui. — Peeta? — chamo, baixinho. — Peeta?

Um gemido responde-me e volto-me de repente para ver uma figura deitada no chão um pouco mais acima. — Beetee! — exclamo. Corro e ajoelho-me ao lado dele. O gemido deve ter sido involuntário. Ele não está consciente, embora não veja qualquer ferimento excepto um golpe por baixo da curva do cotovelo. Pego num punhado de musgo e envolvo a ferida desajeitadamente enquanto tento acordá-lo. — Beetee! Beetee, que se passa! Quem te feriu? Beetee! — Abano-o como nunca devemos abanar uma pessoa ferida, mas não sei que mais fazer. Ele volta a gemer e ergue a mão por um instante para me afastar.

É então que reparo na faca, a que o Peeta trazia, julgo eu, e que agora está na mão do Beetee, envolta em fio eléctrico. Perplexa, levanto-me e puxo o fio, confirmando que está ligado à árvore. Levo um momento para me lembrar do outro fio muito mais curto que o Beetee prendeu a um ramo e largou no chão antes de se voltar para a árvore. Na altura pensei que tinha algum fito técnico, que tinha sido posto de lado para ser usado mais tarde. Mas nunca foi, porque continua aqui, uma extensão de aproximadamente vinte e cinco metros.

Olho para o topo da colina e percebo que estamos apenas a alguns passos do campo eléctrico. Lá está o quadrado denunciador, bem no alto à minha direita, exactamente como esta manhã. Que terá feito o Beetee? Terá tentado atirar a faca ao campo eléctrico, como fez o Peeta por acaso? E para que serviria o fio? Seria o seu plano de reserva? Se electrificar a água falhasse, tencionava conduzir a energia do relâmpago para o campo eléctrico? Que iria isso provocar, afinal? Nada? Muito? Fritar-nos a todos? O campo eléctrico deve ser composto sobretudo de energia, imagino. O do Centro de Treino era invisível. Este parece espelhar a selva, de alguma forma. Mas já o vi abrir-se quando a faca do Peeta o atingiu, quando as minhas flechas o atingiram. O mundo real encontra-se do outro lado, logo atrás dele.

Os meus ouvidos não estão a zumbir. Afinal sempre eram os insectos. Percebo isso agora porque eles estão a desaparecer rapidamente e oiço apenas os ruídos da selva. O Beetee não responde. Não consigo despertá-lo. Não posso salvá-lo. Não sei o que estava a tentar fazer com a faca e o fio e ele já não me pode dizer. A ligadura de musgo no meu braço está ensopada e não vale a pena iludir-me. Sinto-me tão tonta que perderei os sentidos numa questão de minutos. Tenho de me afastar desta árvore e...

— Katniss! — Oiço a voz dele, embora esteja muito longe. Mas que está ele a fazer? O Peeta já deve ter percebido que toda a gente anda atrás de nós agora. — Katniss!

Não posso protegê-lo. Não consigo deslocar-me, nem depressa nem devagar, e não sei se ainda consigo usar o arco. Faço a única coisa que posso fazer para afastar dele os atacantes e atraí-los a mim. — Peeta! — grito. — Peeta! Estou aqui! — Sim, vou afastá-los do Peeta, todos os que estejam nas proximidades, e atraí-los a mim e à árvore do relâmpago que em breve se transformará ela própria numa arma. — Estou aqui! Estou aqui! — Ele não conseguirá escapar. Não com aquela perna, e à noite. Nunca conseguirá escapar a tempo. — Peeta!

Está a resultar. Ouço-os chegar. Dois deles. Rompendo a selva. Os meus joelhos começam a ceder e sento-me ao lado do Beetee, apoiando o peso nos calcanhares. Levanto o meu arco com a flecha. Se conseguir matá-los, o Peeta sobreviverá aos outros?

A Enobaria e o Finnick chegam à árvore do relâmpago. Não conseguem ver-me. Estou mais acima na encosta, com a pele camuflada de pomada. Aponto ao pescoço da Enobaria. Com alguma sorte, quando a matar, o Finnick tentará esconder-se atrás da árvore exactamente quando o relâmpago cair. E isso será a qualquer segundo. Já só oiço um estalido de insecto aqui e ali. Posso matá-los agora. Posso matar os dois.

Outro canhão.

— Katniss! — A voz do Peeta grita por mim. Mas desta vez não respondo. O Beetee continua a respirar debilmente ao meu lado. Morreremos os dois em breve. O Finnick e a Enobaria morrerão. O Peeta está vivo. Já soaram dois canhões. Brutus, Johanna, Chaff. Dois deles já morreram. O Peeta ficará apenas com um tributo para matar. E é o melhor que posso fazer. Um inimigo.

Inimigo. Inimigo. A palavra puxa por uma memória recente. Puxa-a para o presente. A expressão no rosto do Haymitch. «*Katniss, quando estiveres na arena...*» O olhar carregado, a desconfiança. «*O quê?*» Oiço a minha voz endurecer quando me irrito perante a acusação implícita. «*Só isso.*»

O último conselho do Haymitch. Por que haveria de ser lembrada? Sempre soube identificar o inimigo. O que nos faz passar fome, o que nos tortura e mata na arena. O que em breve matará todos os que amo.

Baixo o arco quando percebo o que ele quer dizer. Sim, sei quem é o inimigo. E não é a Enobaria.

Finalmente vejo a faca do Beetee com olhos claros. As minhas mãos trémulas tiram o fio do cabo, enrolam-no à volta da flecha, mesmo por cima das penas, e prendem-no com um nó que aprendi nos treinos.

Levanto-me, voltando-me para o campo eléctrico, expondo-me completamente, indiferente ao perigo. Agora interessa-me apenas o ponto para onde devo dirigir a flecha, para onde o Beetee teria lançado a faca se pudesse. O meu arco inclina-se para cima, apontando para o quadrado vacilante, a falha, a... como lhe chamou o Beetee naquele dia? A fenda na armadura. Solto a flecha, vejo-a acertar no alvo e desaparecer, levando atrás de si o fio dourado.

O meu cabelo eriça-se e o relâmpago atinge a árvore.

O clarão branco sobe pelo fio e, durante apenas um instante, a abóbada irrompe numa deslumbrante luz azul. Sou cuspida para trás, para o chão, uma massa inútil, paralisada, com os olhos fixos e arregalados, vendo os leves farrapos de matéria cair sobre mim. Não consigo chegar ao Peeta. Nem sequer consigo chegar à minha pérola. Os meus olhos esforçam-se por encontrar uma última imagem de beleza para levar comigo.

Mesmo antes de começarem as explosões, descubro uma estrela.

27

Tudo parece eclodir ao mesmo tempo. O solo explode em fragmentos de terra e plantas. As árvores irrompem em chamas. Até o céu se enche de luzes de cores vivas. Não consigo imaginar por que razão o céu está a ser bombardeado, até perceber que, enquanto a verdadeira destruição ocorre cá em baixo, os Produtores dos Jogos estão a lançar fogo de artifício. Talvez a obliteração da arena e dos restantes tributos não constitua divertimento suficiente. Ou talvez para iluminar os nossos fins sangrentos.

Deixarão alguém sobreviver? Haverá um vencedor dos Septuagésimos Quintos Jogos da Fome? Talvez não. Afinal, para que serve este Quarteirão senão... que foi que o presidente Snow leu no cartão?

«... *lembrar aos rebeldes que nem mesmo os seus elementos mais fortes conseguem vencer o Capitólio...*»

Nem sequer o mais forte dos fortes triunfará. Talvez nunca pretendessem ter um vencedor nestes Jogos. Ou talvez o meu último acto de rebeldia os tenha obrigado a agir.

Desculpa, Peeta, penso. *Desculpa não ter conseguido salvar-te*. Salvá-lo? Muito provavelmente roubei-lhe a última oportunidade de vida, condenei-o, destruindo o campo eléctrico. Talvez, se tivéssemos jogado todos segundo as regras, eles tê-lo-iam deixado viver.

A aeronave aparece por cima de mim sem aviso. Se tivesse tudo sossegado e houvesse um mimo-gaio empoleirado por perto, teria ouvido a selva ficar em silêncio e depois o grito que antecede o aparecimento da aeronave do Capitólio. No meio deste bombardeamento, porém, os meus ouvidos nunca poderiam detectar algo tão delicado.

A garra desce da base da aeronave até se encontrar directamente por cima de mim. As pinças de metal começam a envolver-me. Quero gritar, fugir, quebrar aquilo tudo, mas estou paralisada, incapaz de fazer seja o que for senão esperar ardentemente que morra antes de chegar às figuras sombrias que me aguardam lá em cima. Eles não me pouparam a vida para me coroar vencedora mas para tornar a minha morte tão lenta e pública quanto possível.

Os meus piores receios são confirmados quando o rosto que me recebe no interior da aeronave é o do Plutarch Heavensbee, Chefe dos Produtores dos Jogos. Que grande trapalhada fiz eu dos seus belos Jogos, com o seu relógio artificioso e lote de vencedores! Ele irá sofrer por causa do fracasso, provavelmente perderá a vida, mas não antes de me ver castigada. Estende-me a mão, penso que para me agredir, mas faz algo pior. Com o polegar e o indicador, fecha-me as pálpebras, condenando-me à vulnerabilidade da escuridão. Agora podem fazer-me o que quiserem e eu nada verei.

O meu coração bate com tanta força que o sangue começa a escorrer por debaixo da minha ligadura de musgo encharcada. Os meus pensamentos tornam-se confusos. Afinal sempre poderei esvair-me em sangue e morrer antes de eles conseguirem reanimar-me. Antes de perder os sentidos, agradeço à Johanna Mason a excelente ferida que ela me infligiu.

Quando regresso à semiconsciência, percebo que estou deitada numa mesa acolchoada. Sinto o beliscar de tubos no meu braço esquerdo. Estão a tentar salvar-me a vida porque se eu morrer calmamente e em privado isso será para mim uma vitória. Ainda não me consigo deslocar, nem abrir as pálpebras, nem levantar a cabeça, mas o braço direito recuperou algum movimento. Cai-me sobre o corpo, como uma barbatana. Não, algo menos animado, como uma maça. Não tenho verdadeira coordenação motora, nenhuma prova sequer de que ainda tenha dedos. No entanto, consigo abanar o braço até arrancar os tubos. Oiço os *bips* mas não consigo ficar acordada para saber quem os irá atender.

Quando volto a acordar, tenho as mãos atadas à mesa e os tubos novamente no braço. Consigo abrir os olhos e levantar um pouco a cabeça. Estou numa sala grande com tectos baixos e luz prateada. Há duas filas de camas de frente uma para a outra. Consigo ouvir a respiração do que presumo serem os meus colegas vencedores. Directamente à minha frente vejo o Beetee, com umas dez máquinas diferentes ligadas ao seu corpo. *Deixem-nos morrer!*, grito na minha mente. Bato com a cabeça na mesa e volto a perder os sentidos.

Quando finalmente, verdadeiramente, acordo, já não estou presa à cama. Levanto a mão e vejo que consigo mexer os dedos. Esforço-me por me sentar e agarro-me à mesa acolchoada até conseguir focar a sala. Tenho o braço esquerdo ligado e com os tubos pendurados em suportes junto à cama.

Estou sozinha, tirando o Beetee, que continua deitado à minha frente, sustentado por um exército de máquinas. Onde estão os outros então? O Peeta, o Finnick, a Enobaria e... e... mais um, certo? Ou a Johanna ou o Chaff ou o Brutus, ainda estava vivo quando começaram as bombas. Tenho a certeza de que quererão usar-nos a todos como exemplo. Mas para onde os levaram? Transferiram-nos do hospital para a prisão?

— Peeta... — murmuro. Queria tanto protegê-lo. Continuo decidida a fazê-lo. Como não consegui salvá-lo para a vida, tenho de o encontrar e matar agora antes que o Capitólio possa escolher o meio atroz da sua morte. Faço deslizar as pernas para fora da mesa e procuro uma arma. Vejo algumas seringas seladas em plástico esterilizado na mesa junto à cama do Beetee. Perfeito. Só precisarei de ar e uma injecção certeira numa das suas veias.

Hesito durante um momento, pensando em matar o Beetee. Se o fizer os monitores começarão a apitar e serei apanhada antes de chegar ao Peeta. Prometo a mim mesma voltar e matá-lo se puder.

Tenho apenas uma fina camisa de noite sobre o corpo, por isso enfio a seringa debaixo da ligadura no braço. Não há guardas à porta. Devo estar a quilómetros de profundidade debaixo do Centro de Treino ou nalguma praça-forte do Capitólio, e a possibilidade de fuga simplesmente não existe. Não importa. Não estou a fugir, apenas a cumprir uma tarefa.

Atravesso um corredor estreito para uma porta de metal que se encontra ligeiramente entreaberta. Há alguém do outro lado. Tiro a seringa da ligadura e agarro-a com força na mão. Encostando-me à parede, oiço as vozes que vêm do interior.

— As comunicações foram interrompidas no 7, 10 e 12. Mas o 11 controla os transportes agora, por isso há pelo menos a esperança de que consigam fazer sair os mantimentos.

Plutarch Heavensbee. Julgo eu. Se bem que só tenha realmente falado com ele uma vez. Uma voz rouca faz uma pergunta.

— Não, lamento. É impossível deixar-te entrar no Distrito 4. Mas dei ordens específicas para que ela fosse evacuada se possível. É o melhor que posso fazer, Finnick.

Finnick. A minha mente esforça-se por dar sentido à conversa, ao facto de estar a ter lugar entre o Plutarch Heavensbee e o Finnick. Será ele tão próximo e querido do Capitólio que lhe perdoarão os crimes? Ou será que não fazia mesmo ideia do que o Beetee tinha em mente? Ele volta a falar na sua voz rouca. Uma voz carregada de desespero.

— Não sejas estúpido. Isso é a pior coisa que poderias fazer. Provocarias a morte dela, de certeza. Desde que *tu* estejas vivo, ela estará viva, para ser usada como isco — diz o Haymitch.

Diz o Haymitch! Esbarro com a porta e entro aos tropeções na sala. O Haymitch, o Plutarch e um Finnick muito abatido estão sentados a uma mesa com comida que ninguém está a comer. A luz do dia entra pelas janelas curvas e ao longe vejo o topo de uma floresta. Estamos a voar.

— Já paraste de bater com a cabeça, boneca? — pergunta o Haymitch, visivelmente irritado. Mas eu tropeço para a frente e ele avança e apanha-me os pulsos, equilibrando-me. Olha para a minha mão. — Ah, então agora és tu e uma seringa contra o Capitólio? Vês, é por isso que ninguém te deixa fazer os planos. — Olho para ele, confusa. — Larga-a. — Sinto a pressão no punho direito aumentar até ser obrigada a largar a seringa. Ele conduz-me a uma cadeira ao lado do Finnick.

O Plutarch coloca uma tigela de sopa à minha frente. Um pãozinho. Mete-me uma colher na mão. — Come — insta, numa voz muito mais amável do que a do Haymitch.

O Haymitch senta-se directamente à minha frente. — Katniss, vou explicar o que aconteceu. Não quero que me faças qualquer pergunta até eu acabar. Compreendes?

Aceno que sim com a cabeça, ainda um pouco aturdida. E eis o que ele me conta:

Havia um plano para nos tirar da arena desde que o Quarteirão foi anunciado. Os tributos vencedores dos distritos 3, 4, 6, 7, 8 e 11 estavam mais ou menos a par do assunto. O Plutarch Heavensbee faz parte, há vários anos, de um grupo clandestino que pretende derrubar o Capitólio. Ele providenciou para que o fio eléctrico estivesse entre as armas. O Beetee estava encarregado de abrir um buraco no campo eléctrico. O pão que recebemos na arena era um código para o momento do resgate. O distrito de onde vinha o pão indicava o dia. Três. O número de pães a hora. Vinte e quatro. A aeronave pertence ao Distrito 13. A Bonnie e a Twill, as mulheres do 8 que conheci no bosque, tinham razão acerca da existência do 13 e das suas capacidades defensivas. Encontramo-nos neste momento numa viagem muito sinuosa para o Distrito 13. Entretanto, a maioria dos distritos de Panem está em plena revolta.

O Haymitch faz uma pausa para ver se eu estou a perceber. Ou talvez já tenha terminado por agora.

É muita coisa para digerir, este plano elaborado em que eu fui apenas um peão, da mesma forma que devia ser um peão nos Jogos da Fome. Usada sem consentimento, sem conhecimento. Pelo menos nos Jogos da Fome sabia que estava a ser manipulada.

Os meus pretensos amigos foram muito mais dissimulados.

— Não me contaram. — A minha voz está tão rouca como a do Finnick.

— Nem tu nem o Peeta foram informados. Não podíamos arriscar — explica o Plutarch. — Cheguei até a temer que pudesses falar da minha indiscrição com o relógio durante os Jogos. — Ele tira o seu relógio do bolso e passa o polegar pelo cristal, acendendo o mimo-gaio. — Claro, quando te mostrei isto, estava apenas a dar-te uma pista sobre a arena. Que poderias usar como mentora. Achei que pudesse ser um primeiro passo para ganhar a tua confiança. Nunca imaginei que voltarias a ser uma tributo de novo.

— Continuo a não perceber porque é que eu e o Peeta não fomos informados do plano — insisto.

— Porque assim que o campo eléctrico explodisse, vocês seriam os primeiros que eles tentariam capturar, e quanto menos soubessem, melhor — explica o Haymitch.

— Os primeiros? Porquê? — pergunto, esforçando-me por seguir a sua linha de pensamento.

— Pela mesma razão que nós aceitámos morrer para te salvar a vida — responde o Finnick.

— Não, a Johanna tentou matar-me — protesto.

— A Johanna agrediu-te para te tirar o *chip* do braço e afastar o Brutus e a Enobaria — revela o Haymitch.

— O quê? — Dói-me tanto a cabeça e desejo que eles parem de falar em círculos. — Não sei de que estão...

— Tínhamos de te salvar porque és o mimo-gaio, Katniss — afirma o Plutarch. — Enquanto estiveres viva, a revolução estará viva.

O pássaro, o alfinete, a canção, as bagas, o relógio, a bolacha, o vestido que irrompeu em chamas. Eu sou o mimo-gaio. Que sobreviveu apesar dos planos do Capitólio. O símbolo da revolta.

Foi o que pensei no bosque quando encontrei a Bonnie e a Twill a fugir. Embora na verdade nunca tivesse percebido o seu alcance. Mas também na altura não se esperava que eu percebesse. Lembro-me do Haymitch a zombar dos meus planos para fugir do Distrito 12, para iniciar a minha própria revolta, até da própria ideia de que o Distrito 13 pudesse existir. Evasivas e mentiras. E se ele conseguiu fazer isso, por trás da sua máscara de sarcasmo e embriaguez, de forma tão convincente e durante tanto tempo, que outras mentiras me terá dito? Lembro-me de uma.

— O Peeta — murmuro, sentindo-me desanimar.

— Os outros protegeram o Peeta porque se ele morresse, sabíamos que não manterias uma aliança — explica o Haymitch. — E não podíamos correr o risco de te deixar sem protecção. — O seu tom é neutro, a expressão impassível, mas ele não consegue esconder a sombra que lhe cobre o rosto.

— Onde está o Peeta? — pergunto, furiosa.

— Foi capturado pelo Capitólio juntamente com a Johanna e a Enobaria — responde o Haymitch. E por fim ele tem a decência de baixar os olhos.

Teoricamente, estou desarmada. Mas ninguém devia subestimar os estragos que as unhas podem provocar, sobretudo quando a vítima não está preparada. Lanço-me sobre a mesa e arranho o rosto do Haymitch, provocando uma hemorragia e danos a uma vista. Depois estamos os dois a gritar coisas horríveis um para o outro, e o Finnick está a tentar arrastar-me para fora, e eu sei que a vontade do Haymitch é despedaçar-me, mas eu sou o mimo-gaio. Sou o mimo-gaio e, no ponto em que as coisas estão, já é difícil manter-me viva.

Outras mãos ajudam o Finnick e estou de novo deitada, com o corpo preso, os pulsos atados, e então bato furiosa com a cabeça na mesa, repetidamente. Uma agulha pica-me o braço e dói-me tanto a cabeça que paro de lutar e fico a chorar ruidosamente como um animal moribundo até perder a voz.

A droga provoca a sedação, não o sono, por isso fico encurralada numa tristeza dolorosa e entorpecedora e confusa durante o que me parece uma eternidade. Eles voltam a introduzir os seus tubos e falam comigo com vozes tranquilizantes que nunca me alcançam. Só consigo pensar no Peeta, deitado numa mesa semelhante algures, enquanto tentam extrair-lhe informações que ele nem sequer possui.

— Katniss. Katniss, desculpa. — A voz do Finnick vem da cama ao lado e consegue entrar na minha consciência. Talvez porque estejamos a sentir o mesmo tipo de sofrimento. — Eu queria voltar para ir buscá-lo e à Johanna, mas não me conseguia mexer.

Não respondo. As boas intenções do Finnick Odair nada significam.

— A situação é melhor para ele do que para a Johanna. Eles depressa perceberão que ele não sabe nada. E não o vão matar se acharem que podem usá-lo contra ti — continua o Finnick.

— Como isco? — pergunto, falando para o tecto. — Como usarão a Annie, Finnick?

Oiço-o a chorar mas não me importo. Eles provavelmente nem sequer se darão ao trabalho de a interrogar, louca como ela é. Completamente louca desde há anos nos seus Jogos. O mais provável é que eu esteja a caminhar na mesma direcção. Talvez já esteja a enlouquecer e ninguém tem a coragem de me dizer. É verdade que já me sinto bastante louca.

— Era melhor que estivesse morta — responde o Finnick. — Que todos nós estivéssemos mortos. Seria melhor.

Bem, não sei o que responder. Não posso contestá-lo, já que estava com uma seringa para matar o Peeta quando os encontrei. Quero mesmo que ele morra? O que eu quero... o que quero é tê-lo de volta. Mas nunca mais voltarei a vê-lo agora. Mesmo que as forças rebeldes conseguissem derrubar o Capitólio, tenho a certeza de que o último acto do presidente Snow seria cortar o pescoço ao Peeta. Não. Nunca mais o terei de volta. Por isso é melhor que esteja morto.

Mas o Peeta perceberá isso ou continuará a lutar? Ele é tão forte e mente tão bem. Será que pensa que tem alguma possibilidade de sobreviver? Será que se importa sequer com isso? Afinal ele não contava sobreviver. Já se havia despedido da vida. Talvez, se souber que fui salva, até estará feliz. Pensará que cumpriu a sua missão de me salvar.

Acho que o odeio até mais do que odeio o Haymitch.

Desisto. Vou deixar de falar, de responder, de comer e beber. Eles podem injectar-me o que quiserem no braço, mas é preciso mais do que isso para manter uma pessoa viva quando ela já perdeu a vontade de viver. Tenho até a estranha impressão de que se eu morrer, eles talvez deixem o Peeta viver. Não como pessoa livre mas como um Avox ou coisa parecida, servindo os futuros tributos do Distrito 12. Então talvez conseguisse arranjar uma maneira de fugir. A minha morte, com efeito, ainda pode salvá-lo.

Se não puder, não importa. Chega-me morrer por despeito. Para castigar o Haymitch, a última pessoa neste mundo podre de quem esperava poder transformar-nos, a mim e ao Peeta, em peões nos Jogos. Eu confiava nele. Coloquei o que era precioso nas mãos do Haymitch. E ele traiu-me.

«*Vês, é por isso que ninguém te deixa fazer os planos*», disse ele.

É verdade. Ninguém no seu perfeito juízo me deixaria fazer os planos. Porque é evidente que eu não sei distinguir um amigo de um inimigo.

Muitas pessoas vêm falar comigo, mas transformo todas as suas palavras nos estalidos dos insectos na selva. Sem sentido e distantes. Perigosas, mas apenas se nos aproximarmos delas. Sempre que as palavras começam a tornar-se claras, gemo até eles me darem mais analgésicos e isso resolve logo as coisas.

Até um dia em que abro os olhos e vejo alguém a olhar para mim que não posso afastar. Alguém que não irá implorar, nem explicar, nem achar que é capaz de mudar o meu propósito com súplicas, porque só ele sabe realmente como eu funciono.

— Gale — murmuro.

— Olá, Catnip. — Ele estende a mão e afasta-me um fio de cabelo dos olhos. Um dos lados do seu rosto foi queimado há muito pouco tempo. Traz o braço ao peito, e vejo ligaduras por baixo da sua camisa de mineiro. Que lhe aconteceu? Que está a fazer aqui? Alguma coisa muito grave deve ter acontecido no Distrito 12.

Não se trata de esquecer o Peeta mas de me lembrar das outras pessoas. Basta-me olhar para o Gale e elas regressam subitamente ao presente, exigindo reconhecimento.

— A Prim? — pergunto, arquejando.

— Está viva. E a tua mãe também. Consegui tirá-las a tempo — assegura ele.

— Não estão no Distrito 12? — pergunto.

— Depois dos Jogos, eles enviaram aviões. Lançaram bombas incendiárias. — Ele hesita. — Bem, sabes o que aconteceu ao Forno.

Sei, de facto. Vi-o a arder. Aquele velho armazém impregnado de pó de carvão. O distrito inteiro está coberto de pó. Começo a sentir um novo tipo de horror ao imaginar bombas incendiárias a cair no Jazigo.

— Não estão no Distrito 12? — repito. Como se ao dizê-lo pudesse defender-me da verdade.

— Katniss — começa o Gale, com cuidado.

Reconheço aquela voz. É a mesma que ele usa para se aproximar dos animais feridos antes de lhes desferir um golpe mortal. Levanto a mão instintivamente para lhe abafar as palavras, mas ele apanha-a e aperta-a com força.

— Não — murmuro.

Mas o Gale não tem o hábito de me ocultar segredos. — Katniss, o Distrito 12 já não existe.

FIM DO LIVRO DOIS

VIA LÁCTEA

OS JOGOS DA FOME é uma trilogia de ficção científica infanto-juvenil da autoria de **Suzanne Collins** que se encontra traduzida em mais de trinta países com grande sucesso e que se tornou um *bestseller* do *New York Times*, da *Publishers Weekly* e do *USA Today*. A ação passa-se num futuro pós-apocalíptico numa nova nação, Panem, que se ergueu a partir das cinzas do que fora a América do Norte, e o enredo é surpreendente e emocionante. A versão cinematográfica, com realização de Gary Ross, conta com Jennifer Lawrence, Josh Hutcherson, Liam Hemsworth e Lenny Kravitz nos principais papéis.

Pode consultar outros títulos desta coleção em
www.presenca.pt